KB062372

어느
여왕 전하의 우울

*To Find a Perfect Groom
for the Queen*

어느 여왕 전하의 우울

2015년 11월 18일 초판 1쇄 인쇄
2015년 11월 25일 초판 1쇄 발행

지은이 나율
발행인 이종주

기획 편집 주수지 정시연
경영 지원 배진경 김슬기
마케팅 김정수 차보현 신은경

발행처 (주)로크미디어
출판등록 2003년 3월 24일
주소 서울시 용산구 원효로97길 46 5층
Tel (02)3273-5135 Fax (02)3273-5134
홈페이지 rokmedia.com rokmedia.blog.me
E-mail romance@rokmedia.com

어느 여왕 전하의 우울

나율 장편소설

*To Find a Perfect Groom
for the Queen*

서장

이것은 나의 기구한 운명에 관한 이야기다.

지금으로부터 11년 전에 있었던 일이다. 당시 온 나라는 축제로 떠들썩했다. 에오니르 왕가의 제 1왕녀 리유나가 일곱 살 생일을 맞았기 때문이었다.

왕실 주최 연회가 밤낮을 가리지 않고 이어지고 있었다. 찾아오는 이의 신분과 국적을 가리지 않고 배불리 먹고 마시게 해 준다는 포고로 인해 왕도 타나수르는 근 일주일째 인산인해를 이루었다.

국내외에서 몰려든 축하객들로 인해 왕궁은 물론, 허름한 여관에조차도 빈 방 하나 남지 않았다. 가장 변두리 민가의 헛간 한편이라도 얻을 수 있다면 행운이라는 우스갯소리가 떠돌 정도였다.

국왕도 아니고 고작 공주의, 그것도 매년 찾아오는 생일 가지고 뭘 그리 호들갑이냐고 생각하시는 분들이 있을지도 모르겠다. 하나 친애하는 독자 여러분, 일단은 들어 보시라. 다 이유가 있으니까.

사정을 설명하자면 조금 더 시간을 거슬러 올라가야 한다. 때는 당시 국왕이던 일리하네스 3세가 즉위하던 무렵이었다. 에오니르 왕가는 안 그래도 손이 귀한 경향이 있었는데, 당대엔 사정이 더 심각했다. 일리하네스 국왕이 미아 왕비와의 사이에서 10년이 다 되도록 후사를 보지 못하고 있었던 것이다.

국왕 부부의 금슬이 지나치게 좋았던 것이 도리어 독이었다. 주위의 숱한 간언에도 불구하고 국왕은 꿋꿋이 단 한 명의 첩도 들이지 않았고, 그 때문에 신하들은 이도 저도 못하고 바짝바짝 속만 태워야 했다.

그러다 재위 9년에 그야말로 기적적인 일이 일어났다. 왕비가 회임을 한 것이다. 그렇게 얻은 자식이 다난 왕자였다. 왕자가 태어났을 때 국왕 부부를 비롯한 궁정 사람들이 느꼈을 감격을 굳이 묘사할 필요가 있으랴.

거의 포기하고 있던 적통의, 대를 이을 왕자였다. 앞서 이야기한 리유나의 생일 잔치보다 더하면 더했지, 결코 덜하지 않은 잔치가 몇 날 며칠 이어졌다고 한다.

그랬기에 다난 왕자가 일곱 살 생일을 맞지 못하고 그 여린 숨을 거두고 말았을 때의 충격과 비통함 또한 묘사할 도리가 없었다. 왕자가 선천적으로 병약했던 건 미아 왕비의 체질을 물려받았기 때문이라는 것이 중론이었기에 질책의 화살도 당연히 왕비에게로 향했다.

난임도 난임이었지만 건강 문제 때문에라도 왕비로부터 다음 후사를 기대하는 건 도무지 무리로 보였다. 이제는 측실을 들이는 것은 물론이고 공공연히 왕비의 폐위를 논하는 목소리도 나올 정도였다.

하지만 일리하네스 국왕은 듣지 않았다. 도리어 격노했다. 그는 폐위를 간언했던 중신에게 왕비에 대한 불경죄를 물어 직위 강등 및 근신을 명했고, 이후 후사 문제를 거론하는 자가 또 있다면 이유를 불문하고 엄벌할 것이라 말했다.

원로 귀족들은 당연히 불만을 품었고, 하나둘씩 국왕으로부터 등을 돌리기 시작했다. 합리적이고 바른 치세를 펼치는 명민한 군주로 평가받던 그는 이제 여자 치마폭에 싸여 사리 분별도 못하는 고집불통 왕으로 바뀌어 있었다. 대부분의 귀족들이 적통의 후계자를 보는 일을 포기하고, 왕위 계승 순위를 따지기 시작했다. 왕국의 하늘에 먹구름이 일고 있었다.

그러던 중 누구도 예상하지 못한 일이 일어났다. 재위 16년, 미아 왕비가 다시 회임한 것이다. 다난 왕자가 죽은 지 2년 후였다. 기뻐 날뛰는 국왕과 달리 신하들 사이에는 반신반의하는 이들이 많았다.

첫째 자식을 잃은 후 왕비가 눈에 띄게 쇠약해져 거의 침실에서만 시간을 보냈기에, 모두가 다음 국장國葬을 치르는 것은 시간문제라고 생각했기 때문이었다.

회임이 사실이라고 하더라도 무사히 출산하기는 힘들 것이고, 설사 후사가 태어나더라도 그 역시 선천적으로 병약해 다난 왕자와 같은 운명을 맞을 것이라는 예측이 팽배했다.

하지만 그 예측은 전부 빗나갔다. 아이는 무사히 태어났고, 그 어미의 생명도 빼앗지 않았다. 딸이었다. 에오니르 왕국 적통의 제 1왕녀, 그 이름하여 리유네이시아 데네마스티 쉴 에오니르. 바로 나다.

어머나, 그랬어? 그런 우여곡절 끝에 태어난 공주가 별 탈 없이 장성해서 이렇게 자기 옛날이야기도 들려주고 참 다행이야, 훈훈하네— 하고 생각하는 독자들이 있을지도 모르겠다.

정말로 그런 분들이 있다면 마음은 참 감사하지만, 그런 결론을 내리기엔 아직 섣부른 상황이라는 것을 부디 알아주었으면 좋겠다. 다시 말하지만 이것은 나의 기구한 운명에 관한 이야기다.

아무튼 다시 이야기를 되돌려서. 어찌하여 한낱 공주의 생일로 다들 그 난리를 피웠던 건지 이제는 대충 감을 잡으셨을 거라고 믿는다.

그렇다. 비록 만난 적은 없지만 마음속 깊이 경애해 마지않는 내 오라버니, 다난과는 달리 나는 건강했다. 하지만 한 번 비극을 겪은 에오니르 왕가는 내 건강 상태에 그야말로 온 궁정 인력을 동원해 첨예한 관심과 주의를 기울였다.

남들 다 하는 잔병치레라도 한다 싶으면 주치의를 비롯한 모든 어의 소집은 물론이요, 병에 대한 책임 여부를 묻기 위해 시녀부터 시작해 개인 교사, 주방장, 하다못해 창밖의 정원사까지 모두 불러 모아 벌을 세우고 난리를 피웠다.

언제까지? 증상이 사라질 때까지. 그야말로 내 목숨에 왕국의 운명이 걸려 있기라도 한 것 같은 기세였다.

물론 전혀 일리 없는 이야기는 아니었다. 내 존재는 단순히 후계자 문제의 해결을 떠나, 악화일로(상황이 갈수록 악화되는 지경)를 걷고 있던 왕실과 귀족들의 관계를 극적으로 수복하는 역할도 겸했던 것이다.

내가 혹 오라버니의 뒤를 따르기라도 하면 그때 일어났던 일들이 다시 한 번, 이번에는 돌이킬 수 없는 지경으로까지 나아갈 것이라 예상하는 것은 그 누구에게도 어렵지 않았다.

크고 작은 해프닝은 있었으나 아무튼 나는 무탈하게 자라나 일곱 살 생일을 맞았다. 오라버니가 일곱 살이 되기 전에 세상을 떠났던 만큼, 아바마마를 포함한 궁정 사람들은 그것이 상당한 의미가 있다고 믿었다. 같은 비극을 염려하여 상대적으로 소박하게 치렀던 내 탄신제를 대신하는 의의도 겸해 여태껏 없었던 규모로 성대하게 잔치를 연 것이었다.

아바마마는 만면에 미소를 띠고 축하객들을 맞았다. 그중에는 이웃 나라에서 축하 메시지를 가져온 대사들을 포함하여 제법 거물급에 속하는 인사들도 많았다.

그런데 그날, 아무도 예상치 못한 인물이 왕궁을 찾았다. 다른 누구보다도 대단하고 어마어마한 초특급 유명 인사가. 그렇게 내 일곱 살 생일은 운명의 날이 되었다.

한 백발 노인이 갈색 로브(아래위가 하나로 된, 길고 헐렁한 겉옷)를 뒤집어쓴 채로 지팡이를 짚으며, 자신을 수행하는 어린 소년과 함께 천천히 걸어 들어왔다.

아바마마는 그를 알아보자마자 친히 연회장을 가로질러 달려갔다. 그러곤 그의 주름투성이 두 손을 꽉 쥐는, 일국의 왕으로서는 도무지 걸맞지 않는 과도한 환대로 주위 사람들을 깜짝 놀라게 했다.

노인은 예언자였다. 이미 백 살을 훌쩍 넘었다고 알려진 그는 그동안 대륙에서 일어난 숱한 전쟁과 재난, 왕조의 흥망, 영웅의 탄생과 죽음까지 모든 것을 예언했고, 그 예언이 한 번도 빗나간 적이 없는 전설적 인물이었다.

아바마마는 가장 좋은 음식과 가장 좋은 옷, 그리고 가장 편한 숙소를 마련하라고 주위에 일렀다. 하지만 예언자는 그럴 필요 없다는 듯이 고개를 저었다. 자신은 잠시 들렀을 뿐, 꼭 전할 말이 있어 그 말을 하러 왔다는 듯.

－리유나의…… 공주에 대한 일입니까? 무슨 문제라도 있는 겁니까? 그 아이의 앞날에 가혹한 운명이 기다리고 있기라도 하다는 말씀입니까?

아바마마는 떨리는 목소리로 물었다.

－전하.

예언자는 그에 대해 답하였다.

–공주님께서는 이 세계의 왕을 잉태하실 것이옵니다.
–이 세계의…… 왕이라 하셨습니까?
–그렇습니다. 공주님께서 낳으실 아이는 장성하여 이 세계, 이 하늘 아래 나고 자란 모든 이들의 왕이 될 것입니다.

아바마마, 그리고 뒤에서 가슴을 졸이며 보고 있던 어마마마, 그리고 그 자리에 있던 모두가 숨을 죽이고 예언자의 말을 들었다. 예언자는 고개를 돌려 주위를 돌아보며 말했다.

–이것은 결정된 운명이다. 혹 이를 두려워하여 공주님을 해하려는 무리가 있다면 그들은 반드시 그 목숨으로 대가를 치르게 될 것이다.

예언자의 말은 그걸로 끝이었다.
아바마마가 아무리 재차 물어도, 옷소매를 붙잡으며 제대로 대접하게 해 달라고 말해도 듣지 않은 그는 그길로 수행 소년과 함께 왕궁을 떠났다.

에오니르 국가의 온 지역이 난리가 났다. 그리고 그 난리가 곧 국경 너머 이웃 나라들로, 이윽고 온 대륙으로 퍼지기까지는 그리 오랜 시간이 걸리지 않았다.

에오니르의 공주가 전 세계의 왕을 낳는다는 예언이 나왔다. 그렇다면 왕의 씨가 될 이는? 아비는 대체 누구인가? 그에 대한 예언은 없었나?

자연스럽게 모든 이들의 신경이 누군지 모를 미래의 내 신랑감에게로 쏠렸고, 얼마 지나지 않아 마치 당연한 절차처럼 전 세계에서 구혼 요청이 날아들기 시작했다. 그중에는 수교는커녕 사신 한 번 오간 적 없는 멀고 먼 곳의 나라도 포함되어 있었다.

에오니르 왕국은 전 대륙을 통틀어 영토, 국력 양면으로 결코 강대국이라고는 할 수 없는, 말하자면 중소국에 속하는 나라였다. 그런 나라의 왕녀—제 1왕위 계승자라고는 해도— 혼담 상대로서는 파격적인 조건을 가진 이가 많았다.

직계 왕족은 기본에 공작 작위는 당연, 그에 따르는 영지도 당연, 어마어마한 지참금은 덤이었다. 가까운 이웃 나라들 중에는 데릴사위는 기꺼이 감수하고, 아예 자기네 제 1왕자를 신랑감으로 내세우면서 즉위 후 두 국가의 공동 통치를 추진하자는 말까지 하는 곳도 있었다.

아바마마는 깊은 고심에 빠졌다.

당시 내 나이 겨우 일곱 살. 왕가의 자손이라곤 하나 혼담을 논하기에는 아무리 그래도 이른 나이였다. 게다가 천신만고 끝에 얻은 귀한 외동딸 아닌가.

아바마마 입장에서는 말이 되는 소리를 하라며 사신들을 죄다 발로 차 쫓아 버리고 싶은 마음이었으리라. 진짜로 발로 차지는 않았지만, 몇 번은 실제로 쫓아 보낸 적도 있었다. 하지만 도저히 그렇게 대응할 수는 없는 나라의 사신들이 둘 있었다. 바로 티아마칸 제국과 메르토니아 제국이었다.

두 나라는 대륙 중부의 패권을 놓고 치열하게 다투고 있는, 이 근방에서 손꼽히는 양대 강대국이었다. 에오니르는 공교롭게도 두 나라의 국경 사이에 위치하고 있어 듣기 좋게 말하면 중개국으로, 그냥 대놓고 말하면 양쪽으로 눈칫밥을 먹고 있는 입장이었다.

사실 그나마 전보다는 나았다. 수백 년째 그 거대한 영토를 지켜 온 동부의 티아마칸 제국과는 달리, 서부의 메르토니아 제국은 통일 전쟁으로 10여 개의 크고 작은 국가들을 병합하여 지금의 나라를 이룬 지가 이제 겨우 50년 남짓 되었던 것이다. 그전까지 티아마칸은 그야말로 독보적인 위세를 자랑하며, 공공연히 주위 소국들의 종주국을 자처했다.

그 대상에는 당연히 에오니르도 포함되어 있었기에, 공물을 바치라면 바치고 군사를 보내라면 보내면서 형식적으로만 겨우 속국을 면하고 있는 실정이었다.

당시 메르토 공국이었던 메르토니아도 마찬가지였다. 당시 메르토의 공왕은 그 야심만큼이나 뛰어난 전략가였다. 그는 적절한 외교와 공물로 티아마칸을 구워삶아, 그들의 군사적 지원을 발판 삼아 통일 전쟁을 승리로 이끌었다.

결별은 그 직후에 이루어졌다. 티아마칸이 지원의 대가로 현 메르토니아 령의 3분의 1에 달하는 영토 및 군사와 공물을 요구하자, 그것을 구실로 메르토 공왕은 티아마칸과의 모든 수교를 끊고 향후 어떤 요구도 받아들이지 않겠다고 선언했다.

그뿐만이 아니었다. 그는 자신을 황제로, 신생국 메르토니아를 제국으로 선포했다. 이에 티아마칸은 당연히 격분했고, 그렇게 두 제국 간에 전쟁이 시작되었다. 1차 중부 제국 대전이라는 이름이 붙은 그 전쟁은 20년 넘게 지속되다가 휴전 형태로 겨우 끝을 맺었다.

그때 휴전 협정 장소로 사용한 곳이 바로 에오니르의 영토였다. 그저 입지적인 이유에서 선택받은 것이었으나, 결과적으로 에오니르에게 있어서는 티아마칸의 오랜 속박에서 풀려나는 좋은 기회였다.

그 뒤로도 두 나라는 국경 지대나 주변 제후국을 끼고 끊임없이 크고 작은 분쟁들을 일으켰고, 그때마다 에오니르는 두 나라의 중재 아닌 중재 역할을 맡으며 중립국으로서의 입지를 다져 왔다.

내가 일곱 살 생일을 맞았던 그 운명의 해, 메르토니아 제국은 당시 열세 살이었던 황태자, 위딘 첼 메르토니아를 내 혼약 상대로 제시했다. 물론 결혼 후 신방은 메르토니아에서 차리겠지만, 에오니르의 통치권은 온전히 내게 주겠으며 결코 나라를 병합시키거나 속국화하지 않고 자치권을 보장해 주겠다는 조건이었다.

또한 이는 후일 에오니르 왕가에 다른 왕자가 태어나 왕위를 물려받더라도 변함없다는 사족까지 달려 있었으니, 그쪽 입장에서는 퍽이나 너그러운 처사라 할 수 있었다. 여섯 살 나이 차역시 적은 건 아니지만 결코 많은 것도 아니었다.

그 점에서도 메르토니아는 매우 인간적이었다. 당시 마흔셋이었던 티아마칸 제국의 황제, 케르간 2세는 자신의 측실로 나를 원한다는 친서를 보냈으니까. 아무래도 그는 전 세계의 왕을 낳는 것과 자신의 아이를 낳는 것을 거의 동등한 영광으로 생각했던 것 같다.

천만다행으로 아바마마의 생각은 그와 달랐다. 본디 온화한 성품이었던 아바마마도 그때는 정말 눈앞에 보이는 게 없었다고 한다. 그대로 사신을 참수해 버리고 그 목을 티아마칸에 돌려보내고 싶은 강렬한 충동을 정말 가까스로 억눌렀다고 하니까.

하지만 티아마칸을 적으로 돌린다는 것은 곧 메르토니아와 손을 잡아야 한다는 뜻이고, 그것은 나를 메르토니아의 황태자에게 시집보내야 한다는 뜻이었다. 아바마마는 그런 선택을 하고 싶지 않았다.

이미 예언자는 아바마마에게 있어 달가운 존재가 아니었다. 그놈의 예언 때문에 온 세상이 미쳐 돌아가고 있는 판국이었지만, 겨우 일곱 살 난 딸의 인생을 함부로 결정하고 싶지 않았다. 평생을 함께할 배우자만큼은 사랑하는 딸 스스로의 손으로 고르게 하고 싶으셨던 것이다. 왕가의 여자라고 하면 정략결혼으로 팔려 나가는 것이 극히 당연한 운명인데도.

그렇다. 한참 전의 어마마마와의 에피소드도 그랬지만, 이쯤이면 다들 깨달으셨으리라. 우리 아바마마는 일국의 군주치고는 좀 과하게 로맨티시스트셨다. 하지만 물론, 그 때문에 눈앞의 현실을 외면할 정도로 어리석은 분도 아니었다. 그리하여 아바마마는 외교를 했다.

리유나 공주는 에오니르의 유일한 왕위 계승자이며, 무엇보다 아직 사리 분별도 되지 않는 나이이므로 혼처를 정하기에는 아직 시기가 이르다. 그러므로 이 혼담은 공주가 성장하기까지 보류해 주십사 한다. 에오니르 왕가에 후계가 태어난다면 열여섯 살, 그렇지 않는다면 스무 살 생일 때에 결정을 내리는 것으로 하겠다.

그러한 내용의 서신이 전 대륙으로 날아갔다. 물론 항의는 있었다. 하지만 약속한 날짜에 반드시 대답을 들려주겠다, 그리고 그때까진 그 어떤 곳과도 혼약을 맺지 않겠다고 약속하자 결국 두 제국을 포함한 모든 나라가 납득했다. 그렇게 나는 유예기간을 얻었다.

그전의 곱절로 늘어난 경호와 보살핌 속에서 나는 하루가 다르게 아름다운 소녀로 자라났다. 물론 어마마마에게 물려받은 미모 덕이 컸지만, 그 때문만은 아니었다. 각종 음식이며, 약초며, 보석이며, 옷감이며, 아무튼 전 대륙에서 좋다는 것은 죄다 왕궁으로 날아왔던 것이다. 구혼 경쟁에서 조금이라도 앞서 나가 보려는 생각에 각 나라들이 보낸 공물들이었다.

아바마마도 처음엔 일일이 거절했지만, 얼마 못 가 두 손을 들었다. 솔직히 말해 돌려보내는 것보다 받는 게 편했다. 결국 나는 전 세계 그 어떤 고귀한 신분, 그 어떤 부자보다도 호사를 누리는 아이가 되었다. 그렇다. 나는 그 일곱 살을 기점으로 에오니르를 넘어 전 대륙의 관심을 받는 몸이 되었던 것이다.

전 세계의 사랑과 관심 때문에 아바마마와 어마마마에게는 그전까지 없었던 근심거리가 생겼다. 모두가 애지중지한 나머지 내가 버릇없고 오만방자한 아이가 되지 않을까 하는 걱정이었다.

그러나 죄송하지만, 솔직히 말하면 그럴 여지는 이미 일곱 살 이전에 금지옥엽으로 자라날 때부터 충분했다. 하지만 오히려 예언을 계기로 두 분에게 경각심이 생겼고, 나는 적절하게 엄한, 올바른 인성 형성에 필요한 교육을 받을 수 있었다.

그렇게 더할 나위 없는 환경 속에서 성장한 나는 이윽고 열여섯 살 생일을 눈앞에 두고 있었다. 일찍이 전 세계와 약속한 바에 따르면, 나는 그날 누구의 신부가 될 것인지를 선택해야만 했다. 물론 조건은 있었다. 남동생이 태어나 그쪽으로 왕위 계승권이 넘어간 상황이어야 했다. 하지만 그런 상황은 일어나지 않았다.

그뿐이랴. 나는 혼자가 되어 있었다. 어마마마가 오래도록 앓던 병환으로 결국 세상을 떠나시고, 그를 뒤따르듯 아바마마가 정사에만 몰두하다가 쓰러지셨다. 그해 봄부터 여름 사이, 고작 계절이 한 번 변하는 동안 일어난 일들이었다.

어리둥절했다. 두 번의 국장을 치르고, 연이어 대관식이 거행되는 그 순간까지도 나는 모든 것이 얼떨떨할 뿐이었다. 눈앞에서 일어나는 일들이 도무지 현실 같지 않았던 것이다.

멍하니, 시키는 대로 하는 사이 식은 끝났다. 이윽고 이끌려 간 곳은 왕궁 최상층의 발코니였다. 문을 열고 나가는 순간 쨍한 여름 햇살이 온몸을 덮쳤다.

찡그린 미간을 손바닥 아래로 숨기기 무섭게 머리 위로 양산이 쓰였다. 귀가 먹먹해질 정도의 함성 소리가 울리고 있었다.

–여왕 전하 만세! 여왕 전하 만세!

나는 주춤거렸다.

–여왕 전하, 백성들에게 손을 흔들어 주십시오.

옆에서 누군가가 속삭였다.

여왕 전하? 나 말인가?

주위를 두리번거리다 시녀장, 노라와 눈이 마주쳤다. 노라는 거울을 비춰 주었다. 그 안에는 익숙한 동시에 낯선 모습의 소녀가 보였다. 햇살을 뿜어내는 것처럼 보이는 금발 머리에 무방비하도록 하얀 피부, 망연히 깜빡이는 사파이어색 눈동자.

아바마마가 쓰시던 왕관을 쓰고, 아바마마가 예식 때마다 드시던 홀을 들고, 왕가의 문양이 그려진 붉은 망토를 몸에 두른 소녀. 그것은 나였다.

아바마마는 이제 없다. 이젠 내가 왕이다. 그제야 실감이 들어 울컥 눈물이 솟구쳤다. 하지만 이 어찌나 아이러니한 일인가.

겨우 울 수 있게 되었을 즈음에는 이미 때늦은 상태였다.

나는 이제 더 이상 울어서는 안 되는 몸이었다.

알 수 없는 의지에 떠밀리듯 한 발 앞으로 나서 양산의 그늘로부터 벗어났다. 그리고 장갑 낀 손을 들어 나를 올려보는 대중들을 향해 천천히 흔들었다. 그러자 다시 함성이 올랐다.

그렇게 열여섯 살 생일을 약 한 달 앞둔 어느 날, 일리하네스 3세의 외동딸, 리유네이시아 데네마스티 쉴 에오니르는 에오니르 왕국의 제 16대 여왕이 되었다.

그리고 3년이 흘렀다.

한 명의 기사와 두 명의 구혼자

"그리고…… 3년이…… 흘렀다. 좋아."

나는 마침표를 힘주어 찍고, 만족스럽게 미소를 지었다. 그러자 책상 건너편에 앉아 있던 디네힌이 보고 있던 책으로부터 고개를 들었다.

"지금 뭘 하고 계신 겁니까, 전하?"

"제 자서전을 집필 중이랍니다. 지금 막 서장을 끝낸 참이에요."

"자서전이라고요. 전하의."

억양 없이 평온한 어조였지만 그 행간에 담겨 있는 의미는 짐작하고도 남았다.

나는 입술을 내밀고 '원래 이런 건 미리미리 시작해 두는 거예요. 지금이야 하루가 멀다 하고 전 세계에서 공물이 날아오고 있지만, 좋든 싫든 그것도 곧 끊길 테니까.' 하고 말했다.

"두고 보세요. 그때야말로 이 책이 왕실 재정에 혁혁한 기여를 할 테니까요. 원치 않은 운명을 지고 태어난 절세 미모 여왕의 기구한 인생 역경 스토리! 어때요, 듣기만 해도 느낌 오죠? 팔릴 것 같죠?"

"절세 미모 말이죠……."

디네힌은 그렇게 중얼거리면서 가만히 나를 쳐다보았다.

"그 눈빛은 뭐죠. 뭐 할 말이라도 있어요?"

"아닙니다. 전하의 미모야 이 하늘 아래 숨 쉬고 있는 자라면 누구에게든 익히 알려진 바 아니겠습니까. 하지만 제게는 그런 것보다는……."

"잠깐. 그런 거라고 했어요, 지금?"

"……다른 것이 더 신경 쓰이는군요."

"뭔데요? 궁금한 게 있으면 얼마든지 물어봐도 좋아요."

나는 자랑스럽게 어깨를 펴고 말했다.

"예. 그러면 사양 않고."

디네힌은 쓰고 있던 안경을 벗어 접고, 셔츠 주머니에 찔러 넣었다.

"제 기억으론 분명히 지금은 티아마칸 제국어 수업 시간이고, 제가 30분 전 여왕 전하께 써 주십사 부탁드린 것은 자서전이 아니라 작문 과제였을 텐데요. 어떻게 된 일인지 설명을 부탁드려도 되겠습니까."

"어……. 아니, 그게……."

디네힌은 표정 없는 눈빛으로 나를 쳐다보았다. 분명히 여름인데도 한기가 느껴져서 이게 이득인지 아닌지 잘 알 수 없었다. 티아마칸어를 가르쳐 주는 걸로도 모자라 온도 조절까지 해 주다니, 내 개인 교사는 도대체 얼마나 유능한 거람.

지금 날 얼려 버릴 듯 싸늘한 냉기를 뿜어내는 이 남자, 디네힌 버트로스 후작은 현재 에오니르의 재상인 길로프 버트로스의 장남으로, 국내에서 유력가문으로 손꼽히는 버트로스 공작가의 후계자였다. 나이는 올해로 스물다섯. 아기 때 죽은 내 오라버니, 다난이 살아 있었다면 그와 같은 나이였을 것이다.

우리는 어릴 적 많이도 함께 어울리며 놀았다. 디네힌은 아버지가 가장 신임하는 오른팔의 아들이었으며, 디네힌의 동생들도 아직 태어나기 전이라 우리는 둘 다 외동이라는 공통점도 있었다.

나는 그를 오빠라고 부르면서, 오히려 친오빠였다면 그러지 않았을 정도로 무척이나 잘 따랐다. 그 또한 내게 더없이 다정했다. 지금 그를 보면 도저히 믿기지 않는 일이지만, 여하튼 그랬다.

퍽이나 오래전 일이건만 그때의 기억들 중에는 지금까지도 놀랍도록 선명한 것들이 많다. 이를테면 같이했던 놀이에서 누가 이겼는지, 그때 디네힌이 나를 보며 무슨 표정을 지었는지, 무슨 말을 했는지.

그랬던 우리도, 내가 일곱 살이 되어 '운명의 날'을 맞고 전 세계의 구혼을 받기 시작하면서 그전처럼 자주 만나지 못하게 되었다. 지금 생각하면 당연히 그리될 만한 일이었지만, 어린 나는 납득하지 못했다. 웬만한 일엔 투정을 부리지 않는 아이였던 내가 그때만은 툭하면 오빠가 보고 싶다고, 오빠를 데려오라고 떼를 썼다고 한다.

하나뿐인 오빠에 대한 내 굳건한 애정은 한 해, 한 해 나이를 먹어 가면서도 좀처럼 변치 않았고, 그것은 그대로 주위 사람들의 걱정거리로 이어졌다.

그래서였을까. 온전히 그 때문만은 아니겠지만, 디네힌이 열다섯 어린 나이에 티아마칸으로 유학을 가게 된 데에는 내가 그를 지나치게 따른 것도 한몫했을 것이다. 나는 그가 떠난 후에야 그 사실을 알았다. 그때는 정말 울고불고 난리도 아니었지. 방 안에 틀어박혀 시위한 게 거의 한 달은 갔더랬다.

디네힌을 다시 만난 것은 그로부터 7년 후였다. 아바마마의 승하, 그리고 내 왕위 즉위를 계기로 디네힌은 에오니르로 돌아왔다. 내 앞에서 검을 내려놓고 무릎을 꿇은 그는, 내가 기억하던 '오빠'와는 너무나도 딴판이었다.

보석에서 뽑아낸 것 같은 아름다운 은빛 머리칼과 짙은 남색의 눈동자는 여전했지만, 그 외에는 도무지 그 어릴 적 소년의 모습을 찾아볼 수가 없었다.

잘생긴 얼굴 생김새도, 길고 매끈한 목선도, 좌우로 쫙 뻗은 곧은 어깨와 길쭉길쭉한 팔다리까지, 전부 그전엔 한 번도 의식한 적 없었던 것뿐이었다. 그는 성인 남자 그 자체였다.

하다못해 목소리까지 그랬다.

-오랜만에 뵙습니다, 공주님.

낮고 깊게 울리는 그 목소리는 마치 천에 물이 번지듯 부드럽게 내 머릿속을 파고들었다.

-아니, 이제 여왕님이시군요.

디네힌이 그렇게 말한 뒤 어쩐지 씁쓸한 듯까운, 묘한 미소를 지었던 것을 기억하고 있다. 다만 그 다정한 눈동자. 전혀 달라지지 않은 따스한 눈빛은 그대로였다.

시녀들이 속닥거리던 바에 의하면 그는 티아마칸 최고의 국립대학을 수석으로 졸업하고, 그곳의 에오니르 대사관에서 최연소 대사로서 일했다고 한다.

게다가 검술 실력도 황도에 소문이 자자한 수준이었기에 귀국 후 왕실 근위 기사 단장으로 내정된 것도 그런 이유라 하지 않는가. 그야말로 문무 겸비, 엘리트 중의 엘리트였다. 게다가 이렇게 근사하게 자라기까지 하다니. 세상에나, 어쩜 좋아!

……그래, 분명히 그렇게 생각했는데. 그래서 그 뒤로 며칠씩이나 공연히 가슴이 뛰어서 밤에는 막 잠도 못 이루고 그랬는데, 이게 웬걸. 막상 뚜껑을 열고 보니 '영 아니올시다'였다.

그 후 디네힌이 정식으로 왕실 근위 기사 단장 자리에 오르고, 겸직으로 내 티아마칸어와 세계사, 그리고 호신술 교사를 맡게 되면서 우린 정말 오랜만에 단둘만의 시간을 갖게 되었다.

첫 수업 날, 나는 밀리고 밀린 옛날이야기를 잔뜩 할 심산으로 기대에 부풀어 있었고, 둘만 남자마자 냉큼 눈을 빛내며 '오빠! 잘 지냈어?'라고 말했다. 하지만 디네힌으로부터 돌아온 반응은 내가 예상하던 것과는 전혀 달랐다.

─오빠라니요. 이제 전하께서는 이 나라의 여왕이시고 저는 그런 전하를 모시는 몸입니다. 부적절한 호칭은 삼가 주시기 바랍니다.
─어? 아니, 그렇지만⋯⋯.
─그런 가벼운 말투도 안 됩니다. 신하라고는 하나 저는 전하의 교사입니다. 합당한 예의를 갖춰 주시지요.

정색하고 말하는 디네힌에게는 그야말로 바늘 하나 들어갈 틈도 안 보였다. 마치 부친, 길로프 재상이 빙의된 것 같았다.
그래, 지금은 수업 시간이고 오빠한테도 교사라는 입장이 있으니까. 확실히 지킬 건 지킬 필요가 있겠지.
나는 그렇게 생각하고 착실히 수업이 끝나기까지 기다렸다. 하지만 수업이 끝나자 디네힌은 쌩하니 가 버렸다. 다음 날도, 그다음 날도 마찬가지였다.
티타임에 초대해도 번번이 거절하고, 어쩌다 한 번 승낙하더라도 무뚝뚝한 얼굴로 국정이 어떻고 세계정세가 어떻고 하는 얘기만 하다가 사라질 뿐이었다.
내가 고대했던 '사이좋던 오빠·동생 간의 옛날이야기'를 하는 날은 아무리 기다려도 오지 않았다. 정말 슬프기 그지없었다.

그 상냥하던 오빠가 이렇게 무뚝뚝하고 재미없는 잔소리쟁이가 되다니. 겉보기만 근사하면 뭐해.

괜시리 가슴 두근거린 감정에 대해 물어내라고 하고 싶을 정도였지만 어쩔 도리가 없었다. 그러고 보니 디네힌이 돌아온 지도 벌써 3년이네. 그때부터 달라진 건 아무것도 없지만.

나는 속으로 한숨을 내쉬곤 '자. 다 됐어요.' 하고 막 끝낸 작문을 그에게 내밀었다.

디네힌은 '벌써?'라는 눈빛으로 종이 뭉치를 받아 들고 찬찬히 그것을 읽었다. 나는 디네힌이 매사 강조하듯이 기품 있게 손을 포개 모아 여왕다운 자세로 그를 기다렸다.

"훌륭하십니다. 논지도, 문법도 손볼 곳이 없군요."

"어머, 그런가요. 그거 감사하네요."

나는 영혼 없는 미소를 지으며 말했다.

"이렇게 금방 끝내실 수 있는 것을 어째서 딴전을 피우신 겁니까."

"그야, 이럴 때가 아니면 도무지 글을 쓸 시간이 안 나는걸요. 디네힌 경도 여왕이 얼마나 바쁜지 알잖아요. 게다가 요새는 정말, 과장이 아니라 잠잘 시간도 없어요."

그랬다. 내 탄신제 때문이었다.

바야흐로 내 열아홉 생일이 목전이었다. 즉위 3주년, 여왕이 된 후 네 번째로 맞는 생일. 즉, 약속의 날이 1년 앞으로 성큼 다가와 있었던 것이다. 아바마마가 전 세계를 상대로 했던 약속의 최후 유예 일자, 그것이 내 스무 번째 생일이었다.

그날 나는 공표해야만 했다. 누구를 신랑으로 맞을 것인지. 누가 '세계의 왕'의 아비가 될 것인지를.

때문에 이번 내 열아홉 생일은, 신랑 후보들에게는 말하자면 최종 심사 비슷한 걸로 여겨지는 모양이었다. 덕분에 하객 명단이 작년과 재작년 생일과는 무려 자릿수를 달리했다. 그렇다 보니 하나부터 열까지 준비할 게 끝이 없었다.

하루 종일 가만히 앉아 그 결재만 하려고 해도 바쁠 판국에 일정과 의상 체크, 탄신제 리허설 등 내가 있어야만 준비되는 것들까지 합쳐지니 매일 24시간이 턱없이 부족했다. 그러고 보니 어제도 4시간은 잤을까.

"그렇다고는 해도 수업 시간에는 부디 수업에만 집중해 주시면 좋겠군요. 제게도 맡은 소임이 있으니까요."

지당한 말이었다.

"그렇죠. 미안해요. 그렇지만 디네힌 경한테는 왠지 어리광을 부리게 되네요."

내 말에 디네힌은 미간에 희미하게 주름을 새겼다.

"그게 무슨 뜻입니까?"

변함없이 무뚝뚝한 그 얼굴을 보자 공연히 골려 주고 싶은 마음이 생겨나 디네힌을 가만히 올려다보면서 말했다.

"그걸 몰라서 물어, 오빠?"

그랬더니 어김없이 디네힌의 눈빛이 싸늘해져 움찔했다.

"그렇게 부르시는 건 삼가해 달라고 몇 번이나 부탁드렸을 텐데요."

"그렇지만……. 남들 앞에서면 모를까, 둘만 있을 때는 괜찮잖아. 난 계속 오빠가 돌아오는 날만 기다렸단 말이야. 하고 싶은 얘기도 많았고."

"괜찮지 않습니다."

"왜? 듣는 사람 아무도 없는데 뭐가 문제인 건데."

"전 전하의 오라비가 아니니까요."

갑자기 이건 또 무슨 소릴까. 그런 건 당연히 나도 알고 있는데. 그렇지만 친오빠고 아니고가 그렇게 중요한가? 중요한 건 그만큼이나 가깝고 특별한 존재라고 생각한다는 거잖아.

"디네힌 경은 제가 오빠처럼 여기는 게 싫으신가요?"

나는 서운한 마음을 담아 물었다. 디네힌은 입을 다물고 한동안 가만히 나를 보고 있었다. 속을 읽을 수 없는 눈빛이었다.

이윽고 그는 조용히 말했다.

"예, 싫습니다."

그 말을 듣자 확 울컥하는 기분이 들었다.

"아, 예. 그러시군요. 싫다는데 괴롭혀서 죄송하게 됐네요. 걱정 마세요. 이제 다시는 그렇게 부를 일 없을 테니까."

나는 가시 돋친 목소리로 말했다.

섭섭했다. 예상했던 것보다 훨씬 더. 어찌나 섭섭했던지 눈물이 다 맺히려고 해 스스로 놀라울 정도였다.

나는 입술을 깨물고 눈에 잔뜩 힘을 주었다. 잠시 침묵이 흐른 뒤, 디네힌이 자리에서 일어났다. 그는 벗어 뒀던 기사단 제복 상의와 책을 챙기며 말했다.

"오늘 수업은 여기까지 하는 걸로 하죠."

나는 귀를 의심했다. 아직 수업 시간이 남았는데 디네힌이 저런 말을 하는 건 평소 같으면 상상도 할 수 없는 일이었던 것이다. 어지간한 디네힌도 거북하긴 거북했던 걸까.

그는 가방을 들고 겉옷을 팔에 걸친 채 방문 쪽으로 걸어갔다. 그리고 문 앞에서 다시 이쪽을 돌아보았다.

"그럼 이만 물러가 보겠습니다. 바쁘시더라도 부디 옥체에 해가 가지 않도록 조심하여 주십시오."

디네힌은 깊이 허리를 굽혀 예를 표하고, 밖으로 사라졌다.

흥. 퍽이나 깊이 생각해 주시네.

나는 입을 삐죽이며 중얼거렸다. 예정된 수업 종료 시간까지는 30분 정도가 남아 있었다.

이러면 꼭 나한테 휴식 시간을 만들어 주려고 일부러 수업을 일찍 끝낸 것 같잖아. 흥, 그렇다고 내가 고마워할 것 같아? 밉살맞은 소리만 하고. 어디 두고 보라지.

어찌나 심통이 났는지 모처럼 얻은 황금 같은 휴식 시간이건만 쉬고 싶은 생각조차 들지 않았다.

하지만 물론 그것도 잠시뿐이었다. 나는 몇 분도 채 지나지 않아 의자 등받이에 몸을 푹 파묻은 채로 숙면에 빠졌다. 오죽하면 이윽고 찾아온 시녀, 티티가 아무리 노크를 해도 모를 정도였다.

어쩔 수 없지. 이러니저러니 해도 계속 수면 부족 상태였으니까.

"전하, 어디 불편한 곳이라도 있으신지요?"

문득 보니 거울 속의 리엔이 곤란한 표정을 짓고 있었다. 나는 고개를 들고 '어? 아니. 왜? 그래 보여?' 하고 물었다.

"줄곧 존안을 찌푸리고 계시기에……."

"아, 그랬어? 생각에 좀 빠져 있다 보니 나도 모르게 그랬나봐. 미안. 계속해."

"다, 당치도 않습니다, 전하. 황공하옵니다."

리엔은 거의 바닥에 엎드릴 듯이 고개를 숙였다. 그러다 내가 만류하자 겨우 몸을 일으켜 다시 붓을 잡았다.

리엔은 내 몸단장을 담당하고 있는 수석 시녀였다. 나이는 나보다 세 살 위로, 수석 시녀치고는 매우 젊었지만 예술적 센스를 인정받아 매일 아침 내 화장과 머리를 전담해서 해 주고 있었다.

나 역시 그녀의 솜씨에 불만은 없었다. 리엔은 품성도 발랐다. 굳이 흠을 꼽자면 말투와 태도가 공손하다 못해 딱딱한 정도라는 것 하나일까.

"탄신제에 대해 심려하고 계셨던 건지요?"

리엔이 내 눈썹을 그리며 물었다.

"음…… 응, 아무래도……."

어느새 문제의 생일이 바로 다음 날로 다가와 있었다. 이미 하객 대다수가 왕도 타나수르에 도착한 상태였다. 당장 오늘 저녀 전야제부터 시작해 탄신제는 사흘 동안 이어질 예정이었다.

"미천한 몸으로서 아뢰옵기 황공하오나 너무 심려치 마옵소서. 오랫동안 왕궁이 심혈을 기울여 준비하지 않았사옵니까."

"응, 그랬지……."

덕분에 여왕인 나도 근 몇 주째 수면 부족이고 말이지. 아, 정말. 피부에 안 좋은데.

역시 어제 티아마칸어 수업도 다른 수업들과 마찬가지로 그냥 취소할 걸 그랬다. 대신들이 호들갑을 떨어서 강행하기는 했지만, 내 티아마칸어는 지금도 충분히 능숙했다. 이제 와서 한두 번 수업을 더 듣는다고 그리 대단한 향상이 있을 리도 없는 것이다.

대신들이 난리를 친 이유는 다름 아닌 티아마칸 제국의 황제 때문이었다. 그가 내 탄신제에 친히 방문하겠다고 서신을 보내왔던 것이다.

앞서 일렀듯이 티아마칸 제국은 수백 년째 이 구역의 골목대장이나 다름없는 존재였다. 운 좋게 메르토니아가 그에 견줄 수 있을 정도로 성장했기에 에오니르도 말로나마 중립을 표방하고 있지만, 그전까지는 오래도록 티아마칸 아래에서 신하국으로서 설설 긴 전적이 있었던 것이다.

사실 지금도 공물만 안 바친다 뿐이지 사사건건 티아마칸의 눈치를 본다는 점에서는 50년 전과 달라진 것이 없었다. 대신들의 이야기를 듣고 있으면 그들이 섬기는 것이 나인지, 티아마칸의 황제인지 알 수 없을 정도였으니까.

국제사회에서 티아마칸의 안하무인은 유명했다. 대륙의 그 어떤 나라도 자신들만큼의 국력과 정통성이 없다고 믿었으며, 또 그것을 공공연히 떠들고 다녔다.

예언 이후 급격히 높아진 에오니르의 위상도 티아마칸 앞에서는 무효했다. 나만 해도 즉위 이후 티아마칸의 사신을 몇 번 맞아 봤지만, 하나같이 빳빳하게 턱을 쳐들고 우쭐거리는 꼴이 가관이 아닐 수 없었다.

거기까진 좋았다. 황제가 오고, 그걸 상대하는 것까지도 괜찮다. 비위야 맞추면 그만이니까. 문제는 그 자리에 메르토니아의 황태자도 참석한다는 사실이었다.

메르토니아 제국. 티아마칸에 있어서 최대의 눈엣가시였다. 그야 티아마칸 입장에서는 1세기 전만 해도 코딱지만 한 공국에 불과했던 놈들이 덩치 좀 불었다고 도와준 은혜도 모르고 대들지를 않나, 은근슬쩍 국호를 제국으로 고치고 맞먹으려 들지를 않나.

진짜 가능만 했다면 박살을 내 주고 싶은 마음이 굴뚝같았을 것이다. 20년을 들이박아도 불가능했던 게 문제지.

아바마마 생전의 가장 큰 근심거리였다. 나를 둘러싼 티아마칸과 메르토니아의 구혼 다툼이 해가 갈수록 두 제국의 대리전 양상으로 흘러가고 있었던 것이다.

막말로 둘 사이에 언제 전면전이 일어날지, 그 여파로 에오니르의 영토가 잿더미가 되는 날이 오는 것은 아닌지 누구도 알 수 없는 일이었다.

공주를 해하려다간 목숨을 잃을 것이라던 예언자의 말도 과연 어디까지 방패막이가 되어 줄 수 있을지 가늠할 수가 없는 상황이었기에 더더욱 그러했다.

그런데 티아마칸의 황제가 직접 여기로 와서, 메르토니아의 황태자와 대면한다고? 생각만 해도 아찔했다.

다행인지 불행인지 둘 다 아직 도착했다는 기별이 없었다. 그 둘쯤 되면 살펴야 할 공무가 그야말로 산처럼 쌓여 있을 테니, 일찌감치 와서 느긋하게 에오니르 관광 같은 걸 다닐 여유 따위는 없겠지. 그네들에 비하면 손바닥만 한 나라를 다스리는 나도 이렇게 바쁜데.

특히 티아마칸의 황제는 당일에 와서 기껏해야 1박 정도가 겨우 아닐까. 사실 이렇게 직접 여기까지 온다는 것 자체가 이 례적인 상황이니까.

잔치 일정은 사흘이니 가능하면 서로 마주치지 않게 첫째 날에 한 명, 셋째 날에 한 명, 이렇게 비껴서 오면 참 좋을 텐데. 하지만 세상 일이 그렇게 뜻대로 잘 풀릴 리는 없겠지. 에휴.

"전하."

"아, 미안. 또 찡그렸어?"

"아니옵나이다. 아뢰옵기 황송하오나 잠시만 눈을 감아 주십사 하여……."

"응, 알았어."

눈을 감자 곧 눈꺼풀 위로 사락거리는 붓 감촉이 느껴졌다.

"탄신제는 무사히 잘 거행될 것입니다. 전하의 탄신을 축하

드리기 위해 그 많은 사람들이 전 세계에서 모여들지 않았사옵니까. 일단 여왕 전하의 눈부신 자태를 보면 다른 일은 머리에 들어오지도 않을 것입니다."

"아하하. 그럼 좋으련만……."

"분명 그럴 것입니다."

"전하."

그때 등 뒤에서 다른 목소리가 들렸다. 익히 들어 잘 알고 있는 시종장, 벨리엔 백작의 목소리였다. 아바마마 대부터 이미 10년 넘게 시종장 자리를 맡은 이였다.

"무슨 일이죠, 벨리엔?"

나는 눈을 감은 채로 물었다.

"메르토니아의 제 1황자, 위딘 첼 메르토니아가 어제 정오경 서부 국경을 넘었다는 전갈이 도착했습니다."

드디어 올 게 왔구나.

"그런가요. 그러면 오늘 오후에는 왕도에 도착하겠군요. 누가 마중을 나가게 되어 있었지요? 랑파뉴 백작이었던가요? 차질 없도록 준비하라고 이르세요."

"알겠습니다, 전하."

"티아마칸 쪽은? 아직 기별 없나요?"

"아직입니다, 전하."

"그래요. 소식이 오는 대로 곧바로 알려 주세요."

"알겠습니다, 전하."

티아마칸과 맞닿아 있는 동부 국경은 서부에 비해 왕도와 훨

씬 가까웠기 때문에 방심할 수가 없었다. 빠른 말로 달리면 하룻밤에도 도착할 수 있는 거리였다

그럼에도 아직까지 소식이 없다는 것은 적어도 오늘 안에 도착할 일은 없다고 봐도 됐다. 일단 오늘 밤 정도는 조금 마음을 놓아도 되려나.

눈 화장을 마치고 눈을 떴더니 벨리엔은 이미 사라져서 보이지 않았다. 마치 온 적도 없었다는 듯이.

바야흐로 길고 긴 사흘의 첫째 날이 시작되려 하고 있었다.

👑

점심 식사를 마치고 조금 있자니, 어김없이 메르토니아의 황태자 일행이 타나수르에 입성했다는 소식이 왔다.

그사이 티아마칸 쪽도 국경을 넘었다는 전갈이 있기는 했지만, 그렇다면 아무리 빨라도 도착하는 것은 늦은 밤일 것이었다. 오늘은 아마 수색해 둔 숙소 중 한 곳에 묵고, 왕도에 도착하는 것은 내일 오전 중이 되리라.

나는 리엔의 손을 다시 한 번 거쳐 빈틈없이 치장했다. 흰 실크에 금사로 에오니르 왕가의 상징인 베고니아를 수놓은 드레스와 다이아가 촘촘하게 박힌 티아라, 그리고 작년 생일 때 메르토니아에서 선물로 보내온 한 쌍의 귀걸이와 목걸이.

"아시겠지요, 여왕 전하."

내 에티켓 교육 담당인 치어슨 백작 부인이 말했다.

"여왕 전하는 이 나라, 에오니르를 대표하고 상징하는 존재입니다. 아무리 상대가 저 대제국의 황제나 황태자라고 하더라도, 또 아무리 전하가 구혼을 받는 입장이라고 하더라도, 그 치장이 과해서는 안 될 것입니다. 일국의 군주로서의 품격을 결코 흐리지 않는 선을 유지하되, 그렇다고 너무 딱딱하거나 수수해서도 안 됩니다. 누구나 그 자태에 넋을 잃고 눈을 뗄 수 없도록, 대륙 최고의 신붓감에 어울리는 화려함도 갖춰야 합니다."

아니, 근데 말처럼 그게 쉽냐고요.

그야 나는 입혀 주는 대로, 꾸며 주는 대로 그저 가만히 서 있기만 하면 되었지만, 밑의 사람들은 그야말로 죽어나는 수밖에 없었다.

올해 들어 왕실 수석 디자이너만 몇 번을 갈아 치웠던가. 리엔이 그 와중에도 꾸준히 살아남았던 걸 보면, 그 능력이 대단하긴 대단했다. 지금도 사기라고 하기엔 아슬아슬하게 모자라는 레벨로 나를 변신시켜 놨으니까.

아무튼 일단은 메르토니아다. 넋을 잃고 눈을 못 떼는 건 아니라도 어느 정도 호감은 사 둘 필요가 있었다. 그래야 설사 정말로 티아마칸 쪽과 일촉즉발의 상황이 오더라도 어떻게든 구슬리고 중재할 여지가 있지 않겠는가.

나는 벨리엔의 시중을 받으며 메르토니아의 황태자가 있는 응접실로 향했다. 홀에 들어서자 중앙 테이블 근처에 앉아 있는 옅은 금발 머리 청년의 모습이 보였다.

청년은 자리에서 일어나 내가 걸어오기를 기다렸다가, 한쪽 무릎을 땅에 댔다. 제국의 황태자라면 타국의 왕과는 동급의 지위임에도 불구하고 깍듯한 태도였다.

예상과는 다른 반응에 나는 내심 놀라워하며, 그러나 반사적으로 그에게 손등을 내밀었다. 그는 내 손을 붙잡아 입을 맞추곤, 이윽고 고개를 들어 짙은 에메랄드색의 눈동자를 내게 향했다.

"여왕 전하를 뵈옵니다."

위딘 첼 메르토니아. 메르토니아 제국의 제 1황자이자 현재 황위 계승자. 그의 눈동자를 마주한 순간 나는 또 한 번 놀라지 않을 수 없었다. 그가 내 예상을 벗어나는 굉장한 미남이었기 때문이다.

이렇게 직접 그를 만난 건 처음이었다. 물론 그전에도 초상화를 본 적은 있었지만, 보통 왕족의 초상화는 몇 배나 미화시켜 그리는 것이 당연한 관례였기에 별다른 감흥이 없었던 것이다. 그런데 그 미모가 실재하는 것이었다니.

분명 황후의 것을 물려받았으리라 생각되는 수려한 이목구비, 그것을 감싸는 남자다운 얼굴선. 목, 등, 허리, 그리고 팔과 다리까지 곧고 반듯한 신체.

은색으로 맞춘, 결코 화려하지는 않지만 기품 있는—아, 치어슨 백작 부인. 이런 걸 말한 건가요?— 예복은 황태자의 몸에 꼭 맞아, 그 건장하면서도 늘씬한 형태를 그대로 드러내고 있었다.

위딘의 나이도 올해 스물다섯으로, 디네힌과 동갑이라 기억하고 있었다. 일곱 살 차이면 결코 적다고는 할 수 없는 차이인데도 이렇게 깍듯하게 예법을 차리다니, 대제국의 황태자라는 사실을 믿을 수 없을 정도였다. 티아마칸급까지는 아니더라도 꽤나 콧대가 뻣뻣한 인물일 거라고 생각했는데.

위딘은 키스를 마치고도 내 손을 붙잡고 놓지 않은 채 지긋이 내 눈을 올려다보았다. 왠지 몸속이 간질간질해서 나는 슬쩍 손을 빼내고 말했다.

"먼 길 걸음 하시느라 고생이 많으셨습니다. 앉으시지요."

우리는 테이블을 사이에 두고 앉았다. 타국의 왕족을 맞이할 때는 먹을 것을 내놓지 않는 것이 관례라고 미리 듣기는 했지만, 막상 이런 자리에 다과가 없으니 이상한 느낌이 드는 게 사실이었다.

무슨 말을 해야 되나. 서로 익히 알고 있다고는 해도, 막상 제대로 된 이야기는 나눠 본 적이 없는 사이였다. 게다가 혼담이 오가는 상대가 아닌가.

지금까지는 아바마마의 단호한 정책이 있었기에 구혼자와 이렇게 개인적으로 대면한 적은 한 번도 없었다. 올해도 그가 메르토니아의 황태자이기에 따로 알현을 허한 것이지, 그렇지 않았다면 다른 구혼자들과 함께 오늘 저녁 전야제에서 첫 인사를 나눴으리라.

그런 이유로 나는 지금 이 자리가 영 어색하기만 했고, 그 어색함을 생글거리는 미소와 의미 없는 수다로 감추는 게 고작이었다. 황제 폐하는 안녕하신가, 오는 길은 험하지 않았는가, 오랜만에 찾은 에오니르는 어땠는가 등등.

하지만 웬걸, 위딘은 그렇지도 않은 모양이었다.

"아름답게 성장하셨군요, 전하."

"때마침 여름이라 아마릴리스가 한창— 네엣?"

예상도 못 한 기습에 말문이 막혔다. 내가 동그랗게 뜬 눈으로 쳐다보자 위딘은 부드럽게 웃었다.

"전하의 아름다움이 해가 다르게 그 빛을 더해 간다는 말은 풍문으로 들었으나, 실제로 뵙게 되니 마치…… 아아, 그렇군. 말씀하신 아마릴리스가 만개한 것 같군요. 이런 분에게 구혼할 수 있다니, 황태자 신분도 영 못 써먹을 것만은 아닌 듯합니다."

나는 대답할 말을 잃고 입을 벌렸다.

고백하자니 여왕으로서 참으로 부끄럽지만, 그렇다. 나는 완전히 당황하고 있었다. 메르토니아의 황태자가 이렇게까지 노골적인 구애를 하리라고는 정말 상상도 못 했던 것이다.

–명심하세요, 여왕 전하. 상대가 제국의 황태자가 되었든 황제가 되었든 결코 위축되셔서는 안 됩니다. 전하는 지금 갑 중의 갑입니다. 남자라면 그 누구라도 아쉬운 상황이에요. 그러니 당당하세요. 아시겠죠?

나는 치어슨 백작 부인의 말을 떠올렸다.

그렇지만 백작 부인, 아무래도 명심할 것까지도 없었던 것 같은데요.

"흠, 흠."

옆에서 비서관, 노먼 백작이 헛기침하는 소리가 들려 나는 퍼뜩 정신을 차렸다.

"아…… 과, 과분한 칭찬이세요, 황태자 전하."

"설마요. 오히려 여왕 전하의 아름다움을 티끌만큼도 담아내지 못하는 제 표현력을 저주하고 있던 참이었습니다. 이 서툴고 둔한 저를 부디 용서해 주시기를."

누가 서툴고 둔하다고? 억지로 웃는 입가가 희미하게 떨리는 것을 스스로도 알 수 있었다.

"아하하……하……. 황태자 전하는 짓궂은 분이시군요. 만나 뵙기 전 제가 상상했던 것과는 조금 다릅니다."

"호오, 그러면 어떤 자라고 상상하셨습니까? 알고 싶군요."

"아니, 그게……. 아, 아무튼 이렇게나 정열적인 분이라고는 생각을 못 했다고나 할까……."

"저도 몰랐습니다. 방금 여왕 전하의 자태를 이 눈에 담기 전까지는."

아니, 치어슨 백작 부인. 어떻게 된 건가요. 이런 상황에 대한 교육은 없었잖아요.

솔직히 말하면 이미 두 손 두 발 다 들고 싶은 심정이었다. 나는 도움을 찾아 황망히 주위를 둘러보았다. 하지만 비서관 노먼도, 시종장 벨리엔도, 하다못해 시녀들까지도 나와 눈을 마주치려 하지 않았다.

"여왕 전하. 혹시 더우신 건가요? 낯빛이 조금 상기되신 것 같은데요. 신하들에게 일러 창문이라도 열게 하는 것이 좋지 않겠습니까."

위딘의 말이 떨어지자마자 시종장이 기다렸다는 듯이 지시를 내렸고, 시녀들이 바삐 흩어졌다. 황태자는 자못 걱정스럽다는 표정을 짓고 있었지만, 정작 그의 눈은 싱글싱글 웃고 있다는 것을 나는 뒤늦게 눈치챘다.

잠깐. 이거 지금 나 놀리는 거 맞지?

"분에 넘치는 찬사는 감사하지만, 어쩐지 좀 받아들이기가 힘들군요."

나는 말했다. 스스로도 말투가 뾰족해진 것을 알 수 있었다.

"어떤 것이 말씀이십니까?"

"황태자 전하와 제가 이렇게 마주 앉은 지 채 반 시간도 지나지 않았는데 처음 만난 여성에게 쉬이 그런 말씀을 하시다니, 저로선 그것을 진심이라 믿기 어려운 것이 사실이네요."

위딘은 한동안 아무 말 없이 지긋이 나를 바라보았다. 내가 그 그윽한 눈빛을 받아 내다 못해 초조해지려고 할 즈음에서야 그는 입을 열었다.

"여왕 전하."

"네?"

"제가 처음으로 전하에게 구혼했던 것이 언제인지 알고 계십니까?"

"제 나이 일곱 때……. 그러니 지금부터 11년 전이군요."

"예, 11년입니다. 11년이면 그때 태어난 아이도 이제는 충분히 제 앞가림이 가능할 정도의 세월이지요. 그 오랜 세월 동안 오로지 여왕 전하 한 분만을 가슴에 품고, 이렇게 뵙게 되는 날만을 고대해 온 저에게 그런 말씀은 가혹하다 생각하지 않으십니까."

와, 이것 봐라. 어떻게 저런 말을 눈 하나 안 깜빡이고 할 수 있는 걸까. 틀림없다. 이 남자, 어마어마한 바람둥이인 게 확실하다. 누가 황위 계승자 아니랄까 봐 여자 홀리는 게 장난이 아니구나. 내기해도 좋다. 벌써 사고 쳐서 애가 있대도 난 절대로 놀라지 않을 것이다.

"11년을 저만 생각하셨다고요."

"예."

"그러니까 황태자 전하가 열넷이시던 그때부터, 당시 일곱 살이었고 지금까지 단 한 번도 본 적이 없었던 저 하나만을 쭉 생각하셨다 그 말씀이시죠?"

"예. 맞습니다."

천연덕스럽게 그렇게 말하는 위딘의 눈빛에는 놀랍게도 한 치의 흔들림도 없었다.

이거 이거, 세상 물정 모르는 순진한 처녀라면 그냥 홀딱 넘어가겠네. 아니, 틀림없이 메르토니아 어딘가에는 실제 희생자가 얼마든지 있겠지.

그렇지만 나는 안 당한다. 내 어깨에는 나 혼자뿐 아니라 이 에오니르 백성들 전체의 운명이 얹혀 있단 말이야.

"그렇게 오랜 세월 저만을 바라보셨는데 어찌하여 여태 한 번을 찾아오지 않으셨던 건지가 몹시 궁금하군요, 황태자 전하.”

“저라고 왜 그러고 싶지 않았겠습니까. 하지만 황제 폐하께서 금지하셨기에 도리가 없었습니다.”

“금지하셨다고요? 셰릴 황제 폐하가?”

“예. 그것이 돌아가신 에오니르의 선왕 전하와의 약조였다 하셨습니다. 여왕 전하가 열아홉 탄신일을 맞는 그날까지 직접 만나서는 아니 된다고.”

금시초문이었다. 아바마마가 생전에 나를 상대로 한 구혼 행위에 엄격하셨던 것은 사실이다. 실제로 지금까지는 어떤 구혼자도 직접 만난 적이 없었으니까.

그렇지만 아바마마께서 승하하신 후, 내가 여왕으로 즉위하고 나서는 방문하고 싶다는 의사를 밝힌 곳은 얼마든지 있었다. 실제로 작년 탄신제 때도 많이들 찾아왔고.

나는 미심쩍은 눈으로 위딘을 쳐다보았다. 하지만 표정으로 그의 속마음을 파악하는 것은 무리였다. 평생을 신께 바친 수도사도 저리 가라 할 정도로 경건한 분위기였기 때문이다.

나는 그가 한 말의 진위를 차후 반드시 알아보리라 다짐했다.

“하지만 만약 여왕 전하께서 저를 만나고 싶다고 하셨다면 그리했을 것입니다. 설사 황제 폐하의 명을 거스르더라도.”

위딘은 변함없이 진지한 눈빛으로 그렇게 말했다.

아, 네. 그러세요.

“다행이네요, 제가 그런 말을 하지 않아서. 황태자 전하께서 황제 폐하의 노여움을 사는 일은 저도 원치 않으니까요.”

"감사합니다. 하나 이제는 아무것도 걱정할 일은 없겠지요. 저도 이제 아무런 거리낌 없이 여왕 전하에 대한 마음을 표현할 수 있어서 기쁘기 한량없습니다."

아, 네네. 그러세요.

"그러니 부디, 폐가 되지 않는다면 여왕 전하의 이야기를 듣고 싶군요."

"제 이야기요?"

"예. 지금까지 어떻게 살아오셨는지, 어떤 것을 좋아하시고 어떤 것을 싫어하시는지, 그런 것들 말입니다."

"제 신상이나 사생활에 대해서는 충분히 알고 계시리라 생각하는데요."

좋든 싫든, 나는 12년째 전 세계의 관심을 한 몸에 받고 있었다. 나에 대한 가십지만 해도 매달 수십 종은 나오고 있는 상황이라, 왕실에 그 잡지들을 하나하나 수집해서 체크하는 부서도 있을 정도였으니까. 그러므로 위딘이 자기 말마따나 그렇게 날 오래 생각해 왔다면 남들이 아는 만큼 이상으로 나에 대해 빠삭할 터였다.

"예. 그렇지요."

위딘은 부드럽게 웃으며 말했다.

"하지만 여왕 전하의 말씀을 통해 직접 듣고 싶은 겁니다. 여왕 전하에 대해서."

와, 말솜씨 진짜…… 와.

솔직히 아니꼬웠지만, 대놓고 거절할 구실이 없었기에 나는 위딘이 청한 대로 내 신변잡기를 늘어놓았다. 그동안 위딘은 기껏해야 가볍게 고개를 끄덕이거나, 짧게 예, 아니요 대답하는 정도가 전부, 절대 중간에 끼어들지 않고 그저 내 말을 듣기만 했다.

그러면서 시종일관 그 깊은 녹색빛 눈으로 내 눈을 쳐다보고 있는데, 그걸 의식할 때마다 괜시리 뺨이 뜨거워져서 어찌할 바를 알 수가 없었다.

정말, 쓸데없이 잘생겨 가지고. 저렇게 생겨서 저런 소리를 늘어놓는 남자가 바람둥이가 아닐 리 없어. 그래, 틀림없다.

나는 몇 번이고 그런 말을 스스로에게 들려주었다.

그런지 얼마나 시간이 지났을까. 응접실 출입구 쪽이 소란스럽다 싶더니, 시종 하나가 헐레벌떡 뛰어왔다. 시종장 벨리엔이 얼굴을 찌푸리고 그쪽에 다가갔다가, 귓속말로 무언가를 전해 듣곤 안색을 달리했다.

벨리엔은 그 시종과 비슷할 정도로 허둥대며 비서관 노먼 백작에게 달려왔고, 똑같은 장면이 고대로 반복되었다.

"무슨 일이죠?"

내가 기다리다 못해 그렇게 묻자 노먼은 창백한 얼굴로 나를 봤다가, 다시 위딘을 봤다가, 내게 가까이 다가왔다.

"여왕 전하, 외람되오나 귀를……."

나는 의아해하면서도 노먼이 청한 대로 했다. 그는 허리를 굽혀 내 귓가에 속삭였다.

"티아마칸 황제 폐하가 방금 막 입궁하셨다 합니다."

"……뭐라고요?"

나는 경망스럽게도 큰 소리를 지르고 말았다. 위딘이 깜짝 놀란 표정을 지었으나, 도무지 그런 걸 신경 쓰고 있을 때가 아니었다.

"아니, 대체 어떻게……. 분명히 오늘 아침에 국경을 넘었다고 했잖아요. 어떻게 벌써 도착할 수가 있어요? 물리적으로 말이 안 되잖아요. 그리고 그동안 파발은 뭘 한 거예요? 적어도 타나수르 성문을 통과할 시점에는 연락이 왔어야 하잖아요!"

"마, 말씀하시는 대로입니다. 아뢰옵기 황공하오나, 도중부터 황제 폐하께서 홀로 말을 달려 오신 모양이라……. 성문을 통과하고 난 뒤 파발마가 서둘러 그 뒤를 쫓았으나 놓치지 않게 따라붙는 것이 고작이었다고……."

노먼은 더듬거리며 말했다.

믿을 수가 없었다. 도대체 이유가 뭘까. 뭐가 그렇게 급하다고 대륙 최고로 지고하다 자처하는 몸으로 그런 폭주를 감행했단 말인가. 일부러 나를 괴롭히려 한다고밖에는 생각할 수가 없었다.

그때, 입구 쪽에서 다시 큰 소리가 울렸다.

"화, 황제 폐하 드십니다!"

나는 벌떡 자리에서 일어났다. 그때까지만 하더라도 어리둥절하게 앉아 있을 뿐이었던 위딘도 새로 나타난 인물을 확인하고는 표정을 딱딱하게 굳혔다.

덩치가 큰 남자였다.

나와 머리 하나 정도는 가볍게 차이 날 것 같은 장신에, 웬만한 내 근위 기사들을 가볍게 뛰어넘는 근골의 육체. 그것을 빈틈없이 감싸고 있는 칠흑의 갑옷. 양쪽 어깨로 삐죽이 솟아 있는 독특한 형태의 칼자루와, 보통 사람이라면 두 손으로 다루기도 힘겨워 보이는 길이의 칼집.

보는 순간 알 수 있었다. 검에 대해서는 밝지 않은 나조차 그 이름을 알고 있는, 티아마칸 황가에 대대로 내려온다는 쌍둥이 검, 레울라와 슈미켈이었다. 그렇다면 그 주인의 신분은 의심할 여지가 없었다.

그는 이쪽으로 뚜벅뚜벅 걸어와 철컹거리는 소리를 내며 의자에 발을 올렸다. 주위의 빛을 온통 흡수하는 듯한 검디검은 머리칼과, 사람이라기보다는 맹수의 그것처럼 느껴지는 번뜩이는 황금색 눈동자.

작년, 전대 황제 케르간 2세가 타계한 뒤 약관 스물여섯의 나이로 티아마칸 제국의 황위에 오른 젊은 황제, 카야르 티아마칸은 씨익 입꼬리를 올리며 모국어인 티아마칸어로 말했다.

"그대가 리유나인가? 듣던 대로 쓸 만한 여자로군."

대처할 바를 알 수가 없었다. 내일에야 도착할 줄 알았던 티아마칸의 황제가 난데없이 입궁했다는 소식만으로도 당황스러운데, 그것으로도 모자라 다짜고짜 눈앞에 나타나질 않나, 흙발로 의자를 밟지 않나, 게다가 아무리 그래도 에오니르의 여왕인 내게 저런 말투라니.

과장이 아니라 현기증이 나서 진짜로 쓰러질 것만 같았다.

여왕인 내가 이럴진대 그 아랫사람들은 오죽하랴. 하지만 이 어처구니없는 상황과 카야르 황제의 거대한 존재감에 짓눌려 누구 하나 나설 엄두를 못 내고 있었다.

그리하여 정적을 끊은 것은 이 자리의 유일한 제삼자였다.

"아무리 황제 폐하라도 너무 무례한 것 아닙니까."

침착하기 그지없는 목소리에, 유창한 티아마칸어였다.

카야르의 눈동자가 천천히 굴러 위딘 쪽을 향했다. 무시무시한 위압감이었다. 공기가 따갑다는 게 이런 느낌이었구나.

날 쳐다보고 있는 것도 아닌데 저절로 침이 꿀꺽 넘어갔다. 하지만 정작 말을 뱉은 이의 억양은 철없는 아이라도 타이르는 것처럼 차분했다.

"리유나 여왕 전하는 이 에오니르의 군주이자 가장 높으신 분입니다. 마땅히 지켜야 할 예의가 있다고 생각됩니다만."

스릉, 하는 예리한 소리가 울린 순간, 카야르가 번개같이 뽑아 든 칼날이 위딘의 목으로 쇄도했다. 시녀들의 비명 소리와 남자들이 숨을 삼키는 소리가 동시에 울렸다.

"화, 황제 폐하!"

나는 외쳤다. 카야르는 쉿, 하고 검을 쥐지 않은 반대쪽 손의 검지를 세워 내 입술로 들이밀었다.

"예의?"

카야르가 말했다. 흉흉하게 살기 어린 목소리였다.

"예의의 제대로 된 의미를 알려 줄까? 목숨 아까운 줄 모르는 애송아."

공교롭게도 위딘의 곁에는 지금 그를 지켜 줄 경호원은커녕 자기 나라 시종조차 없었다. 궁에는 어차피 무기 반입이 안 되니 모두 물러가 쉬고 있으라고 했기 때문이었다.

창밖으로 막 저물기 시작한 붉은 태양 빛이 칼날에 스며들어 불길하게 빛나고 있었다. 그 끝이 자신의 목덜미에 바싹 닿아 있는데도 불구하고, 위딘은 차분하기 그지없는 그대로였다.

아니, 그 이상이었다. 그의 표정과 눈빛은 마치 깊고 깊은 우물처럼 고요해서 주위 모든 것을 송두리째 빨아들여 삼켜 버릴 것 같은, 그리고 나서도 자신은 파문 하나 일렁이지 않을 것 같은 섬뜩한 분위기를 풍기고 있었다.

"불가능할 텐데요."

"뭐라?"

"자신도 모르는 예의를 어떻게 남한테 가르친다는 겁니까."

"그만하세요, 두 분 다!"

나는 목소리를 높이며 두 사람 사이에 끼어들었다. 카야르는 움찔하더니 자신 쪽으로 검을 당겼고, 위딘도 놀란 얼굴로 팔을 들어 나를 막았다.

"여왕 전하, 위험합니다. 물러나세요."

"제 걱정을 하실 때가 아니지 않습니까! 황제 폐하, 검을 거두세요!"

그렇게 외치는데, 저편에서 귀에 익은 목소리가 들렸다.

"여왕 전하!"

디네힌이었다.

그를 선두로 왕실 근위 기사들이 일제히 달려오고 있었다. 디네힌의 발검을 신호로, 열 명이 넘는 기사들이 동시에 검을 뽑았다. 그리고 그들은 순식간에 원형을 이루더니 나와, 카야르와, 위딘을 둘러쌌다. 눈 깜짝할 사이에 벌어진 일이었다.

"검을 거두어 주십시오, 황제 폐하."

디네힌이 차갑게 굳은 목소리로 말했다. 분위기가 다시 일변했다. 디네힌이 아무런 주저 없이 자신의 검 끝을 카야르에게 겨누고 있었던 것이다. 다른 사람도 아닌, 바로 티아마칸의 황제에게.

술렁임이 일었다. 함께 검을 뽑아 든 디네힌의 수하 기사들조차 놀란 기색으로 자신들의 대장을 보고 있었다.

"디네힌 경!"

내가 한 걸음 앞으로 나서자 디네힌의 안색이 변했다.

"여왕 전하, 위험하십니다. 어서 물러나십시오."

"아니요, 괜찮아요. 경이야말로 검을 거두세요. 다른 자들도. 어서!"

"그럴 수 없습니다. 여왕 전하의 안전이 확보되지 않는 한—"

"거두세요! 어서!"

기사들 사이에서 술렁거림이 일었다. 나는 꼿꼿이 디네힌과 카야르의 사이에 버티고 서서 디네힌을 노려보았다.

아무리 카야르가 먼저 시작했다고는 하나, 티아마칸의 황제를 검으로 위협하고 있는 이 상황은 자칫 잘못하면 큰 문제로 번질 만한 위험성이 있었다. 억울하지만 그것이 현실이었다.

그리고 디네힌 정도 되는 사람이 그러한 사실을 모를 리가 없었다. 나는 절박한 심정을 눈빛에 담아, 디네힌에게 전해지기를 간절하게 기도했다.

매초 바늘로 찌르는 듯한 순간이 얼마나 흘렀을까. 디네힌은 결국 입술을 깨물며 검을 내렸다. 그러자 나머지 기사들도 뒤따라 검을 거두고 뒷걸음질로 물러났다. 그들은 오히려 한편으로는 안심한 기색이었다.

나는 카야르를 돌아보았다.

"황제 폐하. 검을 거두어 주세요. 이만하면 되지 않았습니까."

카야르는 가늘어진 눈으로 나를 내려다보다가 천천히 입을 열었다.

"되었는지 안 되었는지는 짐이 결정한다."

"폐하……!"

"게다가 짐이 죄를 묻고 있는 건 그대가 아니다. 저 낯짝 반반한 애송이지. 겁 없이 입을 놀린 대가로 최소 그 기름 발린 혀를 뽑지 않고서는—"

"그만하세요! 그는 메르토니아의 황태자란 말입니다!"

내가 그렇게 말한 순간, 번뜩하고 카야르의 황금색 눈동자에 이채가 서렸다.

"메르토니아라고?"

"그렇습니다."

위딘이 말했다. 마치 혼자만 다른 세상에 있는 듯, 이 판국에 와서도 여전히 차분한 목소리였다.

"위딘 첼 메르토니아라고 합니다. 들으신 대로 메르토니아 제국의 현 황위 계승자죠."

"하."

카야르는 웃었다.

그는 검을 당겨 칼등을 자신의 어깨에 얹고는 허리를 폈다. 그러자 안 그래도 큰 키가 더더욱 거대해 보였다.

"그랬군. 어쩐지 과하게 겁을 상실했다 했더니 메르토니아의 새끼 원숭이였나."

"폐하!"

"됐어. 걱정 마라. 알았으니까."

카야르는 입술을 비틀어 웃고는 빈손을 등 뒤로 돌려 칼집을 내린 후 각도를 맞추어 검을 집어넣었다. 처음 뽑았을 때와는 다른, 마치 곡하는 듯한 길고 기이한 마찰음을 낸 끝에 검은 겨우 원래 있던 자리에 갈무리되었다.

주위의 긴장이 급속도로 이완되었다. 홀 안에 있던 사람들이 겨우 숨통이 트인 듯 술렁거리기 시작했다. 시녀 몇은 그대로 제자리에 쓰러지기까지 했다. 나 역시 가능하다면 그러고 싶은 심정이었지만, 물론 그럴 수는 없었다.

"여왕 전하!"

디네힌을 비롯한 기사들이 이쪽으로 달려와 나를 둘러쌌다.

"전하를 내실로 모셔라. 어서!"

디네힌이 외쳤다. 나는 그의 팔을 붙잡으며 고개를 저었다.

"아니요, 난 괜찮아요. 쓰러진 아이들이나 돌봐 주세요."

"하오나 전하!"

나는 다시 한 번 고개를 가로젓고는 기사들 사이를 헤치고 나왔다. 그 앞에서는 카야르와 위딘이 여전히 서로를 쳐다보며 대치하고 있었다.

나는 카야르에게 다가가 말했다.

"황제 폐하. 이 타나수르까지 어려운 걸음 해 주신 것에 대해서는 진심으로 감사하게 여기고 있습니다. 하지만 그것이 각국가의 귀빈 간에 이처럼 흉흉한 긴장을 불러일으키기 위함은 아니지 않습니까."

"여왕 전하의 말씀대로입니다."

위딘이 말했다.

"아무래도 티아마칸의 황제 폐하께서는 우리가 어떤 목적으로 이곳에 모인 건지를 잊으신 것 같군요. 여왕 전하의 탄신일을 축하할 마음이 없으신 겁니까?"

"여전히 목숨 아까운 줄 모르고 입을 놀리는군. 역시 그 혀를 뽑아 두었어야 했던 건데."

"폐하! 황태자 전하도 이제 그만하세요!"

내 외침에도 아랑곳하지 않은 카야르는 팔짱을 낀 채로 위딘에게 이죽거렸다.

"네놈이야말로 잊지 않는 것이 좋을 거다. 내가 네 목을 거두지 않은 이유가 바로 네가 나불거린 그 목적 때문이라는 것을."

"좋습니다. 그렇다면 최소한 이 나라에 머무는 동안은 그 검이 뽑히는 일이 다신 없을 거라는 뜻이겠군요."

"최소 내 인내심이 허락하는 한은 말이지. 그러니 네놈도 입단속을 해 두는 편이 좋을 거다."

"명심하죠."

한마디 들을 때마다 수명이 1년씩 줄어드는 듯한 대화였다.

마침 원래는 카야르와 함께 도착했어야 했던 티아마칸의 방문단이 뒤늦게 들이닥치고, 뒤이어 위딘의 심복들까지 달려와 또 한바탕 소동이 일었다.

비서관 노먼이 진땀 빼며 겨우겨우 그들을 인솔해, 명목은 호위지만 실상은 감시를 위해 내 근위 기사단과 함께 홀을 떠났다.

모든 지시를 마친 뒤, 나는 힘이 빠져 테이블에 주저앉았다. 시녀, 티티와 오트가 담요를 덮어 주고 따뜻한 물을 가져다주었다. 아직도 희미하게 떨리는 손으로 물 잔을 붙잡고 있는데, 누군가의 그림자가 내 발치에 와 닿았다.

고개를 들어 보니 디네힌이었다. 그는 전에 없이 굳은 표정을 짓고 있었다. 나는 그에게 힘없이 웃어 보였다.

"아, 디네힌 경. 고생했어요. 깜짝 놀랐죠? 소문으로 듣긴 했지만 진짜 그렇게 막 나가는 인물일 줄은—"

"어찌하여 그렇게 위험한 일을 하신 겁니까, 전하."

디네힌이 내 말을 도중에 자르고 말했다.

"네?"

"황제가 어떤 인물인지 전 대륙이 알고 있으니 여왕 전하 혼자 모른다고 하지는 않으시겠죠. 그런 그가 바로 눈앞에서 검을 뽑아 들었는데, 몸을 피하셔도 모자랄 판국에 어떻게 그 앞을 막아서실 수가 있습니까. 전하께서는 그 옥체가 얼마나 귀한지에 대한 자각이 없으신 겁니까?"

그의 목소리는 그야말로 싸늘하기 그지없었다. 나는 어안이 벙벙해서 눈을 동그랗게 떴다. 디네힌에게 훈계를 듣는 거야 일상이나 다름없는 일이었지만, 그가 이렇게 강경한 모습을 보이는 건 처음이었다.

"아니, 그렇지만 혹시라도 메르토니아의 황태자의 몸에 무슨 일이라도 생긴다면 그건 전부 에오니르의 책임이잖아요. 내가 막지 않는다면 대체 누가 막을 수 있다는 거예요?"

"그럴 때를 위해서 기사단이 있는 겁니다. 저에게 맡기셨어야지요. 왜 제 말을 듣지 않으신 겁니까."

"맡겨요? 디네힌 경에게?"

나는 눈살을 찌푸렸다.

"아니, 거기서 냅다 황제한테 칼을 들이대는 사람의 말을 어떻게 믿고 맡기라는 거예요?"

"……."

"그렇게 칼을 겨눈 채로 위협하면 디네힌 경 말마따나 그 대단한 성격의 황제가 잘도 물러났겠네요. 오히려 이쪽에서 먼저 물러났기에 황제에게도 그만둘 수 있는 명분이 생긴 거예요. 그렇지 않다면 훨씬 더 큰일로 번질 수도 있었다고요. 아닌가요?"

너무나도 명백한 사실이었기에 디네힌도 당연히 그걸 깨달고 검을 거두라는 명령을 따른 거라고 생각했다. 그런데 아니었단 말인가.

"그것은 결과론일 뿐입니다."

디네힌은 딱 잘라 말했다.

"뭐라고요?"

"제 생각에는 변함이 없습니다. 여왕 전하께서 말씀하신 대로 제 선택이 상황을 더 악화시킬 가능성도 있었겠지요. 그래도 전하를 위험에 빠트리는 것보다는 낫습니다. 티아마칸이 되었건, 메르토니아가 되었건, 설사 전 대륙을 적으로 돌리는 한이 있더라도."

디네힌의 목소리와 어조는 한없이 차분했으나, 그 눈빛은 얼어붙은 수면 아래 물처럼 무겁게 일렁이고 있었다.

어처구니가 없었다. 아니, 전 대륙을 적으로 돌릴 상황이면 당연히 나를 버려야지, 무슨 소리야. 당신 진짜 길로프 재상 아들 맞아?

머리가 아찔했다. 저 대책 없는 황제와 황태자만으로도 감당이 안 돼 죽겠는데 왜 디네힌까지 이러는 걸까.

"여왕 전하."

"그만."

"예?"

"그만. 더 이상은 무리예요. 아하, 아하하하."

나는 자리에서 일어나 비틀거리며 홀 입구를 향해 걷기 시작했다. 시녀들이 서둘러 달려와 부축했다.

"전하. 괜찮으신 겁니까?"

디네힌이 부르는 소리가 들렸지만 나는 뒤돌아보지도 않았다. 진짜 더 이상은 한계였다.

나는 침실에 틀어박혀 시녀들에게 모두 나가라고 일렀다.

드레스고 뭐고, 소파에 쓰러져 그냥 정신을 놓네 마네 하고 있는데 누군가가 방을 노크했다. 못 들은 척 무시해도 여간 끈질긴 게 아니었다.

"아, 뭔데!"

"송구하옵니다만 전하, 탄신제 전야제가 30분 남았습니다. 이브닝드레스가 준비되어 있습니다."

……아, 진짜.

나는 절망적인 기분으로 얼굴을 감쌌다.

이놈의 여왕, 그냥 때려치울 수 없나.

100점 만점에 2점

　—라고는 해도, 솔직히 여왕이라는 신분 자체에는 불만이 없다. 명색이 국가 최고의 권력자이자 가장 높은 지위 아닌가. 그 뒤를 따르는 수많은 제반 사항을 감안하더라도, 왕가의 여자로 태어난 이상 사실 이보다 나은 처지는 바랄 수가 없는 게 사실이었다.

　만약 다난 오라버니가 살아 있었다면, 혹은 내 밑으로 다른 형제들이 태어났다면 지금 내가 이 왕관을 쓰고 있는 일은 없었을 것이다.

　그리고 공주가 왕가에 보탬이 될 수 있는 길은 딱 한 가지뿐이다. 바로 정략결혼이었다. 제국 황실의 며느리로 들어가 최상위 포식자의 그늘에 숨든, 아니면 그에 대항할 힘을 키우기 위해 근처 왕국이나 공국의 왕비가 되든, 하다못해 부잣집으로 가서 거액의 지참금으로 국고를 채우든, 좌우지간 물건처럼 팔려 갈 운명인 것이다.

물건. 그래, 너무나 적절한 표현이다. 어느 전설의 어떤 영웅담에도 뭐만 하면 수여되는 1등 상품. 용을 무찔러도 공주를 주겠네, 국왕의 병을 낫게 해도 공주를 주겠네, 납치된 공주를 구해 와도 그 공주를 주겠네. 아니, 왜? 그냥 왕실 노래자랑 상품도 공주로 하지?

……아무튼, 그에 비하면 여왕은 얼마나 좋은가. 단번에 입장 역전이다. 물론 정략결혼의 여지는 여전히 남아 있지만, 무조건적으로 강요되는 것은 아니었다.

게다가 결정적으로 선택권이 주어진다. 제한적이라고는 해도 마음에 드는 남자를 고를 수 있는 기회가 주어졌다. 사랑을 기대해도 되는 것이다. 이 얼마나 축복받은 지위인가.

원래 여자는 신분이 높으면 높을수록 사랑하는 남자와 맺어질 수 있는 확률이 뚝 떨어지는 법이다. 하지만 반대로 그 정점에는 특권이 있었다. 필연적인 조건이 몇 개나 겹치지 않는 이상 얻을 수 없는 특별한 운명. 그 당첨자가 바로 나였다. 하지만 문제는 당첨이 그걸로 끝이 아니라는 것이었다.

－공주님께서는 전 세계의 왕을 잉태하실 것이옵니다.

아하하하, 퍽이나 고맙기도 해라. 아하하하하하.
까놓고 말해 내 자식이 전 세계의 왕이 되건 말건 나랑 무슨 상관인가. 어떤 대단한 영광이 굴러떨어질지는 몰라도 내게는 필요 없었다. 명예? 부? 뭐가 되었든 그런 건 유일한 왕녀로 태어난 것만으로도 이미 족했다.

아니, 게다가 보통 이런 이야기의 주인공은 평범한 시골 처녀라든가, 집에서 계모와 의붓 자매들에게 구박받는 막내딸 정도가 되는 게 보통 아냐? 왜 하필 나냐고.

모처럼 여왕이 되었는데. 스스로 이런 말 하긴 뭣하지만 외모도 상당히 괜찮은데. 낮은 확률이나마 인간 대 인간으로서 사랑하는 남자와 맺어질 수 있는 기회가 주어질 뻔도 했는데. 웬 노인네가 지나가다 던진 한마디 때문에 모든 게 틀어져 버렸다.

그냥 공주였을 때와 다를 바 없었다. 왕국 1등 상품이 전 대륙의 1등 상품이 되었을 뿐. 결국 물건이었다. 전 세계에서 바글바글 모인 구혼자들 눈에 내가 여자로 보이기나 할까?

아니지. 왕관이다. 쓰기만 하면 전 세계를 다스릴 왕의 부친이 될 수 있는 왕관. 그래, 왕의 부친이래 봤자 어차피 왕이잖아? 아마 이들 중 반 이상의 머릿속에는 그 예언의 문구가 벌써 수정되어 있을걸.

아, 정말. 짜증 나. 못해 먹겠다고!

"여왕 전하."

나는 목소리가 들린 쪽을 홱 돌아보았다.

디네힌이었다. 그는 푸른색과 흰색이 섞인 근위 기사단의 예식용 제복을 입고, 긴 머리를 단정하게 한 가닥으로 묶고 있다. 그는 내 근처로 바싹 다가와 평소보다 더 굳은 표정으로 속삭였다.

"약주가 과한 것 같습니다. 조금 자제하시는 것이…….”

나는 눈썹을 찌푸리고, 손에 들고 있던 포도주 잔으로 다시 고개를 돌렸다. 그리고 그것을 단번에 꿀꺽 삼켰다.

"전하!"

시끄럽네, 정말. 너 같으면 안 마시고 배기겠냐 이거야.

전야제도 막바지였다. 지금 몇 시쯤 되었을까, 정확히는 알 수 없어도 심야인 것은 확실했다. 아까 이미 자정이 지나 탄신을 축하드린다면서 하객 대표인 위딘으로부터 축사를 받고, 답사를 하고, 건배를 하는 등 법석을 피웠었으니까.

그래서 아까 전, 울며 겨자 먹기로 침실을 나와서 드레스를 갈아입고, 장신구를 갈아 끼고, 화장과 머리를 손보고 연회장으로 나와서 감사 인사를 하고, 일일이 하객들의 문안을 받고, 댄스를 추고, 문안을 받고, 댄스를 추고, 문안을 받고, 댄스를 추고 그 끝없는 쳇바퀴 끝에 겨우 파장 분위기가 되어 이제 목 좀 축이려는데, 뭐? 그만하라고?

"오빠도 아니라면서 뭔 상관이람.”

나는 작게 중얼거렸다.

"뭐라고 하셨습니까.”

디네힌이 미간을 희미하게 찌푸리며 물었다.

흥. 나는 고개를 홱 돌려 디네힌을 외면했다. 그때 비서관 노먼이 나타났다.

"전하. 밤이 깊었습니다. 슬슬 침소에 드셔야지요. 너무 과음

하시면 내일 일정에 차질이 생길 수도 있습니다."

"어머, 비서관도 차암. 무슨 그런 걱정을 다 하세요."

나는 생긋 웃으며 말했다.

"겨우 이 정도로 내가 취할 것 같아요? 봐요."

나는 미뉴에트 스텝을 밟으며 제자리에서 빙그르르 돌았다.

챙그랑!

'꺄악, 여왕 전하!' 하고 옆에서 무슨 소리가 들린 것 같았지만 상관없었다. 내 균형 감각은 완벽했다.

"어때요, 괜찮잖아요? 아무렇지도 않잖아요?"

"맙소사. 비서관, 아무래도 어서 여왕 전하를 침소로 모시는 게 좋겠소."

"동의합니다, 디네힌 경. 그리하지요. 여봐라!"

"무슨 소리예요. 나 멀쩡한 거 방금 봤잖아요? 그보다 티티, 한 잔 더 따라 줘. 어? 근데 내 잔이 어디 갔지?"

이내 시녀들과 근위 기사들이 우르르 몰려와 나를 연회장 외곽으로 몰고 가기 시작했다. '잠깐만! 진짜로 괜찮다니까!' 하고 항의해 봤지만 아무도 내 말을 듣지 않았다.

여왕의 명령을 대놓고 무시하다니, 이 무엄한 것들.

그런데 그 무도한 무리의 행렬이 불현듯 멈췄다. 정신없는 와중에도 무슨 일인가 하고 봤더니, 눈앞에 거대한 형체가 가로막고 서 있는 게 보였다.

"바삐 어딜 가시나? 리유나 여왕."

카야르였다.

아까 응접실에 난입했을 때와는 사뭇 다른 외양이었다. 그는 자신의 머리카락색과 같은 검은색 예복을 입고 있었다.

대제국의 황제가 입기에는 심플한 디자인이었지만, 왼쪽 가슴에 박힌 보석들과 황실의 문양으로 그 권위만은 확실히 표현하고 있었다. 등을 가리고 있는 망토 역시 똑같이 검은색이었지만, 안감은 화려한 붉은색이었다.

그렇게 차려입고 있으니 웬걸, 보기만은 제법 괜찮은 남자로도 보였다. 아까는 인간이라기보다는 한 마리 맹수 같았는데, 당장이라도 넘쳐흐를 듯한 그 야수성도 적절한 잔에 담아 두니 더없는 남자다움으로 탈바꿈된 느낌이었다. 무엇보다도 등에 지고 있던 그 무시무시한 흉기들이 없는 점이 결정적이랄까.

나와 카야르를 중앙에 두고, 주위 사람들이 순식간에 썰물처럼 갈라져 고개를 숙였다.

"황제 폐하."

나는 치맛자락을 잡고 허리를 가볍게 숙여 예를 표했다.

거봐. 이렇게 멀쩡하잖아, 내 균형 감각.

"그대가 오늘의 주인공이니 내 여태 기다렸으나, 그 인내심도 마침 막 바닥이 나려던 참이었다. 이제는 짐의 상대를 해 줄 수 있겠지."

카야르는 그렇게 말하고 내게 손을 내밀었다. 과장을 조금 보태서 내 손의 거의 2배는 되어 보이는 크기였다.

카야르의 말대로였다. 오늘 저녁 내내 일부러 디네힌과 카야르, 위딘까지 세 사람을 다 피해 다녔던 것이다. 카야르의 성미를 고려했을 때 그가 인내심 운운한 것은 과연 설득력이 있었다. 오히려 감탄을 해도 좋으리라.

내가 뭐라고 대답하기도 전에 디네힌이 사이에 끼어들었다.

"황공한 말씀이오나, 여왕 전하는 지금 상태가 좋지 않으십니다. 밤도 깊고 하여 이만 침소에 드시려던 참이었습니다."

"아니, 내가 분명히 아까 괜찮다고—"

디네힌은 말없이 팔을 들어 나를 가렸다. 카야르는 한쪽 눈을 가늘게 좁혔다.

"상태가 좋지 않다?"

"예. 다소 과음을 하셨기에."

"그게 무슨 문제라는 거지? 적절한 취기는 여인의 색기를 더해 주는 법이다. 오히려 짐에게는 반가운 얘기로군."

카야르의 말에 디네힌의 분위기가 변모했다. 표정에는 거의 변화가 없었으나, 나는 알 수 있었다. 카야르를 바라보는 그 눈빛에는 분명한 분노가 깃들어 있었다.

"시간을 많이 빼앗지는 않을 것이다. 여왕은 내가 후에 침소까지 제대로 에스코트하지. 그러니 비켜라."

"안 됩니다."

디네힌이 딱 잘라 말했다.

"안 된다고."

카야르는 조용히, 그리고 느릿하게 디네힌의 말을 반복했다.

"지금 감히 누구 안전에서 된다 안 된다를 논하는 거지?"

그의 말에 순식간에 취기가 날아가는 느낌이 들었다. 나는 다급히 디네힌의 팔을 제치며 앞으로 나섰다.

"디네힌 경, 그만하세요. 전 괜찮습니다. 폐하, 이자의 말은 괘념치 마시고—"

"이제야 기억나는군."

카야르가 말했다. 그의 눈은 여전히 디네힌에게 고정되어 있었다.

"아까 그 기사로군. 무엄하게도 짐에게 칼을 겨눴지. 그걸로 모자라 이제는 짐에게 명령하는 건가?"

그 말에 디네힌의 눈빛이 차가워졌다. 카야르는 비스듬히 턱을 치켜들고는 이어 말했다.

"관등 성명을 밝혀라."

주위 분위기가 마치 쇠라도 매단 듯 순식간에 무거워졌다. 디네힌은 대답하지 않았다. 무표정한 가운데 오로지 싸늘한 눈동자로 카야르를 응시하고 있을 뿐이었다.

"디네힌 경!"

내 부름에 디네힌은 눈썹을 희미하게 경련시키고, 시선을 아래로 떨어트렸다. 그러고도 한참이 지난 뒤에야 그는 낮게 깔린 목소리로 입을 열었다.

"에오니르 왕실의 근위 기사 단장, 디네힌 버트로스 후작입니다."

"그래, 버트로스 후작."

카야르는 지극히 여유로운 태도로 말했다.

"짐은 두 번 말하는 것을 싫어한다. 그러니."

그는 스스로의 말을 지켰다. 두 번 말하는 대신 손을 흔들었던 것이다. 마치 벌레나 무엇을 내쫓는 듯한 모양새로.

순간 디네힌의 몸이 경직되는 것이 느껴졌다. 밑으로 내리고 있던 주먹이 꽉 쥐인 채 부르르 떨렸다. 나는 다급히 디네힌의 팔을 잡아당겼다.

"괜찮아요, 디네힌 경. 나는 멀쩡합니다, 누차 이야기했듯이."

나는 그렇게 말하고 카야르의 앞으로 걸어가 손을 내밀었다.

"에오니르의 밤하늘은 아름답답니다. 폐하가 괜찮으시다면 잠시 테라스에서 경관이라도 보도록 하죠."

카야르는 훗, 하고 웃으며 내 손을 잡았다.

"기꺼이 그러도록 하지, 리유나 여왕."

카야르와는 걸음 폭이 비교도 안 되었기 때문에 나는 서둘러 발을 놀려야 했다. 나는 카야르에게 이끌려 걸어가며 뒤를 돌아보았다. 디네힌이 표정을 굳힌 채로 잠시 그 자리에 서 있었지만, 곧 다른 기사들과 함께 나를 뒤따르기 시작했다.

테라스를 통해 밖으로 나오자 속이 탁 트이는 느낌이었다.

에오니르의 여름은 덥다. 아무리 늦은 밤이라고 해도 궁전 안은 후덥지근한 것이 사실이었다. 서늘한 바깥 공기가 마치 태어나서 처음 맡는 것처럼 이렇게나 상쾌할 수가 없었다. 심호흡을 몇 번 반복하자 취기도 가시는 것 같았다.

나는 테라스의 대리석 난간에 몸을 비스듬히 기댔다. 시녀와 기사들, 그리고 카야르의 수행원들이 테라스 안까지는 따라 들어오지 않고 입구에서 대기하고 있었다. 저 중엔 분명 디네힌도 있겠지. 많이 상심하지 않았으면 좋겠는데.

아무튼 카야르가 문제였다. 어쩌면 이렇게 안하무인일 수가 있는가. 하도 들어서 나름대로 각오는 하고 있었는데 정말 이 정도일 줄은 몰랐다.

나는 살짝 눈을 찌푸린 채로 곁에 서 있는 카야르를 쳐다보았다. 별빛이 이토록 환하건만, 밤하늘을 배경으로 한 그의 실루엣은 한없이 어둡고 무거웠다. 이 인간은 정말 빛과는 상극이구나, 생각했다.

솔직히 어두운 궁정 복도에서 마주친다고 생각하면 비명을 지르지 않을 자신이 없었다. 아마 모르긴 몰라도 티아마칸 황궁의 시녀들은 죄다 어지간한 담력을 갖추고 있을 것이다. 그렇지 않고서야 저 얼굴을 매일 밤낮으로 보며 버텨 낼 리가 없었다.

"연회는 좋아하나?"

문득 카야르가 물었다.

나는 잠시 망설였다. 막 사교계에 진출하는 귀족 영애들이라면 또 모를까, 이제 와 내 입장에서 즐겁고 말고 할 여지가 있을까. 물론 나도 공주 시절에는 연회가 신나기도 했지. 예쁜 옷입고, 맛있는 거 먹고, 춤을 추고 있으면 모두가 몰려와서 아름답다, 귀엽다, 예쁘다 듣기 좋은 칭찬만 해 댔으니까.

"어렵군요. 폐하는 어떠신가요?"

"좋아할 것처럼 보이나?"

농담도 할 줄 아네. 나는 내심 쓴웃음을 지었다.

"솔직히 말씀드리면 저도 그다지 즐기는 편은 아닌 것 같습니다."

"의외로군. 여자란 생물은 예외 없이 이런 걸 좋아하는 줄 알았는데."

"싫어한다는 뜻은 아닙니다. 입장상, 제가 연회에 참가하는 것은 공무의 성격이 가장 크니까요. 일이라고 생각하니 즐길 여유가 없을 뿐이지요."

"일이란 말이지."

카야르는 그렇게 말하고 잔을 기울여 술을 들이켰다.

"그렇다면 다 기억하고 있나? 오늘 밤 그대가 인사를 나눈 자들의 얼굴과 이름을 전부."

나는 잠시 생각하는 척 뜸을 들이다 '네.' 하고 말했다.

"호오, 그거 참 대단하군."

"일이니까요."

"짐은 질색이다. 그래서 이런 건 전부 아랫것들에게 맡기고 있지. 덕분에 누이들이 매일같이 성화다. 연회에 나가서 국내외 인사들과 어울리는 것도 황제의 의무라면서."

이 남자를 상대로 그런 잔소리가 가능하단 말인가. 대단한 담력이 아닐 수 없었다. 아니면 이런 맹수여도 같은 핏줄에게는 관대한 걸까?

"우애가 좋으신가 보군요. 폐하께선 형제 관계가 어떻게 되셨지요?"

"위아래로 누이만 여섯이다."

"어머나, 생각보다 적군요. 저는 훨씬 많다고 들었던 것 같습니다만."

"원래는 열아홉이었지. 전부 죽여 버렸을 뿐."

카야르는 잔에 남은 술을 입에 털어 넣더니, 자신의 품에서 술병을 꺼냈다.

"그대도 한잔하겠는가? 황도 카마레트노스에서 으뜸가는 명주다. 아무 데서나 맛볼 수 없을걸."

"……그럴까요."

카야르는 테라스 입구에 무리지어 대기하고 있는 이들을 향해 손가락을 튕긴 후 술잔을 가져오라고 명했다. 곧 시녀 하나가 술잔을 가져왔다. 겨우 몇 달 전에 갓 입궁한 세실리였다.

카야르가 술을 따라 나에게 내밀었고, 나는 그것을 받아 들었다. 세실리가 머뭇거리며 기미를 보려 하는 눈치였지만, 나는 괜찮으니 물러가라고 명했다.

"하오나 전하……."

"짐이 미래의 황후에게 독을 먹일 거라고 생각하는 건가?"

카야르가 말했다. 어둠 속에서 그의 눈동자가 마치 짐승의 그것처럼 번쩍였다. 세실리는 하얗게 질린 채 굳어서 소리도 못 내고 입만 뻐끔거렸다.

무리도 아니었다. 저 눈길을 정면으로 받았으니 오죽하랴.

"세실리. 괜찮으니 어서 가. 자."

나는 세실리의 어깨를 붙잡고 말했다. 그녀는 부들부들 떨면서 절을 하고 뒤돌자마자 뛰어서 사라졌다.

카야르는 건배를 제안하듯 자신의 잔을 내밀었다. 나는 속으로 한숨을 쉬곤 그의 것과 잔을 마주친 후 입으로 가져갔다.

"윽……!"

어느 정도 예상은 했지만 그 정도를 훨씬 뛰어넘는 독주였다. 알싸한 향이 입을 통해 콧속까지 퍼지고, 목으로 화로를 삼킨 듯 뜨거운 것이 식도를 따라 자취를 남기며 굴러떨어졌다. 덩달아 기침이 나오려는 것을 겨우 삼켰다.

저 남자는 이런 걸 표정 하나 안 바꾸고 그렇게 들이켰단 말이야?

"호오, 제법 마시지 않는가. 로물로를 넘기고도 멀쩡한 여자는 그대가 처음이다."

"그리 보이십니까? 그렇다면 폐하도 꽤나 취하신 것 같군요."

나는 뜨거워진 얼굴을 손등으로 식히며 말했다. 순식간에 다시 취기가 올라오는 것 같았다.

"하핫."

카야르는 유쾌하다는 듯이 웃었다.

"짐이 명주라 했음에는 거짓이 없다. 언제 어디에서 뚜껑을 따더라도 몇 방울로 금세 몸을 덥혀 주지. 그야말로 전장을 달리는 남자의 술이라 하지 않을 수 없다."

"남자의 술이라고요. 그리 생각하시며 제게 권하신 겁니까?"

나는 어처구니가 없어 물었다.

"그래. 계집에겐 도무지 역부족이지. 그저 아쉬울 뿐이로다. 좋은 술이 있으면 무슨 소용인가, 어울려 대작할 이가 없으니."

카야르는 그 우람한 어깨를 으쓱여 짐짓 비통하다는 제스처를 취했다.

순간 머리에 열이 올랐다. 분명히 술기운 때문만은 아니었다. 이자가 여자에 대해 지닌 편협한 시각을 아무런 여과 없이 툭툭 말로 내뱉는 것을 지금까지는 그러려니 듣고 있었다.

에오니르에서는 여왕인 내 앞에서 감히 그런 식으로 말한 자가 없었기에 일견 신선한 느낌도 있었던 게 사실이었다. 그렇지만, 당연히, 모든 일에는 정도라는 게 있는 법이다.

카야르는 한 번 더 자신의 잔을 기울여 안의 것을 비우고 다시 술병을 열었다.

"한 잔 더 하겠는가?"

나를 내려다보며 여유롭게 이죽거리는 그 얼굴을 본 순간, 머릿속에서 무언가가 툭 소리를 내며 끊어졌다.

좋아. 어차피 연회는 다 끝났다. 오늘 밤은 더 이상 거리낄 것도 없다.

"좋습니다."

나는 카야르의 눈을 똑바로 올려다보며 그 턱 밑에 잔을 들이댔다. 그러자 그가 눈을 가늘게 하고 날 쳐다보았다.

"후회해도 모른다."

"폐하야말로."

그는 잔을 채워 주었다. 나는 받은 잔을 몇 초간 쏘아보다가, 숨을 멈추고 단숨에 그것을 들이켰다.

그렇게 호쾌한 대작을 연거푸 주고받은 지 얼마나 지났을까. 정신을 차려 보니 어느새 나는 대륙 최대 제국의 황제 얼굴에 대놓고 삿대질을 하고 있었다.

"그러니까, 까놓고 말해 폐하의 얼굴은 무섭단 말입니다! 아까 세실리가 경기 일으키는 거 보셨지요? 아무 죄도 없는 가여운 애한테 그리 겁을 주시고!"

나는 카야르의 코끝에 검지를 바싹 들이댄 채로 말했다.

"짐은 겁준 적 없는데."

그는 무뚝뚝한 얼굴로 말했다.

"폐하는 그냥 존재 자체가 겁난다니까요. 방금 못 들으셨습니까? 무섭다고요! 얼굴이!"

나는 다시 술잔을 입으로 가져갔다. 그리고 딱 꺾었는데 혀에 아무런 감촉이 느껴지질 않았다.

"어머? 잔이 비었네……. 폐하?"

나는 두 손으로 잔을 붙잡고 카야르를 올려다보았다. 그는 잠시 동안 아무 말 없이 내 얼굴과 빈 잔을 번갈아 보고 있다가 입을 열었다.

"그만 마시는 게 좋지 않겠나."

"왜요. 아까는 대작할 상대가 없어서 아쉽다 하지 않으셨습니까? 자요. 더 주세요. 얼마든지 더 마실 수 있으니까."

"그래 보이지 않는데."

"하! 그렇다면 폐하야말로 많이 취하신 모양입니다!"

나는 턱을 들고 소리 높여 웃었다. 웬걸, 그러는데 기분이 꽤나 유쾌했다. 아까는 분명 무지하게 열 받아 있었던 것 같은데, 어째서일까. 수입 명주의 힘인가?

"자, 얼른 따라 주시지요. 이러다 몸이 식겠습니다."

하지만 그렇게 말해도 카야르는 묵묵히 자신의 술잔만을 기울일 뿐, 술병을 열려고 하지 않았다.

"왜요, 마시랄 땐 언제고 막상 감당이 안 될 것 같으니까 발을 빼시는 건가요? 폐하도 어쩔 수 없는 천상 사내로군요."

곧 손이 멎더니 그가 나를 쏘아보았다.

"그게 무슨 뜻이지?"

"어머나, 무서워라. 또 그렇게 계집을 겁주시려는 겁니까? 그야말로 남자 중의 남자시네요!"

나는 손등으로 입을 가리곤 들으라는 듯이 아하하, 웃었다. 카야르는 으르렁거리는 신음 소리를 내더니 내 쪽으로 한 걸음을 내디뎠다.

뭐. 어쩌려고. 왜?

나는 그렇게 생각하며 가슴을 꼿꼿하게 펴고 그와 마주 섰다. 아니, 그러려고 했다. 그러나 무슨 이유에선지 발이 꼬였고, 그와 동시에 균형을 잃고 뒤로 쓰러졌다.

"꺅!"

그대로 고꾸라지던 순간, 믿을 수 없을 정도로 굵고 탄탄한 팔이 내 허리를 붙들었다.

나는 등이 완전히 젖혀진 상태로 눈앞을 올려다보았다. 불타는 듯한 황금색 눈동자가 보였다. 카야르의 얼굴이 내 얼굴 바로 한 뼘 앞까지 다가와 있었다.

취해서일까, 가까이에서 보고 있으려니 그 눈동자에 빨려 들 것 같았다. 카야르가 눈 한 번 깜빡이지 않고 나를 응시하고 있었기에 잠시 그대로 시간이 정지한 것 같은 착각이 들었다.

불현듯 카야르의 입이 열렸다.

"믿을 수 없군."

"네?"

"이렇게나 가느다란 몸으로 짐을 도발한 건가?"

카야르는 왼손으로 내 팔을 잡으며 말했다. 그것은 수월하게 그의 한 손아귀 안에 다 잡혔다. 그는 내 허리를 붙잡고 있던 손을 잡아당겨, 한 팔만으로 가볍게 나를 잡아 일으켰다. 굉장한 힘이었지만 놀랍게도 그 손길은 거칠지 않았다.

정신 차려 보니 나는 다시 두 발로 서 있었고, 이미 카야르는 나에게서 한 걸음 떨어져 있었다.

나는 어리둥절하게 카야르를 올려다보았다.

"오늘 겁 없는 자들을 많이 만나는군. 짐이 그러려고 마음만 먹었으면 그 가냘픈 목을 꺾는 것은 일도 아니었을 거라는 사실을 알고 있나?"

카야르는 지극히 담담한 어조로 흉언을 했다.

"미래의 황후에게 그런 짓을 하실 리는 없는 거 아니었나요?"

멍한 상태였음에도 불구하고 용케 그런 말이 나왔다.

카야르는 내 말을 듣고 한쪽 눈썹을 치켜세웠다가, 이내 하, 하고 웃음소리를 흘렸다.

"그래, 그랬지. 재미있는 여자야."

그렇게 말한 카야르는 다시 성큼 걸음을 옮겨 내 쪽으로 다가왔다. 그러곤 내 손을 붙잡아 느닷없이 위로 잡아 올렸다. 그 기세에 몸까지 딸려 가느라 나는 몇 걸음이나 헛발을 굴려야 했다. 나는 어안이 벙벙해져서 카야르를 올려다보았다.

"그래, 짐에게는 황후가 필요하다. 지금까지는 여자한테 신경을 쓸 여유가 없었지. 이전에는 황위에 오르기 위해, 오른 뒤에는 그 자리를 지키기 위해 할 일들이 많았거든."

카야르는 나를 내려다보며 말했다.

"그거 아나? 짐은 그 망령 난 노인네가 지껄인 헛소리를 믿지 않는다. 터무니없지. 어찌 감히 짐을 제하고 전 세계의 왕을 논할 수 있나. 단언컨대 내가 그때 그 자리에 있었다면, 단칼에 그놈의 목을 몸에서 분리시켜 주었을 것이다."

"그 말씀이 사실이라면 어찌하여 폐하는 지금 여기 계신 겁니까?"

내가 묻자 카야르는 어깨를 으쓱했다.

"문제는 짐을 제외한 모든 대륙인이 그것을 믿는다는 것이다. 만약 그대가 다른 놈에게 시집가 그 자식을 낳는다면 모두가 또 엉뚱한 착각을 할 것이 아닌가. 그것은 짐으로서도 재미없는 일이지. 하지만."

말을 멈춘 카야르는 붙잡은 내 손을 자신의 입술 근처까지 끌어당겼다. 나는 흠칫 놀랐다. 그의 눈이 초승달 모양으로 가늘어지고, 입가는 자신만만한 미소를 머금고 있었다.

"그걸 제외하고도 나는 그대가 마음에 든다. 얼굴이 반반하니 봐도 질리지 않을 테고, 종알대는 것이 쏘는 맛이 있어 들어도 따분하지 않을 테고, 무엇보다 사내 못지않은 그 담력이 좋아. 짐의 반려로 부족함이 없다."

카야르는 내 눈에서 시선을 떼지 않은 채로 내 손을 뒤집곤, 그 손등에 키스했다.

"짐의 것이 되거라, 리유나."

나는 숨을 삼켰다. 제자리에 못 박혀 선 채로 아무 말도 할 수가 없었다. 설레서였냐고? 천만에. 기가 막혀서였다.

정말이지 꾸준한 여성 비하에, 내가 그렇게 싫어하는 '대놓고 물건 취급'에, 일국의 군주 상대로 처음부터 끝까지 예의라고는 손톱만큼도 없는 데다……

결정적으로, 뚝 잘라 이름을 막 불러? 순간 돌아가신 아바마마가 살아 돌아오신 줄 알았네. 그래도 프러포즈랍시고 손등에 키스도 한 모양인데 원래 그게 그렇게 하는 게 아니거든? 무릎 꿇고 경애를 담아 정중— 하게 하는 거거든?

나는 요걸 어떻게 해 줄까 생각하면서 카야르를 물끄러미 올려다보았다. 그는 무슨 착각을 하는 건지 싱글거리며 한없이 여유만만한 표정을 짓고 있었다.

나는 카야르에게 붙잡혀 있던 손을 빼냈다.

"거절하겠습니다."

"뭐라?"

카야르는 눈을 크게 뜨고 반문했다. 마치 내가 그렇게 나올 거라곤 상상도 못 하고 있었다는 듯한 반응이었다.

"제 몸은 그 누구도 아닌 바로 저 자신의 것. 그 어떤 조건을 제시한다고 하더라도 타인에게 양도할 생각은 없습니다. 죄송하게 되었군요, 폐하."

"지금 짐과 말장난을 하자는 건가?"

그의 표정에 분노가 깃들고 있었다. 이에 나는 생긋 웃으며 답했다.

"어머나, 이런 게 따분하지 않아서 좋다고 하지 않으셨나요?"

"리유나!"

"가벼이 이름을 부르지 마십시오. 저는 폐하의 후궁이 아닙니다. 이 나라 에오니르의 여왕이자, 그 아래 모든 백성들을 대표하는 존재입니다."

나는 카야르를 정면으로 쏘아보며 말했다. 그는 여전히 어안이 벙벙한 표정이었다. 그의 금안金眼 속에서 놀라움과 분노가 주도권을 다투듯 뒤얽히고 있었다.

나는 이를 악문 채 쉽사리 말을 꺼내지 못하고 있는 카야르를 내버려 둔 채로 테라스 입구를 향해 돌아섰다. 그러다가 문득 생각났다는 듯한 태도로 짐짓 그를 돌아보곤 생그레 미소 지으며 말했다.

"그러니 제 남편이 되기를 원하신다면 저를 위해 합당한 예의를 갖춰서 다시 오시죠, 폐하. 가능하면 프러포즈하는 법도 다시 배우시고요."

그렇게 일방적으로 고한 뒤, 나는 다시 홱 돌아섰다.

해냈다! 우와, 속이 다 시원해!

아닌 게 아니라 기분이 짜릿했다. 나는 발걸음도 가벼이 테라스 입구로 향해 걸어갔다.

그러나 좋은 기분은 잠시뿐이었다. 이내 무언가 무지하게 흉흉하고 광포한 기운이 진득하게 뒷덜미를 압박해 오기 시작했기 때문이다. 나도 모르게 모골이 송연해졌다. 그 근원이 무엇인지는 물론, 굳이 돌아보지 않아도 알 수 있었다.

"여왕 전하……."

테라스 입구에 대기하고 있던 디네힌이 감개무량한 표정으로 나를 맞았다.

디네힌 경, 잘 봤죠? 내가 복수해 줬어요.

의기양양하게 그렇게 말하면 좋았겠으나, 안타깝게도 나에게는 그런 여유가 없었다.

"가요, 얼른. 빨리."

나는 낮은 소리로 말했다.

"예?"

"빨리 가자고! 길 열어! 얼른!"

나는 드레스 자락을 붙잡고 서둘러 테라스 문을 통과했다. 곧 시녀 및 기사들이 우르르 줄지어 내 뒤를 따랐다. 다행히도 카야르가 뒤따라오는 것 같지는 않았다.

무사히 내실에 도착해 긴장이 풀리자, 잠시 잊고 있던 술기운이 묵은 피로와 합쳐져 묵직한 해일처럼 나를 덮쳤다. 도저히 어떻게 저항할 수 있는 레벨이 아니었다.

나는 시녀들에게 몸을 맡기고 선 채로 비몽사몽간에 드레스가 벗겨지고, 장신구가 벗겨지고, 머리가 풀리고, 화장이 지워지고, 아무튼 인형 놀이 끝에 침대로 엎어져 잠들었다.

어쩔 수 없어. 긴 하루였으니까. 누구도 비난하지 않겠지.

다음 날 나는 희미한 두통 속에서 잠을 깼다.

처음엔 과음한 탓이려니 했는데 숙취라기엔 증상이 가벼웠다. 예상외였다. 홧김에 그렇게나 마셔 댔건만. 원래 독주일수록 숙취는 덜하다는 이야기를 들은 적이 있는데, 그래서일까.

나는 티티가 가져온 조찬을 들면서 생각했다. 물론 내가 술이 센 편이기는 했다. 보통 만찬이나 연회 때 홀짝홀짝 마시는 포도주로는 여간해선 취하는 일이 없었으니까. 어제는 스트레스와 피로 때문에 술이 확 올라왔던 건데……

으으. 왜 이렇게 쓸데없이 기억이 선명한 걸까.

술김에 질렀던 몇몇 발언들을 생각하자 다시 침대로 뛰어들어 이불을 뒤집어쓰고 베개를 차고 싶은 마음이 굴뚝같았다. 시녀들이 대경실색할 테니 물론 그러지는 않았지만.

아무리 생각해 봐도 어젯밤 카야르를 상대로 영 좋지 않은 대처들이 많았다. 조금 더 현명하게 대처할 만한 여지가 분명히 있었던 것이다.

물론 문제는 내가 그럴 만한 멘탈과, 체력과, 상태가 아니었다는 거였다. 술을 마시지 않았다면 나았을까. 나았겠지. 그렇지만 어떡하라고. 안 마시고는 도저히 못해 먹겠는데.

그래, 아무리 그래도 상대가 너무 안하무인이었잖아. 대체 어디서 저런 종자가 굴러떨어진 거야? 아, 맞다. 일곱 살짜리 여자애를 측실 삼겠다던 그 영감한테서지? 아하하, 나 원 참.

아냐, 오히려 잘한 걸 수도 있다. 맨정신이면 도저히 못 했을 것 같은 소리도 카야르에게는 약이었을 수 있다. 원래 개차반은 똑같이 개차반으로 대응해 주지 않으면 못 알아듣는 법이다. 지가 황제면 다야? 나는 여왕이라고! 좋아. 잘했어. 장하다, 리유나!

응, 그럼 그런 걸로 이 건은 마무리.

나는 그렇게 머릿속에서 줄을 긋고 결재 도장을 찍었다. 언제나 그렇듯 고민은 길어도 자기 합리화는 순식간이었다. 상큼하게 고민을 날려 버리고, 우아하게 앉아서 비서관 노먼의 업무 보고를 받았다.

"미리 아뢰었듯이 여왕 전하의 탄신제 기간인 오늘과 내일, 양일 동안은 어전 회의가 없습니다. 어제 전야제가 늦은 시각까지 진행되었기 때문에 금일 공식 일정은 오후부터 시작되오며, 1시에 각국 구혼자들과의 오찬 참석, 4시에 퍼레이드 참관, 6시부터 2일 차 탄신제가 있습니다."

"좋아요, 노먼. 그 말은 곧 지금부터 1시까지 일정이 빈다는 뜻이로군요?"

"그러하옵니다, 전하."

아싸.

나는 기품 있게 웃으며 '이만 물러가 보도록 하세요.' 하고 말했다.

"예. 전하."

노먼이 나간 후, 나는 시종장을 불러 말했다.

"오찬 전까지 화원에서 쉬고 싶군요. 내가 부르기 전까지는 아무도 못 들어오게 하세요. 알현 요청이 있더라도 전부 거절하고. 아시겠죠?"

"분부대로 하겠사옵니다, 전하."

벨리엔은 허리를 굽히며 말했다.

왕궁에는 여러 개의 화원이 있었지만 그중에서도 딱 하나, 나만의 개인 별실 같은 곳이 있었다. 사이즈는 다른 화원의 반 정도로 작아도 내게는 특별한 의미가 있는 공간이었다. 정원사를 따로 두지 않고 내가 직접 관리했기 때문이다.

생전에 어마마마는 꽃을 좋아하셨다. 단순히 보는 것만으로 만족하지 않고 직접 가꾸는 것을 즐길 정도의 애호가셨다. 지금은 내 개인 화원인 그곳도, 원래는 어마마마의 화원이었다.

직접 심을 꽃을 정하고, 정원으로부터 가져온 꽃을 옮겨 심고, 가지를 치고, 물을 주고. 그 모든 것들을 나는 어마마마와 함께하며 배웠다.

간혹, 아주 간혹, 기껏해야 한 달에 한두 번꼴로 시간이 맞아서 세 식구가 함께 화원을 돌보고, 그 향기에 감싸여 차를 마시던 기억이 내게 있어서는 오감 모두를 통해 강하게 새겨져 있는 가장 소중한 추억이었다.

혼자 남은 이래로, 나는 그곳에 다른 이들이 출입하는 것을 엄격하게 금지했다. 드나들 수 있는 건 티티를 포함한 몇 명의 시녀 정도로, 그것도 내가 허락할 때만 가능했다. 추억을 온전히 보존하고 싶었기에. 또, 단 한 군데만이라도 좋으니 나만의 내밀한 공간을 갖고 싶었기에.

아무리 바빠도 하루에 한 번은 짬을 내어 꽃에 물을 주었다. 도저히 어떻게 해도 시간을 낼 수 없을 때는 티티에게 맡겼다. 그리고 여유가 있는 날은 이렇게 직접 꽃들을 손질하러 가곤 했다.

나는 밀짚모자를 쓴 후 앞치마를 두르고, 정원 가위와 모종삽을 챙겨 콧노래를 부르며 화원으로 향했다. 오랜만에 와 보니 할 일이 잔뜩 밀려 있었다. 알다시피 최근 몇 주간은 눈코 뜰 새 없이 바빠서 화원을 돌볼 시간이 없었던 것이다.

나는 신속하게 작업을 시작했다. 시간은 천금보다 귀중하다는 게 나한테는 정말 그랬다. 또 언제 이런 기회가 있을지 모른다. 시간이 있을 때 할 수 있을 만큼 해 놔야지.

화원을 가꾸는 일은, 까놓고 말해 아름다움과는 거리가 있다. 그냥 노동이다. 때마다 가지치기를 해 줘야 하는 것은 물론이요, 그게 아니라도 미관에 욕심을 낸다면 끊임없이 가위질을 해 줘야만 한다. 비료도 주고, 떨어진 잎들도 치워야지.

결정적으로 벌레도 잡아야 한다. 보통 귀부인들이라면 보기만 해도 기겁할 각양 각종 각색의 벌레들을, 나는 눈 깜짝 안 하고 손으로 집어서 탁탁 털어 모아 태우는 데 이력이 나 있다. 어릴 때부터 그랬다 보니 이제는 그런 게 너무 당연했다.

저번에 티티가 화원에 불려 왔다가 꽃구경 중에 벌레를 발견하고 비명을 지르는 걸 보고서야 '아 맞다, 그랬지.' 하고 생각할 정도였으니까.

그러니 우아하게 꽃을 내려다보며 그 향기를 들이쉬는 그림 같은 건 끼어들 자리가 없었다. 그런 건 평소 공석에서 여왕 모드일 때나 가능한 이야기였다. 지금은 정원사니까 금방 이마에 땀이 송송 맺히고, 앞치마와 장갑은 흙투성이가 된다.

이번에도 예외는 아니었다. 정신없이 움직이다 보니 금세 시간이 다 지나갔다.

이럴 줄 알았으면 티티를 불러서 좀 거들게 할걸. 가능하면 일을 다 마치고 예뻐진 내 새끼들을 바라보며 차를 한 잔 마시고 싶었는데. 그 맛이 정말 각별하건만 도무지 그럴 여유는 없을 것 같았다.

나는 일을 일단락 짓고 화원을 나왔다. 늘 그렇듯 눈에 밟히는 부분들이 끝도 없었으나 그야말로 눈물을 삼키며 모른 척했다. 탄신제가 다 끝나면 다시 와야지.

한바탕 땀을 흘렸더니 몸은 나른해도 기분만은 더없이 상쾌했다. 그야말로 더할 나위 없는 재충전이었다. 이제 얼른 돌아가서 씻고 조금 쉬다가, 옷 갈아입고 치장하고 오찬에 나가면

완벽했다.

나는 서둘러 왕궁 복도를 걸었다. 이 근방은 나의 내실 근처라 원래 사람이 잘 드나들지 않는 곳이었는데, 그때는 마침 지나다니는 시녀조차도 보이지 않았다. 화원에 아무도 들이지 말라고 시종장에게 당부한 탓이었을지도 몰랐다.

아무튼 보는 눈도 없겠다, 나는 거리낌 없이 치맛자락을 붙잡고 뛰듯이 복도를 걷고 있었다.

그런데 이게 무슨 일인가. 막 코너를 돈 순간이었다. 나는 맞은편에서 꿈에도 생각 못 한 인물이 걸어오고 있는 것을 발견했다.

메르토니아의 황태자, 위딘이었다. 그는 왕궁 투어라도 하는 듯한 느긋한 분위기로 주위를 둘러보며 혼자 천천히 걸음을 옮기고 있었다. 나는 너무 놀란 나머지 나도 모르게 제자리에 딱 멈춰 서 버렸다.

자, 이쯤에서 새삼 지금 나의 모습을 묘사하자면. 화원 일을 할 때마다 입는 소박한 아이보리색 면 드레스 위에 분홍색 앞치마를 하고, 아무렇게나 묶어 올린 머리에 밀짚모자를 쓰고, 한쪽 팔에는 각종 도구가 담긴 바구니를 건 채 군데군데 흙까지 묻힌, 본격 어디 농가의 아가씨 그 자체였다.

위딘의 눈길이 문득 내 쪽에 와 닿은 순간, 나는 퍼뜩 정신을 차렸다. 그리고 황급히 모자를 눌러써 얼굴을 가렸다.

……알아봤을까? 설마. 여왕인 내가 이런 옷차림으로 어슬렁거리고 있을 거라고 누가 상상할 수 있겠어. 코앞에서 본다고

하더라도 눈을 의심할 만한 상황인데. 그래, 모를 거야. 못 봤을 거야.

나는 그렇게 마음을 굳히고, 고개를 푹 숙인 채 다시 잰걸음으로 걷기 시작했다. 그러곤 빠른 속도로 위딘의 옆을 스쳐 지나갔다.

좋아, 됐어!

그렇게 속으로 외치고 한층 속도에 박차를 가하려고 할 때, 등 뒤로부터 위딘의 목소리가 들려왔다.

"저, 잠깐만요."

오, 하느님, 맙소사.

나는 다시 우뚝 멈춰 섰다. 곧 위딘이 내 쪽으로 돌아 걸어오는 발소리가 들렸다.

"혹시 괜찮다면 길을 좀 알려 줄 수 있을까요? 궁을 구경하다 보니 어쩌다가 여기까지 왔는데, 부끄럽지만 길을 잃어버린 것 같네요."

그는 말했다. 시녀가 상대인 것을 생각하면 지극히 신사적이고 상냥한 말투였지만 그 내용은 어처구니가 없었다.

아니, 메르토니아의 황태자쯤 되는 인물이 왕궁에서 미아가 되다니 말이 되나. 그 수많은 수행원들은 폼이야?

"아가씨?"

"아, 네, 네에. 여부가 있겠사옵니까. 어딜 찾으시는지 말씀만 하옵소서, 전하."

나는 톤을 한껏 높여 꾸며 낸 목소리로 말했다. 얼굴은 여전히 모자챙으로 감춘 채였다.

"고맙군요. 그럼 혹시 여왕 전하가 어디 계신지 알고 있나요? 문안 인사를 드리고 싶은데."

지금 네 눈앞에 있다, 이 녀석아.

"아가씨?"

"소, 소인은 잘 모르겠사옵니다, 전하."

"그래요? 아쉽군요. 그럼 오늘의 오찬 장소로 안내해 줄 수 있을까요?"

"······안내요?"

"네. 혹시 곤란한가요?"

"여, 여부가 있겠사옵니까. 이쪽으로 오십시오."

"고마워요."

나는 혀를 차며 발을 옮기기 시작했다. 위딘은 어디까지나 황태자다운 느긋하고 우아한 걸음걸이로 내 뒤를 따랐다.

아니, 도대체. 내가 전생에 무슨 업보를 쌓았기에 팔자에도 없는 시녀 흉내에, 길 안내까지 하고 있어야 된단 말인가.

생각하면 생각할수록 기가 막혔다. 이게 다 이 메르토니아의 황태자 놈 탓이다. 아니, 웬만하면 있으라는 처소에 좀 얌전히 있지. 구경이 하고 싶거든 하다못해 처음부터 안내를 요청하든가. 카야르 하나 상대하는 것도 피곤하건만, 이제는 위딘까지 이렇게 기상천외한 방법으로 사람을 괴롭힐 줄이야.

"아가씨는 이름이 뭔가요?"

남은 복장이 터지는 줄도 모르고, 위딘이 태평한 목소리로 물었다.

　뭐 11년 동안 나만 바라봤다던 놈이 남의 왕궁 시녀 이름은 대체 왜 묻는데? 역시나 확인하고 말고 할 것도 없었다. 뻔한 거짓말쟁이에 바람둥이잖아, 이 녀석!

　"아가씨?"

　"티, 티티라고 하옵니다, 전하."

　나는 속으로 티티에게 사과했다. 그렇지만 어차피 둘이 볼 일은 없을 테니까.

　"티티라니, 귀여운 이름이로군요. 애칭인가요?"

　카사노바! 난봉꾼! 플레이보이!

　"……아가씨?"

　"틸리타냐를 줄여서 티티라고 하옵니다, 전하."

　"그렇군요, 티티. 한 가지 묻고 싶은 게 있는데 괜찮을까요?"

　"여부가 있겠사옵니까, 전하."

　"여왕 전하께서는 어떤 타입의 남성을 좋아하시는지 혹시 알고 있나요?"

　갈수록 태산이라는 게 그야말로 이런 때를 말하는 것이리라.

　"티티?"

　"소, 소인은 잘 모르겠사옵니다, 전하."

　"그래요? 아쉽군요. 도무지 여왕 전하의 의향을 파악하기가 쉽지 않아서 말이죠. 혹시 티티가 보기에 나 같은 스타일은 어떤가요?"

　신이시여……

"티티. 혹시 내 말이 알아듣기 힘든가요? 에오니르 방언은 나름대로 열심히 공부했는데."

"아닙니다. 전하의 억양은 매우 훌륭하십니다."

메르토니아와 에오니르는 누베른어라는 이름의 동일한 언어를 사용했다. 물론 지역 차이가 있는 만큼 억양의 차이가 생겨 갖가지 방언으로 나뉘었는데, 위딘의 말씨는 이 나라 사람과 거의 차이가 없을 정도로 자연스러웠다.

보통 메르토니아 제국 급의 황태자라면 카야르처럼 외국에서도 모국어를 쓴다 한들 이상할 것이 없을 텐데, 굳이 이곳의 방언까지 연구하여 저 정도로 자연스럽게 사용한다는 것은 확실히 놀라웠다.

역시 여자를 꾀려면 일단은 말부터라는 걸까. 바람둥이도 아무나 하는 게 아니구나.

"전하가 얻고 싶어 하시는 것은 여왕 전하의 마음이 아니옵니까. 소인의 의견은 아무런 의미가 없을 거라 사료됩니다만."

"의미가 없긴요. 아주 많지요."

위딘은 은근한 목소리로 말했다.

맙소사. 이거 노골적으로 추파 던지는 거 맞지? 확실하지? 나한테 구혼한다고 온 주제에 내 시녀한테. 틀림없지?

마침 긴 복도가 끝나 그랜드 홀 앞에 도착한 참이었다.

"도착하였사옵니다. 그럼 소인은 이만."

나는 그렇게 말하며 치맛자락을 살짝 들어 올리고 인사한 뒤, 그대로 돌아서서 일직선으로 온 길을 되돌아 걸었다. 위딘이 뒤에서 뭐라고 하는 것 같았지만 귀에 들어오지도 않았다.

아주 지긋지긋했다. 구혼자들 중 가장 잘나간다는 두 놈이 다 저 꼴이니, 내 미래는 그야말로 먹구름으로 가득 찼다고 봐도 무리가 아니었다.

도대체 어떻게 하면 좋을까. 그냥 차라리 평생 독신으로 살아 버려? 지금 기분 같아서는 농담이 아니라 진짜로 그러고 싶었다. 그렇지만 문제는 그놈의 예언이었다.

그 예언자의 말은 지금까지 단 한 번도 틀린 적이 없었다고 하지 않나. 그렇다면 내가 원하든 원치 않든, 언젠가 나는 누군가와 결혼하고 그 아이를 낳게 된다는 말이었다. 그리고 그 아이는 전 세계의 왕이……

아이구, 맙소사. 되거나 말거나.

불편한 심기에도 불구하고 소화해야 할 일정은 끝도 없이 쌓여 있었다. 그리고 나는 여왕이었다. 게다가 생일이었다. 축하객 앞에서는 좋든 싫든 생글거릴 의무가 있었다.

안 그랬다간 재상 길로프의 불호령이 떨어질 것은 불 보듯 뻔했다. 아무튼 디네힌과 합쳐 부자가 완고하기로는 무슨 바윗덩어리 저리 가라다.

그리하여 나는 마음에도 없는 미소를 기품 있게 입가에 걸고, 구혼자들과 함께 오찬을 들었다. 카야르는 왜인지 나타나지 않았다. 안 그래도 어떻게 얼굴을 봐야 하나 걱정하고 있었는데, 다행인지 아닌지 알 수 없었다.

끝없이 날아오는 입에 발린 축하와 판에 박힌 찬사에 영혼 없는 대꾸를 하는 와중, 머릿속으로는 딴생각을 하고 있었다.

이 중에 한 명, 어쩔 수 없이 남편을 고른다고 하면 누가 될까. 솔직히 지금까지는 그에 대해 구체적으로 생각해 본 적이 없었다. 여왕이 되기 이전에는 너무 어렸고, 즉위한 이후에는 그 자리에 적응하는 것만으로도 너무 바빴던 것이다.

이번 생일을 대비해 몇 주에 걸쳐 그 많은 구혼자들의 정보를 일일이 읽고, 이름과 얼굴을 외우는 과정을 거치면서도 감이 잘 오지 않았다.

그 구혼자의 나라가 아무리 대단하더라도, 아무리 능력이 좋더라도, 아무리 잘생겼더라도 마찬가지였다. 그냥 그런가 보구나 하고 말았을 뿐, 딱히 마음이 가지는 않았다. 이와 비슷한 이치로, 상대적으로 못하다고 해서 마음이 안 가는 것도 아니었다.

그야 그렇잖아. 이러니저러니 해도 그냥 종이일 뿐인데. 그러니까 일단은 만나 보자, 그렇게 생각했지만 막상 만나고 나서도 마찬가지였다. 내 눈에 보이는 구혼자들은 그 종이들과 별반 다를 게 없었다. 오로지 살아 움직인다뿐. 결국 보이는 건 그가 속한 나라와 에오니르와의 이익 관계밖에 없었다.

그렇게 생각하면 역시 최유력 후보는 카야르와 위딘이었다. 하지만 지금 같아선 그 둘은 무조건 제외하고 싶은 게 사실이었다. 게다가 아바마마는 말씀하셨다.

─다른 것은 생각할 필요 없다. 이 나라나, 백성들이나, 또는 나

를 위한다고 마음에 없는 선택을 하지는 말거라. 예언이 사실이라면 네가 어떤 선택을 하든 옳은 길이 될 것이다. 그러니 네가 마음에 드는 남자를 고르거라.

지금도 떠올리면 가슴이 따뜻해진다. 그 얼마나 깊고도 아득한 사랑이 담겨 있는지.

하지만 문제는 다른 게 아니었다. 바로 마음에 드는 남자가 없다는 거였다. 외모는 전체적으로 다 나쁘지 않았다. 그야 거의 다 왕족이니까 어느 정도 이상은 되는 게 당연하겠지. 하지만 그렇다고 썩 훌륭한 것도 아니었다.

이게 다 디네힌 때문이다. 계속 옆에서 보니까 눈만 높아져 가지고 웬만한 미남은 미남으로 보이지도 않잖아, 정말.

신분이나 능력도 마찬가지였다. 왕입니다. 아 그러세요, 전 여왕인데요. 저는 검을 좀 다룹니다. 아 그러세요, 제 교사는 자기 휘하의 기사 두 명을 동시에 상대하고도 이기는데요.

저는 아는 것이 많습니다. 아 그러세요, 아까 얘기한 그 교사 있죠? 열여덟에 티아마칸 국립대학을 수석 졸업했는데요.

디네힌. 아아, 디네힌.

도대체 오빠는 왜 그렇게 잘나서 내가 신랑감 하나 고르겠다는데 사사건건 방해 아닌 방해를 놓는 거니?

그 절대적인 기준 앞에서 명함을 내밀 만한 유일한 후보가 카야르와 위딘, 두 사람이었다. 카야르는 누구도 따라갈 수 없는 남성미가 있고, 위딘은 말해 봐야 입만 아픈 천하일색이다.

신분과 능력도 그렇다. 아무렴 티아마칸의 황제와 메르토니아의 황태자가 아닌가. 애초에 논하는 것부터가 실례라는 느낌이다. 하지만 그러면 뭐하냔 말이야. 속이 그 모양인데.

아, 한숨 쉬고 싶다. 하지만 그랬다간 주위에서 깜짝 놀라 묻겠지. 여왕 전하, 제가 무슨 말실수라도 한 겁니까. 아니면 어딘가 불편한 곳이라도 있으십니까.

그럼 또 길로프의 눈초리가 날카로워질 테고, 그 뒤에 기다리고 있는 것은 분명…….

"어딘가 불편한 곳이라도 있으십니까, 여왕 전하."

"네?"

나는 깜짝 놀라 말을 걸어온 쪽을 쳐다보았다. 위딘이었다. 그는 내 오른편의 가장 가까운 자리에 앉아 있었다.

어떻게 알았지? 분명히 빈틈없는 미소로 무장하고 있었을 텐데.

"아뇨, 전혀. 아무렇지도 않답니다. 염려해 주신 건 감사하지만, 어찌하여 그리 생각하셨는지 모르겠군요."

나는 화사하게 웃으면서 말했다. 위딘 역시 화답하듯이 봄날의 바람 같은 미소를 지었다. 진짜 쓸데없이 잘생겨서는.

"여왕 전하의 존안에 한 조각 그늘이 어린 듯해서요. 물론 그 순간의 어둠도 전하의 아름다움을 티끌만큼이라도 해하지는 못했습니다만, 혹시 지루하신 건 아닌가 그것이 걱정되었을 뿐입니다."

"어머, 그럴 리가요. 저는 지금 무척이나 즐겁답니다."

"그러시다니 다행일 따름입니다."

"황태자 전하야말로 어떠신가요. 음식은 입에 맞으신가요?"

"물론입니다. 저는 이렇게 여왕 전하와 함께 있을 수 있다는 것만으로도 더할 나위 없이 행복합니다."

아, 그러셔. 그러신 분이 아까는 대낮에 당당히 궁정 복도에서 시녀한테 작업을 거셨나?

순간 아니꼬운 마음이 확 치밀어 올랐다.

"혹시 시중들 아이가 곁에 없어 따분하지는 않으신가요? 말씀만 하시면 얼마든지 불러 드리지요. 제 시녀 중에는 귀여운 아이가 많답니다."

나는 생글생글 웃으면서 그렇게 말했다.

"무슨 그런 말씀을. 전하의 미색을 눈앞에 두고 제가 어찌 감히 딴생각을 가질 수가 있겠습니까."

위딘은 정색을 하고 말했다. 정말 기가 막히도록 뻔뻔스러운 남자였다. 나는 어금니를 살포시 사리물곤 '어머, 정말요? 정말 괜찮으시겠어요?' 하고 재차 물었다. 위딘은 '물론입니다.' 하고 답했다.

그때 다음 코스가 마련되었다. 스테이크와 데친 채소였다. 나는 살짝 몸을 비켜 시녀 레이라가 접시를 가져가고 새 접시를 놓도록 했다.

"그보다도 전하. 여쭙고 싶은 것이 있습니다만, 괜찮으실는지요."

"그러시지요. 어떤 건가요?"

나는 브로콜리를 집어 입으로 가져오며 위딘을 보았다.

"티티는 전하의 아명인가요?"

……콜록.

순간 사레가 들릴 뻔했다. 나는 얼굴의 핏기가 전부 빠져나가는 기분으로 위딘을 쳐다보았다. 그는 여름날의 하늘도 저리 가라 할 정도로 해맑은 미소를 짓고 있었다.

"무슨 말씀이신지 저는 잘…….'

나는 위딘으로부터 시선을 피하며 말했다. 스스로도 목소리가 떨리는 것을 알 수 있었다.

"아니, 전하. 설마 벌써 잊으신 겁니까?"

위딘은 태연한 기색으로 말했다.

"틸리타냐의 애칭이라고 하지 않으셨습니까. 왜 아까, 궁정 복도에서—"

"화, 황태자 전하!"

나는 저도 모르게 소리를 쳤다. 순식간에 홀 내 모든 사람들의 시선이 내게 집중되었다. 함께 식탁에 앉아 있던 구혼자들뿐만 아니라 서빙을 하던 시녀들까지 깜짝 놀란 얼굴로 나를 보고 있었다. 식은땀이 흘렀다.

"예, 전하."

위딘은 고개를 15도 정도 숙인 자세로 공손하게 대답했다.

아, 진짜, 이 인간을……. 평정심, 평정심을 찾아야 한다.

나는 헛기침을 하고, 마치 아무 일도 없었다는 듯한 미소를 지으며 '드셔 보시죠. 채소가 아주 적당히 익은 것 같습니다.'

하고 말했다.

마침 메르토니아의 시종이 기미를 마친 뒤였다. 위딘은 완벽한 예법으로 당근을 반으로 자르고, 포크로 집어 자신의 입으로 가져갔다.

"정말 그렇군요."

위딘은 싱긋 웃으며 말했다. 그 천연덕스러운 얼굴을 향해 포크를 던지고 싶은 충동을 필사적으로 누르며, 나는 "그렇죠?" 하고 마주 웃었다. 그리고 주위를 둘러보았다.

"자, 여러분도 어서 드셔 보세요. 기다리셨던 메인 디시 아닙니까."

그렇게 말하고 나서야 이쪽에 집중되어 있던 이목이 겨우 제자리를 찾았다. 곧 식기가 달그락거리는 소리가 홀 안을 채우기 시작했다.

"⋯⋯언제부터 아셨습니까."

나는 만면에 띤 미소를 그대로 유지한 채로 조용히 입술만 움직여 물었다.

"처음에는 몰랐습니다. 도중에 알았죠."

"도중에 언제요."

"목소리를 듣고 난 뒤에요. 생각해 보십시오, 조금 톤이 다르다고 해서 그 아름다운 목소리의 주인을 어찌 몰라볼 리가 있겠습니까."

위딘은 가을 햇살 같은 따사로운 미소를 지으며 말했다.

그게 처음부터지, 아니면 뭐가 처음부터야. 장난해? 나더러 여왕이 어떤 남자를 좋아하는 거 같냐느니, 너는 자길 어떻게 생각하냐느니 물어본 것도 다 알면서 일부러 그랬다는 소리잖아, 지금.

나이프를 쥔 손에 힘이 들어갔다.

하, 하하하. 진정해라, 리유나. 그건 흉기야. 너는 여왕이다. 쟤는 메르토니아의 황태자야. 참아. 백성들을 생각해.

"너무하시는군요. 짓궂은 분이라고 알고는 있었지만 이번에는 조금 도가 지나치셨다고 생각하지 않으십니까."

나는 온 힘을 다해 평정을 유지하며 말했다.

"황송합니다. 저도 고민하지 않은 것은 아니었으나, 그 자리에서 바로 말씀드리는 것은 여왕 전하의 심기를 불편케 만드는 것이 아닌가 하여."

"그랬다면 쭉 끝까지 숨기셨어야지요! 이런 데서 냅다 밝히실 게 아니라!"

나는 목소리를 낮춘 채로 악을 썼다.

"그럴 생각이었습니다. 여왕 전하가 있을 수 없는 오해만 하지 않으셨다면."

"오해는 무슨 오—"

도중에 말문이 막혔다. 위딘은 전에 없던 진중한 눈빛으로 나를 바라보고 있었다.

"제가 여왕 전하 외의 다른 여인에게 관심을 가질 거라 여기시지 않았습니까."

"그럼, 아니란 말인가요?"

"그런 일은 지금까지 없었고, 앞으로도 추호만큼도 없을 것입니다."

내 말에 위딘이 대답하기까지는 1초도 걸리지 않았다. 어찌나 단호한지 아연실색한 기분이 들 정도였다.

"그토록 무거운 맹서를 너무나 가볍게 입에 담으시는군요. 제게 몇 명의 구혼자가 있는지 아십니까? 만약 제가 황태자 전하가 아닌 다른 이와 맺어진다면 그때는 어쩌시려고 그런 말씀을 하시는 건가요?"

"그렇다면 메르토니아 황가는 제 후사를 보지 못하겠지요. 그뿐입니다."

위딘은 담담하게 말했다. 덕분에 나는 할 말을 잃었다. 이제는 바람둥이니 입이 가볍다느니 같은 소리를 할 단계가 아니었다. ……이상하다. 이 남자, 분명히 어딘가가 이상하다.

이 화제를 더 이어 나가 봤자 얻을 게 없다. 그래, 생각하지 말자. 생각하면 할수록 말려들 뿐이다. 응, 맞아. 그냥 그러려니 하는 거다.

나는 그렇게 결론을 내리고 식사에 집중하자고 마음을 먹었다. 하지만 위딘이 그렇게 놔두지 않았다.

"여왕 전하께서는 정원 일이 취미이신 겁니까?"

아, 제발. 이제 그 얘기는 그만하면 안 되겠니.

"네, 부끄럽지만요. 호호호. 그보다 전하, 다 드신 건가요? 후식을 내오라고 할까요?"

나는 생글생글 웃으며 화제 전환을 시도했지만 전혀 먹히지 않았다. 위딘은 한 손을 들어 보이며 "아뇨, 괜찮습니다." 하고 말했다.

"실은 제 어머님께서도 같은 취미를 갖고 계셨습니다."

그 말에 나도 모르게 손을 멈추고 위딘을 바라보았다. 그의 표정은 지금까지와 다를 바 없이 차분했다. 혹 내가 방금 잘못 들은 것이 아닌가 하는 의심이 들 정도였다.

"황후 마마……께서요?"

"네."

위딘은 고개를 끄덕였다. 그리고 깍지 낀 손을 테이블 위에 얹었다.

"정확히는 꽃 다듬는 일을 좋아하셨죠. 불필요한 잎사귀와 가지를 쳐내거나, 또 보기 좋게 핀 꽃들을 꺾어서…… 꽃꽂이 라고 하죠? 꽃병에 장식해 두거나, 때로는 꽃다발을 만들어서 선물하거나. 그래서 저 역시 아주 어릴 때부터 늘 꽃에 둘러싸 여 있었답니다."

그는 그렇게 말하면서 부드럽게 웃었다.

"장담하건대, 이 왕궁에서도 정원사를 제외하면 저만큼이나 꽃의 이름을 많이 알고 있는 남자는 없을 겁니다."

방금 전과는 또 다른 의미로, 나는 할 말을 쉬이 찾을 수가 없었다.

이야기 자체는 그리 놀라운 내용은 아니었다. 왕궁이란 꽤나 폐쇄적인 공간이다. 그 안에서 즐길 수 있는 취미의 종류는 많 지 않다.

피아노, 자수, 차, 승마, 아무튼 여느 귀부인들이 즐기는 평범한 취미는 필연적으로 전부 사교나 정치와 맞물려 있기 때문에, 순수한 취미로 남기가 힘든 것이다. 어마마마도 그러셨고, 나 역시 그랬다. 그리고 필시 메르토니아의 전 황후도.

위딘의 친모, 시르디나 전 황후는 20대의 젊은 나이로 목숨을 잃었다. 독살이었다. 그것도 그 자신이 아닌, 어린 위딘을 노린 암살 음모에 휘말려 대신 죽었다.

자신의 아들을 황위에 앉히고 싶었던 귀비가 한 짓이었다. 분명히 지금으로부터 13년 전, 내가 운명의 날을 맞이하기 불과 1년 전에 벌어진 일이었다.

"어머님께서도 때때로 정원에 나가서 직접 일을 하시던 날이 있었습니다. 그리고 그럴 때마다 아까 여왕 전하와 비슷한 옷차림을 하셨죠. 아직도 기억에 남아 있습니다. 노란색 밀짚모자, 그 챙이 어머님의 얼굴에 만들던 둥그런 그림자, 해바라기 모양의 수가 놓여 있던 앞치마."

위딘은 한마디 한마디를 확인하듯 천천히 말했다. 마치 그럼으로써 그 추억의 영상을 되돌려 재생하는 것 같았다. 그 나지막한 목소리로 인해 내 머릿속에도 영상이 떠올랐다. 다르지만 같은, 한없이 따뜻한 기억.

"그래서 아까는 잠깐 들떴던 걸지도 모르겠습니다. 도를 넘었다면 사과드리겠습니다. 결례를 용서해 주십시오."

위딘은 그렇게 말하고 고개를 숙였다.

"아니……."

나는 당황했다. 이 타이밍에 그렇게 나오면 할 말이 없지 않은가.

"괘념치 마십시오. 저도 처음엔 황태자 전하를 속이려고 했으니까요. 그리 보면 애초의 잘못은 저에게 있지요."

"그럴 수가. 당치도 않습니다."

"아닙니다. 저도 사과드리지요."

그렇게 말하고 위딘에게 마주 고개를 숙여 보이면서도, 영 기분이 께름칙했다. 모르는 사이에 감쪽같이 그의 페이스에 말려든 느낌이었던 것이다.

설마 이러려고 일부러 어머니에 대한 이야기를? 우연이라기에는 너무나 타이밍이 절묘하지 않은가.

……아니. 아무리 그래도 역시 그럴 리는 없겠지. 적어도 어머니와의 추억에 대해 이야기하던 위딘의 눈빛에 담겨 있던 감정들은 진실이었다.

그리 믿고 싶었다. 의심하고 싶지 않았다.

나는 고개를 들고 다시 위딘을 바라보았다. 이미 그의 표정은 완벽히 평온하고 온화한, 평소의 모습으로 돌아와 있었다.

저것은 가면일까 진실일까. 알 수가 없었다. 그의 말을 어디까지 믿어야 하는 걸까. 자신이 주장하는 대로 일편단심의 순정파일까, 아니면 역시 용의주도한 바람둥이일 뿐인 걸까.

"아무튼 서로 사과도 나누었으니 더 이상 이 일에 대해서는 거론하지 않았으면 합니다. 저는 없었던 일이라 생각할 테니 황태자 전하께서도 부디 잊어 주십시오."

나는 눈을 내리깔면서 말했다.

"잊고 싶지는 않군요."

위딘의 말에 나는 다시 그를 쳐다보았다. 눈이 마주치자 그는 싱긋 웃었다. 초겨울의 싸라기눈처럼 보드라운 미소였다.

"하지만 알겠습니다. 여왕 전하께서 그리 말씀하신다면."

곧 디저트가 나왔다. 나는 그것을 먹는 둥 마는 둥하다가 서둘러 자리를 마무리하고 일어났다.

이제 겨우 오늘의 첫 번째 일정이 끝났을 뿐인데 피로도가 장난이 아니었다. 앞으로 어떻게 버티지, 그 생각만 하면 아득할 뿐이었다.

그러나 내실로 돌아오자 진실로 눈앞이 깜깜해지는 상황이 펼쳐져 있었다.

방금 오찬에 끝끝내 불참해 내심 안심하게 했던 카야르가, 응접실 한복판에 떡하니 앉아 나를 기다리고 있었던 것이다. 그는 나타난 나를 돌아보고는 딱딱하게 굳어 있던 입매를 일그러트렸다.

그 찰나의 순간, 그야말로 만감이 교차했다. 빙그르르 돌아서 그대로 다시 나가 버릴까. 아니면 현기증이 나는 척하면서 쓰러지기라도 할까.

달콤하면서도 강렬한 유혹이었지만 나는 겨우겨우 그것을 참아 냈다. 그리고 예를 갖춰 인사를 했다.

"황제 폐하."

카야르는 어딘지 모르게 불편한 기색으로 자리에서 일어나 고개를 까닥했다. 그 옆에서 누가 나에게 인사를 올리기에 봤더니, 처음 보는 남자가 있었다.

어두운 회색빛 머리의 청년이었는데, 키는 카야르 못지않게 컸지만 체격은 그보다 작았다. 수행원이나 경호원 같지는 않았다. 안경을 쓰고 치렁거리는 소매의 옷을 입고 있는 것이 학자의 풍모에 가까웠던 것이다.

누굴까. 그렇게 생각하는데 카야르가 헛기침을 했다.

"기다리고 있었소, 리유나 여왕."

그렇게 말하는 그의 태도가 어쩐지 좀 이상했다. 영 어색하다고 해야 하나. 잘 보면 자세도 약간 엉거주춤하고 시선도 나를 똑바로 보지 못하고 있었다.

예상과는 다르게 영 얌전한 것도 마음에 걸렸다. 어젯밤 그러고 난 뒤 처음 만나는 게 아닌가. 사실 보자마자 냅다 호통을 치며 패악을 부리는 사태도 어느 정도는 각오하고 있었는데.

"송구합니다. 하객분들과 오찬을 드느라."

나는 그의 눈치를 살피며 조심스럽게 말했다.

"황제 폐하의 자리도 상석에 마련해 두었건만, 오시지 않으셨기에 마침 의아히 여기던 참이었습니다. 따로 식사는 하셨는지요."

"음. 아니, 별로 내키지 않아서…… 배도 안 고프고……. 아무튼 되었소. 신경 쓰지 마시오."

카야르는 어물쩍 대답한 뒤 뒷짐을 진 채로 괜시리 응접실 천장을 휘휘 둘러보았다.

뭐지. 답지 않게 왜 이러는 걸까, 이 남자. 보면 말투도 묘하게, 아니, 여태껏 어땠는지를 생각하면 확실하게 정중해졌다. 내가 왔다고 일어나서 인사를 받은 것도 그렇고, 지금 계속 서 있는 것도…… 설마 내가 앉으라고 안 해서인 건가?

나는 카야르의 맞은편으로 가서 "앉으시지요." 하고 말해 보았다. 그러자 그는 헛기침을 하면서 자리에 앉았다. 등으로 식은땀이 흘러내리는 것을 느끼며, 나는 그와 마주 보고 앉았다.

이건 보통 일이 아니었다. 대체 하룻밤 사이 저 인간에게 무슨 일이 일어난 걸까. 혹시 무슨 함정인가? 내가 모르는 사이에 뭔가 어마어마한 음모가 진행되고 있는 건가?

무슨 일이 일어나도 에오니르의 여왕으로서 냉정하고 의연하게 대처할 것을 결의하며, 나는 오로지 카야르가 말을 꺼내는 것을 기다렸다.

하지만 아무리 기다려도 그는 입을 열지 않았다. 거북한 표정으로 고개를 돌리고 응접실 한쪽을 뚫어져라 응시하고 있을 뿐이었다. 뭔가 있나 싶어서 슬쩍 봤지만 아무것도 없었다. 그냥 벽뿐이었다.

"차라도 내오게 할까요."

나는 바짝 굳은 얼굴을 억지로 움직여 미소를 만들어 보이며 말했다.

"필요 없…… 아니, 괜찮소."

카야르가 말했다.

"시장하지는 않으십니까. 과일이라든지, 무언가 간단한 먹거리라도—"

"괜찮다고 하지 않았소."

다시 침묵이 흘렀다. 입이 바짝바짝 마르는 기분이었다.

그래서 내가 차라도 마시자고 했잖아. 빨리 용건이라도 얘기하든가. 주인도 없는 집에 죽치고 앉아 마냥 기다리고 있었던 이유가 있었을 거 아닌가.

"황제 폐하. 제게 무슨 긴히 하실 말씀이라도 있으신 건지요."

결국 참지 못하고 내가 먼저 운을 뗐다. 카야르는 말없이 그 특유의 이글거리는 눈빛으로 나를 쳐다보다가, 다시 시선을 피했다.

"딱히 없소, 그런 건."

"그러나 분명 여기까지 절 찾아오신 이유가 있을 텐데⋯⋯."

"그냥 지나가다가 잠시 들렀을 뿐이오."

"그렇다기엔 식사도 거르시고 여태 기다리셨다는 것이 저에겐 도무지⋯⋯."

"하지만 그대가 오전 내내 계속 짐을 만나기를 거부하지 않았소!"

카야르가 갑자기 벌컥 큰 소리를 냈다. 나는 놀라서 어깨를 움츠렸다.

그때 누군가 '폐하.' 하고 조용히 말했다. 카야르의 뒤에 서 있던 청년이었다. 카야르가 홱 고개를 돌려 그를 노려보자 청년은 눈을 감고 좌우로 천천히 고개를 흔들었다.

그러자 카야르는 그르렁거리는 듯한 소리를 목으로 삼키며 다시 자세를 바로 했다.

무슨 일이 벌어지고 있는 건지 도무지 감이 잡히지 않았다.

오전 내내? 화원에 갔을 때 얘긴가? 그사이 카야르가 날 만나려 했다는 걸까. 시종장에게 누구의 알현 요청도 거절하라고 일러두기는 했지만, '계속'이라고?

"······어젯밤은."

카야르가 말문을 열었다. 배 속에서부터 울리는 듯한 낮고 거친 목소리였다. 나는 반사적으로 침을 꿀꺽 삼켰다.

드디어 올 것이 오는 건가.

카야르는 입을 벌린 채로 잠시 말을 멈추는가 싶더니, 갑자기 뿌드득 소리를 내며 이를 악물었다. 그리고 주먹을 꽉 쥔 채로 내가 무슨 자기 부모의 원수라도 되는 양 노려보기 시작했다. 무시무시한 살기였다. 나는 영문도 모르고, 까딱하면 정신을 놓아 버릴 것 같은 상태로 그에 맞섰다.

"폐하."

"알았다니까!"

카야르가 다시 뒤의 청년을 향해 호통을 치더니 나를 돌아보았다. 칫, 하고 혀를 찬 그는 '······미안하게 됐소.' 하고 말했다.

"네?"

나도 모르게 반문하지 않을 수가 없었다.

"어젯밤 일은 미안하다고 하는 거요!"

카야르는 또 소리를 질렀다. 그러더니 쿵, 하는 신음을 흘리며 의자에 등을 묻었다.

……내가 잘못 들은 거 아니지? 지금 사과한 거 맞지? 대륙 최대 최강 제국의 황제인 카야르가, 자존심과 오만함으로 똘똘 뭉친 그가, 첫 만남부터 냅다 하대를 서슴지 않으며 나를 자신의 후궁쯤으로 취급하던 그가 지금 나한테 미안하다고 말한 거 맞지?

"무엇이 미안하다는 말씀이신지요?"

내가 묻자, 카야르는 고뇌하듯 이마에 얹고 있던 손을 내리고 나를 노려보았다.

"지금 짐을 놀리는 건가, 리유나 여왕?"

"당치 않습니다. 어찌하여 황제 폐하께서 제게 사과를 하시는 건지, 과연 그럴 만한 일이 있었던 건지 저로서는 알 수가 없어 드리는 말씀입니다."

카야르는 이를 드러냈다. 그리고 의자에서 몸을 일으켰다.

"그대가 그러지 않았소, 짐이 불손했다고. 그대를 황후로 맞고 싶다면 예의를 갖춰서 다시 오라고."

내가 멍하니 입을 벌리고 있자 그가 성급하게 말을 이었다.

"짐은 똑똑히 기억하고 있소. 그대는 분명 그렇게 말했소. 아니면 뭐요, 취해서 기억이 안 난다고 할 셈이오?"

"아니요, 기억납니다. 다만…….."

"다만? 다만, 뭐요?"

"그렇다고 정말로 폐하께서 제게 사과를 하시리라고는 상상도 못 하였기에."

나는 솔직하게 말했다. 그러자 카야르의 눈동자가 다시 흉포

한 빛을 뿜었다. 하지만 그 순간뿐이었다. 그는 쯧, 하는 잇소리를 내며 팔짱을 꼈다.

"그대는 짐이 무슨 예의나 법도도 모르는 인간이라 여기나보군, 리유나 여왕."

어머나, 그럼 아니란 말씀이세요?

무심코 그런 말이 입 밖으로 튀어 나가려는 것을 나는 가까스로 참아 냈다. 카야르의 뒤에 서 있는 청년도 쓴웃음을 짓는 것으로 보아 그도 나와 동일한 의견이라는 것을 알 수 있었다. 누군지는 모르겠지만 호감이 가네.

"하지만 짐은 사과를 했소. 그대도 이번에는 인정해야만 할 거요. 그대가 요구한 예의를 내가 지켰다고."

"네, 확실히."

나는 순순히 그의 말을 인정했다. 아주 기꺼운 마음으로.

"좋아."

카야르는 그제야 만족스러운 표정으로 웃었다. 오늘 이 방에 들어선 이후 처음으로 보는 그의 미소였다.

"그럼 이제 약속대로, 그대는 내 황후가 돼 주는 거겠지?"

"네?"

이건 또 갑자기 무슨 해괴한 소린가.

"뭐지, 그 반응은? 그대도 방금 인정했잖소! 그대를 황후로 맞고 싶으면 예의를 갖추라고 했고, 나는 그리했소. 그럼 그대도 약속을 지켜야 하는 것 아닌가?"

그 어처구니없는 억지에 할 말이 없었다. 무슨 애도 아니고.

……아니, 애가 맞나? 초조한 눈빛으로 나를 살피는 카야르를 보며, 어쩌면 그럴지도 모르겠다는 생각이 들었다. 그러니 앞뒤 안 가리고 달려들고, 자기 여자가 되라고 윽박지를 줄만 알지. 지금까지는 그래도 괜찮았겠지, 황제였으니까. 거부하는 여자 따위는 없었겠지.

 "제가 언제 그것만으로 폐하의 비가 되겠다고 했나요? 저를 원하신다면 최소한의 예의는 갖춰 달라, 그것이 제 1조건이다. 그렇게 말했을 뿐 아닌가요?"

 "리유나 여왕, 또 짐을 상대로 말장난을 할 셈인가?"

 "말장난을 하시는 건 폐하겠죠. 누가 들어도 알 만한 일로 애처럼 억지를 부리시다니, 도무지 믿을 수가 없네요."

 "뭐라고……?"

 카야르는 입을 딱 벌렸다. 화가 나기 이전에 기가 막힌다는 표정이었다. 주위 공기가 급속도로 차갑게 식어 가는 것이 느껴졌다. 하긴 주위 다른 사람들이 보면 내가 괜스레 가만있는 사자의 코털을 뽑는 느낌이겠지. 그렇지만 왜일까, 나는 눈앞의 맹수 같은 남자가 더 이상 무섭지가 않았다.

 카야르는 으르렁거리는 목소리로 입을 열었다.

 "아무리 그대라 하더라도 짐을 능멸하는 것은 용서 못 한다. 알고 있는가? 짐은 대 티아마칸의—"

 "황제 폐하시죠. 알고 있습니다. 그리고 능멸이라니요, 당치도 않습니다. 저는 다만 폐하가 오해를 하고 계신 것 같기에 그것을 풀어 드렸을 뿐입니다."

나는 카야르를 바라보며 말했다.

"폐하의 진심은 잘 알았습니다. 황제 폐하 정도 되는 분이 저를 위해서 고개를 숙이시다니, 솔직히 감동받았답니다. 하지만 그것만으로 폐하의 구혼을 받아들일 수는 없습니다."

"그럼 뭐가 더 필요하단 말인가."

"글쎄요. 저도 잘 모르겠군요."

"리유나 여왕!"

"원래 어떻게 구혼을 할 것인지, 어떻게 하여 숙녀의 마음을 사로잡을 것인지는 온전히 신사분에게 달린 일이랍니다. 알고 계신가요? 로맨틱한 프러포즈는 모든 여자들의 꿈이라는 것을. 그런데 그것을 어떻게 해야 할지를 구혼하는 당사자에게 묻다니, 너무하다고 생각하지 않으십니까?"

카야르는 표정을 일그러뜨렸다. 무슨 귀신 씻나락 까먹는 소리를 하냐는 듯한 얼굴이었다. 그야 그렇겠지. 바로 그게 문제인 거야.

"다음 일정이 촉박하여 저는 이만 일어나 봐야겠습니다. 오늘 저녁 연회에서 뵙도록 하지요."

나는 그렇게 말하고 일어나, 카야르를 향해 허리를 굽혀 인사했다. 그리고 그 자리를 빠져나왔다. 티티가 창백한 안색으로 서 있다가 뒤늦게 내 뒤로 와 드레스 자락을 들었다.

가엾게도. 나중에 안심시켜 줘야겠다.

"리유나 여왕."

카야르가 부르는 소리가 들려, 나는 뒤를 돌아보았다.

"오로지 그대를 위해서 짐이 황도를 비운 지 오늘로 사흘째요. 그것이 무엇을 의미하는지 아오? 짐은 이러고 있을 시간이 없단 말이오!"

"2점."

나는 말했다.

"……뭐라고?"

"100점 만점에 2점입니다. 어젯밤 제가 말씀드린 게 또 있었죠? 프러포즈하는 법도 다시 배우시라고요. 아, 그것도 뒤에 계신 분에게 자문을 구해 보시면 어떨까요? 꽤 유능한 조언자로 보이는데."

카야르의 얼굴이 다시 일그러졌다. 그와 동시에 그의 뒤에 서 있던 청년이 이마에 손을 짚는 것이 보였다. 나는 그들로부터 등을 돌리고, 여유로운 발걸음으로 응접실을 나섰다.

세상에서 제일 멋진 남자

다른 남자 왕들과 비교했을 때 여왕이 가지는 차별점은 여러 가지가 있지만, 대표적인 것으로는 혼자 2인분을 해야만 한다는 점이 있다. 스스로 왕비 역할까지 해야 되는 것이다.

왕비는 말하자면 왕가의 얼굴이다. 젊고 아름다운 왕비일수록 더더욱 그렇다. 오늘 왕비님이 어떤 드레스를 입으셨다더라, 어떤 보석을 하셨다더라, 그런 것들 하나하나가 사교계의 화제가 되고 그대로 유행에 반영된다.

비단 귀족들 사이에만 국한된 이야기가 아니다. 특별한 날이 아니면, 그나마도 수도 거주민이 아니면 먼발치에서나마도 왕비의 얼굴을 볼 일이 없는 평민들에게조차 자기 나라 왕비의 미모는 중요하다.

어느 나라 왕비가 그렇게 절색이라더라, 소문이 퍼지면 그

나라 백성들의 콧대도 같이 올라간다. 우습지만 그것만으로도 국격이 신장되는 거나 다를 바가 없는 것이다. 그러니 우리나라 백성들은 오죽하겠는가.

그래, 무엇을 숨기랴. 내가 에오니르의 여왕으로 즉위한 지 3년째, 막 19세 생일을 맞은 이 시점에서 우리나라 백성들의 콧대는 바야흐로 구름을 뚫고 저 하늘 끝까지 도달해 있었다.

사실 생각해 보면 무리도 아니다. 그전까지는 대제국 사이에 껴서 오로지 눈치만 보는 약소국의 백성이었건만, 예언자가 한마디 하고 갔다고 하루아침에 완전히 입지가 달라졌으니.

갑자기 전 세계로부터 관심이 쏟아지지, 내로라하는 강대국들로부터 구혼 요청 쇄도하지, 공물을 실은 수레의 행렬은 사시사철 끊이질 않지. 그러니 얼마나 신났겠는가. 얼마나 내가 예뻤겠는가.

그렇게 전 국민들은 마치 내가 실제 자신들의 딸자식이라도 되는 양 팔불출 짓을 시작하게 되었다. '우리 공주님이 이번에 말이야—', '그래그래. 저 극북의 바노와라는 나라로부터 모피가 백 수레나…… 뭐, 어딘지 모른다고? 허허, 이 무식한 친구. 그 동네로 치면 티아마칸이야, 티아마칸!'

거기까진 좋다. 이러니저러니 해도 사랑해 준다는 뜻이니까. 내 일거수일투족에 보통 이상의 관심을 기울이는 것도 괜찮다. 자기네 나라 여왕에 대해 관심이 없는 것보단 나으니까.

문제는 그 관심이 오로지 '신붓감으로서의 나'에 집중되어 있다는 점이었다.

공주였을 때야 그러려니 했지만, 여왕으로 즉위한 지 3년이 지난 지금까지도 그렇다는 것은 도저히 바람직하다고는 볼 수 없었다.

국민들 사이에서 나에 대한 화젯거리는 여전히 내 미모나 구혼자들에 관한 이야기에 국한되어 있었다. 여왕인 내가 지도자로서 얼마나 유능한가, 얼마나 현명한 치세를 펼치는가에 대해선 다들 요만큼도 관심을 보이지 않았다.

내가 그에 관해 우는 소리를 했더니 재상 길로프는 '괜찮습니다. 국민들이 정치에 관심이 없는 것은 즉 불만이 없다는 뜻도 되니까요.' 하고 원조 버트로스답게 쿨한 반응을 보였다.

거기까진 괜찮았다. 문제는 그다음에 그가 덧붙인 말이었다.

-그러니 여왕 전하는 신랑감을 고르는 일에 집중해 주십시오.

아니, 그게 일국의 재상이란 자가 자신이 모시는 여왕에게 할 소리야? '길로프에게 의지하거라. 그의 지혜와 충성심은 다른 자와 비할 바가 못 된다.'라는 아바마마의 유언만 없었어도 정말!

……아무튼. 현 시점에서 내게 요구되는 역할은 왕이라기보다는 왕비에 가까웠다.

얼마나 아름답게 빛나느냐. 때문에 오늘의 두 번째 공식 일정인 퍼레이드 참관은 온갖 기대와 관심으로 가득 찬 국민들 앞에 내 모습을 보이는, 그러므로 구혼자들과의 만남 못지않게 완벽하게 치장할 필요성이 있는 자리였다.

나는 리엔과 그 수하 시녀 둘의 손을 빌려 그날 네 번째의 드레스로 갈아입었다. 눈동자색을 돋보이게 하는 연초록빛에, 몇 겹으로 레이스가 달린 사랑스러운 느낌의 드레스였다.

드레스도 그런데 머리까지 반묶음으로 풀어 내렸더니 유독 어려 보였다. 이래서야 여왕이라기보다는 공주 같았다.

"예쁜 건 좋은데, 이러면 여왕으로서의 권위가 안 사는 것 아닌가요?"

내가 거울을 보며 묻자 나의 에티켓 교육 담당에, 사실상 홍보 담당을 겸하고 있는 치어슨 백작 부인은 '아뇨, 전하. 지금이 딱 좋습니다.' 하고 잘라 말했다.

"하지만 저번에는 분명히 일국의 군주로서의 품격을 지켜야 한다고……."

"그건 구혼자들 앞에서죠. 국민들은 여왕 전하의 사랑스러운 모습을 좋아합니다. 그러니 전하."

그렇게 말하며 치어슨 백작 부인은 콧등에 얹힌 안경을 추켜올렸다.

"끝없이 손을 흔들면서 방긋방긋 웃는 것을 잊지 마십시오. 때때로 윙크도 하시고요."

"……."

이것이 열아홉 살 소녀 왕의 적나라한 현실이었다.

곧 시간이 되어 왕궁 발코니로 나갔다. 예상대로 엄청난 인파가 모여들어 왕궁 주위를 새까맣게 채우고 있었다.

나는 축하 인파에게 손을 흔들고, 시킨 대로 방긋방긋 웃으며 윙크도 했다.

일정에는 퍼레이드 참관이라 명명되어 있었지만 그것은 이름뿐이었다. 실제로 내가 볼 수 있는 것은 작년에도, 재작년에도 그랬듯 발코니에서 내려다보이는 풍경뿐이었다.

실제로 디네힌 휘하 왕실 근위 기사단이 펼치는 퍼레이드 중 내가 볼 수 있는 것은 첫 번째, 그 행렬이 왕궁을 떠나 출발하는 장면과 두 번째, 다시 돌아오는 장면 두 가지뿐이었다.

나는 그 두 장면 사이에 열심히 손을 흔드는 것으로 일정을 무사히 마쳤다.

사실 나도 가능하다면 진짜로 밖으로 나가서 축제를 구경해 보고 싶은 마음이 있었다. 평범한 사람들처럼 참가하는 것은 무리더라도, 아까 전의 퍼레이드처럼 마차에 올라 거리를 일주하는 정도는 가능할 법도 했던 것이다.

실제로 몇 주 전, 어전 회의에서 조심스럽게 제안해 봤지만 가차 없이 기각되었다. 과도하게 인파가 몰려 내 안전에 위험이 발생할 수도 있다는 것이 이유였다. 별로 실망하지는 않았다. 그럴 거라고 예상했던 것이다.

나는 태어난 이후로 지금까지 단 한 번도 왕궁 밖으로 나가 본 적이 없었다. 아무튼 전 세계의 주목과 관심을 한 몸에 받고 있는 입장이니까. 길로프 재상 포함 다른 신하들이 내 안전과 호위에 온 신경을 곤두세우는 것도 당연한 일이었다.

어쩌면 평생 죽을 때까지 왕궁에 갇혀 살 수도 있다. 지금 여기 구름같이 모여든 구혼자들 대부분이 데릴사위로서 여왕의 남편이 되는 것을 전제로 하고 있으니까, 충분히 가능한 이야기였다.

예외가 있다면 카야르나 위딘 정도일까. 적어도 카야르는 확실하다. 티아마칸 황제에게 시집가는 상황이 된다면 역시나 한 번 정도는 황도로 가야겠지.

그래도 결국 돌아오는 곳은 여기가 될 것이다. 나는 에오니르의 여왕이고, 나를 대신할 사람은 아무도 없으니까.

치어슨 백작 부인의 감독 아래 나는 또 한 번 드레스를 갈아입었다. 이번엔 세련된 보랏빛에 실크를 주 소재로 한, 조금은 과감한 디자인의 야회복이었다.

뭐니 뭐니 해도 당일 연회는 이번 탄신제의 메인이벤트니, 보는 이의 시선을 확 사로잡을 수 있는 화려함이 필요하다는 것이 백작 부인의 주장이었다.

드레스에 맞게 평소보다 짙은 화장을 하고, 여왕인 나를 위해 따로 제작된 왕관들 중에서도 가장 고가에 화려한 티아라를 썼다.

"여왕 전하 드십니다!"

나는 디네힌의 에스코트를 받으며 연회장 안에 들어섰다. 전 대륙에서 모인 총 쉰다섯 명의 구혼자 외 각국 인사와 그 수행원, 에오니르의 고위 관료들 및 귀족들, 그리고 내 호위 기사들까지. 회장 안은 이미 사람들로 가득 차 있었다.

놀랍게도 그 안에는 카야르도 포함되어 있었다. 어제 전야제 때만 하더라도 느긋하게 도중에 나타났었는데.

모두가 나를 향해 고개를 숙인 가운데 카야르만이 홀로 심기가 불편한 표정으로 서 있었다. 나는 그를 향해 의미심장한 미소를 보내고, 천천히 걸음을 옮겨 준비된 단상에 올랐다.

연회는 어제와 비슷한 순서로 진행되었다. 환영사, 축사, 건배, 그리고 만찬. 다른 점은 그 뒤에 선물 전달식이 있었다는 점이었다. 구혼자들이 한 명, 한 명 차례로 내가 앉은 단상으로 와서 자신이 준비해 온 선물을 보여 주고 바쳤다.

선물들은 대체로 비슷했다. 8~9할이 보석이었다. 각양각색의 휘황찬란한 다이아, 사파이어, 에메랄드로 이루어진 장신구들. 그중엔 역시 목걸이가 가장 많았으며, 그다음이 팔찌나 티아라였다. 귀걸이는 세트로 딸린 경우가 많았다.

솔직히 말해 나도 보석을 싫어하지는 않는다. 이러니저러니 해도 여자니까. 게다가 이미 평소에 공물을 통해 수많은 보석들을 접해 본 내가 감탄할 정도로 대단한 것들이 많았다.

그 주인들은 하나같이 눈동자에 열기를 띤 채로 그 선물이 얼마나 특별하고 고가인지 역설하고, 그 말미에는 그럼에도 불구하고 그에 어울리는 아름다움을 지니신 유일한 분이 바로 여왕님이므로 하나도 아깝지 않다는 식의 말을 꼭 덧붙였다.

하지만 비슷한 장면들이 2시간 가까이 반복되다 보니 결국 아무리 반짝이는 보석에도 무감각해지게 되는 것이 사실이었다. 나중에는, 알았으니까 그냥 옆에 놓고 가라고 하고 싶어질 정도였다. 하지만 물론 그럴 수는 없었다.

나는 눈을 반짝거리며 '실로 너무나 아름답습니다. 정말로 이런 것을 받아도 될까요? 어머나, 그런 과찬의 말씀을. 오호호호……' 같은 대사를 친 후 상대의 뒷모습을 확인하고는 잽싸게 고개를 돌려 옆에 선 비서관에게 '이제 몇 명 남았죠?' 하고 물었다.

"열아홉 명 남았습니다, 전하."

아직도? 급속히 피로가 몰려왔다.

물론 올해 하객 명단을 본 순간 이렇게 될 것을 어느 정도 예상은 했다. 하지만 선물 전달식은 매년 하던 이벤트였고, 구혼자가 대부분인 올해의 하객들도 그것을 알고 있는 상황이었다.

안 그래도 치열한 경쟁 구도 속에서 조금이라도 앞서 나가기 위해 그들이 각자의 선물에 얼마나 공을 들였을지는 안 봐도 뻔했다. 그런데 어떻게 올해는 생략한다는 말을 냅다 할 수 있겠는가.

조금만 더 견디자. 그래도 가만히 앉아 있으면 된다는 점에서 춤 상대보단 낫잖아. 그래, 눈부신 것만 참으면 돼.

그렇게 스스로를 격려하고 있으려니 이윽고 다음 구혼자가 다가왔다. 위딘이었다.

"탄신 감축드립니다, 여왕 전하."

그는 오른손을 반대쪽 가슴에 얹고 허리를 숙이며 말했다.

오늘 낮에 있었던 일이 떠올라 순간적으로 입가가 딱딱해지는 것이 느껴졌지만, 나는 애써 그것을 떨쳐 내며 '감사합니다,

황태자 전하.' 하고 말했다. 위딘은 부드럽게 미소 지었다.

"오늘 저녁은 더더욱 아름다우십니다. 그 자태를 이렇게 눈앞에 두고 있는 것만으로도 가슴이 설레 도무지 전하를 똑바로 바라볼 수가 없군요."

그는 말하는 것과는 정반대로 나를 그윽하게 쳐다보면서 말했다. 오늘 그가 입은 예복은 마치 새신랑처럼 새하얀색이었다. 아무나 소화하기 힘든 색이건만 위딘이 입고 있으니 그 부드럽고 우아한 분위기가 한층 배가되는 느낌이었다.

차례차례 구혼자들을 만나다 보니 새삼 다가왔다. 잘생기긴 정말 잘생겼다, 이 황태자.

"분에 넘치는 찬사 감사드립니다. 황태자 전하야말로 너무나 멋지십니다."

"말씀만으로도 황공합니다, 여왕 전하."

그는 다시 한 번 고개를 숙였다가, 이어 옆쪽을 돌아보았다. 품에 가득 들어오는 크기의 흰색 상자 밑에 붉은색 방석을 받쳐 들고 대기하고 있던 시종이, 위딘의 신호에 맞추어 가까이 걸어왔다.

뭘까. 크기로 봐서는 티아라인가?

나는 그 휘황찬란한 빛과 아름다움과 가격에 대해 감탄사를 늘어놓을 준비를 미리 마치고, 위딘이 선물 상자를 열기만을 기다렸다.

이윽고 위딘이 상자 덮개를 열었다. 나는 그 안에 든 것을 확인하고 나도 모르게 숨을 삼켰다. 처음엔 하얀색 털 뭉치인가

했다. 하지만 아니었다. 모양이 있었다. 그다음엔 인형인가 했다. 그것도 아니었다. 움직이는 걸로 봐선 살아 있었다.

무언가의 새끼였다. 그건 확실했다. 너무 작았기 때문이다. 그냥 작은 게 아니었다. 정말 너무너무 작은데, 그런데도 어떻게 귀랑 팔다리랑 꼬리랑 달릴 건 다 달려서…….

어머나, 저 앞발 좀 봐. 세상에, 어떻게 저렇게 짧고 뭉툭하고 작고 작은지. 어머, 움직인다!

위딘이 상자 안에 손을 집어넣어 그것을 꺼냈다. 그 손바닥 안에 거의 쏙 들어갈 정도로 그것은 너무나 작았다. 위딘은 그것을 품에 안아 들고, 한 손으로 머리를 부드럽게 쓰다듬으며 내게로 다가왔다.

위딘이 조용히 속삭였다. 그 말에 반응하듯 귀가 꿈틀거렸다. 그것은 고개를 들었다. 그리고 그 유리알 같은 눈동자가 나를 향했다.

나는 지금까지 애완동물을 키워 본 적이 없었다. 이유는 간단했다. 위험하기 때문이다. 단 하나뿐인 공주이자 왕위 계승자에게 혹시라도 해를 끼치면 어떻게 하나, 발톱에 할퀴어 지워지지 않는 흉이라도 생기면 어떻게 하나.

어지간히 극성이다 싶겠지만 그 당시에는 왕궁의 모두가 진심으로 그렇게 생각했다. 그만큼이나 귀한 후사였던 것이다.

그리하여 나는 그 흔한 강아지나 고양이를 직접 기르는 것은 고사하고 가까이서 본 적조차 없었다. 다른 귀부인들이나 영애들에게 전해 들어 상상하거나, 기껏해야 그림책에 그려진 것을 보는 게 전부였다.

그랬기에 여태 몰랐다. 세상에 이렇게나 귀엽고, 예쁘고, 깜찍하고, 아름답고 또……. 아무튼 이런 생물이 있었을 줄이야!

"여왕 전하?"

"네, 넷?"

나는 화들짝 정신을 차렸다. 위딘이 내 앞에 무릎을 꿇은 채로 나를 올려다보고 있었다.

"혹시 제 선물이 마음에 들지 않으시는 건지요."

"서, 서…… 선물인가요, 그게?"

"예. 그렇습니다, 전하."

"그것의 이름은 뭐라고 하는 겁니까? 고…… 고양이인가요?"

"예, 전하."

위딘은 그렇게 대답하고 의아한 표정을 했다.

"고양이를 본 적이 없으신 겁니까?"

"네. 부끄럽지만……."

"허어, 그럴 수가."

그는 눈썹 사이에 주름을 모으며 말했다. 그러면서도 품에 안은 새끼 고양이를 연거푸 어루만지고 있었다. 아찔할 정도로 부러웠다.

"여왕 전하도 안아 보시겠습니까?"

온몸이 빳빳하게 굳는 기분이 들었다. 내가 대답이 없자 위딘은 '전하?' 하고 재차 물었다.

"괘…… 괜찮은 겁니까?"

"예? 어떤 것이 말씀이십니까, 전하?"

"이렇게나 작은데 생각 없이 손을 댔다가 혹 제가 다치게라도 하면……"

"하하. 괜찮습니다. 제가 이렇게 만져도 아무렇지 않잖습니까. 하물며 전하의 가녀린 손에 의해 상처 입을 리가요."

위딘은 눈을 가늘게 하고 웃으며 말했다. 그러곤 자리에서 일어나 내 바로 앞까지 바싹 다가왔다.

"자요."

위딘이 두 손으로 고양이를 안아 들고 나에게 내밀었다. 하지만 나는 앉은 자세 그대로 손 하나 움직일 수가 없었다. 위딘은 그대로 잠시 기다렸다가 고양이를 자신의 품으로 되돌려 한 팔로 안았다.

내가 그것이 안타까워 아, 하고 탄식할 때였다.

"잠시 실례하겠습니다. 여왕 전하."

위딘이 비어 있는 손을 뻗어 의자 팔걸이에 얹힌 채로 굳어 있는 내 손을 잡았다. 그리고 그것을 내 무릎 위로 옮겨 손바닥이 위에 오도록 올려 두었다.

이어 나머지 다른 한 손도 똑같이 만들었다. 곧 내 무릎 위에 모인 두 손바닥 위에 새끼 고양이가 얹혔다.

나는 숨을 삼켰다. 보들보들한 털의 감촉 같은 건 놀랍지도 않았다. 인형을 통해 익히 알고 있었고, 또 만지기 전에 충분히 상상했던 대로였다.

하지만 살아 있었다. 이렇게 작은데도 분명히 살아 있었다.

희미하지만 분명하게 팔딱팔딱 뛰고 있는 맥과, 부풀어 올랐다 쪼그라들었다 하면서 쉬고 있는 숨이 손의 감각을 통해 너무나 리얼하게 느껴졌다.

결정적으로 따뜻했다. 다른 생물의 체온이란 이토록 따뜻하구나, 그 간단하고도 당연한 사실을 새삼스럽게 실감하는 기분이었다.

고양이는 얌전했다. 내 손바닥 위에서 몸을 동그랗게 말고는, 졸린 듯이 눈을 감고 그 얕은 숨을 들썩이고 있었다

숨도 제대로 못 쉬고 굳은 상태로 그저 하염없이 그것을 내려다보고 있는데, 위딘의 말이 들렸다.

"메르토니아 황가에서 대대로 키우는 고귀한 혈통의 고양이입니다. 그 어미가 마침 이번 달에 새끼를 낳아서요. 그중 한 마리를 데려왔습니다."

내가 위딘을 보자 그는 싱긋 웃었다.

"마음에 드십니까?"

나는 쉽사리 입을 뗄 수가 없었다. 마음에 드냐 안 드냐를 묻는다면 당연히 전자지만, 그냥 마음에 든다는 말 한마디로는 지금 느끼고 있는 이 감정이 도저히 표현되지가 않았다.

내가 뭐라고 말을 못 하고 눈만 깜빡거리고 있자, 위딘은 만족스러운 듯이 미소 지었다. 멍하니 그 미소를 보고 있는 사이 갑자기 정신이 들었다.

안 돼. 이건 흉계다. 나를 유혹하기 위해 위딘이 치밀하게 준비한 음모의 수단인 것이다. 정신 똑바로 차려라, 리유나. 아무

리 이 새끼 고양이가 귀엽다고는 해도 겨우 애완동물한테 넋이 나가서 대사를 그르친다는 건……

어머나, 지금 갸르릉거렸어! 어떻게 하면 이렇게 귀여운 소리를 낼 수 있지? 다시 안 하나? 다시 안 하나?

"기가 막히는군."

으르렁거리는 듯한 목소리가 들려와 나는 퍼뜩 다시 고개를 들었다. 어느새 카야르가 가까이 다가와 위딘 바로 뒤에 버티고 있었다. 단단히 심사가 뒤틀린 표정이었다.

"고작 동물 새끼 하나를 데려와서 선물이라고? 지금 여왕을 모욕하는 건가?"

카야르가 위협하듯이 말하자 위딘은 카야르를 돌아보았다.

"모욕이라니요. 그럴 리가 있겠습니까. 게다가 고작 동물 새끼가 아닙니다. 메르토니아 황가와 그 역사를 함께하는 영물의 혈통입니다."

"하! 겨우 몇십 년밖에 되지 않은 메르토니아 잔챙이들이 역사라고!"

카야르의 이죽거림에 위딘의 눈빛이 싸늘해졌다.

내 뒤에 서 있던 디네힌이 검에 손을 댄 채로 한 발짝 앞으로 나서는 것을 저지하며, 나는 '황제 폐하. 그만하십시오!' 하고 외쳤다.

"리유나 여왕! 그대는 화도 나지 않는가?"

카야르가 내 쪽으로 한 발짝 성큼 다가오며 목소리를 높였다. 나는 반사적으로 내 품의 새끼 고양이를 껴안았다.

그 모습을 본 카야르가 표정을 일그러뜨리더니 천천히 다시 물러섰다.

"무슨 뜻인지 모르겠습니다, 황제 폐하. 어찌하여 제가 화가 나야 하는 것인지요."

"여왕은 그것을 선물로 인정하오? 진정 그것이 마음에 드는지 묻는 거요."

카야르의 말에 나는 흘깃 위딘을 보았다. 그는 등을 곧게 편 자세로 서서 이쪽을 보고 있었다. 나는 다시 카야르 쪽으로 시선을 돌렸다.

"네. 마음에 듭니다."

그 말에 카야르가 고함이라도 지를 기세로 입을 벌렸지만, 그뿐이었다. 그는 말없이 어금니를 꽉 깨물었다.

카야르가 엄청난 인내력을 발휘하고 있는 것은 분명했다. 처음 만났을 때를 생각하면 믿을 수 없을 정도였다. 그렇다고 해서 그의 행동을 모두 용납할 수 있는 것은 아니었다. 이해할 수 없었다. 어째서 갑자기 이 자리에 뛰어든 걸까.

위딘은 말없이 그런 카야르를 쳐다보고 있다가 입을 열었다.

"여왕 전하는 그렇다고 하시는군요, 황제 폐하. 그러니 부디 물러나 주시겠습니까? 제 차례가 아직 끝나지 않은 걸로 알고 있는데요."

"위딘."

나는 다급히 위딘의 이름을 불렀다. 그러자 그는 내 쪽으로 허리를 굽히고 '네, 여왕 전하. 말씀하십시오.' 하고 말했다.

"감사합니다. 선물은 기쁘게 받겠습니다. 그러나 황태자 전하만 괜찮으시다면, 자세한 이야기는 차후에 다시 나누었으면 합니다. 아직 기다리고 있는 분들이 많으니까요."

그렇게 말하면서 나는 카야르를 흘끔 올려다보고, '……황제 폐하를 포함해서 말이죠.' 하고 덧붙였다. 그는 가까스로 분을 억누르고 있는 듯한 기색이었다.

"여왕 전하께서 그리 말씀하신다면."

위딘은 그렇게 말하고 물러났다. 상자를 든 그의 시종이 다가와 내 앞에 무릎을 꿇었다. 나는 품 안의 새끼 고양이를 들여다보았다. 고양이는 여전히 온순한 태도로 몸을 웅크리고 있었다. 카야르 때문에 놀라지도 않은 것 같았다.

나는 망설이다가 조심조심 새끼 고양이를 안아 들고 상자 안으로 다시 되돌렸다. 너무 가벼워서 도리어 놓칠까 겁이 날 정도였다. 시종이 상자의 덮개를 닫고 뒤로 물러났다.

저대로 두어도 괜찮은 걸까. 누가 보살펴 주어야 하는 건 아닌가. 위딘이 알아서 하려나? 그래도 티티에게 언질이라도 해 두는 게—

"리유나 여왕."

나는 하염없이 시종의 등을 좇다가 퍼뜩 고개를 되돌렸다. 눈앞에 카야르가 굳은 표정을 하고 서 있었다.

"저 핏덩이가 꽤나 마음에 드나 보오."

그는 불퉁하게 말했다.

"네, 아니……. 한 번도 저러한 것을 키워 본 적이 없었기에."

나는 그렇게 말하다 말고 흠흠, 헛기침을 한 뒤 자세를 바로 하고 카야르에게 눈을 흘겼다.

"그보다 방금은 어찌하여 그러한 행동을 하신 겁니까. 분명히 이 나라에 머무르시는 동안은 위딘 황태자와 다투지 않겠다고 약속하시지 않았습니까."

"미안하오."

"네?"

"사과하는 거요. 이제 됐겠지."

카야르는 그렇게 말하고 고개를 돌렸다. 마치 더 말해도 듣지 않겠다는 듯한 태도였다. 나는 어처구니가 없어서 잠시 말을 잃었다가, 가볍게 고개를 흔들고 다시 말했다.

"폐하. 사과만 한다고 다 해결되는 것이 아닙니다. 그렇게 말씀하신 후 또 방금처럼 위딘 황태자를 도발하신다면 전—"

"미안하다고 하지 않았소."

카야르는 내 말을 끊으며 말했다.

"그러니 그 애송이 이야기는 이제 그만하시오."

나는 말문을 잃고 그를 올려다보았다. 카야르도 나를 마주 쳐다보았다. 황금색 눈동자가 타오르듯 일렁이고 있었다.

"그 메르토니아 애송이의 이름을 그만 부르라고 하였소."

그는 낮게 깔린 목소리로 말했다.

순간 감이 잘 오지 않았다. 이 인간이 대체 왜 이러는 걸까. 티아마칸이 메르토니아를 눈엣가시로 여기는 것은 알고 있다. 안 그래도 이미 첫날 보자마자 목에 칼을 들이대며 대차게 일을 벌이지 않았는가. 물론 그때는 상대가 메르토니아의 황태자라는 것을 몰랐던 것 같긴 하지만.

그래도 그렇지. 분명히 내 탄신제 기간 동안 정전 합의도 했으면서 왜 갑자기 이제 와서, 그것도 공식 행사 도중에 난입하면서까지 깽판을 놓는 걸까.

아무리 카야르의 성격이 불같다지만 방금 전만 하더라도 직접 내게 사과하러까지 오지 않았는가. 나한테 잘 보이려고 애쓰는 것도 그렇고, 솔직히 조금은 다시 보고 있었는데 말짱 꽝이었다.

아무리 그래도 뭔가가 이상했다. 이름조차 부르지 말라니. 위딘이 카야르로부터 이토록 깊은 증오를 산 이유를 알 수가 없었다. 오로지 메르토니아의 황태자라는 것만으로 몇 번 얼굴도 마주치지 않은 상대를 이렇게 미워할 수가 있나?

카야르는 진득하게 나를 내려다보고 있던 시선을 불현듯 옆으로 돌렸다.

"뭘 원하오?"

"예?"

"생일 선물로 뭘 원하느냔 말이오."

나는 잠시 멍하니 카야르를 쳐다보았다가, 고개를 흔들어 그때까지 머릿속을 채우고 있던 생각들을 일단 치웠다.

"폐하께서 준비하신 것이 있지 않습니까?"

나는 카야르의 뒤쪽을 곁눈질하며 말했다. 그의 시종으로 보이는 자가 보석과 황금으로 치장되어 이미 그것만으로도 상당한 가격이 나갈 것 같은 커다란 상자를 품 안에 안고 있었던 것이다. 카야르는 훗, 하고 짧은 웃음을 흘렸다.

"그래. 가져온 것이 있지. 하지만 그것만으로 그대가 만족하겠소?"

"무슨 뜻이십니까?"

"오해하진 말았으면 좋겠군. 결코 내 선물에 부족함이 있다는 뜻은 아니오. 한 나라의 여왕인 그대의 품격에 절대 부족함이 없는 최고의 금은보화들로 채웠지. 그렇지만 과연 그걸 받고 그대가 기뻐할까?"

"그리 말씀하시는 이유를 잘 모르겠군요. 저를 위해 준비하신 선물 아닙니까. 당연히 기뻐하지요."

"하! 그대는 짐의 눈을 장식품으로 아나 보군."

카야르는 비웃듯이 말했다.

"내내 지켜보았소. 수많은 선물들이 왔다 갔지만 그대의 표정은 쭉 한결같았지. 그 완벽한 미소가 무너진 건 딱 한 순간뿐이었소. 메르토니아의 그 애송이가 알량한 동물 새끼를 가져왔을 때."

가슴이 철렁했다. 그랬단 말인가. 그러고 보니 그랬던 것 같기도 하다. 생각하니 뺨이 뜨거워지는 기분이 들었다.

카야르는 허리를 굽혀 자신의 눈과 내 눈의 높이를 맞췄다. 어제오늘 몇 차례나 이 눈동자를 가까이서 보았지만 도무지 익숙해지지가 않았다. 매번 숨을 죽이게 되었다. 과연 이 황금색 눈동자 안에서 끊임없이 타오르고 있는 이 불길은, 그 원천을 이루는 감정의 정체는 대체 무엇일까.

"그 애송이한테 그런 얼굴을 보여 줘 놓고, 짐의 선물 앞에서 다시 원래대로 돌아가는 꼴은 죽었다 깨나도 용납할 수 없지."

카야르는 조용하지만 묵직하게 울리는 목소리로 말했다.

"그러니 말하시오, 뭘 원하는지. 짐은 대 티아마칸의 황제요. 이 세상에 존재하는 것이라면 구하지 못할 것이 없소. 그대가 원하는 것이라면 어떤 것이라도 가져다주지. 애완동물이 필요한 거라면 그도 좋소. 말만 하시오. 저 쿠드라세탄 산맥의 호랑이 새끼를 원한대도 당장 잡아다가 대령해 놓을 테니까."

······아니, 그런 건 막상 가져오신대도 곤란합니다만.

나는 속으로 조용히 중얼거렸다. 하지만 카야르가 너무도 진지했기 때문에 함부로 농을 던질 수조차 없었다.

"폐하의 마음이 담긴 물건이면 충분합니다. 그것만으로도 충분히 기쁘니까요."

내가 그렇게 말하자 카야르의 눈빛이 흐려졌다.

"그런 입 발린 소리는 필요 없소. 짐의 말을 듣기나 한 거요? 나는 어떤 걸 가져오면 그대의 그런 태도를 무너뜨릴 수 있는가를 묻고 있는 것이오. 말해 보시오. 어떤 것이면 되오? 어떻게 하면 그대의 마음을 움직일 수 있소?"

카야르는 말했다. 그는 손바닥을 하늘로 가게 해서 내밀었다. 그 손아귀는 당장이라도 무언가를 움켜쥘 듯이 움찔거리고 있었다.

"그걸 당사자의 입에서 들으시려는 건가요."

"뭐라고?"

"낮에도 말씀드리지 않았던가요? 어떻게 숙녀의 마음을 사로잡을지는 신사분에게 달려 있다고요. 그런 질문은 어불성설입니다. 진실로 여성을 기쁘게 만들고 싶으시다면 스스로 찾으셔야지요."

나는 조용히 말했다. 카야르는 미간에 주름을 잔뜩 모은 채로 나를 내려다보고 있었다.

"게다가 솔직히 말씀드리면 저도 제 마음을 잘 모르겠습니다. 무엇을 받으면 정말 기쁠지, 무엇을 받으면 폐하가 기대하시는 만큼이나 좋아할 수 있을지를요."

그렇게 말하다 보니 스스로도 깨닫게 되었다. 나는 나도 모르게 미소를 떠올렸다.

"네, 확실히. 그런 점에서 보면 위딘 황태자의 선물은 훌륭했네요."

카야르가 으르렁거리는 신음 소리를 토해 냈다. 나는 놀라서 그를 올려다보았다.

그는 분노로 이글거리는 눈동자를 잠시 나에게 향하고 있다가, 말없이 몸을 돌리더니 망토를 떨치며 단상에서 내려갔다. 선물 상자를 들고 있던 시종이 당황한 듯 주춤거리다가, 황급히 황제의 뒤를 따랐다.

긴장이 풀리면서 다시 피로가 느껴졌다. 하지만 쉴 틈은 없었다. 티를 낼 수도 없었다. 여왕은 함부로 한숨을 쉬어서는 안 되는 존재였다.

"다음 분 오시라고 해요."

결국 선물 전달식이 다 끝나고 나니 9시도 훌쩍 넘은 시간이
되어 있었다.

댄스 타임이 시작되어 느슨한 분위기였던 연회가 겨우 활기
를 띠기 시작했을 즈음, 막 구혼자 중 한 명과 댄스를 마치고
돌아온 나에게 비서관 노먼이 다가왔다.

그는 목소리를 낮춰 무언가를 속삭였다. 나는 그 말을 듣자
마자 나도 모르게 반색했다.

"정말입니까? 지금 와 있는 건가요?"

"예, 여왕 전하."

"얼른, 얼른 들라 하세요."

비서관은 고개를 숙이고 물러났다. 나는 두근두근 뛰는 가슴
을 누르며 티티에게 시켜 손거울을 가져오게 했다.

"특별한 하객이라도 도착한 겁니까?"

옆에서 디네힌이 물었다. 나는 정신없이 손거울을 들여다보
며 대답했다.

"네. 세상에서 제일 멋진 남자예요."

"예? 그게 대체 무슨……."

디네힌이 아연한 목소리로 재차 물어보는 것을 무시하고, 나
는 벌떡 자리에서 일어났다. 저 만치에서 그가 걸어오는 것이
보였다. 그는 내 앞으로 걸어와 무릎을 꿇었다.

"이 땅의 그 누구보다 아름답고도 지고하신 여왕 전하의 탄

신을 마음속 깊이 감축드리옵나이다."

그 목소리를 듣는 순간 눈앞이 아찔해지면서 별이 막 보이는 것 같았다. 하마터면 그대로 쓰러질 뻔했다.

이게 꿈이야 생시야!

나는 입가가 계속 스멀스멀 올라가는 걸 참느라 안간힘을 썼다. 디네힌이 미간을 좁히며 '이자는⋯⋯.' 하고 말했다.

"네, 그 유명한 음유시인 파나올리스예요!"

나는 디네힌에게 속삭였다.

파나올리스는 전 대륙에 그 이름이 알려져 있는 대인기 음유시인이었다. 언뜻 여자로 착각할 만큼 미려한 외모와, 그와는 상반되는 낮고 남자다운 목소리, 독특하면서도 아름다운 노랫말로 신분을 가리지 않고, 특히 여자들 사이에서 선풍적인 인기를 끌고 있었다. 오로지 여자들 사이에서의 지명도만 따지면 그 예언자에게도 결코 뒤지지 않을 정도였다.

그 정도로 인기가 있음에도 불구하고 본인은 어딘가에 정착되는 것을 원하지 않았다. 숱한 왕가와 귀족가가 후원을 자처하며 재물, 작위, 심지어는 영지로 파나올리스를 붙잡아 두려했으나 그는 모두 거부했다.

그 어떤 것에도 속박되지 않고 바람 따라, 물 따라 오로지 이상만을 좇으며 방랑한다니 얼마나 멋진가!

이전에 나는 파나올리스를 딱 한 번 본 적이 있었다. 열세 살혹은 열네 살 생일 때였는데, 그때 마침 운 좋게 그가 타나수르에 머무르고 있었기에 가능했던 일이었다.

그날 잔치에서 그는 딱 두 곡을 불렀는데, 나지막하면서도 깊은 울림으로 연회장 전체를 가득 채우던 그 목소리에 나는 그야말로 홀딱 반하고 말았다.

아바마께 어떻게든 파나올리스를 못 가게 하라고 울며불며 난리를 피웠던 기억이 난다. 물론 그는 그러거나 말거나 다음 날 표표히 떠나갔지만.

그 이후로도, 또 여왕으로 즉위한 이후로도 나는 줄곧 그를 다시 한 번 볼 수 있기를 고대하고 있었다. 그러다 아주 최근에 들어서야 그가 다시 에오니르에 들어왔다는 정보가 들려왔고, 나는 비서관에게 지시해 이번 탄신제에 꼭 그를 초청할 수 있도록 시켰다.

워낙 바쁘고도 다사다난한 와중에 깜빡 잊고 있었건만, 당일 날 이런 선물이 기다리고 있었을 줄이야.

아, 어쩌지. 너무 좋아. 그렇지만 너무 티 내면 안 되는데. 여왕으로서 위엄을 지켜야만 해. 아, 그래도 진짜 믿겨지지가 않아!

나는 드레스 아래로 보이지 않게 발을 동동 구르며 혼자만의 기쁨을 만끽했다. 그때까지 벌어진 골치 아픈 일들에 대한 스트레스나 피로가 싹 날아간 기분이었다.

나는 흠흠, 목을 가다듬었다.

"파나올리스?"

"예, 여왕 전하."

"오시느라 고생이 많았어요. 이토록 귀한 손님을 맞게 되다니 기쁘기 한량없네요."

"저야말로 여왕 전하의 탄신을 축하하는 이 특별하고도 뜻 깊은 자리에 참석하게 되어 진실로 영광이옵니다."

파나올리스는 말했다. 그리고 고개를 들었다. 그때로부터 5~6년이나 세월이 흘러 이제는 아마 서른을 넘었을 나이임에도 불구하고 그 미모는 전혀 변함이 없었다.

"전에 전하를 뵈었던 때를 기억하고 있사옵니다. 그때는 사랑스러운 소녀셨죠. 지금은 어찌나 아름답게 성장하셨는지 제 눈을 의심할 정도입니다. 전하의 이름을 온 대륙이 칭송하는 이유를 새삼 절감했사옵니다."

그냥 말하고 있는데도 노래하는 듯한 목소리였다. 그저 듣고 있는 것만으로도 녹아내릴 것 같은데 그 내용이……!

도저히 표정 관리가 안 돼서 나는 부채를 들어 얼굴을 가렸다. 그리고 디네힌을 돌아보았다.

"디네힌 경, 들었어요? 들었어요? 내가 예쁘대!"

"예, 전하. 들었습니다. 그러나 어제오늘 내내 다른 구혼자들이 했던 말들과 별반 다르지도 않……."

"어떡해! 날 기억하고 있었대! 더 예뻐졌대! 어떡하니, 너무 좋아!"

디네힌은 입을 다물고 가만히 나를 쳐다보았다. 나는 자세를 바로 하고 다시 헛기침을 했다.

"인사치레라도 들으니 기분은 좋네요. 고마워요, 파나올리스. 그동안 세계 각국을 돌면서 온갖 진귀한 일들을 보고 경험했겠죠? 저는 왕도에 매인 몸이라 바깥세상 일들이 그렇게 궁금할 수가 없답니다. 오늘 그 이야기를 들을 수 있으리라 기대해도 될까요?"

"예, 여왕 전하. 물론이옵니다."

파나올리스는 말했다.

"하나 그에 앞서, 괜찮으시다면 제가 이날을 위해 준비한 곡을 먼저 들려 드리는 것을 허락해 주실 수 있을는지요."

"어머나, 오늘을 위해……?"

"예. 세계의 운명을 그 가녀린 옥체에 지고 계신 단 한 분, 리유나 여왕 전하에 대한 노래입니다."

"디네힌 경! 디네힌 경!"

"……들었습니다. 잘됐군요, 전하."

디네힌은 책을 읽는 것 같은 톤으로 말했다.

진짜로 너무 좋아서 정신을 잃을 것만 같았다. 나는 여왕의 체통을 지키기 위해 그야말로 안간힘을 다해 이성과 싸워야 했다. 머릿속으로 떠오르는 환호성들을 모조리 잘라 낸 끝에 나는 가까스로 모범 답안을 만들어 냈다.

"대륙의 이름 높은 파나올리스가 저를 위해 만든 노래를 들을 수 있게 되다니, 참으로 꿈만 같네요. 정말로 최고의 선물입니다."

나는 활짝 미소를 지으며 말했다.

"아니옵니다, 전하. 저야말로 영광이옵니다."

"시종장. 악단에게 일러 지금 당장 음악을 멈추게 하세요. 비서관은 궁정 음악가들을 모두 들라 하여 파나올리스가 부를 노래의 곡조와 노랫말을 기록하게 하시고요. 하객들도 모두 주목시키세요."

"예, 전하."

시종장 벨리엔이 말했다. 그리고 목소리를 돋워 "여왕 전하께서 말씀하십니다—!" 하고 큰 소리로 외쳤다. 나는 단상에서 몇 발짝 내려가 주위를 둘러보며 말했다.

"여러분, 모두 연회는 즐기고 계신가요? 지금 막 이곳에 특별한 손님이 도착했답니다. 바로 그 이름 높은 음유시인 파나올리스입니다. 그가 오늘 저의 탄신을 축하해 주기 위해 특별한 노래를 준비했다고 하니, 여러분들도 함께 들어 주시지 않겠습니까?"

그 말에 하객들 사이에서 가벼운 술렁거림이 일었다. 아무래도 구혼자들 때문에 남자 비중이 높아 그렇게 열렬한 반응은 없었지만, 그 사이에서도 여자 하객들이 제각각 탄성을 올리는 것이 보였다.

나는 단상의 의자에 돌아가 앉았다. 홀에 흐르고 있던 악단의 음악이 멈추고, 내 앞에 선 파나올리스를 중심으로 하객들이 동그란 원을 만들었다.

파나올리스는 등에 메고 있던 류트(손가락이나 픽으로 퉁겨서 연주하는 현악기)를 내려 들었다.

아주 잠시간의 고요 후, 노래가 시작되었다.

아마릴리스가 만개하던 여름날

그 수많은 꽃송이들 중에서도 특별한 한 송이가 피어나

길 가던 이들의 마음을 사로잡고 놓아주질 않으니

그저 바라보고 그 향기를 맡는 것으로 매사를 잊게 하더라

그 꽃을 먼발치에서나마 보려는 이가 끝없는 줄을 이어

없던 길이 생겨나고, 없던 이름이 붙여지고

바람도 변하고 물길도 달라지니

이윽고 그 꽃 한 송이가 온 세상의 중심이 되어 있더라…….

중저음의 감미로운 목소리가 류트 선율에 실려 마치 안개처럼 주위로 퍼져 나갔다. 어렴풋이 희뿌옇고 달콤한 내음이 감도는 그 안개는 이윽고 내 몸을 완전히 감싸 오감을 지배해 버렸다.

나는 넋을 잃고 그를 바라보았다. 오랜 세월 동안 기억 속에서 미화되고 또 미화되어 기대가 한도 끝도 없이 커져 있던 상태였음에도 불구하고, 막상 들은 파나올리스의 노래는 그 기대를 훨씬 뛰어넘고 있었다.

매혹의 마법이 있다면 바로 이런 느낌 아닐까.

집중해서 가사를 듣겠다고, 한 단어도 놓치지 않겠다고 그렇게 다짐했건만 막상 노래가 시작되자 아무것도 들리지 않았다. 표정 관리고 뭐고 생각할 때가 아니었다.

나는 가슴 높이에서 두 손을 맞잡고 파나올리스가 노래하는 모습으로부터 눈을 떼지 못하고 있었다.

"저 기생오라비 같은 놈은 뭐지, 버트로스 후작?"

"유명한 음유시인이랍니다, 황제 폐하."

"여왕이 왜 저러는 거지? 완전히 넋이 나가 있지 않은가. 고작 악기 하나 튕기면서 노래하고 있을 뿐인데."

"저도 그것이 궁금하던 참입니다."

"확실히 의문이로군요. 그렇게 잘생긴 것 같지도 않은데요."

"황태자 전하."

"네놈과 의견이 일치하다니 하늘이 두 쪽 날 일이로군. 하나 이해할 수가 없다. 리유나 여왕은 저런 남잔지 여잔지 모를 놈이 좋은 건가?"

"정확히 제가 하고 싶은 말입니다. 버트로스 후작, 여왕 전하께서는 저런 쪽이 취향이신 건지?"

"그런지도 모르겠군요. 저도 처음 알았습니다만."

뒤에서 남자들이 뭐라고 쑥덕거리는 듯했지만 내 귀에는 들어오지도 않았다.

꿈결 같은 시간에도 끝은 있었다. 파나올리스는 총 세 곡의 노래를 부르고 난 뒤 류트를 거두었다. 나는 잔뜩 흥분한 상태로 아낌없는 박수를 보냈다.

"황홀했습니다. 정말 너무 멋졌어요! 파나올리스, 그대는 진실로 천재임이 틀림없군요. 정말로 감동했습니다."

"과찬이시옵니다, 여왕 전하."

"아니오, 오히려 모자랍니다! 지금 이 벅찬 마음을 어떻게 표현해야 될지 도무지 알 수 없을 정도인걸요. 아아, 파나올리스……. 정말 고맙습니다. 덕분에 오늘 밤을 평생 잊지 못할 것 같습니다."

파나올리스는 깊숙이 고개를 숙여 예를 표했다. 나는 다시 제자리에서 발을 굴렀다. 더 듣고 싶었다. 가능하면 오늘 밤 내내, 그리고 내일도, 모레도, 그럴 수만 있다면 평생.

"연달아 세 곡이나 불렀으니 좀 쉬셔야겠지요. 얼마든지 원하시는 만큼 음식과 술을 즐기세요. 모자란 것이 있다면 말씀하시고요. 휴식이 필요하시다면 왕궁에서 가장 좋은 방을 내드리겠습니다."

"말씀만으로도 황공하옵나이다. 하나 전하, 아뢰옵기 황송하오나 그리 오래 이곳에 머무르지는 못할 것 같사옵니다."

"그렇습니까……. 안타깝군요. 급한 일이라도 있는 건가요?"

"예. 오늘 밤은 타나수르 중심가에서 여왕 전하 탄신제의 절정을 엿보려 하옵니다. 노래꾼으로서 놓칠 수 없는 순간이기에 부디 용서해 주십시요, 전하."

'그럼 나도 같이 가요!'라는 말이 나오려는 것을 힘겹게 삼켰다. 내가 여왕이라는 것이 이토록 저주스러운 순간이 없었다. 그에 반해 오늘 밤 왕도의 백성들은 얼마나 커다란 행운을 맞이한 건지.

붙잡는다고 붙잡히지도 않겠지만, 간다면 보내 줘야겠지. 그는 권력도 재물도 마다하고 풍류만을 좇는 예술가니까.

아, 얼마나 멋진지!

"알겠습니다. 그럼 에오니르에는 얼마나 머무르다 가실 생각인가요?"

"황송하오나 잘 모르겠사옵니다, 전하. 그날그날 바람 부는 곳으로 떠도는 몸이기에."

하객들 사이에서 누군가가 대놓고 코웃음 치는 소리가 들렸다. 나는 그 소리의 주인을 째려보았다. 고개를 돌리고 모른 척하고 있기는 했지만 카야르였다. 저 덩치를 몰라볼 리가 없지.

"그래요. 그러면 기회가 되면 꼭 한 번 다시 들러 주시길 바랍니다. 고대하고 있을 테니까요."

"예, 여왕 전하. 꼭 그리하겠나이다."

파나올리스는 허리를 굽히며 말했다.

그가 물러간 이후로도 한동안 그 여운으로부터 쉽게 벗어날 수가 없었다. 나는 턱을 괴고 멍하니 의자에 앉아 있다가, 문득 이렇게 물었다.

"있잖아요, 디네힌 경. 음유시인 남편 어떻게 생각해요?"

"……농담이 과하시군요, 여왕 전하."

디네힌이 말했다. 그는 이보다 더 딱딱할 수는 없을 것 같은 표정을 짓고 있었다.

"역시 안 되겠죠? 갑자기 여왕의 남편이 되라고 한다 해도 그가 승낙할 것 같지도 않고……. 아아, 정말. 내 신분이 저주스러워!"

나는 원망스럽게 말했다. 디네힌이 깊이 한숨을 내쉬는 소리가 들렸다.

"많이 피로하신 것 같군요. 아무래도 잠시 휴식을 취하시는 게 좋겠습니다."

나도 지금 내가 하는 말에 현실성이 없다는 정도는 알았다. 하지만 잠시 꿈을 꾸는 정도는 괜찮잖아. 그게 예술의 순기능 아니야? 현실을 잠시 잊고 위안을 찾게 해 주는 거.

하지만 그나마도 여기까지려나. 나머지는 자기 전에 티티라도 붙잡고 떠들어야지. 아까 보니 티티도 적잖게 넋이 나간 것 같던데 오늘 밤엔 팬 토크가 가능할 느낌이었다.

나는 하객들에게 양해를 구하고 연회장을 떠났다. 좀 걷고 있으려니 아닌 게 아니라 확실히 피곤하기는 했다. 파나올리스가 온 뒤로 잠시 흥분 상태에 빠져서 잊었을 뿐이지, 오늘 하루 일정만 놓고 봐도 상당한 강행군이었으니까.

나는 근처 휴게실의 소파에 앉아 몸을 비스듬히 기댔다. 시녀 티티와 오트가 꽉 짠 물수건으로 내 이마와 목을 닦아 주고, 어깨와 팔을 주물러 주었다.

그렇게 잠시 쉬고 있을 때였다. 휴게실 문을 지키고 있던 기사들 중 한 명이 쭈뼛거리며 안으로 들어왔다.

"여왕 전하. 메르토니아의 황태자께서 뵙기를 청하십니다."

"여왕 전하는 휴식 중이시다, 발로르."

꾸짖듯 말하는 디네힌을 손을 들어 제지하며 나는 '괜찮아요.' 하고 말했다.

"드시라 하세요."

곧 위딘이 안으로 들어왔다. 그는 늘 그랬던 것처럼 몸에 밴 기품 있는 태도로 예를 취했다.

"쉬시는 중에 무례를 범한 점 용서해 주십시오, 여왕 전하."

"괜찮습니다. 그러지 않아도 곧 일어나려던 참이었어요."

나는 자세를 바로 하고 말했다.

"무슨 특별한 용건이라도 있으신가요? 황태자 전하."

"예. 실은."

위딘은 왼쪽 가슴에 손을 얹고, 허리를 30도 구부린 자세 그대로 말했다.

"함께 거리 축제를 구경해 보시지 않겠습니까?"

"……네?"

나는 귀를 의심하며 반문했다. 하지만 아무래도 잘못 들은 것 같지는 않았다.

위딘은 아무렇지도 않은 표정으로 같은 말을 반복했다.

"함께 거리 축제를 구경해 보시면 어떠시겠습니까, 여왕 전하. 제가 에스코트하지요."

"진지하게 하시는 말씀인가요?"

"예, 물론입니다."

"안 될 말씀입니다. 이 어두운 밤중에 왕궁 바깥으로 나간다니요. 게다가 아직 연회도 끝나지 않았는데 주인공인 제가 오래 자리를 비워서야 되겠습니까. 어불성설입니다."

딱 잘라 거절했는데도 위딘은 전혀 동요하는 기색이 없었다. 그는 오히려 그럴 거라고 예상했다는 듯이 자연스럽게 말을 이어 나갔다.

"여왕 전하 주도의 공식 일정은 이미 다 끝난 걸로 알고 있습니다. 한두 시간 정도라면 그리 문제 될 것도 없겠지요. 그리고 말씀드리지 않았습니까, 제가 에스코트하겠다고요. 메르토니아 제국의 제 1황자인 저의 명예를 걸고 약속드리지요. 여왕 전하는 제가 반드시 안전하게 지켜 드리겠습니다."

그는 말을 마치고 산뜻한 미소를 지었다.

나는 가만히 그 얼굴을 쳐다보았다. 그러면서 그 의중을 읽으려고 해 보았지만 무리였다. 도무지 무슨 생각을 하고 있는 건지, 대체 뭐가 진심인 건지 생각할수록 답이 나오기는커녕 머리만 아팠다.

"제가 태어나서 지금까지 단 한 번도 이 왕궁을 나가 본 적이 없다는 사실은 알고 계신가요?"

나는 힐난하듯 물었다.

"예."

위딘은 아무렇지도 않은 표정으로 고개를 끄덕였다.

"그러면 이렇듯 갑작스럽고 가볍게 제안할 만한 일이 아니라는 생각은 들지 않으셨나요?"

"아니요, 오히려 좋은 기회라고 생각합니다."

"좋은 기회라고요?"

나는 미간에 주름을 모으며 되물었다. 그러자 위딘은 미소를 지었다.

"예. 전하의 탄신일이지 않습니까."

"그런데요?"

"방금 전하도 말씀하셨지요? 주인공이 연회에 없어서야 되겠

어느
여왕전하의 우울

느냐고, 어불성설이라고. 축제가 열리고 있는 것은 비단 이곳만이 아닙니다. 지금 궁 밖에서는 에오니르의 모든 백성들이 여왕 전하의 탄생을 기리기 위해 축제를 벌이고 있습니다. 이 나라의 군주이시자 그 축제의 주역이신 전하가 그곳에 참석하시지 않는다는 것은, 그거야말로 어불성설이라고 생각하지 않으십니까?"

나는 입을 다물었다. 반박할 여지가 없었던 것이다.

일단 '군주'와 '백성', 두 단어가 나온 이상 그 말을 부정하는 것은 여간 어려운 일이 아니었다. 게다가 내가 했던 말을 역으로 인용해 근거로 쓰고 있지 않은가. 그야말로 체크 메이트나 다름이 없었다.

말을 잘하는 건 알고 있었지만 이 정도였을 줄이야. 위딘, 이 무서운 남자.

'황태자 전하의 말씀에도 일리는 있습니다만.' 하고 나는 힘들게 말을 꺼냈다.

"계획에 없던 일이기도 하고…… 이 자리에서 당장 결정을 내리기 쉽지 않군요. 저 혼자 판단해도 좋을지 확신도 없고."

위딘은 놀랍다는 듯한 표정을 지었다.

"무슨 말씀이십니까, 전하. 전하께서는 이 나라의 여왕이 아니십니까. 전하께서 판단하고 결정하시는 일에 그 누가 토를 달 수 있단 말씀이십니까."

윽, 아픈 구석을…….

그랬다. 아직 내 왕권은 완전하지 않았다. 아바마마가 갑작스럽게 승하하신 탓에 나는 겨우 열다섯의 나이로 왕위에 올라야만 했고, 잘 모르고 부족한 것이 너무 많았던 나를 대신해 거의 모든 정사와 국무는 재상 길로프를 통해 이루어졌다.

물론 재위 3년째인 지금은 부단한 교육과 노력의 성과로 어찌어찌 여왕 노릇을 해 내고 있지만, 어전 회의에서의 내 발언권은 아직도 약한 편이었다. 사실상 모든 결정권은 여전히 길로프가 쥐고 있다고 봐야 했다.

내가 입술을 깨문 채로 섭사리 대꾸를 못 하고 있을 때였다. 옆에서 침묵을 지키고 있던 디네힌이 입을 열었다.

"황공한 말씀이오나, 황태자 전하. 그게 누구냐고 물으신다면 다름 아닌 황태자 전하라고 해야 할 것 같습니다만."

위딘의 눈길이 디네힌을 향했다. 디네힌은 그를 마주 보며 조용히 말을 이었다.

"여왕 전하는 분명히 나가지 않겠다고 하셨습니다. 전하께서 직접 판단하시고 결정하신 일이지요. 황태자 전하의 말씀대로라면 그것을 존중해 드려야 하지 않을까요?"

오오, 잘했어, 오빠!

그야말로 위딘의 허를 찌르는 통렬한 한 수였다. 게다가 상대가 했던 말을 도리어 반박의 근거로 삼는, 위딘이 써먹은 수법까지 그대로 되돌려 준 건 실로 훌륭하다 하지 않을 수 없다. 역시 에오니르 최고의 지성이자 내 교사다웠다.

그의 말에 위딘은 싱긋 미소 지었다.

"확실히 그렇군요, 버트로스 후작. 결례를 범했습니다. 용서해 주십시오, 여왕 전하."

그는 그렇게 말하며 허리를 굽혔다.

그렇게 냉큼 인정하고 숙이고 들어올 줄은 몰랐기 때문에 나는 내심 당황하며 '아닙니다. 이해해 주셨다면 그걸로 충분합니다.' 하고 말했다.

"예, 아쉽지만 어쩔 수 없지요."

위딘은 고개를 들며 말했다. 정말로 아쉽기 그지없다는 듯한 표정이었다.

"파나올리스 공의 노래를 다시 한 번 즐겁게 들을 수 있을 줄 알았는데."

"……."

"그럼 저는 이만 물러가 보겠습니다, 여왕 전하."

위딘은 다시 꾸벅 절을 올리고 내 앞에서 물러났다. 그리고 돌아서서 휴게실 문으로 향했다.

"저기, 위딘?"

정신을 차려 보니 나도 모르게 그를 불러 세우고 있었다.

"부르셨습니까, 여왕 전하?"

위딘은 마치 댄스 스텝을 밟는 것처럼 부드럽게 턴해서 내 앞으로 돌아왔다. 그는 만면에 환한 미소를 띠고 있었다.

"저, 방금…… 뭐라고 하셨지요? 파나올리스가……?"

"예? 아아, 들으셨습니까."

위딘은 이것 참, 하고 멋쩍게 웃으며 말했다.

"실은 아까 제 측근이 우연하게도 파나올리스 공이 오늘 밤

공연을 가질 곳이 어디인지를 들었다고 해서요. 여왕 전하께서
만 괜찮다고 하시면 거리 축제를 구경 나간 김에 그쪽도 들러
볼까 계획을 세웠었지요. 뭐, 이제는 다 무의미한 이야기입니
다만."

"정말요? 정말로 어딘지 알아내신 건가요?"

나는 다급하게 물었다. 그러자 위딘은 갑자기 표정을 싹 바
꿔 정색을 하며 말했다.

"예, 물론입니다. 여왕 전하 앞에서 어찌 거짓을 고할 수 있
겠습니까."

"그거 정말 놀랍군요, 황태자 전하. 그 측근분께서 우연히 들
었다는 것이 사실입니까? 혹 사람을 시켜 일부러 알아보신 것
은 아니고요?"

디네힌이 물었다. 기분 탓인지 싸늘한 냉기가 감도는 듯한
목소리였다. 위딘은 그와는 정반대로 한없이 온화한 미소를 지
으며 응수했다.

"그렇다고 방금 말하지 않았습니까, 버트로스 후작. 못 들었
습니까? 혹시 청력에 무슨 문제라도 있나요? 여왕 전하를 호위
하는 기사들의 수장이라는 분이 그래서야 곤란할 텐데요."

"걱정해 주시는 것은 감사하나 제 청력에는 아무런 문제도
없습니다, 황태자 전하."

"확실한가요? 제 소중한 분의 안위가 달려 있다고 생각하면
쉽게 마음을 놓을 수가 없어서요."

두 남자가 이윽고 입을 다물고 불꽃 튀는 눈싸움을 펼치는

사이, 나는 혼자 심각한 고민에 빠져 있었다.

정말로 파나올리스의 노래를 다시 한 번 들을 수 있다면 그것만으로도 외출은 할 만한 가치가 있었다. 오래 자리를 비우는 것은 걱정스럽긴 해도 위던 말마따나 내가 꼭 있어야만 하는 행사는 이제 없었다. 잠깐 나갔다 돌아오는 정도는 괜찮지 않을까.

그래. 비단 파나올리스 때문이 아니라도, 거리 축제 때문이 아니라도 나는 줄곧 밖에 나가 보고 싶었다. 내 눈으로 직접 이 세계가 어떤 모습인지, 이 나라가 어떤 모습인지, 에오니르의 백성들이 어떻게 살고 있는지를 확인해 보고 싶은 마음은 언제나 굴뚝같았다. 어릴 때는 아바마마와 어마마마가 걱정하셨기에, 지금은 신하들이 걱정했기에 참고 있었을 뿐이다.

하지만 한 나라의 군주인 사람이 자신이 통치하는 나라가 어떻게 생겼는지도 모른다는 것은 말이 안 되지 않는가. 위험하다고 해 봐야 세상에 왕이 어디 나 한 명인가. 여자가 나 한 명인가.

오히려 예언자도 그러지 않았는가, 내 운명은 처음부터 결정되어 있다고. 나를 해하려는 자들은 목숨으로 대가를 치르게 될 것이라고.

그래, 맞다. 언제까지 얌전히 길로프가 시키는 대로만 따를 건가. 나는 이제 열아홉이다. 나라의 대사라면 또 몰라도, 내 몸 하나 어떻게 할지 정도는 스스로 결정할 때도 됐다.

"좋아요."

고심 끝에 입을 열자 위딘과 디네힌의 시선이 나에게 모였다.

"위딘, 당신의 제안을 받아들이겠습니다."

"여왕 전하!"

디네힌이 표정을 굳히며 외쳤다. 나는 그를 보며 말했다.

"괜찮아요, 디네힌 경. 잠깐 나갔다 오는 정도는 문제없을 겁니다."

"괜찮지 않습니다! 제가 없는 사이에 여왕 전하께 무슨 일이라도 생기면—"

"어머, 없긴 왜 없어요. 경도 같이 갈 건데."

"예?"

나는 위딘을 돌아보았다.

"그것이 제 조건입니다, 황태자 전하. 어차피 전하도 호위 없이 거리에 나설 생각은 아니셨겠죠? 다른 호위 병력과는 별개로, 제 에스코트로서 디네힌 경을 대동하겠습니다. 그러면 동시에 전하의 짐도 덜 수 있겠죠."

"짐이라니, 설마요."

위딘은 쏠쏠하게 웃었다.

"그렇지만 알겠습니다. 여왕 전하께서 그리 말씀하신다면."

"또 한 가지의 조건은 자정까지는 궁으로 돌아올 것. 디네힌 경도 그러면 괜찮겠죠? 지금부터 겨우 2시간 남짓이에요. 그때 돌아와서 연회를 마무리하면 문제가 없을 겁니다."

디네힌은 입을 다물고 나를 쳐다보다가, 곧 '……알겠습니다.' 하고 짧게 말했다.

"그럼 움직이죠. 오트. 노먼과 벨리엔을 불러 줘. 황태자 전하도 준비가 필요하시겠죠? 다 되면 제 쪽에서 기별을 보내겠습니다."

"예, 여왕 전하."

위딘은 그렇게 말하고 내게 예를 표했다.

그때 명을 받고 휴게실 밖으로 나가려던 오트가 문 앞에서 깜짝 놀란 듯 멈춰 서는 것이 보였다.

무슨 일인지 묻기도 전에 의문은 바로 풀렸다. 어둑어둑한 휴게실 조명으로 익숙한 거체가 오트의 가녀린 실루엣을 집어삼키듯 나타났기 때문이다.

카야르였다. 낮에 봤던 그 안경 쓴 보좌관도 함께였다.

"메르토니아의 애송이가 감히 여왕이 쉬는 곳으로 기어들어갔다는 이야기를 듣고 와 봤더니, 정말이었군."

카야르는 나지막한 목소리로 말했다. 그의 눈은 사냥감을 찾는 맹수처럼 번쩍거리고 있었다.

"그래서 어딜 간다는 거지? 리유나 여왕."

결정을 내리고 나서도 정작 출발하기까지는 시간이 걸렸다. 무엇으로 이동할 것인가로 시작해 어떤 루트로 이동할 것인가, 호위 병력은 얼마나 둘 것인가, 그 병력들을 파견할 나라 비율은 어떻게 할 것인가로 논의가 끝도 없이 이어졌던 것이다.

나는 결국 듣다듣다 못 참고 벌떡 자리에서 일어났다.

"대체 언제까지 이럴 건가요. 이러다 왕궁 나가는 순간 자정 땡 치겠어요! 이동 수단이라고 해 봤자 마차밖에 더 있어요? 왕가의 문장이 없는 걸로 하나면 충분해요. 길은 마부한테 맡기고요. 호위는 각 나라별로 두 명, 그 이상은 너무 눈에 띄니까 금지! 이제 됐죠? 10분 내로 준비시키세요. 옷 갈아입고 내려갈 테니까."

나는 그렇게 딱 잘라 매듭을 지은 뒤 반론할 틈도 주지 않고 휴게실을 나왔다. 그리고 내실로 가서 각종 장신구를 전부 떼어 내고 가장 수수한 드레스로 갈아입은 뒤, 머리와 상체를 완벽하게 감쌀 수 있는 커다란 숄을 둘렀다.

그러다 보니 점점 현실감이 느껴지기 시작했다. 가슴이 걷잡을 수 없이 쿵쾅쿵쾅 뛰었다.

드디어 왕궁 밖으로 나간다. 드디어.

두근거리는 한편으로 정말 괜찮은 걸까 싶은 걱정도 있었다. 아무리 타의에 의한 것이었다곤 하나 평생 지켜 오던 금기였다. 막상 깨트리자니 불쑥 두려운 마음이 들었던 것이다. 아이러니했다. 어릴 때부터 수없이 꿈을 꿨을 만큼 고대했던 일인데.

"디네힌 경."

왕궁 뒷문으로 통하는 계단을 내려가며, 나는 내 손을 잡고 한 계단 앞서 걷던 디네힌에게 물었다.

"정말 괜찮은 거겠죠……? 이래도 되는 거 맞죠?"

디네힌은 나를 흘깃 쳐다보았다가 다시 고개를 돌리고, 무뚝뚝한 목소리로 '걱정되시면 지금이라도 그만두셔도 괜찮습니다.' 하고 말했다.

"어떻게 그래요. 여왕으로서 체면이 있지."

"그렇다면 별수 없지 않습니까. 강행하는 수밖에."

아, 그러셔. 나는 빈정이 상해서 말했다.

"하여튼 얄밉다니까. 명색이 근위 기사 단장이란 사람이 '걱정 마십시오, 전하. 제가 지켜 드리겠습니다.'라고 해도 모자랄 판에 그렇게 남 일 얘기하듯 해야겠어요?"

"물론 전하는 제가 지켜 드릴 겁니다."

디네힌은 여전히 퉁명스러운 어조가 무색할 만큼 딱 잘라 그렇게 말했다.

"그러나 전하께서 망설이시는 건 신변의 위협을 걱정하셔서가 아니지 않습니까."

"뭐, 그거야 그렇죠."

나는 떨떠름하게 인정했다. 한동안 침묵을 지키며 걷고 있던 디네힌이 불현듯 입을 열었다.

"전에도 이렇게 함께 이 통로를 걸은 적이 있던 것을 기억하고 계십니까."

"전에도, 라고요? 어릴 때 말씀인가요?"

"예. 공교롭게도 그때도 마침 전하의 탄신일이었죠. 아마 일곱 살이나 여덟 살쯤이셨던 걸로 기억합니다. 밖에 나가 보고 싶어. 소원이야. 한 번만 밖에 데려다줘, 오빠. ……그렇게 말씀하셨죠."

디네힌은 어릴 적 내가 했던 대사를 말했다. 딱히 흉내를 낸 것도 아니고, 지극히 평탄한 톤으로 읊었을 뿐인데도 순간 엄청나게 부끄러워져서, 나는 표정 관리를 위해 안간힘을 써야만 했다.

"기억하십니까?"

"……네. 어렴풋이요. 디네힌 경은 잘도 그렇게 자세히 기억하네요."

"예, 어쩌다 보니."

디네힌은 담담하게 말했다.

"그래서 그때 밖에 나갔던가요?"

"아뇨, 실패했죠. 계획은 저희 집 하녀로 변장해서 마차에 태워 나가는 것이었는데, 문지기에게 바로 걸려 버렸죠."

"아하하, 맞아. 기억나네요. 시녀들 모자랑 앞치마도 막 훔쳐 쓰고 그랬던 것 같은데."

"보통은 그렇게 어린 하녀가 있을 리 없으니까요. 뭐, 그때 들키지 않았어도 마차 안에서 어머님께 들켰을 거라고 생각은 합니다만."

"하긴 그러네. 참, 공작 부인을 뵌 지도 꽤 된 것 같네요. 안녕하신가요?"

"예. 덕분에."

그때도 결국 울음을 터트렸던 기억이 났다. 디네힌은 낙담했고, 문지기는 곤란해했다. 좋은 시절이었다. 아무런 걱정 없이 응석을 부리고, 울고.

생각해 보니 별일이었다. 디네힌은 재회한 이후로 옛날이야기는 먼저 꺼내는 법이 거의 없었던 것은 물론, 내가 하려고 해도 시큰둥한 반응만 보일 뿐이었는데. 무슨 바람이 분 걸까. 혹시 날 격려해 주려고 그런 걸까.

나는 앞서 걷는 디네힌의 뒷모습을 가만히 바라보았다. 그때는 싫다거나 안 된다는 말을 모르는, 정말 자상할 뿐인 오빠였다. 예언의 주인공인 무남독녀 공주를 궁 밖으로 탈출시키는 계획을 세우다니, 아무리 어렸다고는 해도 총명한 그라면 그게 얼마나 무모한 짓인지 충분히 알았을 텐데.

지금도 사실 그 본질은 변하지 않았다고 생각한다. 그렇게 믿고 싶다. 언제나 나를 1순위로 생각하고, 누구보다도 나를 염려하고, 곁에서 지켜 주는 단 하나뿐인 오빠.

그럼에도 불구하고 둘 사이가 더 이상 예전 같지 않은 것은, 역시 내가 여왕이고 우리가 친남매가 아니라는 현실적인 문제 때문일까. 체념할 수밖에 없는 걸까.

이윽고 우리는 계단을 다 내려왔다. 주로 일꾼들이 사용하는 길이었기에 평소에 걷던 왕궁 복도에 비교하면 매우 협소한 통로였다. 그에 어울리는 작고 투박한 나무 문에 빗장이 걸려 있었다.

디네힌은 내 손을 놓고 나를 똑바로 바라보았다.

"전하께서는 이 나라의 여왕이십니다. 아까 메르토니아의 황태자도 말하지 않았습니까. 스스로 판단하고 결정한 일을 믿고, 그대로 밀고 나가십시오. 지금 전하께 가장 필요한 것은 바로 그러한 확신입니다."

그렇게 말하는 디네힌의 눈동자가 너무도 진지하고 곧바른 빛을 띠고 있어서, 불현듯 가슴이 뛰었다. 나는 그것을 감추기 위해 어색하게 웃으며 말했다.

"길로프 재상 아들이 그런 소리를 해도 괜찮은 건가요? 내가 그 말 믿고 막 나가면 어쩌려고요."

"괜찮습니다. 그럴 일은 없으니까요."

디네힌은 또 딱 잘라서 단호하게 말했다. 그리고 같이 온 시종들에게 문을 열라 지시했다.

"아하하. 몰랐네요, 디네힌 경이 그렇게 날 믿고 있는 줄은."

"전하를 믿는 게 아닙니다. 저 자신을 믿는 겁니다."

디네힌은 말했다.

"잊으셨습니까? 제가 여왕 전하의 교사라는 것을요."

주위가 어두웠고, 그때 마침 문이 열려 그가 곧바로 그쪽을 돌아보았기 때문에 확신할 수는 없었다. 그러나 짧은 순간, 디네힌이 어렴풋하게 미소 지은 듯한 느낌이 들었다.

나는 숨을 삼켰다. 사실이라면 보통 귀한 장면이 아니었다. 디네힌이 웃다니. 티티가 옆에 있었다면 '봤어? 방금 봤어?' 하고 둘이서 꺄아 꺄아 수선을 떨어도 이상하지 않았으리라.

그래, 분명 그 때문일 것이다. 이렇게나 가슴이 고동치는 이유는.

디네힌을 따라서 밖으로 나가자, 명한 대로 왕궁에 있는 것 치고는 그리 화려하지 않은 디자인의 검은색 마차가 나를 기다리고 있었다. 그리고 그 주위로 각국의 수행원으로 보이는 이들이 보였다.

생각해 보니 나는 마차에 타는 것조차 처음이었다. 설렘으로 나도 모르게 입꼬리가 올라갔다. 나는 먼저 마차에 올라탄 디네힌이 내미는 손을 잡고, 그 위에 올랐다.

마차 안에는 먼저 온 두 사람이 기다리고 있었다. 역시나 내 준비가 가장 오래 걸린 모양이었다. 나는 둘을 돌아보며 차례로 고개를 숙였다.

"늦었군."

그중 하나, 마차 천장에 거의 닿을락 말락하게 거대한 키의 남자가 팔짱을 낀 채로 불퉁하게 한마디를 던졌다. 카야르였다.

그랬다. 그도 이번 외출의 일원이었다. 아까 갑작스럽게 휴게실에 나타난 뒤 사정을 듣고는, 조금의 망설임도 없이 '그럼 짐도 함께 가겠소.'라고 말한 탓이었다.

안 된다고 말할 명분도 없긴 했지만, 설사 그런 게 있다 해도 거절은 불가능했으리라. 그랬다간 지금 그와 대각선으로 맞은편에 앉아 있는 남자의 안위는 도저히 보장할 수 없었을 것이다. 봐, 지금만 해도 당장 잡아먹을 듯 노려보고 있잖아.

"면목 없습니다. 혹 오래 기다리셨는지요."

"당치도 않습니다, 여왕 전하."

내 말에 그 남자, 위딘은 본인의 생명의 위협 따위는 안중에도 없다는 듯 화사하게 웃으며 말했다.

"오히려 얼마든지 더 기다릴 수 있었을 겁니다. 물빛 드레스를 입으신 그 자태는 충분히 그럴 만한 가치가 있군요. 평소 자태가 미의 여신이 현현한 것 같았다면 지금은 마치 샘물의 요정과도 같은 청초함이 느껴집니다."

변함없이 아찔한 그 찬사에 내가 미처 대답을 하기도 전에 옆에서 '하!' 하고 카야르가 끼어들었다.

"믿을 수가 없군. 사내가 되어서 어찌 그런 낯 뜨거운 소리를 입에 담을 수 있지? 부끄럽지도 않나?"

"진정 부끄러워해야 할 것은 숙녀가 몸단장하는 시간조차 느긋하게 기다리지 못하는 그 조급함이겠지요, 황제 폐하. 그것이 오래 걸리면 걸릴수록 데이트 상대의 권위도 올라가는 것을 모르십니까?"

위딘은 태연한 표정으로 말했다. 그것을 들은 카야르의 눈빛이 변했다.

"뭐라?"

"그만하세요, 황제 폐하. 황태자 전하도."

이 인간들은 정말 매번 지겹지도 않은 걸까. 나는 날 선 목소리로 말했다.

"제가 아까 말씀드린 것을 벌써 잊으셨나요? 두 분이 혹시 또 서로를 비난하시거나 목소리를 높이면, 제가 어떻게 하겠다고 했죠?"

"그 즉시 외출은 취소하고 다시는 두 분을 보지 않겠다. 그렇게 말씀하셨지요."

옆에서 디네힌이 조용히 말하자 카야르와 위딘이 동시에 디네힌을 향해 적대적인 눈빛을 보냈다. 하지만 디네힌은 앉은 무릎 사이에 검을 세운 채로 그 손잡이 끝만 모른 척 바라보고 있을 뿐이었다.

"디네힌 경이 말한 대로입니다. 두 분은 제 말을 존중해 주실 뜻이 없으신가요? 그렇다면 지금 바로 말씀해 주세요. 출발하자마자 마차를 되돌리기는 싫으니까요."

"여부가 있겠습니까, 여왕 전하. 명심하도록 하겠습니다."

위딘이 순순히 고개를 숙이며 말했다. 나는 카야르를 돌아보았다.

"폐하?"

그는 나지막히 으르렁거리는 소리를 냈다.

"폐하. 약속해 주시지 않을 건가요?"

"알겠소. 약속하면 되잖소."

카야르는 이를 악문 채로 말했다. 어지간히 분해 보이는 얼굴이었다.

"하나 참는 것도 정도가 있소. 그것을 기억하시오. 저 애송이가 또 제 입을 단속 못 하는 때가 오면 그때 벌어질 일은 짐도 책임 못 지니까."

"폐하야말로 먼저 위딘 황태자에게 그 신분에 걸맞은 대우를 해 주세요. 가는 말이 곱지 않으면 오는 말도 곱지 않은 법입니다. 폐하께서 예를 지키신다면 위딘 황태자도 결코 폐하를 도발하지 않을 겁니다."

"말씀하신 대로입니다, 여왕 전하."

옆에서 위딘이 말했다. 카야르는 다시 울컥하는 듯했지만 꾹 눌러 참더니 휙, 창밖으로 고개를 돌렸다. 나는 한숨을 쉬었다.

"그럼 출발할까요? 시간이 많지 않으니까요."

"예, 전하. 행선지는 미리 일러두었습니다."

위딘이 말했다.

"좋습니다, 디네힌 경. 마부에게 출발하라 이르세요."

"잠깐."

카야르가 불쑥 말했다.

"한 가지 납득할 수 없는 점이 있군. 자리 배치가 왜 이렇게 된 거지?"

그 말에 마차에 앉은 네 사람이 서로를 돌아보았다. 현재 자리는 마차 문에 가까운 쪽에 나와 카야르가 마주 보고 앉아 있고, 내 옆에 위딘이, 카야르의 옆에 디네힌이 각각 창가 자리에 앉은 구도였다.

"그거야 먼저 와 계셨던 두 분이 그렇게 앉아 계셨기에… 저희는 빈자리에 앉았을 뿐 아닙니까."

내가 어리둥절해서 말했다.

"자리는 조정하면 그만 아닌가. 짐이 뭐가 아쉬워서 남자와 나란히 앉아야 하지? 후작, 자네의 여왕과 자리를 바꾸게."

그러자 위딘이 카야르를 보며 말했다.

"죄송하지만 폐하. 저 역시 버트로스 후작과의 동석을 반길 이유는 없습니다. 게다가 맨 처음 이 데이트를 제안한 것은 저라는 것을 잊으셨습니까? 그러므로 커플 남녀가 함께 앉은 이

자리가 가장 자연스러운 배치라고 생각되는데요."

"개뿔 당치도 않는 소리. 여왕이 네놈의 제안을 받아들인 것은 후작을 동행시키는 조건부가 아니었는가? 애초에 데이트가 아닌데 커플 같은 게 어딨나?"

"그리 말씀하시면 폐하도 마찬가지 아닙니까? 오히려 곁다리로 끼신 만큼 여왕 전하의 옆자리를 자청하실 자격은 저보다도 없으리라고 생각합니다만."

"뭐라고!"

위딘의 말에 카야르가 눈을 번쩍였다.

"그만들 하시지요. 자리 같은 게 무슨 의미가 있습니까."

디네힌이 끼어들었다. 그는 실로 한심하다는 듯한 눈빛으로 두 사람을 쳐다보고 있었다.

"정 뭐하시다면 제가 여왕 전하의 곁에 앉겠습니다. 전하를 모시는 몸이니 그것이 가장 사리에 맞겠지요. 그리하면 되겠습니까?"

"그럼 짐더러 이 애송이와 나란히 앉으란 말인가! 결단코 그런 짓은—"

"으악, 그만 좀 해요!"

나는 진저리가 나서 버럭 소리를 질렀다. 그러자 세 남자가 동시에 입을 다물었다.

"오래 탈 것도 아닌데 자리가 무슨 상관이에요! 됐으니까 제발 좀 출발해요! 너무 늦어서 파나올리스의 공연이 벌써 끝나기라도 했으면 폐하가 책임질 건가요? 위딘, 당신이 책임질 거예요?"

누구 하나 대답하지 않았다. 모두 각자 내 시선을 외면한 채로 자신에게서 가까운 창밖만 보고 있었다.

"출발시켜요."

"예, 전하."

디네힌이 마차 밖으로 고개를 내밀고 마부에게 출발을 지시했다. 곧 마차가 움직이기 시작했다. 말발굽이 다그닥거리는 소리만 들릴 뿐, 모두 한참 동안 아무 말도 없었다.

나는 역시나 눈에 띄든 말든 마차를 세 대 준비시킬 걸 그랬다고 마음속으로 깊이 후회했다.

가면무도회

그렇게 억지로 나갔다 온 생애 첫 바깥나들이는 결국 당초의
목적을 이루지 못한 채 끝나고 말았다.

위딘의 안내에 따라 갔던 살롱에 이미 파나올리스는 떠나고
없었던 것이다. 결국 세 남자가 옥신각신하는 꼴만 실컷 보다
가 돌아왔다.

물론 무의미하지는 않았다. 매일 눈으로만 보던 궁 바깥 풍
경에 실제로 발을 디뎠다는 사실만으로 엄청나게 대단한 모험
을 하고 돌아온 기분이 들었다.

처음 타 보는 마차도 마찬가지였다. 생생하게 들리는 말발굽
소리와, 쉼 없이 엉덩이가 덜컹거리는 느낌이 꼭 새로운 종류
의 음악의 일부분이 된 것만 같은 느낌이 들었다.

그래서 다음번에는 조금 더 여유 있는 일정으로, 조금 더 멀

리 다녀오자고 생각했다.

그래, 그때는 반드시 혼자서.

궁으로 돌아온 뒤 나는 연회장에 얼굴을 비치고, 공식적으로 연회를 마감했다. 바야흐로 하루 중 내가 가장 고대하는 시간이 기다리고 있었다. 바로 잠자는 시간이다.

몸 안팎으로 두르고 있던 것들을 모조리 훌훌 벗어 던져 버리고 침대로 쏙 들어가면, 다음 날 해가 뜰 때까지는 누구도 방해하지 않는 온전히 나 혼자만의 시간을 만끽할 수 있다. 아무것도 생각할 필요도, 그 누구도 신경 쓸 필요도 없다. 그야말로 자유 그 자체다.

물론 최근에는 너무 바빴던 탓에 침대에 쓰러지자마자 잠드는 날이 대부분이었지만, 그렇다고 해서 그 시간의 가치가 손상되는 것은 결코 아니었다.

그런데 오늘은 추가로 또 다른 선물이 나를 기다리고 있었다. 바로 위딘이 준 새끼 고양이였다.

그 애 덕분에 오늘이 내 생일이라는 것을 처음으로 만끽하는 기분이었다. 아무리 보고 만지고, 보고 만지고, 보고 만져도 질리지가 않았다.

계속 웃음이 나오고 심장이 두근거리고 하는데 이런 게 사랑인가 싶었다. 위딘이 이 애를 볼모로 구혼한다면 깜빡 수락할지도 모르겠다는 생각이 들 정도였다.

아아, 오늘은 정말 좋은 날이었어. 파나올리스도 만나고, 이런 보물도 얻고.

모처럼 그 누구도 부럽지 않은 충실한 행복감에 젖은 상태로 잠에 빠질 수 있었다.

다음 날 눈을 뜨자 눈앞에 고양이가 있었다. 그 애는 침대 맡에 꼬리를 세우고 선 채 내 얼굴을 빤히 쳐다보고 있었다. 절로 미소가 지어졌다. 나는 그 코를 손가락으로 살며시 쓰다듬으며 인사를 건넸다.

"안녕? 잘 잤니?"

이윽고 티티가 들어와 내 세수 시중을 들고 아침 식사를 가져왔다. 빵 한 조각과 수프, 그리고 과일. 평소대로의 메뉴 옆에 손바닥만 한 접시가 있었다. 고작해야 한두 스푼 정도 될까 말까 한 분량의 스크램블이었다.

"이건 고양이 먹이야?"

내가 묻자 티티는 '네.' 하고 대답했다.

"살짝 익힌 닭고기와 삶은 달걀 으깬 걸 섞은 거예요."

티티는 그렇게 말하고 바닥에 접시를 내려놓았다.

고양이는 제 음식인 걸 귀신처럼 알고는 대번에 뛰어왔다. 어제는 줄곧 몸을 말고 가만히 앉아서 꾸벅꾸벅 졸기만 했는데, 오늘 아침에는 제법 활기 있게 여기저기 돌아다니는 모습을 보여 주었다.

자기 몸길이의 몇 배나 되는 침대를 아무렇지도 않게 뛰어내릴 때는 깜짝 놀랐다. 그냥 아기인 줄만 알았는데. 아직 작고 팔다리도 한없이 짧은 데도 그 몸짓에는 타고난 우아함 같은 게 깃들어 있었다.

때로는 믿을 수 없이 날래게 움직였는데, 발걸음 소리 하나 나지 않았다. 위딘 말대로 고귀한 혈통이라서인 걸까, 아니라면 고양이라는 동물이 원래 그런 걸까.

"그래, 착하지. 밥 먹자."

티티는 무릎을 모으고 앉아서 음식을 먹는 고양이의 머리를 손가락 하나로 가볍게 쓰다듬었다.

"티티네 집에 고양이를 키웠던가? 되게 익숙해 보이네."

"네? 아뇨. 개들뿐이에요. 그것도 이따만 한. 얘 정도는 한입에 꿀꺽해도 티도 안 날걸요."

티티는 해맑게 웃는 얼굴로 섬뜩한 이야기를 하고 몸을 일으켜 자리에서 일어났다.

"어제 메르토니아의 시종이 와서 얘를 건네주면서 이것저것 가르쳐 줬어요. 어떤 먹이를 먹여야 되는지랑, 교육 방법이랑, 주의할 점 같은 것."

"그랬구나."

확실히 아직 새끼인 만큼 보살펴 주어야 할 구석이 많겠지.

그렇다면 티티처럼 내 침실에 출입하는 시녀에게 맡기는 게 맞으리라. 나는 하루 중 이 아이 옆에 있어 줄 수 있는 시간이 얼마 되지 않으니까. 그리고 싶은 마음만은 굴뚝같지만.

티티가 문득 생각났다는 듯이 물었다.

"참, 이름은 정하셨어요?"

맞아, 이름. 중요한 문제를 잊고 있었구나.

곧 티티와 교대해서 들어온 리엔에게 몸을 맡기면서, 나는 오늘 하루 동안 천천히 생각해 봐야지 생각했다.

"티티는 어떻습니까?"

위딘의 말에 순간 나도 모르게 손에 쥐고 있던 찻잔을 놓칠 뻔했다.

그는 응접실 창문을 통해 새어 들어오는 정오의 햇살 저리 가라 할 정도로 환한 미소를 짓고 있었다. 나는 여전히 쓸데없이 과한 그 미모로부터 가만히 시선을 피했다.

위딘이 오찬 전에 함께 차를 들기를 요청했기에, 다시 한 번 고양이에 대한 감사 인사도 할 겸해서 나는 그것을 수락했다. 우리는 처음 만났던 공식 응접 홀에서 만나 테이블을 두고 마주 앉았다.

그리고 나름 화기애애한 분위기로 고양이에 대한 이야기를 나누다가 이름에 대한 화제가 나왔고, '황태자 전하는 어떤 게 좋다고 생각하십니까?' 하고 물었더니 곧바로 이 꼴이었다. 정말 한시라도 방심할 수가 없는 남자다.

"……그 이름은 곤란합니다."

나는 주위 보는 눈들 사이에서 기품 있는 태도를 잃지 않으려 노력하면서 말했다. 그랬다. 지금 시중드는 시녀들 중에는 티티도 있었던 것이다.

봐, 지금만 해도 자기 귀를 의심하는 듯한 표정으로 흘깃흘깃 나와 위딘을 보고 있잖아.

"왜죠? 귀엽고, 부르기 쉽고, 좋은 이름이라고 생각하는데요. 게다가 우리의 소중한 추억도 담겨 있지 않습니까."

"황태자 전하."

나는 애써 생글거리며 말했다.

"말씀드렸지 않습니까. 그 이름은 안 된다고요. 다른 걸로 지어 주십시오. 그 외에는 어떤 거라도 괜찮으니까요."

"아쉽군요. 기념 삼아 딱 좋다고 생각했는데……."

위딘은 퍽이나 아쉽다는 표정을 지어 보였다.

"그럼 다른 걸로 생각해 볼까요. 그 외엔 어떤 거라도 괜찮다고 하셨지요?"

"네, 부디."

나는 그렇게 말하고 속으로 안도의 한숨을 내쉬었다. 위딘은 고개를 끄덕이며 말했다.

"알겠습니다. 그럼 틸리타냐로……."

쨍그랑!

도자기가 부딪치는 소리가 두 개 겹쳐서 울렸다. 하나는 내가 끝끝내 찻잔을 놓친 소리였고, 하나는 옆에 있던 티티가 찻주전자 뚜껑을 떨어트리는 소리였다.

"여왕 전하. 괜찮으십니까?"

"죄, 죄송합니다, 전하."

위딘이 걱정스럽게 물으며 손을 뻗고, 티티가 고개를 주억거리며 사과하고, 소량이지만 내가 테이블에 쏟아 버린 차를 다른 시녀들이 닦느라 작은 소동이 일었다.

그 소동이 겨우 일단락이 된 이후, 나는 노골적인 비난을 담은 눈초리로 위딘을 쳐다보았다. 하지만 그는 변함없이 싱글싱글 웃고 있을 뿐이었다.

"전부터 생각했는데, 황태자 전하께서는 저를 놀리는 것이 퍽이나 즐거우신 모양이군요."

"예."

"……뭐라고요?"

"아니요. 제 말은, 그럴 리가요. 제가 어찌 감히 그럴 수 있겠습니까."

위딘은 그렇게 말하면서 공손한 태도로 고개를 숙였다. 물론 그래 봤자 역효과일 뿐이었다. 내가 어처구니없어 빤히 쳐다보고 있으려니, 그는 태연하게 말을 이었다.

"행여 그렇게 느껴지신다면 그것은 여왕 전하께서 너무도 사랑스러우신 탓에 제가 스스로의 감정을 채 억누르지 못하기 때문이겠지요. 저도 항시 노력은 하고 있습니다만, 도무지 쉽지 않군요."

또, 또 저런다. 역시나 무리였다. 저런 말을 태연자약하게 입에 올리는 남자를 어떻게 믿으란 말인가.

아바마마도 말씀하셨다. 상대의 말을 곧이곧대로 듣지 마라. 귀로는 듣기만 하고 판단은 머리로 해라. 그리고 지금 내 머리는 절대 저 말을 믿지 말라고 주장하고 있었다.

"그래요. 제가 그렇게 사랑스러우시다고요."

"예, 전하. 물론입니다."

"그렇게 사랑스러운 제가 하는 말이라면 뭐든 들어 주시겠네요, 황태자 전하는. 그렇죠?"

"그럼요, 전하. 여부가 있겠습니까."

"어머나, 기뻐라."

나는 그렇게 말하고 방긋 웃었다. 위딘도 마주 미소 지었다. 옆에서 보면 꽤나 훈훈해 보이는 광경이었겠지만 내 속에서는 거뭇거뭇한 무언가가 격렬하게 소용돌이치고 있었다.

좋아, 그럼 어디 나도 한번 놀려 보자.

나는 위딘의 말마따나 최대한 사랑스럽고 애교 있는 태도로 말을 이었다.

"전하께서 저를 그렇게 사랑해 주신다니 저 역시 그 구혼을 받아들이고 싶은 마음이 막 샘솟네요. 하지만 어떡하죠. 저는 제가 다스리는 이 나라, 에오니르에 대해 깊은 애착을 품고 있답니다. 왕가의 독녀인 탓에 저를 대신해 왕위를 받을 사람도 마땅치 않은 실정이고요. 때문에 곧 메르토니아의 황위를 계승하실 황태자 전하와는 백년가약을 맺기가 현실적으로 힘든 것이 사실이네요."

"어찌하여 그렇습니까?"

"그야, 저는 이 에오니르의 여왕으로서 평생 이 나라를 떠나고 싶지 않으니까요. 하지만 황태자 전하의 구혼을 받아들인다면 언제가 되었건 메르토니아 황실로 들어가야 하는 날이 올 것 아닌가요? 그게 싫다고 따로따로 떨어져서 각자의 나라를 통치하자니, 그래서야 부부라는 이름이 유명무실하고. 그렇다면 남는 방법은 딱 한 가지뿐이죠. 황태자 전하께서 황위를 포기하시고 에오니르에 데릴사위로 들어오시는 것."

나는 그렇게 말하고 생글생글 웃으며 위딘을 바라보았다.

"어떠신가요. 사랑하는 저를 위해서 그렇게 해 주실 수 있으신가요?"

위딘은 얼핏 보기에는 평온한 얼굴이었다. 하지만 분명 그런 건 겉보기뿐이고, 속으론 지금쯤 머리가 팽팽 돌아가고 있을 것이 틀림없었다.

나는 회심의 미소를 지었다. 어디 뭐라고 둘러대나 보자. 아무리 그럴싸하게 포장해 봐야 노는 노다. 냅다 트집을 잡아 줘야지.

"예. 그렇게 하도록 하지요."

"어머, 실망이네요. 방금 전에는 그렇게나 제가 사랑스럽다고 하셔 놓…… 네? 뭐라고요?"

"말씀대로 하겠습니다. 황위를 포기하도록 하지요."

위딘은 말했다. 그리고 어안이 벙벙해서 쳐다보는 나를 보며 부드럽게 미소 지었다.

"그렇게 하면 여왕 전하는 말씀하신 대로 제 신부가 되어 주시는 겁니까?"

"……진심이십니까?"

나는 물었다.

"물론입니다. 제가 언제 여왕 전하 앞에서 진심이 아니었던 적이 있었을까요."

위딘은 담담하게 말했다. 먼저 이야기를 꺼낸 입장에서 위신이 안 살기는 했지만, 나는 그 반응에 도무지 침착하게 대응할 수가 없었다.

물론 위딘은 그전에도 나와 결혼 못 하면 평생 독신으로 살거라는 말도 하기는 했지만, 아무리 그래도 이번 발언은 그 무게가 너무 달랐다.

황위 계승 문제였다. 평범한 귀족 가문의 장남이 작위를 잇네 마네 하는 것도 충분히 일대사가 될 만한데, 다름 아닌 저 메르토니아 제국의 황위 계승자가 어떻게 이토록 간단히 그것을 포기하겠다는 말을 할 수가 있단 말인가.

나는 바야흐로 그에게 허언증이 있는 게 아닐까 의심하는 수준에까지 이르고 있었다.

"저와 결혼하시기 위해서 황위를 포기하시겠다고요? 진심으로요?"

내가 재차 물어보는 말에 위딘은 태연하게 반문했다.

"예. 여왕 전하께서 그러지 않으면 저와는 맺어질 수 없다고 하시지 않았습니까. 아닌가요?"

"그랬지요."

"그럼 선택의 여지가 없지 않습니까."

위딘은 말을 마치고 다시 평온한 눈빛으로 나를 바라보았다. 그 진의를 읽으려는 시도는 늘 그랬듯 이번에도 실패로 돌아갔다. 아무리 쳐다보고 생각해 봐도 알 수가 없었다.

물론 나는 아직 어리다. 재위 기간도 짧았다. 그러나 지금까지 그 어떤 외교 상대를 앞에 두고서도 이렇게까지 거대한 벽을 느껴 본 적이 없었다.

웬만한 너구리나 여우와는 견줄 수도 없고, 애초에 그런 이해득실의 기준으로 판단하는 게 맞을까라는 근원적인 의문마저 떠올리게 하는 상대였다.

위딘은 가만히 나를 보고 있다가 미소를 떠올렸다.

"괜찮습니다. 메르토니아에 저 하나 없다고 문제가 생길 일은 없으니까요. 제게는 우수한 아우들이 많습니다. 누구 하나 황위를 이어받기에 부족함이 없는 재목들이지요. 제국의 미래는 그 아이들에게 맡기면 됩니다."

아니, 대신 황위를 받을 사람이 있느냐 없느냐의 문제가 아니잖아요.

나는 그 말을 속으로만 삼켰다.

우수한 아우들이 많다고? 오히려 그게 더 문제가 될 수도 있다. 대대로 모든 왕가에 장자 계승이 불문율로 내려온 것에는 다 이유가 있다. 위딘이 자신의 황위 계승권을 내려놓는다면, 그것이 오히려 피로 피를 씻는 집안싸움의 시초가 될 수도 있는 것이다.

가까이 카야르의 경우만 해도 그렇지 않은가. 그는 스스로 말했다. 자신의 남자 형제들을 모조리 죽여 버렸다고.

"걱정 마십시오."

그때 위딘이 조용히 말했다.

"메르토니아는 티아마칸과는 다릅니다."

마치 내 생각을 꿰뚫어보기라도 한 듯한 말이었다. 나는 나도 모르게 숨을 삼켰다.

"둘째 황자 네필로이아는 저와 같은 배에서 나온, 황후 마마의 적통입니다. 제가 황위를 내려놓는다면 다음 후계자는 필시 그가 되겠지요. 그리고 다음 계승권자인 다섯째 황자 요난은 천성이 온순하고 분쟁을 싫어하여 황위를 탐낼 만한 성품이 아닙니다. 파벌 싸움에 이용될 여지도 없지요. 한창 피바람이 분 직후거든요. 지금 관직에 앉아 있는 자들은 황제 폐하와 재상이 직접 선임한, 현 정권 지지자들뿐입니다."

위딘의 말은 내가 들어서 알고 있는 바와 일치했다. 시르디나 전 황후 암살 사건 이후, 그 흉행을 저지른 귀비 이네리아를 비롯하여 당시 재상이던 그녀의 오라비 및 추종자들이 공모 명목으로 죄다 처형장으로 끌려갔던 것이다.

세간에서는 모두 철없고 어리석던 귀비의 단독 범행이 틀림없다고 생각했다. 그 아비와 함께 메르토니아 제국의 기틀을 세운 2대 명재상으로 유명한 레빈 트레즈가 그런 멍청한 짓을 저지를 리 없었다는 것이다.

아마 셰릴 황제도 같은 생각이었으리라. 그것은 그냥 구실이었다. 황제의 권위를 위협할 수 있을 정도로 성장한 대표적 개국공신 가문을 무너뜨리고, 티아마칸에 버금가는 절대적 황권을 쌓아 올리기 위한 좋은 구실.

타이밍 좋게 레빈의 여동생이 그 구실을 제공해 주었고, 황제는 그것을 이용했을 뿐이었다.

  하지만, 그렇다고는 해도.

  "황태자 전하는 정녕 미련이 없으신 건가요?"

  메르토니아라는 대제국의 황제 자리가 탐나지 않을 수가 있을까. 금 수저를 물고 태어나 평생, 지금은 황태자고 머지않아 황제가 될 거라는 그 사실이 너무도 당연했을 텐데. 그것을 나 때문에 간단하게 포기할 수 있단 말인가.

  "황제 자리에 말씀이십니까? 네. 없습니다."

  위딘은 간단하게 긍정했다.

  "그러면 여왕 전하가 황후가 되어야 하겠지요. 저는 그것이 싫습니다. 전하도 아시지 않습니까, 저희 어머님께 무슨 일이 일어났는지를."

  주위의 공기가 무겁게 침잠되어 가는 듯한 기분이 들었다. 그는 조용히 덧붙였다.

  "그리고 황제 폐하가 그 뒤에 어떻게 하셨는지를."

  말을 마치고 입을 다문 위딘의, 그의 진녹빛 눈동자는 깊고 고요하기 그지없었다.

  마치 그때와 같았다. 카야르와의 첫 만남 때.

  목에 시퍼런 칼날이 닿고도 한없이 차분하기만 하던, 마치 그 스스로 죽음을 재촉하기라도 하는 것 같아 섬뜩함마저 느껴졌던 그때.

  무슨 말을 해야 할지 알 수 없었다. 나는 위딘의 눈동자로부

터 시선을 피하지도 못하고, 그저 그 농도 짙은 빛을 겨우 받아
내듯 응시하고 있을 뿐이었다.

그때 위딘이 불현듯 싱긋 웃었다.

"아마 여왕 전하께서도 동의하실 거라고 생각합니다만. 왕이
라는 것이 그렇게 신나기만 하는 자리는 아니라고 말이죠."

"네, 확실히. 그렇지요."

나는 낮은 목소리로 말했다.

"그러니 저는 괜찮습니다. 여왕 전하와 맺어지기 위해 황위
를 포기해야만 한다면 기꺼이 그렇게 하겠습니다. 그러니 이번
에는 전하의 대답을 듣고 싶군요."

위딘은 부드러운 미소를 지으며 나를 바라보았다.

"저와 결혼해 주시겠습니까? 리유네이시아 여왕 전하."

나는 무심코 작게 입을 벌렸다. 어떻게 해야 할지 알 수가 없
었다. 평소 만인 앞에서 아무 생각 없이 수행해 오던 여왕의 역
할이, 거의 완벽하게 머릿속에서 사라져 버렸다. 가면도 떨어
져 나간 상태였다.

자신이 지금 무슨 표정을 짓고 있을지 감조차 잡히지 않았
다. 하지만 위딘은 재촉하지도, 그렇다고 결코 양보하지도 않
는 차분한 눈빛으로 나를 계속해서 바라보고 있었다.

나는 몇 번 눈을 깜빡이고, 결국 그로부터 시선을 피한 채 입
을 열었다.

"생각해 보게 해 주세요."

그게 고작이었다.

"알겠습니다."

위딘은 조용히 말했다.

"여왕 전하께서 그리 말씀하신다면."

이윽고 그는 내게 인사를 하고 홀을 떠났다. 시녀들이 분주히 자리를 정리하는 와중에 시종장 벨리엔이 다가와서 물었다.

"오찬까지 30분 정도 시간이 남았사옵니다. 내실로 돌아가 쉬시겠습니까?"

"아뇨. 여기 잠깐 앉아 있다가 바로 갈게요."

"예, 전하."

벨리엔이 떠나가고, 나는 홀로 멍하니 앉아 있었다. 쉽게 정신을 차릴 수가 없었다. 위딘의 공격이 너무도 거셌던 탓이었다. 생각을 정리하려면 오랜 시간이 걸릴 것만 같았다.

이제 위딘을 그냥 거짓말쟁이로 치부하고 넘길 수가 없었다. 딱히 갑자기 그를 신뢰하게 됐다는 뜻은 아니다. 말 그대로 이젠 '그냥 넘겨 버릴' 수가 없었다.

바람둥이 같으니까, 말이 너무 가벼우니까, 그런 이유로 나는 줄곧 마음속으로 그를 진지하게 받아들이지 않으려 했던 것 같다. 위딘의 프러포즈를 듣는 순간 나는 그것을 깨달았다.

―저와 결혼해 주시겠습니까? 리유네이시아 여왕 전하.

그 순간 실감이 확 들었다. 눈앞에 있는 남자가 진지하게 나와의 결혼을 원하고 있다고. 그리고 그것을 받아들일지 말지는 온전히 자신에게 달려 있다고.

단순히 위딘과의 얘기만이 아니었다. 카야르나 다른 구혼자들과도 마찬가지였다. 그전까지 그저 피상적으로만 생각하고 있던 결혼에 대한 문제가 처음으로 내 안에서 현실감을 띠기 시작한 것이다.

그렇다. 단순히 국가 간의 동맹 체결이나 협약 같은 것이 아니다. 결혼이다. 온전히 서로의 존재를 받아들이고, 매일 밤 같은 침대를 쓰고, 남은 삶을 함께 보낼 것을 약속하는 것이다. 앞으로 딱 1년 안에. 저들 중 하나를.

나는 어제와 똑같은 시간, 똑같은 곳에서 구혼자들과 함께 오찬을 들었다. 이번에는 카야르도 참석해서 내 왼편에 자리를 잡았다. 오른편에는 어제와 마찬가지로 위딘이 있었다.

둘은 번갈아서 끊임없이 말을 걸어왔고, 때때로 나를 사이에 두고 신경전을 벌이기도 했다. 요 며칠 사이 익숙해졌을 광경임에도 불구하고 나는 그것을 가볍게 받아넘길 수가 없었다. 오히려 전까지 그렇게 해 왔던 것이 신기할 지경이었다.

곤란했다. 왜 이제 와서.

하다못해 모든 탄신 행사가 끝나는 오늘밤까지 기다릴 순 없었을까. 그러면 모두를 본국으로 돌려보낸 뒤 조금은 여유를 갖고 차분하게 생각할 수 있었을 텐데.

영원히 끝나지 않을 것만 같던 오찬도 결국 끝나고, 나는 겨우 한숨을 돌렸다. 다음 일정으로, 탄신 기념 오페라 관람과 그 뒤 저녁에는 가면무도회가 기다리고 있었다.

나는 일단 내실로 돌아가서 머리를 식히자는 생각에 걸음을 서둘렀다.

그런데 뒤에서 날 부르는 이가 있었다.

"리유나 여왕."

카야르였다. 걸음을 멈추고 돌아보자 그가 성큼성큼 걸어오는 것이 보였다. 알고 보니 자난 공작이라는 이름이었던 안경 쓴 보좌관과, 카야르에 지지 않을 만큼 덩치가 큰 경호원들도 함께였다.

"하실 말씀이라도 깜빡하셨는지요, 황제 폐하."

나는 빈틈없는 미소를 걸고 말했다.

"그렇소. 저 애송이가 있는 자리에서 말하고 싶지 않았거든."

그는 한쪽 눈을 가늘게 뜨며 말했다.

"짐은 내일 오전이면 티아마칸으로 돌아가오. 사실 기존 예정보다도 오래 머물렀지. 하지만 더 이상 황도를 비워 둘 수는 없을 것 같소."

"그렇습니까."

놀라운 소식은 아니었다. 사실 오늘이나 어제 떠났어도 전혀 이상할 게 없었으니까. 그의 말대로 이만큼이나 오래 머문 것이 더 신기한 상황이었다.

"그러니 부탁하고 싶은 게 있소. 그 전에 짐을 위해 시간을 비워 주시오."

"시간, 말씀이십니까?"

카야르는 고개를 끄덕였다.

"그대와 나, 단둘이 보낼 수 있는 시간 말이오."

나는 아연해져서 말을 잃고 카야르를 바라보았다.

그가 정색하고 진지한 어조로 말하니 그 뉘앙스가 생뚱맞음을 넘어 너무도 노골적이었던 것이다. 비슷한 말이라도 위딘이 장난스럽게 다음번에 단둘이 외출하자고 했을 때와는 전혀 달랐다.

"황제 폐하. 아무리 구혼자시라고는 해도 말씀이 좀 부적절하지 않은지요."

디네힌이 옆에서 말하자 카야르가 눈썹을 찌푸렸다. 화가 났다기보다는 거북해하는 듯한 기색이었다.

"오해는 하지 마시오. 그저 다른 놈들이 끼어드는 게 싫어서 하는 말이니까. 어젯밤과 같은 방해를 받고 싶지 않다는 것뿐이오."

이번엔 디네힌이 표정을 굳힐 차례였다. 위딘이 들었다면 더더욱 기막혀했을 만한 말이었다. 대체 누가 누구보고 끼어들었다는 건가.

나는 서둘러 입을 열었다.

"알겠습니다. 어느 정도면 될까요? 다음 일정 전에 30분 정도는 낼 수 있을 것 같습니다만."

내 말에 카야르는 다시 불편한 기색을 표했다.

"30분? 그걸로 뭘 할 수 있소. 그 정도로 될 일이었다면 이렇게 따로 말을 꺼내지도 않았겠지. 최소 2시간은 필요하오."

2시간. 말이야 쉽지, 탄신제라는 국제적 공식 행사 중에, 그것도 당일 오후 갑자기 2시간을 비우라는 것은 그야말로 어불성설이었다.

현실적으로 가능한 대답은 두 가지뿐이었다. 전자는 거절하는 것. 사실 전자를 택해도 안 될 것은 없으리라. 애초에 무리한 요구라는 걸 카야르도 알 테니까. 설사 그가 모른다 해도 저 보좌관은 알겠지.

하지만 나는 후자를 선택했다.

"오늘 일정이 전부 끝나고 난 뒤라도 괜찮으시겠습니까? 꽤 늦은 밤이 되리라고 생각합니다만."

여러 가지 복합적인 이유가 있었지만, 가장 큰 이유는 역시 카야르가 다름 아닌 티아마칸의 황제이기 때문이었다.

그렇다. 이러니저러니 해도 국제 정세를 고려한다면 그는 의심할 여지 없이 최유력 신랑감 후보였다. 전 세계의 왕이라는 이름의 독이 든 성배를 삼키고도 가장 탈이 없을 만한 국력과, 서로 국경을 맞대고 있는 가까운 거리.

물론 메르토니아 제국도 비슷한 조건을 갖추고는 있었으나, 티아마칸과는 결정적인 차이가 있었다. 바로 적이 되었을 때 위협 수준의 차이다.

내가 카야르와 결혼한다면 에오니르는 티아마칸에 흡수되는 형태는 될지언정, 일단은 그 비호 아래 안전하게 지켜질 것이다. 아무리 메르토니아가 티아마칸과 첨예하게 대립하고 있다고는 해도, 그 힘은 티아마칸에 비해 아직 한끝 모자랐다. 억지로 규합한 영토들을 다스리느라 내부적인 문제도 많고 여력도 부족했다.

문제는 반대의 경우였다. 내가 위딘을, 메르토니아를 택할 경우 티아마칸이 과연 어떻게 나올 것인가.

수백 년간 다른 나라들 위에 군림하며 오로지 패도만을 걸어 온 대제국이다. 가만히 좌시하지만은 않을 것이 분명했다.

물론, 제아무리 티아마칸이라고 하더라도 암살이나 전쟁 같은 강경책을 선택하기는 어려울 것이다. 예언이 있기 때문이다. 지금까지 단 한 번도 틀린 적이 없었던 예언자가 단언했고, 전 대륙의 태반이 그것을 믿고 있는 상황이었다.

예언이 진짜라면 애초에 무슨 수를 써도 의미가 없을 것이고, 그렇지 않다고 하더라도 함부로 움직이기는 힘들 것이다. 어설픈 짓이라도 저질렀다가는 메르토니아는 물론이고 전 대륙의 반발을 살 테니까. 대의를 잃는다면 대제국의 이름도 유명무실해질 뿐이다.

마치 아이러니와도 같다. 예언이 진짜라면 손을 써도 의미가 없다. 진짜가 아니라면 손을 쓸 필요가 없다. 얻는 것은 없고 잃는 것만이 많은 게임이다.

그렇기에 아바마마는 내 마음에 드는 남자를 고르라고 말씀할 수 있으셨던 것이다. 하지만 에오니르의 여왕인 내 입장에서는 속 편하게 그 말씀을 따를 수만은 없었다. 고려할 수 있는 것은 모두 고려해 봐야만 했다.

카야르가 무시할 수 없는 상대라는 것은 확실했다. 최종적으로 그를 신랑감으로 택하든, 택하지 않든 우호적인 관계를 만들어 둬서 나쁠 것은 없으니까.

게다가 그를 조금 더 알고 싶은 마음도 있었다. 처음에는 그저 맡겨 둔 소유물을 찾아가려는 듯 오만방자한 태도였던 그가 겨우 며칠 사이에 놀랄 정도로 달라지지 않았는가. 처음에는 상종할 가치도 없다고 생각했던 그에 대한 인상도 날이 갈수록 바뀌고 있는 것이 사실이었다.

티아마칸의 황제가 사실은 어떤 사람일까. 신랑감으로 맞이할 만한 인물일까.

나는 그것을 알아보고 싶었다. 게다가 그의 말마따나 오늘이 지나면 아마도 그 기회는 다시 찾기 어려울 것이었다.

"좋소. 더할 나위 없지."

카야르는 만족스러운 듯 말했다.

"그럼 그때 뵙는 것으로 생각하고 있겠습니다."

"알겠소."

카야르와 인사를 나누고 헤어진 뒤, 내실을 향해 발길을 옮기던 도중에 디네힌이 물었다.

"정말 괜찮으시겠습니까? 그때쯤이면 꽤 늦은 시간일 것입니다. 피곤하시지 않겠습니까."

나는 걸으면서 그를 올려다보았다.

"피곤한 거야 하루 이틀 일도 아닌데요, 뭐. 괜찮아요. 어차피 오늘이 마지막이잖아요."

"마지막이니까 오히려 무슨 짓을 할지 모른다는 생각이 드는 군요. 굳이 단둘이라는 말을 한 것도 그렇고요."

"어째서요? 말이 그렇지, 어차피 궁 안일 텐데요. 그때처럼 테라스 정도겠죠. 어차피 경호원들도 다 붙어 있을 거고."

"아니오, 방심은 할 수 없습니다. 다름 아닌 그 황제가 아닙 니까. 제가 계속 곁에 있긴 하겠지만, 전하께서도 충분히 경계 하시는 편이 좋을 겁니다."

묘하게 강경한 태도였다. 나는 고개를 갸웃했다.

"정말 그럴까요? 그렇게까지 걱정할 필요는 없어 보이는데."

"황제를 믿으시는 겁니까?"

"아니, 꼭 그런 건 아니지만……. 왜, 처음에 비하면 많이 달 라졌잖아요. 요즘에는 태도도 나름 정중하고."

내 말에 디네힌은 입을 다물었다.

그는 그 뒤로 말없이 내 옆에서 걸음만 옮겼다. 이윽고 내실 에 도착하여, 디네힌과 다른 근위 기사 둘은 나에게 인사를 올 리고 물러났다.

디네힌이 왜 저러는 걸까. 물론 그가 카야르를 경계하는 것 이 이상하진 않다. 뭐니 뭐니 해도 첫 만남부터 냅다 칼을 뽑아 든 전적이 있으니까. 위딘 정도는 아니지만 디네힌도 카야르와 제법 많은 횟수의 신경전을 벌였고.

석연치는 않지만, 나로서는 알 수 없는 어떤 이유가 있는 걸 지도 모른다. 일단은 주의해야겠다. 다름 아닌 근위 기사 단장의 말이기도 하고. 나는 그렇게 결론을 내리기로 했다.

나는 한숨 돌릴 새도 없이 다음 일정을 위해 옷을 갈아입고, 머리와 화장을 고쳤다. 기분 같아서는 고양이랑 놀면서 피로한 몸과 마음을 치유하고 싶었지만 시간 여유가 별로 없었다. 오페라 시작이 금방이었던 것이다.

아바마마 대에는 왕궁에서 오페라 공연이 제법 빈번했다. 어마마마께서 좋아하셨기 때문이다. 그때는 궁정 극단도 있었고, 매달 새로운 레퍼토리가 나오곤 했다.

그러던 것이 어마마마께서 승하하시고, 뒤이어 아바마마도 세상을 떠나신 이후 달라져서, 이제 왕궁 안에서는 분기에 한 번 공연할까, 말까 하는 정도가 되었다.

오늘 예정된 공연은 어릴 적에도 몇 번 본 적이 있는 유명한 작품이었다. 제목은 샬레르 강의 연인들. 비극적 전개나 자극적 소재가 많다는 오페라 곡들 중에서도 시종일관 밝고 로맨틱한 분위기를 유지하는, 그야말로 내 생일을 위해 구혼자들이 모인 자리에 적합한 내용의 작품이었다.

오랜만에 보니 옛날 기억도 나고 퍽 즐거운 것이 사실이었다. 타나수르에서 제일 유명하고 실력 있는 극단이라는데, 남녀 주인공 역의 배우들이 미모도 우수하거니와 노래 실력도 일품이라 구경하는 맛이 있었다.

요새 계속 잠이 부족하다 보니 혹시나 졸지 않을까 걱정했지만 기우였다. 공연이 끝나고 인사하는 배우들에게 나는 아낌없는 박수를 보냈다. 내 관람 평에 이은 극단의 축사로 일정은 마무리되었다.

다시 한 번 내실로 돌아가, 이번에는 아까의 2배의 시간과 시녀들의 정성을 들여 옷을 갈아입고 치장을 했다. 이번에는 가발도 준비되어 있었다.

오늘의, 그리고 사흘에 걸친 탄신제의 마지막 행사인 가면무도회만이 남아 있었다.

지금까지 말로만 들었지, 실제로 가면무도회에 참석하는 것은 처음이었다. 각국에서 많은 구혼자들이 모이는 만큼 재미있는 기획이 될 거라고 발의자는 생각한 것 같다.

하지만 정작 나는 즐길 수 있는 여지가 별로 없었다. 내가 입는 의상의 콘셉트 자체가 그냥 '여왕'이었던 것이다. 결국 가면을 써 봤자 의미가 없었다.

상대가 누군지 모른다는 것도 중요하지만, 가면무도회의 핵심은 결국 내 정체를 숨길 수 있다는 것에서 오는 희열 아닌가. 만약 시녀들을 대거 투입해서 누가 진짜 여왕인지 모르게 하는 방식이었다면 퍽 재미있었겠지.

하지만 물론 그런 안은 제안조차 되지 않았다. 그 경우 재미있는 건 나 혼자일 것이기 때문에.

"리엔, 혹시 무도회에 나가 보고 싶은 생각 없어? 내 가면이랑 의상 빌려줄게."

치어슨 백작 부인이 나간 후 내가 그렇게 말하자 리엔은 깜짝 놀란 표정을 지었다.

"당치도 않사옵니다, 전하. 제가 감히 어찌 그런……."

"왜. 입만 다물고 있으면 아무도 모를 거야. 게다가 혹시 아니? 운 좋으면 괜찮은 신랑감 하나 잡을 수 있을지도······."

"천부당만부당하옵니다. 부디 말씀을 거두어 주옵소서."

반 농담으로 한 말이었는데 리엔은 늘 그렇듯 진지하기 그지없었다.

"쉴레느, 너는? 로아는?"

리엔 수하의 다른 시녀들에게도 물어보았지만 모두 어색하게 웃으며 고개를 가로저을 뿐이었다.

결국 나는 한숨을 쉬었다.

"재미없네. 이래서야 말뿐이지, 뭐가 가면무도회야."

만약 잠깐만이라도 누군가가 나를 대신해 주기만 한다면, 그 틈에 모른 척 다른 사람처럼 그 사이에 숨어 들어가 구혼자들의 속내를 떠볼 수 있을 텐데.

재미도 재미지만 신랑감 선택의 일환으로서도 나름 유의미할 것이다. 물론 다른 수많은 일이 그렇듯 그 또한 내 상상일 뿐이었다. 현실은 마음대로 되는 법이 없다.

나는 분장을 마치고 내실에서 나왔다. 오늘의 콘셉트는 유명한 희곡의 등장인물인 '태양의 여왕'이었다.

때문에 원래 나의 머리 빛깔보다 훨씬 진하고 번쩍번쩍한 황금색 가발부터 시작해 순금으로 만든 가면, 금과 보석으로 잔뜩 치장한 드레스까지 그야말로 부담스럽기 짝이 없는 차림을 하고 있었다.

당연히 나는 반대했지만 늘 그렇듯 내 의사는 반영되지 않았다. 또 그놈의 여왕의 권위 운운하는데, 아니, 이런 거 말고는 내 권위를 보여 줄 방법이 없나?

다른 건 어쩔 수 없이 그러려니 한다고 쳐도, 막상 입고 나니 결정적으로 너무 무거웠다. 과장 안 하고 평소 차림의 2배는 되는 것 같았다. 나는 거의 뒤뚱거리는 발놀림으로 조심조심 걸었다.

밖으로 나오자 기사들이 기다리고 있었다. 하나같이 똑같은 가면과 모자를 쓰고 있어서 구분하기는 힘들었지만, 맨 앞에 서 있던 기사가 나를 보고 다가와 무릎을 꿇고 손을 내미는 걸로 보아, 그가 디네힌인 것은 분명했다.

"웃기죠? 웃어도 돼요."

나는 그의 손을 잡으며 말했지만 디네힌은 대답하지 않았다. 마치 못 들은 척하는 듯한 태도였다.

그래, 그렇다 이거지. 나도 알아.

나는 그의 에스코트를 받으며 연회장으로 향했다.

사흘째 같은 곳에서 연회가 열리고 있었으나 오늘의 분위기는 사뭇 달랐다. 가면무도회이기 때문이었다. 다들 기본적으로 예복이나 무도복풍의 옷을 입고 있어, 그렇게까지 독특하거나 본격적인 분장을 한 사람은 눈에 띄지 않았다.

다만 가면과 모자, 혹은 가발로 머리만은 빈틈없이 가리고 있어, 이렇게 지나가면서 얼핏 보는 것만으로는 누가 누군지 알아보기가 힘들었다.

물론 그런 와중에도 몰라보려야 몰라볼 수가 없는 인물이 있었다. 어디에서, 어떤 사람들 사이에 있더라도 단연 눈에 띄는 덩치의, 그래서 별로 숨기려는 생각도 없었는지 평소 입던 검은색 예복에 똑같이 검은색 가면을 쓴 남자였다.

"퍽이나 묵직해 보이는군. 그런 차림으로 춤은 출 수 있겠소?"

카야르는 내게 가까이 다가와 손을 내밀며 말했다. 나는 내심 놀랐지만, 그의 손을 잡으며 이렇게 말했다.

"저도 그것이 걱정이랍니다. 혹시 발이라도 헛디디면 폐하가 잡아 주시겠어요?"

"물론. 그대 정도라면 두셋이라도 문제없지."

카야르와 댄스를 추는 것은 처음이었다. 앞서 이틀간의 연회 동안 그는 한 번도 댄스를 신청하지 않았던 것이다.

본인 입으로도 연회를 좋아하지 않는다고 말하기도 했고, 딱 봐도 그런 것을 즐기지 않을 것처럼 보였기에 나는 카야르가 아예 댄스를 출 줄 모르는 것이 아닐까 생각했다. 그렇기에 그가 손을 내밀었을 때 놀랐던 것이다.

결과부터 말하자면 그는 댄스를 출 줄 알았다. 그렇게까지 능숙하지는 않았지만 결코 서툴지도 않았다.

이러니저러니 해도 댄스는 스포츠다. 카야르 정도로 걸출한 무인이라면 기본적으로 웬만한 사람을 가볍게 초월하는 운동 신경을 갖추고 있을 게 분명했다.

게다가 힘도 좋다. 그의 리드를 따르고 있자니 춤을 춘다기보다 그의 품에 실려 떠도는 듯한 기분이 들었다.

허리를 받친 팔의 이 안정감이라니. 마치 어린 시절, 아바마마 품에 안겨서 놀던 시절로 돌아간 듯한 착각이 들 정도였다. 무엇보다 결정적으로 편했다. 몸의 걸친 것의 무게를 반 정도는 덜고 있는 느낌이었다.

물론 부드럽고 매끄러운 느낌은 전혀 없었다. 리듬을 탄다기보다는 오히려 리듬 쪽이 그의 움직임을 겨우겨우 따라가는 느낌이랄까. 댄스라기보다는 오히려 운동에 가까웠다.

곡이 끝난 후 나는 카야르와 마주 절을 했다.

"그럼 약속대로 연회가 끝난 뒤에 보지."

카야르가 말했다.

"첫날 나갔던 테라스에서 기다리고 있겠소."

"알겠습니다, 폐하."

무도회인 만큼 오늘의 메인은 댄스였다. 나는 카야르 이후로도 수없는 구혼자들과 함께 댄스를 추었다. 물론 나는 한 명뿐이었고 내가 상대할 수 있는 사람에는 한계가 있었기에, 나머지 구혼자들은 연회에 참석한 에오니르의 수많은 귀부인들 또는 영애들과 함께 어울려 군무를 추었다.

막상 해 보니 생각보다는 재미가 있었다. 체격이나 분위기를 보고 그가 누구일까 추측해 보는 것부터 시작해, 댄스 중 대화를 나누면서 그 추측을 발전시켜 나가고, 이윽고 답에 도달하는 과정이 나름 흥미로웠던 것이다. 오히려 얼굴을 가리지 않고 함께 댄스를 추었을 때는 인상에 남지 않던 것들이 도리어 기억에 남는 기회가 되기도 했다.

이를테면 댄스 솜씨나 스타일 같은 것. 웬만큼 고귀한 신분의 남자들이다 보니 대체로 어느 정도 이상의 댄스 실력은 갖추고 있었지만, 드물게 서툰 사람도 있었다. 그런 사람은 오히려 그것 때문에 기억에 남았다.

물론 미안하지만 끝끝내 누군지 알 수가 없었던 구혼자도 두어 명 있었다. 그에 반해 처음부터 아예 자기가 누군지를 밝히고 들어오는 사람도 있고, 아무튼 실로 다양했다.

단 한 가지 문제점이라면 역시 체력일까.

평소보다 무거운 차림새를 한 만큼 체력 소모도 더 심했다. 연달아 서너 명만 상대해도 아주 녹초가 될 정도였다. 모두가 카야르 같으면 좋았을 텐데.

짬짬이 쉬면서 연회장 내에 마련된 음식을 먹었다. 가면들 모두 입가는 노출시킨 디자인이었기 때문에 식사를 하는 데는 문제가 없었다.

단상 위에 준비된 소파에 앉아 샴페인을 홀짝거리며 한숨 돌리고 있을 때였다. 문득 뒤를 돌아보니 디네힌이 처음 연회장에 들어왔을 때와 똑같은 위치에, 똑같은 자세로 서 있는 것이 보였다.

"디네힌 경? 그렇게 서 있지만 말고 경도 좀 쉬세요. 다른 기사들한테도 교대로 쉬라고 하고요."

그러나 디네힌은 이쪽은 쳐다보지도 않고 꼿꼿이 선 자세를 유지하고 있을 뿐이었다. 마치 왕궁 정문의 근위병 같았다.

나 지금 누구랑 얘기하니.

"디네힌 경. 듣고 있어요?"

재차 불러 봐도 그에게서는 아무런 반응이 없었다.

뭔가 이상했다. 물론 아까 카야르와의 일로 좀 어색하게 헤어지기는 했다. 하지만 그렇다고 내가 부르는데 대놓고 무시하는 것은 어떤 면으로 봐도 있을 수 없는 일이었다.

나는 사태의 심각성을 깨닫고는 소파 등받이를 붙잡고 아예 디네힌 쪽으로 몸을 돌리려 했다. 그런데 공교롭게도 그 순간 딱 음악이 바뀌었다. 그것은 곧 새로운 댄스 신청이 들어오리라는 신호이기도 했다.

아니나 다를까, 어김없이 이쪽으로 다가오는 구혼자가 있었다. 하는 수 없이 나는 그를 맞이했다.

위아래로 붉은색 옷을 입은 훤칠한 남자였다. 색조가 어두운 편이라 그리 화려하거나 야한 느낌은 없었지만, 그래도 눈을 확 사로잡는 것은 분명했다. 군데군데 검은색으로 포인트가 들어가 있고 허리에는 검까지 차고 있어서, 마치 예식 때의 개선장군 같은 느낌이었다.

그는 내 앞에 무릎을 꿇고 손을 내밀었다. 나는 그 손을 잡고 소파에서 일어났다.

"붉은색 옷이 아주 잘 어울리시네요. 혹시 무슨 콘셉트라도 있으신가요?"

나는 그를 따라 홀 중앙으로 걸으며 물었다. 하지만 그는 대답하지 않았다.

아하, 이쪽도 절대비밀주의 스타일인가.

앞서 같이 댄스를 추었던 구혼자들 중에서도 이런 사람이 있었다. 입을 딱 다물고, 묻는 말에도 대답하지 않으면서 아무런 힌트도 주지 않는 타입이다.

실제로 나는 상대가 누군지 전혀 감을 잡을 수가 없었다. 물론 그는 댄스가 끝나고 난 뒤에 자신이 누군지 밝히기는 했지만. 이번에는 어쩌려나.

막상 댄스가 시작되자 나는 깜짝 놀랐다. 상대의 춤 솜씨가 너무도 능숙했기 때문이다. 그의 몸짓은 부드럽고 우아한 동시에 그 하나하나에 힘이 넘쳤다.

카야르 때와는 또 다른 의미로 내 몸에 걸친 것의 무게가 느껴지지 않았다. 그때는 마치 어린아이가 되어 어른의 품에 안겨 있는 것 같았다면, 지금은 제대로 여성으로서 남성과 함께 춤을 추고 있다는 느낌이 들었다.

신기할 정도였다. 그 자신이 턴을 할 때는 물론, 내가 턴을 할 때도 흔들림 없이 그것을 받쳐 줄 수 있는 완벽한 균형 감각도 갖추고 있었다.

처음엔 위딘인 줄 알았다. 그의 춤 솜씨도 예사롭지 않았으니까. 하지만 시간이 갈수록 생각이 달라졌다. 분명히 위딘은 아니었다. 오히려 내가 잘 알고 있는 사람일지도 모르겠다는 생각이 들었다. 이유는 알 수 없지만 미묘하게 친숙한 느낌이 들었던 것이다.

그야말로 모순이었다. 전에라도 함께 댄스를 춰 본 사람이라면 기억에 안 남았을 리 없다. 그런데 기억에는 없다. 하지만 친숙하다. 누구일까. 나는 소거법으로 하나하나 후보를 따져

보았지만 도무지 감이 잡히지 않았다.

댄스가 끝난 후 나와 그는 절을 나누었다.

"춤 솜씨가 대단하시네요. 즐거웠어요. 이제 귀공의 이름을 알려 주실 수 있을까요?"

그에게 물었다. 하지만 이번에도 대답은 없었다. 그는 내 손을 잡은 채 그 자리에 가만히 서서, 마치 말을 할 줄 모르는 사람처럼 나를 가만히 응시할 뿐이었다. 지긋이 나를 바라보는 그 가면 너머의 눈동자를, 나는 의아하게 마주 보았다.

어째서 아무 말도 없는 걸까. 탄신제도 오늘로 끝이다. 이런 막바지에 자기 정체를 밝히지 않는다고 볼 이득이 있을까?

이렇게 많은 경쟁자들 가운데 앞서 나가고 싶은 마음이 있다면, 자신의 존재에 대해 어떻게든 조금이라도 더 인상에 남기려고 하는 게 보통일 것 같은데.

실제로 내가 좋은 인상을 받은 것도 사실이고……. 물론 춤 솜씨가 좋다고 해서 그걸로 신랑감을 고를 건 아니지만.

그는 말없이 내 손을 잡아 이끌어 나는 그의 에스코트를 받으며 다시 단상으로 향했다. 나는 그 손을 잡고 걷는 도중에도 멍하니 그의 정체와, 그 알 수 없는 친숙함에 대해 생각했다.

그러다 불현듯 어떤 생각이 떠올랐다. 그리고 그 생각은 근거를 찾기도 전에 무의식적으로 입 밖으로 나가고 말았다.

"……오빠?"

내가 무심코 뱉은 말에 순간 그의 발길이 멎었다.

아주 잠깐이었다. 그는 마치 그런 적이 없었다는 듯 자연스럽게 다음 발을 옮겼고, 나는 그런 그에게 이끌려 마침내 단상에 이르렀다. 나는 손을 놓은 뒤에도 그를 빤히 쳐다보았다.

디네힌과는 어릴 적 종종 댄스 파트너를 이루어 주위 어른들을 즐겁게 해 주곤 했다. 물론 그때는 체격도 훨씬 작았으며, 솜씨도 지금에 못 미쳤다. 재회한 뒤로는 그와 함께 댄스를 춰 본 적이 없어서 확신할 수는 없었지만, 분명 앞뒤는 맞았다.

그가 정말 디네힌이라면 내가 느낀 이 미묘한 친숙함도 설명이 가능했던 것이다. 그리고 무엇보다도 느낌이 그렇게 말하고 있었다. 눈앞의 남자가 디네힌이라고.

이윽고 그는 한 발 뒤로 물러나 망토를 팔에 감고 내게 인사를 올렸다. 그리고 그 즉시 뒤로 돌아섰다.

"잠깐 기다려요!"

내 외침에 그의 움직임이 멎었다. 나는 양손으로 드레스 자락을 붙잡고 그의 근처로 서둘러 다가가 그의 가면 근처에 얼굴을 가까이 대고 속삭여 물었다.

"정말? 정말 디네힌 경이에요?"

그는 대답하지 않았다. 나는 조급해져서 재차 물었다.

"맞죠? 왜 대답이 없어요. 말해 봐요. 어째서—"

"가면무도회이지 않습니까."

마침내 그가 입을 열었다. 일부러 낮고 굵게 깔아서 내는 변조된 목소리였다. 그 때문에 디네힌의 것이라고도, 아니라고도 확신할 수 없었다.

"단 한 곡, 저만의 추억으로 간직하는 것을 허락해 주십시오."

그는 나지막하게 말했다. 그리고 망연하게 선 내게 다시 한 번 예를 표하고, 이번에야말로 총총히 멀어져 갔다.

　나는 천천히 걸어 단상으로 돌아가, 놀란 표정으로 괜찮으시냐고 묻는 티티와 오트에게 손을 들어 보였다. 그리고 디네힌이라고 생각했던 가면 쓴 기사에게 다가갔다.

　"이름을 밝히세요."

　내가 말하자 그는 잠시 머뭇거리는 듯한 기색이다가, 이내 '……프란 헤스타스입니다, 전하.' 하고 말했다. 디네힌과 비슷한 체격의 수하 기사였다.

　"처음부터 당신이었나요? 내실로 날 마중 왔을 때부터?"

　"예, 그렇습니다."

　"디네힌 경은요? 원래 날 에스코트하는 건 항상 그의 일이었을 텐데요."

　"아뢰옵기 황공하오나, 전하. 그에 대해서는 아는 바가 없습니다. 저는 그저 명령을 받았을 뿐입니다."

　프란은 그렇게 말하며 고개를 깊이 숙여 보였다. 더 묻고 싶은 것은 산더미 같았지만, 나는 일단 자리로 돌아왔다.

　마음속의 의심이 거의 확신으로 굳어지고 있었다. 그가 내 에스코트 역을 다른 기사에게 맡겼다는 게 드러난 시점에서 이미 분명하다고 봐도 좋았다. 그전에는 단 한 번도 그런 적이 없었으니까. 역시 방금 전의 남자는 디네힌이었던 것이다.

　하지만 도대체 왜?

　기분이 몹시도 혼란스러웠다. 나와 댄스가 추고 싶었다면 그냥 신청하면 됐을 것을. 왜 굳이 구혼자들 중 한 사람처럼 자기 정체를 위장할 필요가 있었을까.

게다가 추억으로 간직한다니. 그 말의 의미심장한 뉘앙스에 새삼 심장 고동이 빨라지는 느낌이었다. 쿵쿵거리는 소리가 바로 귓가에까지 울리는 것 같았다.

"프란 경."

나는 고개를 홱 뒤로 돌렸다. 프란이 몇 걸음 앞으로 다가와 허리를 굽혔다.

"예, 여왕 전하."

"디네힌 경을 찾아 줘요. 내가 만나자고 한다고, 가능한 한 빨리."

"알겠습니다, 전하."

그렇게 지시를 내리고 난 뒤에도 심장은 조금도 진정될 기미를 보이지 않았다. 오히려 더 조급해질 뿐이었다.

할 수만 있다면 내가 직접 찾으러 가고 싶었다. 마치 어린 시절 둘이서 숨바꼭질을 하던 때처럼. 뛰어가 그를 붙잡고, 가면을 벗기고 물어보고 싶었다. 왜 그런 거냐고, 무슨 뜻으로 그런 말을 한 거냐고.

하지만 지금은 그런 마음을 미소에 감추고, 새로 다가온 구혼자가 내미는 손을 잡는 것 외에 다른 길은 없었다.

나와의 댄스를 기다리는 구혼자들은 그야말로 끝도 없이 밀려 있었다. 나는 반쯤 정신을 딴 데에 판 채로 차례차례 그들을 상대했다. 하지만 아무리 기다려도 디네힌은 나타나지 않았다.

프란조차도 돌아오지 않았다. 나는 시간이 지날수록 심신이 지쳐만 갔다.

그 와중에 조금이나마 쉴 수 있던 건 위딘 덕분이었다. 그는 댄스를 신청하는 대신, 내 옆에 앉아 함께 담소를 나누기를 청했다. 그러면서 말했다. 자신과 함께 있으면 다른 구혼자들이 다가오지 못할 테니 그동안 휴식을 취하도록 하라고.

정말 고마운 배려가 아닐 수 없었다. 안 그래도 종아리는 후들후들 떨리고, 발은 얼얼쿡쿡 쑤시던 참이었다. 눈치가 빠른 남자는 이런 장점이 있구나 하고 나는 속으로 감탄했다. 아마 카야르는 생각도 못 할 것이다.

그렇게 쉬고 있던 중 불쑥 위딘이 물었다.

"누군가 찾는 자라도 있으신 겁니까?"

나는 깜짝 놀라 그를 쳐다보았다.

"네? 아뇨. 왜 갑자기 그런—"

"계속 주위를 살피시기에 혹여나 하고 생각했습니다."

내심 가슴이 철렁했다. 그랬단 말인가. 전혀 자각이 없었다.

그는 가면 밑으로 드러난 입가로 미소를 지었다.

"아니라면 다행이군요. 저와 함께 있는데 다른 이를 생각하셨다는 건, 전하를 사모하는 입장으로서는 그리 유쾌한 일이라 할 수 없으니까요."

농담하듯이 가벼운 어조였지만, 나는 그냥 웃어넘길 수가 없었다. 그의 말이 맞았다. 게다가 위딘은 나를 위해 일부러 쉬는 시간까지 만들어 주고 있지 않은가. 그런데 딴생각에 잠겨 있다니 분명 실례였다. 여태 상대한 다른 구혼자들에게도 마찬가지였다.

"죄송해요. 조금 신경 쓰이는 것이 있어서. 이제 주의하겠습니다."

나는 자세를 바로 하고 말했다.

"천만에요. 그런 말씀 마십시오. 오히려 제가 죄송하군요."

"아니오, 실례는 실례니까요."

재차 그렇게 말한 뒤 나는 새삼 마음속으로 다짐했다. 그래, 조급해한다고 달라지는 것은 없다. 어차피 디네힌과 이야기를 나눌 기회는 언제고 찾아올 것이다. 지금은 여왕으로서의 직무에 집중하자.

그렇게 겨우 매듭을 지었건만, 아이러니하지 않을 수 없었다. 마치 듣기라도 한 듯 디네힌이 나타난 것이다.

"부르셨다고 들었습니다."

그는 내 앞에 무릎을 꿇으며 말했다.

이번에는 늘 들어 익숙한 본래 그의 목소리였다. 복장이나 가면도 아까 프란이나 다른 기사들과 동일했다. 마치 아까 있었던 일을 부정하는 것처럼. 그 붉은색 예복의 남자는 환상이었다고 말하는 것처럼.

알 수 없는 기분으로 가슴이 답답해졌다. 나는 잠시 할 말을 찾지 못하고 있다가, 문득 옆에 앉은 위딘을 돌아보았다.

"괜찮습니다. 부디 저는 신경 쓰지 마십시오."

위딘이 말했다. 신경 쓰지 말라고는 해도, 디네힌에게 물어

보려고 했던 내용을 생각하면 그럴 수 있을 리가 없었다.

나는 결국 두루뭉술하게 묻는 길을 택했다.

"디네힌 경. 그간 어디에 있었나요."

"연회장 주위의 경비 태세를 점검하고 있었습니다."

"점검이라고요?"

"예. 가면무도회의 특성상 참가자들의 신원을 눈으로 확인할 수 없는 만큼, 평소보다 더 경비에 주의를 기울일 필요가 있었습니다. 미리 보고드리지 못하고 여왕 전하의 곁을 비운 점 사죄드립니다."

디네힌은 말했다. 어디까지나 지극히 평소와 같은 사무적인 태도였다. 소파 팔걸이에 올려 둔 나의 손에 힘이 들어갔다.

"그러면 경은 연회가 열린 후부터 지금까지 계속 연회장 경비를 돌고 있었다는 말인가요?"

나는 물었다. 스스로 느끼기에도 목소리가 딱딱했다.

"예."

"다른 일 없이? 줄곧?"

"그렇습니다."

"경의 이름을 걸고 맹세할 수 있나요?"

내 말에 위딘이 놀란 기색으로 나를 보았다. 나는 다문 입술 안으로 어금니를 꽉 깨문 채로 디네힌을 내려다보고 있었다.

디네힌은 무릎을 꿇고 고개를 살짝 숙인 자세 그대로 잠시 말이 없었다. 하지만, 아주 잠시일 뿐이었다.

"예."

그는 말했다. 순간 목 안쪽으로 무언가가 울컥하고 치받쳐 올랐다. 화가 났다. 어째서 이렇게 화가 나는지 스스로도 알 수 없었다.

내려가서 디네힌의 가면을 벗기고, 그 눈을 똑바로 쳐다보며 묻고 싶었다. 어째서 그런 거짓말을 하느냐고. 나를 바보로 아는 거냐고. 내가 오빠를 못 알아볼 것 같으냐고.

하지만 이미 늦었다. 그러려면 아까 그랬어야 했다.

"좋습니다. 이만 물러가세요."

나는 이를 악물고 말했다. 디네힌은 천천히 자리에서 일어나 내게 인사를 올리고 물러났다. 나는 그 뒷모습을 노려보며 분노로 거칠어진 숨을 애써 가다듬었다.

도저히 영문을 알 수 없었다. 이럴 거면 왜? 도대체 왜 그런 짓을 한 거야? 추억이라니, 누구 마음대로 혼자서. 바보 같았다. 정말 바보 같기 그지없었다.

눈물이 핑 돌았다. 나는 필사적으로 그것을 억누르려고 했지만 소용없었다. 저항할 도리도 없이 한 방울, 눈물이 고여 뺨을 타고 흘러내렸다. 그러자 옆에서 위딘이 숨을 삼키는 소리가 들렸다.

"여왕 전하!"

"괜찮, 괜찮아요. 아무 일도 아닙니다. 신경 쓰지 마세요."

나는 황급히 턱으로 내려온 눈물을 닦아 내며 말했다.

가면을 쓰고 있는데도 어떻게 귀신같이 안 걸까.

위딘이 품에서 손수건을 꺼내 나의 손에 쥐여 주고, 당황해서 어찌할 바를 모르는 티티와 오트에게 '서둘러 여왕 전하를 휴게실로 모셔라. 어서!' 하고 말했다.

"위딘, 전 괜찮아요. 괜찮다니까요."

나는 위딘의 팔을 잡으며 말했다. 하지만 그는 오히려 한술 더 떠 '잠시 무례를 범하는 것을 용서해 주십시오, 전하.' 라고 말한 후 내 손을 잡더니, 자신의 팔 밑으로 가져와 억지로 팔짱을 끼게 했다. 그러곤 나를 이끌고 단상을 내려갔다.

놀라서 뛰어온 비서관과 시종장, 근위 기사들을 여왕 전하께서는 휴식이 필요하시다는 말로 연이어 물리친 위딘은 결국 연회장 밖으로 나를 빼냈다. 평소의 모습으로는 상상도 할 수 없던 강경함이었다.

휴게실로 들어온 뒤, 위딘은 나를 소파로 데리고 가 앉혔다. 그리고 쓰고 있던 가면을 벗었다. 얼굴을 보임과 동시에 드러난 그의 눈빛은 그 어느 때보다도 심각했다.

"괜찮으십니까, 여왕 전하."

"그러니까 아까부터 계속 말했잖아요. 저는 괜찮다고요."

나는 한숨을 지으며 말했다.

"정말인가요?"

"네, 그럼요."

사실이었다. 위딘이 법석을 떤 나머지, 눈물은 물론 분하던 마음까지 쏙 들어간 상태였다. 그저 기운이 없을 뿐.

위딘은 잠시 동안 가만히 나를 바라보았다. 순간 그가 가면을 벗어 보라고 하는 게 아닌가 생각했지만, 그것은 기우였다.

그는 조용히 몸을 일으켰다. 그리고 뒤에서 엉거주춤 서 있던 티티와 오트를 돌아보았다.

"그럼, 뒤는 부탁해요."

"아, 알겠사옵니다, 황태자 전하."

둘은 고개를 숙이며 말했다.

"여왕 전하, 전 이만 물러가 보겠습니다. 부디 편히 쉬시길 바랍니다."

정중하게 예를 표하고 돌아서는 위딘을, 나는 당황해서 불러 세웠다.

"위딘, 잠시만요!"

"예, 전하."

위딘이 다시 나를 보았다.

"그게 다인가요?"

나는 멍하니 물었다.

내가 우는 것 같으니 난리 끝에 휴게실로 데려다 놓고는, 그걸로 끝이란 말인가. 분명히 궁금한 것이 있을 텐데. 내가 어째서 눈물을 흘린 건지, 디네힌과 무슨 일이 있었던 건지.

물론 물어본다고 대답해 줄 수 있을 만한 이야기는 아니었다. 하지만 그것은 내 입장일 뿐. 내가 그라면 반드시 물었을 텐데. 누구라도 그랬을 텐데.

"무언가 제가 더 해 드릴 것이 있다면 말씀하십시오."

위딘은 말했다.

"아니요, 그런 것은 아니지만……."

나는 말끝을 흐렸다. 그리고 조금 망설이다 말을 이었다.

"감사합니다. 황태자 전하."

위딘은 부드러운 미소를 지었다. 그는 다시 한 번 고개를 숙여 보이고, 휴게실 밖으로 나갔다.

티티와 오트가 내 가면과 가발, 구두를 차례로 벗기기 시작해 나는 멍하니 그들의 손에 몸을 맡겼다.

처음으로 위딘의 마음이 진심으로 다가온 느낌이 들었다. 어지간히 자신보다 나를 우선으로 두지 않으면 저런 배려는 할 수 없으리라.

그저 혼약만이 목적이라면 이런 기회를 틈타 어떻게든 더 자신을 어필하려고 할 텐데. 아무 말도 하지 않고, 아무것도 묻지 않고, 그저 내가 남들이 보지 않는 곳에서 쉴 수 있도록 해 준 것이다.

물론 그 또한 계산일 가능성도 아예 없는 것은 아니었다. 혹시라도 내가 이렇게 생각할 것까지 예상해 일부러 그런 거라면. 와, 그럼 정말 두 손 두 발 다 들어도 할 말이 없다.

하지만 지금은 설사 그렇다 한들 괜찮다는 생각도 들었다. 그 정도로 격려가 된 것이다. 아까는 정말, 도저히 감정을 다스릴 수가 없을 것만 같았는데.

……디네힌을 떠올리자 다시 가슴이 꽉 조여드는 것 같아 눈을 질끈 감았다.

모르겠다. 지금은 생각하고 싶지 않아. 어차피 쉴 수 있는 것은 아주 잠시뿐이다. 다시 연회장으로 돌아가려면 얼른 컨디션을 원래대로 되돌려야 한다. 그러니까 잊어버리자. 처음부터 그런 일은 없었다고 생각하자.

그냥 그 붉은 옷의 남자가 디네힌이 아니라고 생각하는 방법도 있었다. 어쩌면 정말로 그럴 수도 있다. 내가 그를 디네힌이라고 생각하는 이유는 그저 심증일 뿐이니까.

그렇지만 그건 싫었다. 차라리 아예 없었던 일이면 일이지, 그가 디네힌이 아닌 다른 남자였으리라고는 생각하고 싶지 않았다. 왜일까. 이유는 알 수가 없었다.

연회장으로 돌아간 것은 그로부터 15분 정도 후였다. 걱정하는 비서관과 시종장에게 나는 별일 아니라며 웃어 보였다. 이럴 때만은 가면이 매우 효과적으로 기능한다고 하지 않을 수 없었다. 그리고 나는 기다리던 구혼자들의 댄스 상대를 다시 시작했다.

꼬리에 꼬리를 물던 댄스 신청도 밤이 깊어 가면서 점점 뜸해졌다. 사흘에 걸친 탄신제의 마지막 공식 일정도 막바지에 이르고 있었다. 이제 곧 끝이라고 생각하니, 후련한 동시에 한편으로 막막한 기분도 들었다.

스무 살 생일 때 혼약자를 발표한다. 그것이 아바마마가 전세계를 상대로 했던 약속이다. 즉, 이번 탄신제는 신랑감 후보를 다 모아 놓고 그 면면을 제대로 따져 볼 처음이자 마지막에 가까운 기회였던 것이다. 하지만 그 끝을 앞두고 있는 지금도, 나는 누구를 고를 것인가에 대해 갈피를 못 잡고 있었다.

나와의 결혼을 원하는 남자들은 많았다. 다들 하나같이 배경 좋고, 인물도 훤하고, 구애도 열렬했다. 물론 그런 게 싫은 건 아니었다. 훈훈한 남자들이 사랑을 고백하는데 기분이 나쁠 리 없다.

하지만 그뿐이었다. 도무지 알 수가 없었다. 마음에 든다는 건 뭘까? 무슨 기준으로 고르면 되는 걸까? 그럴 수만 있다면 구혼자들에게 거꾸로 물어보고 싶은 심정이었다.

대체 저의 어디가 그렇게 좋으세요? 정말로 좋아하시는 거 맞나요? 예언과 여왕이라는 배경을 제하고 보았을 때 저라는 사람에게 어떠한 매력이 있기에 그렇게 확신에 가득 차서 구애를 하시는 건가요?

그렇다. 나는 그들의 구애를 믿을 수가 없었다. 처음부터 그들이 원하는 건 후일 전 세계의 왕을 잉태할 여자의 남편 자리니까. 그렇다고 솔직하게 말하기는 좀 그러니까 마음에도 없는 사랑 운운하며 포장하는 거지. 그 구애의 90퍼센트 이상이 내 미모가 어떻고 하는 내용인 것도 결국 비슷한 맥락이다. 가장 쉽고 가장 일차적이니까.

차라리 대놓고 조건만 내세웠으면 호감이 갔을까?

이를테면 위딘이 '그렇습니다. 제가 원하는 것은 예언의 아이의 아비가 되는 것뿐입니다. 여왕 전하께도 저 정도면 괜찮은 조건이라고 생각합니다만. 메르토니아 제국의 황태자라는 배경에, 원하신다면 데릴사위도 받아들일 의향이 있습니다. 2세를 생각하면 이 뛰어난 미모도 빼놓을 수 없는 강점이죠. 어떻게 생각하십니까?'라고 한다면?

……왠지 진짜라고 생각해도 별로 위화감이 없었다. 미안해요, 위딘. 아직도 저는 당신을 못 믿고 있나 봐요.

아바마마께서는 어마마마와 어릴 때부터 알고 지내던 사이라고 하셨다. 어마마마는 유명한 공작가의 딸로, 배경도 성품도 더할 나위 없었으며 아바마마와 나이도 비슷했다.

두 분은 어릴 때부터 함께 어울리며 친하게 지냈고, 그랬기에 혼약으로 명시하지 않았을 뿐이지, 그 둘이 맺어지리라는 것은 공공연한 사실처럼 되어 있었다.

아바마마께서는 첫눈에 어마마마께 반했다고 하셨다. 그건 정말이었을까. 아니면 그저 어마마마 듣기 좋으라고 하신 말씀이었을까. 모르겠다. 아무튼 확실한 건 두 분은 확실하게 조건이 아닌 '사랑'으로 서로를 선택했다는 사실이었다. 그렇지만 사랑이란 대체 뭘까.

물론 나에게도 소꿉친구는 있었다. 어릴 때부터 그 누구보다도 따르고 좋아했던 존재. 그를 다시 만났을 때는 솔직히 가슴이 떨렸다. 운명일지도 모르겠다고 생각했다. 솔직히, 사랑일지도 모르겠다고 생각했다.

하지만 그게 무슨 의미가 있을까. 그는 나를 거부할 뿐인데. 우리 둘 사이에 여왕과 신하라는 벽을 견고하게 세우고, 내가 그토록 소중하게 여기는 '오빠'라는 끈마저 끊지 못해서 안달인 것을.

나는 그가 마치 아바마마의 사랑 이야기처럼 나에게 '사랑한다. 첫눈에 반했다'라고 말하는 장면을 상상해 보았다. 하지만 그것은 달콤하기는커녕 괴롭기만 할 뿐인 상상이었다. 결코 있을 수 없는 이야기니까.

그러니 그건 사랑이 아니다.

아닐 것이다.

"폐하께서는 사랑을 해 보신 적이 있으십니까?"

내가 묻자 카야르는 나를 빤히 쳐다보았다.

그의 얼굴에는 이건 또 무슨 해괴한 소리냐는 표정이 숨김없이 드러나 있었다.

가면무도회가 끝나고, 나는 약속했던 대로 카야르와 함께 테라스에서 만났다. 호위병들이나 시녀들을 대화가 들리지 않을 곳까지 물리고 나니, 그가 원한 대로 단둘에 매우 가까운 상황이 되어 있었다.

카야르와 만나고 나서부터 나는 말없이 홀짝홀짝 포도주를 마셨다. 한 잔, 또 한 잔. 처음에는 의아하게 쳐다보던 그도 나중에는 포기한 듯 자신도 스스로 자랑하던 티아마칸의 명주, 로물로를 기울였다.

그렇게 비운 술이 이윽고 두 병이 될 때까지 우리 사이엔 아무 대화가 없었다. 그러다 내가 입을 연 것이다.

"사랑?"

카야르가 중얼거렸다. 마치 모르는 외국어의 의미를 확인하는 듯한 뉘앙스였다.

"내가 어떻게 대답하길 원하오. 구혼자로서? 아니면 그냥 짐으로서?"

"전자는 폐하가 아니더라도 질리도록 들었으니 후자가 좋겠군요. 폐하께서 전자의 대답도 고려는 하고 계시다는 것이 놀랍기는 합니다만."

취기 덕분에 말이 스트레이트하게 나오고 있었다.

"훈련을 받았거든."

"자난 공작에게 말입니까?"

"그렇소."

"그렇게 말씀하니 갑자기 궁금하군요. 전자라면 뭐라고 대답하시겠습니까?"

"없다고 대답해야겠지."

예상했던 것과는 다른 대답이었다. 나는 '그럼 후자는요?' 하고 물었다.

"없소."

"……똑같지 않습니까?"

"시작은 그렇지. 하지만 그 뒤가 다를 거요. 어느 쪽이 적절할지는 그대가 무슨 의도로 물었는가를 듣고 난 뒤에 판단하는 것이 맞을 것 같은데."

의도라. 순간 디네힌의 얼굴이 떠올랐지만, 나는 눈을 감고 고개를 흔들어 그것을 털어 냈다.

"솔직히 말씀드리자면 저는 사랑이라고 하는 것이 뭔지 잘 모르겠습니다. 그래서 어떤 구혼의 말을 들어도 제 일처럼 느껴지지가 않는 것이 사실입니다. 그래서 폐하께선 어떨까 싶어서 여쭤 보았습니다. 물론 그런 쪽으로는 전혀 관심이 없으실 것처럼 보이긴 합니다만. 마치 연회처럼요."

"정확히 봤군. 짐은 그런 것에 관심이 없소. 그러니 그게 무엇인지 알 리도 없지."

카야르는 무뚝뚝하게 말했다.

"하나 그것이 중요한 거요?"

"네?"

"꼭 '이것이 사랑이다'라는 라는 확신이 있어야 한다는 법은 없잖소. 결혼을 하는 데 그런 것이 반드시 필요하다면 장담컨대 세상 남녀의 반 이상은 독신으로 죽어야 할 거요. 하지만 그대도 알다시피 현실은 그렇지 않지. 결국 몰라도 괜찮다는 거 아니겠소?"

"그 대답은 전자와 후자 중 어느 쪽인 겁니까?"

"어느 쪽일 것 같소?"

"굳이 확인하지 않기로 하지요."

나는 그렇게 말하고 한숨을 쉬었다. 저게 전자라면 지난 공작에 대한 내 평가를 수정해야만 하리라.

"짐은 결혼에 대단한 것이 필요하지 않다고 보오. 몇 가지 조건만 따지면 되지."

"그게 어떤 것들입니까?"

"첫 번째는 신분과 배경. 다들 모른 척하지만 막상 물어보면 이견이 없을 거요. 그대나 짐 같은 지위면 더더욱 그렇지."

"동의합니다. 그리고요?"

"두 번째는 얼굴. 결혼은 결국 후사를 보기 위해서 하는 것인데 안을 마음이 안 드는 상대라면 곤란하지 않겠소."

"……하고 싶은 말은 많지만 일단은 그것도 동의하는 걸로 하고 넘어가기로 하지요. 다음은요?"

"끝이오."

"끝이라고요?"

"그렇소. 적합한 혈통에, 후사를 만들어 줄 상대라면 충분하지. 더 무엇이 필요한가?"

그는 아무렇지도 않은 표정으로 말했다.

새삼 환멸이 느껴졌다.

……그래, 원래 이런 인간이었지. 오히려 실망감이 드는 게 더 놀라웠다. 뭘 기대했던 걸까.

"짐의 말에 동의를 못 하겠다면 신하들을 붙잡고 일일이 물어보시오. 이런 기준으로 배우자를 고르려고 하는데 어떻게 생각하느냐고. 분명 아무도 반대하지 않을걸."

"네, 그렇군요. 그러면 폐하께서도 딱 그 두 가지만 보고 제게 구혼하신 것이겠군요?"

"그렇소."

"솔직하셔서 참 좋군요."

나는 쓴웃음을 지으며 말했다. 그리고 잔에 든 것을 단번에

삼켰다. 이렇게까지 탁 까놓고 나오니 어떤 의미로는 오히려 후련한 기분도 들었다. 지금 카야르가 다시 프러포즈를 한다면 그냥 수락해 버릴까 싶을 정도였다.

그래. 사랑은 무슨 사랑이냐. 애초에 왕가의 여자로 태어나 그런 '운명'까지 진 시점에서 이미 그런 건 잠꼬대다. 이게 현실인 것이다. 그렇다면 결국 나라를 위한 선택을 해야겠지.

그때, 옆에서 카야르가 덧붙이는 말이 들려왔다.

"처음에는 그랬지. 하지만 지금은 다르오."

"뭐가 다르다는 말씀이십니까?"

나는 그를 돌아보면서 물었다.

"세 번째 조건이 생겼다는 뜻이지."

"그게 뭔데요?"

"그대요."

"네?"

"그대여야 한다는 뜻이오, 리유나 여왕."

카야르는 나를 내려다보면서 말했다. 달빛이 어슴푸레 그의 몸의 윤곽을 빛내며, 내게 거대한 그림자를 드리우고 있었다.

나는 멍하니 입을 벌렸다. 지금 스스로 들은 말을 믿을 수가 없었다. ……네? 뭐라고요? 그렇게 반문하고 싶은 걸 가까스로 억누르는 것이 고작이었다.

내가 가만히 서서 눈만 깜빡이고 있자 카야르가 쯧, 하고 혀를 찼다.

"비웃으려거든 얼마든지 비웃으시오."

"아니, 그게 아니라……."

나는 눈을 감고 고개를 흔들었다가, 다시 떴다.

"아, 자넨 공작이군요. 그가 가르쳐 준 게지요? 폐하께서 말씀하신 훈련의 일환인 거죠?"

"유감이지만 아니오. 짐이 이딴 소리를 남이 시킨다고 할 것 같소?"

카야르는 불퉁하게 말했다. 듣고 나니 그 말도 나름 설득력이 있었다. 하지만 그렇다면 더더욱 미스터리였다.

"그렇다면 어찌하여……?"

카야르를 올려다보며 묻자 그는 못마땅한 듯 고개를 돌렸다.

"그 메르토니아의 애송이처럼 구구절절 낯간지러운 소리를 덧붙이고 싶지는 않소. 하지만 이거 하나만은 확실하게 알아주었으면 좋겠군. 짐은 마음에 없는 말은 결코 하지 않는다는 것을 말이오."

그는 그렇게 말한 뒤 입을 다물고 한동안 말이 없었다. 무언지는 알 수 없어도 대단히 중대한 고민에 빠진 분위기였다. 그는 고뇌하는 듯 표정을 찡그렸다가 순간 화가 난 듯 이를 악물기도 하고, 초조한 듯 주위를 서성거리고 돌아다니기도 했다.

"폐하?"

"알았소. 알았으니까 기다리시오."

내가 의아해서 부르자 그는 으름장을 놓듯 그렇게 말했다. 도저히 영문을 알 수 없었다.

마침내 카야르가 나를 보았다. 그의 금안은 전에 없던 형형

한 빛을 뿜고 있었다. 나는 나도 모르게 위축되어 한 걸음 뒤로 물러났다. 그는 목 깊숙이 그르렁거리는 듯한 목소리로 입을 열었다.

"똑똑히 알아 두는 것이 좋을 것이오. 지금까지 짐이 무릎을 꿇었던 것은 단 한 사람, 선대 황제 앞뿐이었다는 것을."

카야르는 오른팔을 휘둘러 망토를 떨쳤다. 그리고 내 앞에 한쪽 무릎을 꿇고 앉았다.

나는 눈을 크게 떴다. 보면서도 믿기지가 않았다. 하늘 아래 그 누구보다도 지고한 몸이라 자처하는 티아마칸 제국의 황제가, 에오니르의 여왕 정도는 자기 가신 정도로 취급하면서 냅다 하대를 서슴지 않던 카야르가 그 앞에 무릎을 꿇다니.

"리유나 여왕."

나를 부르는 목소리에 고개를 들었다. 어느새 그는 내게 손을 내밀고 있었다.

내가 멍하니 그것을 내려다보고 있자 그는 눈썹을 찌푸리고는 몸을 일으켜 내 손을 붙잡아 당겼다. 나는 주춤거리며 발을 앞으로 내디뎠다.

카야르는 날 올려다보는 시선을 고정한 그대로, 내 손등 위에 키스를 했다. 갑자기 심장이 빠르게 뛰는 것이 느껴졌다.

이윽고 그는 입을 열었다.

"그대가 말했지, 프러포즈하는 법을 다시 배워 오라고. 자난의 말에 따르면 이것이 그대 나라의 예법이라더군. 여자에게 구애할 때는 남자가 무릎을 꿇어야 하는 법이라고. 어떠하오.

맞소?"

"……네. 맞습니다."

"그대도 알고 있겠지만, 사실 짐은 예법 따위에 구애되지 않는 인간이오. 평생 그럴 필요가 없었거든."

카야르는 말했다.

"짐은 태어난 순간부터 지금까지 늘 전쟁을 해 왔소. 비단 전장에 있을 때만으로 국한되는 이야기가 아니오. 가장 편해야 할 장소에 가장 가까워야 할 사람들 사이에조차 적이 있었소. 결국 살아남기 위해 필요한 것은 한 가지였지. 바로 피아 식별이오. 이놈이 아군인가, 적인가. 아군이라면 품에 안고, 적이라면 목을 친다. 거기에 예법이 끼어들 여지 따위는 없었지."

카야르의 눈동자에는 살기는 아니지만, 그와 매우 흡사한 흉흉한 무언가가 깃들어 있었다. 나는 침을 꿀꺽 삼켰다.

"지금까지도 그 생각은 달라지지 않았소. 아마 앞으로도 달라지지 않겠지. 그럼에도 불구하고 짐이, 티아마칸의 황제인 짐이 이런 우스꽝스러운 꼴을 하고 있는 것이 뭐 때문이라고 생각하오?"

카야르는 말했다. 나는 반사적으로 살짝 입을 벌렸지만, 그는 내 말을 기다리지 않았다.

"그대는 짐이 평생 들어 본 적도 없는 요구와, 해 본 적도 없는 고민을 안겨 주었지. 그렇지 않으면 상대하지 않겠다는 조건을 걸고. 감히 짐에게 말이오. 화가 치밀었소. 짐이 마음만 먹는다면 하루아침에 짓밟아 버리고도 남을 나라의 여왕이 말이지. 예언? 그까짓 것은 믿지 않는다는 말은 이미 했을 거요. 짐은 얼마든지 마음대로 할 수 있소. 구혼 따위는 때려치우고 황도로 돌아간다 하더라도 아쉬울 것은 아무것도 없소. 짐은 티아마칸의 황제요. 이미 세계를 손에 넣고 있단 말이오."

카야르는 으르렁거리며 말했다.

"그렇다면 왜?"

나는 입을 떼어 물었다.

"왜 그렇게 하지 않으셨습니까."

그 말에 카야르는 입가를 일그러뜨렸다.

"바로 짐이 그만큼이나 그대를 원하고 있기 때문이오, 리유나 여왕."

"……."

"왜 그런지는 모르겠소. 미인이라서? 솔직히 얘기해 티아마칸에도 그대 정도 되는 미인은 얼마든지 있소. 여왕이라서? 그럴 리 없지. 짐은 예전부터 여자를 취할 때 그 신분이나 지위 따위는 신경도 쓰지 않았소. 어차피 짐보다 아래에 있다는 것은 다 마찬가지기 때문이었지. 예언 때문이 아니라는 말은 방금도 했고."

카야르는 그렇게 말하며 갑자기 몸을 일으켜 똑바로 섰다. 그는 붙잡은 내 손을 자신의 가슴까지 끌어당겼다. 나와 그는 겨우 주먹 하나가 들어갈까 말까 한 공간만을 남겨 두고 밀착해 있었다.

"자난이 그러더군. 지금까지 짐은 원하는 것을 예외 없이 전부 손에 넣었기 때문에 그러지 못하는 것을 용납할 수 없는 거라고. 그럴 수도 있겠지. 하지만 아시오? 이유 따위는 아무래도 상관없소. 그저 갖고 싶소. 갖고 싶어서 견딜 수가 없단 말이오."

그는 바로 눈앞에서 나를 내려다보며 말했다. 가깝게 다가온 그의 눈동자가 일렁이면서, 마치 활활 타오르고 있는 것처럼 보였다.

"그대 옆에 다른 놈들이, 특히 그 메르토니아의 애송이가 알짱거리는 꼴을 보고 있으면 속이 뒤집어지는 것 같소. 그대는 말했지. 그대 자신은 그대의 것이고 누구에게도 넘길 생각이 없다고. 하지만 어떻게 할 거요? 짐이 무슨 수를 써서라도 그대를 가져야겠다면. 무슨 수를 써서라도 그대를 짐의 것으로 만들고 싶다면."

그는 그렇게 말하며 나를 더 바싹 자신의 품으로 당겼다. 심장이 요동치듯 쿵쾅대는 것이 느껴졌다. 내 것이 아니었다. 가슴을 통해 전해지는 카야르의 소리였다.

주위를 뒤덮은 생경한 체취에 현기증마저 일었다. 이러니저러니 해도 나는 이토록 정열적인 고백을 받는 것도, 이렇게 가깝게 남자의 몸과 맞닿은 것도 처음이었던 것이다. 게다가 사랑 따위는 포기하리라 생각했던 직후에.

놔 달라고 얘기해야 했다. 하지만 쉽사리 말이 나오지 않았다. 나는 불타는 듯한 카야르의 눈동자를 겨우 받아 내면서, 떨리는 목소리로 입을 열었다.

"놔주십시오, 폐하."

"싫소."

"저를 원하신다면서요."

카야르의 눈이 가늘어졌다. 나는 최대한 침착하게 말을 이었다.

"폐하께서 저를 가질 수 있는 방법은 단 한 가지뿐입니다. 제가 그러도록 허락하는 경우뿐이죠."

"……."

"놔주세요. 저는 아직 폐하의 프러포즈를 받아들이지 않았습니다."

이번엔 보다 또렷해진 목소리로, 나는 분명하게 선언했다.

카야르는 이를 악물더니 내게서 떨어졌다. 그가 나를 놓는 순간 눈앞이 아찔한 기분이 들었다. 나는 균형을 잃지 않도록 두 발에 단단히 힘을 주었다. 어찌나 꽉 쥐고 있었는지 잡혀 있던 손에 저릿저릿한 통증이 느껴졌다.

나는 그 손을 가슴 위쪽으로 가져가 꾹 눌렀다. 심장이 아직도 거세게 쿵쾅거리고 있었다.

"그대는 정말로 까다로운 여자로군, 리유나 여왕."

카야르가 분노가 깃든 목소리로 말했다.

"그대가 바라는 대로 모두 맞춰 주었잖소. 짐보고 이 이상 더 어떻게 하라는 거지?"

"네, 맞습니다. 그러니 폐하께서 무엇을 더 어떻게 하실 필요는 없습니다."

내 말에 그는 입을 다물고 나를 바라보더니 다시 물었다.

"무슨 뜻이지?"

"폐하의 진심과 성의는 잘 알았다는 뜻입니다. 이제 충분합니다. 그러니 제게 생각할 시간을 주십시오. 폐하께서도 아시지 않습니까. 약속한 혼약 발표의 날까지 아직 1년이 남았다는 것을요."

"그것은 그저 최후 기한일 뿐 아니오. 반드시 그때까지 기다려야 된다는 법은 없지 않소!"

"네. 하지만 지금 당장 답을 내놓으라는 것이 무리라는 것은 폐하께서도 아실 테지요. 꼭 그때까지라고는 하지 않겠습니다. 아무튼 시간을 주십시오. 여태 폐하께서 보이신 성의에 비하면 그리 어려운 일도 아니지 않습니까."

"언제까지?"

카야르가 이를 갈며 물었다. 나는 잠시 망설였다. 그러는 사이 그가 선수를 쳤다.

"11월 12일."

나는 그를 올려다보았다.

"짐이 태어난 날이오. 그때는 그대를 황도로 초대하기로 하지. 아무리 늦어도 그때에는 답을 들려주시오."

"폐하—"

카야르는 손을 들어 내 말을 끊었다.

"이견은 받아들이지 않겠소. 이것이 내가 양보할 수 있는 최대한도요."

"……."

"부디 잊지 말아 주시오. 나의 인내심이 그리 강하지 않다는 것을."

카야르는 말을 마치더니 테라스 난간 위의 술병을 들어 자신의 품 안에 갈무리했다. 그러곤 꿰뚫어 버릴 듯한 시선으로 잠시 나를 바라보고 있다가 시선을 거두었다.

그가 곧 돌아서서 궁 안쪽으로 사라졌다. 긴장이 풀려 몸의 기운이 쫙 빠지는 것 같았다. 나는 옆의 난간을 붙잡아 겨우 몸을 지탱했다.

카야르와 교차하듯 밖에서 기사들과 시녀들이 달려왔다. 이윽고 누군가가 내미는 손을 붙잡았다가, 나는 저도 모르게 흠칫 어깨를 떨었다.

디네힌이었다.

"괜찮으십니까, 전하."

그가 물었다. 아까와 같은 복장이었으나 가면은 벗고 있었다. 내가 대답도 없이 가만히 그를 쳐다보고 있자, 옆에서 티티가 '전하?' 하고 재차 나를 불렀다.

티티를 돌아보자 그녀는 퍽이나 걱정스러운 표정을 짓고 있었다. 그녀뿐만이 아니라, 주위 모두가 그랬다.

"괜찮아요."

나는 작게 대답한 뒤 미소를 지어 보였다.

"이상하군요. 괜찮으냐고 물으니 마치 무슨 일이라도 있었던 것 같지 않습니까. 그저 대화를 나눴을 뿐인 것을."

"정말입니까? 황제가 여왕 전하께 실례되는 일을 저지르지는 않았습니까?"

디네힌이 재차 물었다. 표정 자체는 평상시와 다름없이 침착해 보였지만 그 눈빛만은 무겁고, 또 뜨거웠다. 그 손을 통해 전해지고 있는 체온과 마찬가지로.

"설마요. 그런 일은 전혀 없었어요. 디네힌 경도 안에서 보셨으면 아실 텐데요."

나는 차갑게 말하곤 디네힌의 손으로부터 내 손을 빼냈다. 순간 그의 눈빛이 희미하게 흔들렸다.

"예, 보고 있었습니다. 황제가 여왕 전하를 억지로 자신의 품으로 끌어당기는 것을요. 맹세컨대 그가 단 한 뼘이라도 더 전하에게로 다가갔다면, 결코 그대로 보고만 있지는 않았을 것입니다."

디네힌은 말했다. 그 목소리는 너무나도 노골적으로 분노를 드러내고 있었다. 평상시의 그라면 상상도 할 수 없는 일이었다. 이에 나는 말을 잃고 그를 쳐다보았다.

이해할 수가 없었다. 도대체 왜 이러는 걸까. 구혼자의 가면을 쓰고 다가와 댄스를 신청하더니 다시 신하의 가면을 쓰고 모른 척을 하지 않나, 이제는 또 그 가면마저 벗고 생경한 얼굴을 드러내고 있었다. 그것은 디네힌의 진짜 얼굴일까, 아니면 또 다른 가면일까. 도무지 알 수가 없었다.

나는 그를 바라보며 생긋 미소 지었다. 나 역시 가면을 택한 것이다.

"걱정 마세요, 디네힌 경. 경이 염려할 만한 일은 아무것도 없었으니까. 프러포즈를 받았을 뿐이에요. 새삼스러운 일도 아니죠."

내 말에 디네힌이 표정을 굳혔다.

"황제가 여왕 전하 앞에 무릎을 꿇었던 것은 그 때문이었던 겁니까?"

"네. 보셨군요. 우습죠? 저도 깜짝 놀랐답니다."

나는 웃으면서 말했다. 하지만 디네힌은 웃지 않았다.

"받아들이셨습니까?"

"네?"

"그의 구혼을, 수락하셨느냐고 여쭙는 것입니다."

디네힌은 나지막하게 말했다.

"단장."

옆에 서 있던 부단장 기사가 디네힌을 불렀다. 하지만 디네힌은 그를 돌아보지도 않았다.

왜일까, 나는 순간적으로 그렇다고 말하고 싶은 충동에 사로잡혔다. '그래요, 난 카야르와 결혼하기로 했어요.' 그렇게 말하고 디네힌이 과연 어떤 표정을 짓는지 보고 싶었다. 그 표정을 보면 알 수 있을까, 그의 진짜 마음을.

"……아뇨. 생각해 보겠다고 했어요."

나는 보았다. 내가 그렇게 말한 순간 디네힌의 남색 눈동자 속에서 번쩍이고 있던 무언가가 확연히 그 빛을 잃는 것을.

잠시 시선을 아래로 떨어트렸다가 다시 들었을 때 그의 표정은 이미 평상시로 돌아와 있었다. 내가 아주 잘 알고 있는 그 가면대로.

그 모습에 나는 입술을 깨물었다.

"왜요, 디네힌 경은 제 결혼 상대로 카야르 황제가 마음에 들지 않는 건가요?"

내 말에 디네힌의 눈빛이 다시 흔들렸다.

"말해 보세요. 싫으신 거예요?"

내가 재차 묻자 주변 사람들이 술렁이기 시작했다.

"전하."

디네힌이 조용히 나를 불렀다.

"피할 생각 말고 대답해요. 아니면 나는 여기서 한 발자국도 움직이지 않을 테니까."

그를 노려보며 말했다. 하지만 디네힌은 입을 다물었다. 그리고 고요한 눈빛으로 나를 바라보았다.

그렇게 둘의 시선이 얽힌 지 얼마나 지났을까.

"예."

불현듯 디네힌이 말했다.

"마음에 들지 않습니다."

가슴이 쿵, 하고 울렸다. 나는 빠르게 뛰는 심장박동을 느끼며 디네힌을 바라보았다. 그의 표정을 잘 읽을 수가 없었다. 어둠 속에서 달빛에 의해 반절만을 드러내고 있는 그의 얼굴은 순간순간마다 달리 보였다.

그 표정은 줄곧 그저 담담하게만 보였다가도, 어느 순간 절실하게 무엇을 전하려고 하는 듯이 보이기도 했다.

잘 떼어지지 않는 입술을 움직여, 나는 왜냐고 물으려 했다.

바로 그 순간이었다.

"여왕 전하."

잘 알고 있는 목소리가 들렸다. 이 에오니르 왕궁의 공식적으로는 제 2의, 그리고 실제적으로는 제 1의 권력자인 재상, 길로프였다. 그는 어느새 테라스 안으로 들어와 있었다.

그의 모습을 확인하는 순간, 극히 미묘하지만 디네힌의 표정이 굳어지는 것이 보였다.

길로프는 허리를 굽혀 내게 예를 표했다. 동시에 나를 둘러싸고 있던 기사와 시녀들이 양옆으로 갈라져 그에게 고개를 숙였다.

"길로프 공."

나는 그를 보며 말했다.

"무슨 일인가요, 이런 데까지."

"황제 폐하께서 연회장을 나가시는 것을 보았습니다."

길로프는 말했다. 느릿하면서도 무게감이 있는, 그 특유의 어조였다.

"이것으로 탄신제 일정이 모두 끝났군요. 노고가 많으셨습니다, 여왕 전하."

그는 손을 모으고 내게 다시 한 번 고개를 숙였다. 나는 그런 그를 의아한 눈초리로 바라보았다.

그는 예전부터 공식적 자리에 모습을 드러내는 것을 꺼렸다.

국제 회담이나 대사 접견 같은 정치적 자리는 물론 예외였지만, 이렇게 가면무도회나 어제의 퍼레이드 같은 사교 또는 홍보 관련 행사에는 거의 불참하는 것이 일상이었다. 원래 성향이 뒤에서 암중비약하는 것을 좋아하는 스타일이라고 할까.

그 덕분에 나는 열다섯 살에 즉위한 직후부터 모든 공식 석상에 대표로 참가하면서, 꼭두각시가 아닌 어엿한 여왕이라는 어필을 할 수 있었다.

만약 길로프가 나서고 드러내길 좋아하는 스타일이었다면, 처음부터 대놓고 섭정을 자처하며 전면에 나섰을 가능성도 있었다. 실제로 그즈음 나는 자의로도 타의로도 공무엔 손댈 엄두도 못 내고 있었으니까.

실제로 그는 이번 탄신제 동안도 구혼자들 앞에 거의 모습을 보이지 않았다. 그럼에도 불구하고 카야르의 동선까지 파악하면서 내가 그와 테라스에서 개인적인 만남을 가졌다는 사실까지 알고 있었다는 것은, 그저 모습만 드러내지 않을 뿐 모든 일을 그 자신의 감시하에 두고 있다는 뜻이었다.

"고마워요. 보아하니 길로프 공도 지금까지 수고가 많으셨던 것 같네요."

일부러 그런 뉘앙스를 담아 건넨 말에도 길로프는 무덤덤하게 '천만의 말씀이십니다.' 하고 반응할 뿐이었다. 그는 젊을 때부터 얼굴에 감정이 잘 드러나지 않기로, 그래서 그 의중을 읽을 수 없기로 유명했다. 말하자면 디네힌의 원조 격 인물이었다.

"피로하실 테니 이제 그만 내실로 드심이 어떻겠습니까."

길로프가 조용히 말했다. 그리고 자신의 아들, 디네힌을 돌아보았다.

"여왕 전하를 내실로 모시도록."

"……예, 알겠습니다."

디네힌은 고개를 숙이며 말했다.

"길로프 공."

"예, 전하."

나의 말에 길로프가 다시 나를 보았다.

"겨우 그 말을 하러 일부러 여기까지 온 건가요?"

고생했다는 말도, 피곤할 테니 쉬는 게 어떻겠느냐는 말도 신하로서 이상할 것은 없었다. 문제는 그게 길로프의 입에서 나왔다는 것이었다.

그는 결코 그렇게 다정하고 마음 씀씀이가 깊은 인물이 아니었다. 그가 하는 행동엔 모두 그의 기준으로 '적합하고 합리적인' 이유가 있었다. 늘 그랬던 것이다.

"예."

하지만 길로프는 잠시의 틈도 두지 않고 바로 대답했다.

"여왕 전하께서 침소에 드셔야 저도 퇴근할 수 있지 않겠습니까."

……농담일까. 아마 그렇겠지.

보통 사람이라면 아마 미소 정도는 곁들였을 만한 말이었지만, 길로프는 그저 무표정이었다. 이러니 주위 사람들이 불편할 수밖에 없는 것이다.

얼마 후 디네힌이 옆에서 손을 내밀었다.

"여왕 전하. 가시지요."

나는 그를 바라보았다. 그의 얼굴에서 아까 느꼈던 감정들은 이미 자취도 없이 모두 사라지고, 그저 쓸쓸할 정도의 차분함만이 남아 있을 뿐이었다.

가슴이 답답했다. 하지만 지금은 그 손을 잡는 것 외에 다른 선택이 없었다.

내실에 도착할 때까지 디네힌은 아무 말도 하지 않았다. 그와 헤어져 방 안에 들어온 뒤에도 가슴의 답답함은 도통 가시려 하지 않았다.

저녁 동안 너무 많은 일이 있었다. 붉은 예복의 남자와 추었던 댄스. 뒤늦게 나타나 모른 척하던 디네힌. 카야르의 두 번째 프러포즈와 그에 대해 디네힌이 보인 거부감, 그리고 석연치 않은 길로프의 개입까지.

머리가 아팠다. 정체와 의미를 알 수 없는 일들이 너무 많았다. 하다못해 자신의 감정조차 그랬다. 그러나 누적된 피로와 취기로 멍해진 머릿속으로는 도무지 그것을 정리할 도리가 없었다.

침대에 쓰러지듯 눕자 고양이가 냐옹거리는 소리를 내며 내 곁으로 다가왔다.

그러고 보니 아직도 이름을 못 정했네.

나는 가물가물한 머리로 그런 생각을 하면서 베개 근처에 웅크리고 앉은 고양이를 쓰다듬었다.

그러다 곧 잠이 들었다.

♛

다음 날 오전, 길로프가 집무실로 찾아와 말했다.

"근위 기사 단장 디네힌에게 이 주일간의 근신 처분을 내렸습니다."

"근신이라고요?"

놀라 되묻지 않을 수 없었다.

"어째서죠? 사유가 뭐죠?"

"탄신제 둘째 날 밤, 독단으로 심야에 여왕 전하를 외부에 모시고 나간 것 때문입니다."

"독단이라니! 그날 외출은 온전히 내 판단이었어요. 디네힌 경은 내 명령으로 나를 호위했을 뿐이라고요."

"당연하지요. 그게 그의 역할이니까요."

길로프는 늘 그랬듯 무표정한 얼굴로 말했다.

"하지만 그것과는 별개로, 여왕 전하를 궁 외부의 위협으로부터 방치했다는 사실은 변하지 않습니다. 그렇다면 책임을 져야지요."

나는 눈썹을 찌푸렸다.

"왜 나의 결정에 디네힌 경이 책임을 져야 한다는 거죠?"

"그게 그의 역할이니까요."

길로프는 느긋하게 앞서 했던 말을 다시 한 번 반복했다. 책상 밑으로 내리고 있는 손에 나도 모르게 힘이 들어갔다.

"길로프 공의 눈에는 내가 아직도 어린애로 보이나 보군요."

"설마요. 당치도 않습니다."

길로프는 눈 한 번 깜빡하지 않고 그렇게 말했다. 나는 한동안 말없이 그를 노려보다가 물었다.

"정말로 그게 이유인가요?"

"무슨 말씀이신지요."

"디네힌 경에게 근신을 명한 이유가 정말로 그것이 이유냐고 묻는 겁니다."

말과 동시에 나는 눈빛으로 그를 추궁하려 했다. 하지만 길로프는 단 한 치의 흔들림도 보이지 않았다.

"예. 물론입니다, 전하."

그는 말했다. 그 대답은 너무 빠르지도, 늦지도 않았다. 어조는 평온했고 태도는 자연스러웠다.

역시나 무리였다. 이런 쪽으로 내가 저 너구리 영감을 이길 수 있을 리가 없었다. 당연하다면 당연한 일이었다. 그와 나 사이에는 절대로 메울 수 없는 아득한 경험과 연륜의 차이가 있으니까.

"일주일로 하세요."

"예?"

"디네힌 경의 근신 기간 말입니다. 2주는 과해요. 말했다시피 결정은 내가 내렸고, 그는 내 명령에 따랐을 뿐입니다. 그러니 책임을 묻는다 해도 일주일이면 족하겠죠."

길로프는 눈을 가늘게 뜬 채로 나를 내려다보며 잠시 말이 없었다.

"여왕의 명령이에요. 이의라도 있나요?"

"설마요."

내 말에 그는 고개를 까닥 숙였다.

"자비로운 처사이십니다. 전하의 성은에 그도 분명 감격하겠지요."

하하, 퍽이나.

그렇게 비아냥거리고 싶은 것을 나는 꾹 참았다. 길로프가 인사를 올리고 집무실을 나간 후 나는 깍지 낀 손 위에 턱을 올렸다.

어젯밤부터 내내 품고 있었던 의혹에 더욱더 박차가 가해지는 것 같았다. 길로프는 어지간한 일에는 직접 움직이지 않았다. 그가 하는 일에는 다 그만한 이유가 있는 것이다.

그리고 그 이유는 나로서는 한 가지밖에 떠올릴 수가 없었다. 탄신제 동안 디네힌이 보인 의아한 모습과 말들. 만약 그것이 길로프 입장에서 통제할 필요가 있는 것이라면······.

순간 확 얼굴이 뜨거워졌다. 맥박을 통해 심장이 쿵쿵 울리는 소리가 들려왔다. 나는 눈을 질끈 감았다.

설마, 디네힌이?

—아니야, 그럴 리가 없어. 그렇지만, 다른 답이 없잖아.

수없이 긍정과 부정이 엇갈리며 머릿속을 맴돌았다. 달콤하면서도 숨 가쁜 격정이 가슴을 가득 채우고 있었다.

어서 확인하고 싶었다. 일주일도 너무 길었다. 나는 뒤늦게 후회했다. 사흘이라고 했어야 했다.

탄신제는 어제로 모두 끝났지만, 그렇다고 오늘부터 바로 다시 정규 일정이 시작되는 것은 아니었다. 오늘 대부분의 구혼자들이 자신의 나라로 떠나기 때문이었다.

이러니저러니 해도 최소 왕세자급의 인물들이었다. 공무적인 문제뿐 아니라 보안상의 문제로서도 맘 편하게 오래도록 에오니르에 머물 수는 없었던 것이다.

때문에 오늘 내 일정은 떠나는 구혼자들과 작별 인사를 하는 것으로 거의 채워져 있었다. 말하자면 마지막 눈도장이었다.

그들은 작별 인사라기보다는 최후 연설에 가까운 장황한 자기 홍보를 하고, 작별 선물이라며 또 한 번 보석을 올리기도 하고, 마지막에는 어김없이 내 손등에 키스를 하고 떠나갔다. 그렇게 거의 10분에 한 대꼴로 마차가 왕궁 정문을 나갔다.

그중에는 물론 카야르도 있었다. 그는 처음 만났던 때의 갑옷 차림이었다. 그 모습을 보는 순간 내가 요 며칠 동안 본 그의 모습은 그에게 있어 대단히 멋을 낸, 말하자면 필요악적인 차림이었다는 것을 새삼 깨달았다.

검은 갑옷 뒤로 레울라와 슈미켈을 매고 있는, 마치 전쟁의 화신처럼 보이는 그 모습이 카야르에게는 그만큼이나 자연스럽고 잘 어울렸기 때문이다.

"부디 돌아가시는 길에 옥체 안녕하시기를 바랍니다, 황제
폐하."

내가 고개를 숙이고 말하자 그는 잠시 나를 보고 있다가, 허
리춤에서 무언가를 풀어서 내게 내밀었다.

검이었다. 카야르 뒤에 서 있던 수행원들의 얼굴에 순간 당
황스러운 빛이 스쳤다.

아마도 선물은 아랫사람의 손을 통해서 전하고, 또 마찬가지
로 이쪽에서도 시종이 받는 것이 관례였기 때문이리라. 하지만
카야르는 본인도 말했다시피, 관례 따위는 신경 쓰지 않는 남
자였다.

나는 나서야 하나, 말아야 하나 망설이는 시종장 벨리엔에게
손을 들어 보이고 앞으로 걸어가 두 손으로 카야르가 내민 검
을 받아 들었다.

카야르 자신의 애검들에 비하면 그 폭도, 길이도 반 정도밖
에 되어 보이지 않는 가느다란 검이었다. 분위기도 전혀 달랐
다. 손잡이와 검집 끝에 각각 보석 장식과 함께 섬세한 세공이
들어가 있었다.

"이는 '유라이하'라고 하는 검이오."

술렁임이 일었다. 이번에는 내 뒤에 선 기사들 사이에서였
다. 나는 의아하게 그들을 돌아보았다.

유명한 검인 건가?

카야르의 수행원들이, 특히 그중에서도 자난 공작이 낙담한

기색으로 고개를 가로젓는 걸로 보아 모르긴 몰라도 상당한 가치를 지닌 검 같았다. 처음에 그들이 당황했던 것도 그런 이유인가 보다.

나는 곤란한 미소를 지으며 물었다.

"받아도 될지 모르겠습니다. 귀한 것이 아닌지요?"

"어젯밤 짐이 한 말의 증표라고 생각해 주시오."

카야르는 말했다.

"말은 힘이 없소. 기억은 금세 잊히지. 그러니 그것을 간직하고, 볼 때마다 떠올려 주기를 바라오. 짐을, 짐이 한 말을."

"알겠습니다."

내 말에 카야르는 희미하게 고개를 끄덕이고 돌아섰다. 그는 처음 나타났던 때와 마찬가지로 성큼성큼 걸어 홀을 떠났다.

마음이 이끄는 곳

탄신제가 끝난 지 일주일 가까운 시간이 흘렀다. 그리고 디네힌의 근신 기간도 겨우 그 기한을 다 채워 가고 있었다.

이때까지 시간이 얼마나 더디게도 흘렀던지. 뭘 하든 도무지 손에 잡히지가 않는 나날이었다. 근신이고 뭐고, 당장 궁으로 호출하고 싶은 마음과 정말 하루에도 수십 번씩 싸웠더랬다.

단순히 디네힌의 속마음을 듣고 싶다는 이유만은 아니었다. 그가 비운 자리가 상상 이상으로 크게 느껴졌던 것이다. 디네힌이 티아마칸으로 유학을 떠났던 그 옛날 일이 다시 떠오를 정도였다. 그때도 며칠을 울었던가.

하지만 이번에는 고작 일주일인데. 그 짧은 기간, 그가 내 곁에 없다는 사실이 이렇게나 마음을 흔들 거라곤 상상도 하지 못 했다. 하루하루 날짜가 지나기만을 기다렸다. 이제 사흘. 이제 이틀. 마치 생일만 기다리는 아이처럼, 마음속으로 세면서.

그동안 왕궁은 탄신제의 사후 정리로 바빴다. 별궁까지 가득 채웠던 구혼자들과 그 측근, 호위 기사, 그리고 시종들이 모두 빠져나가고, 그 뒤처리도 마무리 단계에 이르러 있었다.

그에 따라 내게도 탄신제 이전의 원래 일상이 되돌아온 것처럼 보였다. 딱 두 가지의 예외 요소만 제외하고.

하나는 물론 디네힌의 부재였다. 그리고 나머지 하나가…….

"오늘 차도 더없이 훌륭하군요."

위딘이 찻잔을 든 채로 우아한 미소를 지으며 말했다.

"티티, 이 찻잎은 이름이 뭐죠? 향이 낯선데."

티티는 위딘이 자신에게 말을 걸자 놀라서 어깨를 흠칫했다가, 곧 얼굴을 붉히고는 '……리, 리엔베리라고 하옵니다, 황태자 전하.' 하고 답했다.

"그렇군요. 에오니르 특산물인가요?"

"아니요. 남부의 리빌티 공국에서 보내 준 거랍니다."

내가 끼어들어 말했다. 그 또한 내 이름 앞으로 들어온 공물 중 하나였다.

"호오, 그렇습니까."

위딘은 그렇게 말한 뒤, 다시 티티를 보고 생긋 웃었다.

"아무튼 고마워요, 티티."

"화, 황공하옵니다, 황태자 전하."

티티는 여전히 빨개진 얼굴로 꾸벅 고개를 숙였다. 그녀는 빠르게 차 도구를 정리하고 도망치듯 뒤로 물러났다.

나는 복잡한 기분으로 위딘을 쳐다보았다. 하지만 그러거나 말거나, 그는 어디까지나 기품 있는 태도로 차 향을 음미하고 있었다.

그렇다. 다른 쉰네 명의 구혼자가 전부 자신의 나라로 돌아간 이 시점에 단 한 명, 위딘만이 여태껏 타나수르에 남아 있었다. 그리고 그는 어느새 이렇게 오후 티타임마다 나와 동석해 차를 마시는 것을 정해진 일과로 삼고 있었다.

그뿐만이 아니었다. 이틀에 한 번꼴로 오찬이나 만찬을 함께 하고, 그것으로도 모자라 몇 번씩이나 데이트 신청을 하고, 그게 안 된다고 하니 승마니, 정원 일이니, 아무튼 왕궁 안에서 할 수 있는 건 죄다 한 번씩 같이하자고 말을 걸고 있었다.

이러니저러니 해도 메르토니아의 황태자 신분이고, 나의 구혼자 입장으로 방문한 만큼 지금까지는 대놓고 귀국 문제를 거론하기가 어려웠던 것이 사실이었다.

하지만, 거기에도 정도라는 것이 있었다. 마침내 위딘에 대한 이야기가 오늘 아침 어전 회의에 주제로 올라왔다.

―이대로는 곤란합니다.

외교 대신, 히셀 후작은 처음부터 결론을 그렇게 지어 놓고 이야기를 시작했다.

―위딘 황태자는 이미 그저 구혼자들 중 한 명이라기보다는 공

공연한 약혼자 같은 태도로 궁에 머무르고 있습니다. 이대로는 자 칫하면 다른 나라들의 반감을 살까 우려가 됩니다.

그는 거기까지 말하고 헛기침을 했다.

─실은 그렇지 않아도 어제 티아마칸에서 사신이 막 도착한 참 입니다. 위딘 황태자는 도대체 언제 귀국하는 거냐고 묻더군요. 황제 폐하께서 굉장히 진노하고 계신 모양이랍니다.

길로프 재상은 고개를 끄덕였다. 그리고 입을 열었다.

─그렇군요. 지금까지는 어쩔 수 없이 그저 지켜보기만 했지만, 슬슬 우리 쪽에서도 손을 써야 할 것 같습니다.

그리고 그는 나를 돌아보았다. 그 뒤를 따르듯 회의실 내 모 든 신하들의 눈이 나를 향했다. 길로프 재상은 평소와 다름없 는 무표정한 얼굴로 말했다.

─부탁드립니다, 여왕 전하.

바로 몇 시간 전에 있었던 일이다.
하여튼 지네들 아쉬운 일만 나 시키지.
알고는 있다. 누군가 대표로 위딘에게 말한다면 그건 당연히 내가 되어야 하겠지.

하지만 머리로 아는 것과 기분 문제는 전혀 별개였다. 처음에는 메르토니아의 황태자인 만큼 그 대접에 미흡한 점이 없어야 할 거라며 이러쿵저러쿵하더니, 그놈의 티아마칸에서 사신 하나 도착했다고 이렇게 싹 태도를 뒤집을 수 있는 건가.

고얀 놈들. 아무튼 이놈이고 저놈이고 죄다 내 신하인지 카야르 신하인지 모르겠다니까.

그런 마음속의 분노는 드러낼 길도 없이, 나는 조용히 위딘을 바라보았다. 그는 나와 달리 지극히 평화롭고 즐거운 한때를 보내고 있는 것처럼 보였다.

"황태자 전하."

"예, 여왕 전하. 말씀하십시오."

위딘은 부드러운 미소를 지으며 말했다.

"라피에게 형제자매들이 몇이나 있다고 하셨죠?"

라피는 위딘이 내게 선물한 새끼 고양이의 이름이었다. 결국 위딘이 지어 주었다. 다른 형제자매들의 이름인 미라와 피니의 중간을 따서 지은 이름이었다. 다 같이 태어났는데 왜 그 애만 이름이 없었던 거냐고 묻자, 그는 싱긋 웃으며 말했더랬다.

—여왕 전하께 드릴 선물로 미리 정해 두었거든요. 이름을 짓는 즐거움을 빼앗고 싶지 않았습니다.

내 질문에 위딘은 잠시 기억을 떠올리듯 미간을 좁혔다.

"다섯입니다, 전하. 라피를 제외하면 넷이 되겠군요."

"그렇군요. 못 본 사이에 라피만큼이나 많이 컸겠어요."

"예, 전하. 그렇겠지요."

라피만 해도 아직 한 달도 채 지나지 않았건만 처음 봤을 때와 비교해 확연하게 자라 있었다. 한날에 태어난 형제자매들이라면 그들도 아마 비슷하리라.

"보고 싶지 않으세요?"

내가 조금 뜸을 들이다 그렇게 묻자 위딘이 나를 바라보았다. 나는 그에게서 시선을 피한 채로 찻잔을 입으로 가져갔다. 어지간히 눈치 빠른 사람이니 아마 이것만으로도 충분히 알아들었겠지.

"아니요."

위딘이 말했다. 나는 고개를 들어 그를 보았다.

"여왕 전하를 눈앞에 두고서 어찌 딴생각이 들겠습니까. 저는 이렇게 전하를 제 눈에 담고 있을 때가 제일 행복합니다."

그는 말했다. 그리고 웬만한 여자들은 그냥 넋을 잃어버릴 듯한 매혹적인 미소를 지었다. 그 증거로 티티를 포함한 주위의 시녀들이 일제히 그를 바라보았다.

물론 나는 아니었다. 마주 미소 짓긴 했어도 속으로는 오히려 비할 데 없는 극심한 피로감을 느꼈다.

아, 몰라. 될 대로 되라지.

"아무리 그래도 이제 슬슬 본국에 돌아가 보셔야 하지 않겠어요?"

나는 생긋 웃으며 직격탄을 날렸다.

"모르긴 몰라도 위딘 전하를 기다리고 계신 분들이 많을 거라고 생각되는데요. 공무적으로도 그렇고요."

하지만 그렇게까지 대놓고 이야기했음에도 불구하고 위딘의 표정에는 전혀 동요가 없었다. 그는 마주 싱긋 웃으며 말했다.

"괜찮습니다. 아무 문제 없을 테니까 걱정하지 않으셔도 됩니다. 전에도 말씀드렸죠? 메르토니아에는 우수한 인재가 아주 많다고요."

제가 댁네 나라 사정을 걱정해서 이러는 게 아니잖아요. 우리한테 민폐란 말입니다.

……역시 아무리 그래도 그런 소리는 도저히 입 밖으로 낼 수가 없었다.

"그래도 황위 계승자이신 위딘 전하 본인이 아니면 누구도 대신할 수 없는 일이 분명히 있을 거라고 생각하는데요."

"아뇨, 그렇지 않습니다. 말씀드렸지 않습니까? 저는 여왕 전하를 위해서 황위를 포기할 준비가 되어 있다는 것을요."

위딘은 말했다.

"아, 그러고 보니 본국에 그 이야기를 하는 걸 잊었네요. 오늘이라도 사람을 보내서……."

"아뇨, 잠깐, 잠깐만요. 위딘 전하."

나는 그가 뒤돌아 시종을 찾는 것을 황급히 손을 들어 제지했다. 위딘은 다시 나를 보았다.

"예, 여왕 전하."

"아직 그렇게 서두를 만한 일은 아니지 않을까요? 무엇보다 제가 위딘 전하의 청혼을 수락한 것도 아니고……."

"아아, 그렇군요."

위딘은 마치 잊고 있었다는 듯한 태도로 말했다.

"하지만 그렇다 해도 결국에는 마찬가지일 거라고 생각합니다만."

"어찌하여 그렇습니까?"

"일전에도 말씀드렸다시피 여왕 전하와 함께하지 못한다면 어차피 제가 황후를 맞는 날은 오지 않을 테니까요. 후사를 생산하지 못하는 황제 따위 누구도 바라지 않을 것 아닙니까."

할 말을 잃고 위딘을 쳐다보자 그는 화사하기 그지없는 미소를 지었다. 그 모습에 또다시 피로가 쏟아졌다.

대체 저 인간을 어떡하면 좋을까.

나는 테이블 옆 의자 위의 라피를 보았다. 방석 위에서 몸을 말고 자고 있는 라피가 그렇게 부러울 수가 없었다. 잠깐이라도 몸을 바꿀 수 있다면 얼마나 좋을까. 가능하면…… 그래, 디네힌이 돌아오는 내일까지 단 하루만이라도.

"무슨 근심이라도 있으십니까, 전하."

위딘이 물었다. 나는 어처구니없는 기분으로 다시 그를 쳐다보았다. 그걸 몰라서 묻니?

"그래 보이시나요?"

"예. 여왕 전하의 아름다운 눈동자에 애수가 어려, 그것을 배견拜見하고 있는 제 마음까지도 슬픔에 젖는 것만 같습니다."

결국 나는 쓴웃음을 짓고야 말았다. 아무튼 이 남자는 나의 대외용 가면을 벗기는 데 탁월한 재주가 있다. 위딘처럼 눈치 빠른 인물이 설마 진짜로 몰라서 이런 소리를 할 리는 없겠지. 즉, 일부러 나를 놀리고 있는 거다.

어떻게 대응하면 좋을까. 확 정색하고 화를 내 버려? 그리고 그걸 구실로 자기 나라로 쫓아 버리는 거다. 그래, 그러자.

마음속으로 결정을 내리고 막 실행에 옮기려는데 위딘의 말이 들렸다.

"디네힌 버트로스 후작 때문인가요?"

그 한마디에 완전히 허를 찔렸다. 나는 또 한 번 표정 관리에 실패한 채로 멍하니 위딘을 쳐다보았다.

"탄신제 이후로 그의 모습이 보이지 않더군요. 소문으로는 탄신일 밤 외출 건으로 근신 처분을 받았다지요. 그날 여왕 전하께 처음 제안을 드린 입장으로서 저도 책임을 느끼는군요."

평소와 다를 바 없이 온화해 보이는 그의 눈동자가 마치 나를 탐색하는 것처럼 느껴졌다.

"그 때문인가요? 여왕 전하께서 요즈음 계속 기운이 없으셨던 것이."

뭐라 대답할 수가 없었다.

따지고 보면 놀라운 일은 아니었다. 위딘은 가면무도회 때 내가 디네힌과 그러는 것을 바로 옆에서 봤으니까. 하지만 그때도, 또 그 이후로도 그 일에 대해서는 일절 묻거나 언급하지 않았는데, 이제 와서 이렇게 치고 들어올 줄이야.

"그를 많이 아끼시나 봅니다."

위딘은 말했다.

"하긴 어릴 적 소꿉친구니 당연하겠지요. 게다가 지금은 근위 기사 단장뿐 아니라 전하의 교사 역할도 겸하고 있다고 하니까요."

"……잘 알고 계시는군요."

나는 억지로 입가에 미소를 띠며 말했다. 하지만 목소리가 얼마간 싸늘해지는 것만은 어떻게 할 수가 없었다.

"네, 맞아요. 디네힌 경은 제게 있어서도, 에오니르 왕실에 있어서도 중요한 사람입니다. 결코 다른 이로 대신할 수 없는 인재죠. 그렇지만 왜 지금 그의 이름이 거론된 건지 모르겠군요. 황태자 전하께서 기대하시던 대답이 이게 맞나요?"

나는 위딘을 쳐다보며 말했다. 그는 미묘한 미소를 띤 채로 내 시선을 마주하고 있다가, 이윽고 다시 입을 열었다.

"실은 전부터 조금 의아하게 생각했습니다."

위딘은 말했다. 그는 찻잔 옆에 놓인 티스푼을 손가락으로 쓰다듬고 있었다.

"왜 그가 구혼자들 사이에 끼어 있지 않은지에 대해서 말이지요."

그 말에 순간 목덜미가 차가워졌다.

"버트로스 후작 정도면 정식으로 그 대열에 끼더라도 이상할 게 없습니다. 아니, 오히려 끼지 않은 것이 이상하지요. 재상의 장남이니까요. 그것만으로도 동기는 충분한데 그에게는 나이가 무색할 정도의 능력과 지위, 게다가 여왕 전하와 남다른 인연까지 있습니다.”

그렇게 말하며 그는 쓰다듬고 있던 티스푼을 툭 밀었다. 스푼의 머리 부분이 찻잔에 부딪치면서 챙, 하고 맑은 소리가 울렸다.

“의아하게 여길 만하다고 생각하시지 않습니까?”

나는 입을 다문 채로 위딘이 찻잔을 입으로 가져갔다가 내려놓는 것을 바라보았다.

“그런데 알고 보니 그 혼자만이 아니더군요. 그 많은 구혼자들 가운데 이 나라 출신의 인물은 단 한 명도 없었습니다. 자국 여왕의 배우자 후보로, 아무리 그래도 하나쯤은 이름을 올리고 있을 법한데도 말이죠.”

이상하지요, 하고 위딘은 말했다.

“물론 에오니르의 입지를 생각하면 이해할 수 없는 일도 아닙니다. 구혼자들에 대한 대우만 봐도 알 수 있지요. 대부분의 다른 구혼자들은 이렇게 개인적으로 여왕 전하를 만나 뵐 기회조차 얻지 못했으니까요. 오직 저와 티아마칸의 황제, 둘뿐이었지요. 특권을 누리는 입장에서 이런 말씀을 드리는 것도 좀 그렇습니다만.”

위딘의 지적은 통렬했다.

그렇다. 이것이 에오니르의 현실이었다. 충분히 알고 있다고 생각했지만 타국의 인물, 그것도 메르토니아의 황태자에게 들으니 그 충격이 제법 거셌다.

디네힌이 구혼자 후보로 나서지 않은 것은 단순히 그가 그 자리에, 그리고 나에게 관심이 없기 때문이라고만 생각했다. 실제로 그는 재회 이후 내 마음을 얻으려 하기는커녕 선을 그으려고만 했으니까.

길로프 재상도 마찬가지였다. 그가 권력에 욕심이 있는 인물이었다면 예언대로 이루어질 아이의 아비 자리에 자신의 장남을 후보로 밀지 않았을 리 없었다. 그러나 그는 그런 사람이 아니었고, 그래서 의심해 본 적도 없었다.

하지만 아주 최근, 다른 방향으로 의혹의 불씨가 생겨났다. 만약 디네힌이 내 남편이 되는 것에 관심이 없는 게 아니었다면. 그가 필요 이상으로 내게 선을 그으려고 했던 이유가 혹 타의에 의한 것이었다면.

그 압력의 근원지는 단 하나밖에 떠올릴 수 없었다. 나를 제외하고 그를 움직일 수 있는 단 한 사람, 바로 길로프 버트로스 재상이었다.

그전까지는 전혀 그를 의심하지 않았다. 아바마마가 그러셨던 것과 마찬가지로, 그 역시 배우자 선택에 있어서는 아무런 의견도 내놓지 않고 온전히 내게 맡기는 듯한 자세를 취했기 때문이었다.

아바마마가 생전에 하셨던 말씀이 있다. 바로 '길로프의 판단이라면 믿어도 된다'라는 것이다. 그는 타고난 냉철함과 자로 잰 듯한 판단력으로 언제 어느 때라도 합리적인 결론을 도출해 냈다.

사사건건 티아마칸의 눈치만을 살피는 다른 신하들과 달리 그는 늘 철저한 중립이었고, 온전히 에오니르만을 위했다.

그가 있었기에 아바마마의 승하 이후 아무것도 모르는 내가 왕좌에 오른 뒤에도 에오니르는 무너지지 않았고, 전과 같이 티아마칸과 메르토니아 사이에서 외교적 균형을 유지할 수 있었던 것이다.

그렇기에 만약 그가 의도적으로 디네힌을 포함한 다른 에오니르 출신 귀족들을 나의 배우자 후보에서 솎아 낸 거라면. 그리고 카야르가 아니면 위딘, 즉 티아마칸과 메르토니아로 후보를 좁혀 놓고 있었던 거라면. 그것은 즉, 길로프가 그것이 에오니르를 위한 길이라고 판단했다는 뜻이 된다.

충분히 가능한 일이었다. 아바마마와 달리 길로프는 처음부터 예언을 믿지 않는 듯한 태도를 고수해 왔기 때문이다.

식은땀이 흘렀다. 위딘의 말을 듣기 전까지는 작은 의혹에 불과했던 그것이, 순식간에 바윗덩이와도 같은 무게를 지고 내 어깨를 내리누르고 있었다.

만약 길로프가 그렇게 생각한 것이 맞다면. 또 내가 그것이 옳다고 납득해 버리게 된다면. 나는 과연 여왕으로서 그것을 외면할 수 있을 것인가.

"여왕 전하?"

위딘이 불러, 나는 퍼뜩 생각에서 깨어났다. 그는 어딘지 모르게 씁쓸한 느낌이 드는 미소를 짓고 있었다.

"죄송합니다. 전하께서 그런 표정을 지으시게 만들 생각은 없었습니다."

"그럼 어떤 생각이셨나요."

나는 가라앉은 목소리로 물었다.

"전에 한번 말씀드렸는데, 기억하실지 모르겠습니다."

"무엇을 말씀하시는 건지요."

내 질문에 위딘은 잠시 침묵했다가, 조용히 말했다.

"왕이라는 것이 그렇게 신나기만 하는 자리는 아니라고 말입니다."

나도 모르게 미간에 주름이 모였다.

"말씀하고 싶으신 게 뭡니까. 저를, 그리고 에오니르를 모욕하시는 거라면 용납하지 않겠습니다."

내 날 선 반응에 이번엔 위딘이 표정을 굳혔다.

"아닙니다, 전하."

"아니라고요? 그러나 저는 그 외에 달리 해석할 방법을 찾을 수가 없군요. 황태자 전하의 추측을 부정하지는 않겠어요. 편하신 대로 생각하십시오. 하나 이것만큼은 전하께서 명심해 주시길 바랍니다."

나는 자세를 바로 한 다음, 위딘의 눈을 똑바로 쏘아보며 말했다.

"저는 이 에오니르의 여왕입니다. 신나서 앉은 자리는 아니지만, 그렇다고 포기하거나 그 책임을 유기할 생각은 추호도 없습니다. 앞으로 어떠한 이유로 누구를 배우자로 선택한다고 하더라도 그것은 온전히 저의 의지가 될 것입니다."

위딘은 입을 다물고 나를 바라보았다. 그의 눈동자는 한없이 차분했다. 이런 때조차 동요를 보이지 않았다.

"차 잘 마셨습니다. 먼저 실례하지요."

나는 그렇게 말하고 자리에서 일어나 성큼성큼 걸었다. 티티와 오트가 놀라 달려와 내 드레스 자락을 잡았다. 위딘도 서둘러 몸을 일으키더니 내 쪽으로 뛰어왔다.

"여왕 전하. 잠시만 기다려 주십시오."

"죄송합니다. 다음 일정이 있어서요."

"제 발언이 경솔했습니다. 전하의 심기를 불편케 했다면 부디 용서해 주십시오."

"어머나. 그런 일 없습니다. 설사 그랬다 하더라도 제가 어찌 감히 용서하고 말고 할 수 있겠습니까, 메르토니아의 황태자 전하를요."

나는 위딘이 특권 운운했던 것을 빗대어 생긋 웃으며 그렇게 말했다. 위딘의 눈동자가 곤란한 빛으로 흐려진 사이, 나는 묵례를 하고 그를 지나쳐 응접실 홀을 빠져나왔다.

나는 내실로 돌아와 티티에게 한동안 혼자 있고 싶다고 일렀다. 그리고 침실 소파에 앉아 위딘에게 들은 말을 조용히 곱씹었다.

그의 말이 맞았다. 나는 심기가 불편했다. 다만 위딘 때문이 아니었다. 그에게 울컥한 반응을 보였던 것은 정말로 화가 나서가 아니라, 그 순간에 그럴 필요성이 있었기 때문이다.

정말로 중요한 것은 위딘이 했던 말이 아니었다. 그의 말이 가져온 깨달음이었다.

탄신제 마지막 날 밤에 처음 생겨난 그 의혹이 사실이라면. 그 배경에 있는 것이 정말로 길로프라면. 나는 어떻게 하면 좋은 걸까.

─길로프에게 의지하거라. 그의 지혜와 충성심은 다른 자와 비할 바가 못 된다.

나는 아바마마의 유일한 유언을 다시 한 번 떠올렸다. 아바마마는 내게 다른 것은 아무것도 강요하지도, 당부하지도 않았다. 오직 그 한마디였다.

라피가 작은 소리로 울었다. 내려다보니 라피는 내 발치에서 자신의 몸을 발목 근처 드레스 자락에 부비고 있었다. 나는 라피를 안아 올려 품속에 껴안았다. 그리고 눈을 감고 한동안 그 심장 소리를 들었다.

다음 날, 어전 회의가 끝난 뒤 회의실을 빠져나오는데 뒤따라 나오는 이가 있었다. 바로 길로프 재상이었다.

"여쭙기 송구하오나, 여왕 전하. 메르토니아의 위딘 황태자의 의중은 혹시 떠보셨는지요."

나는 잠시 말없이 길로프의 얼굴을 바라보았다. 그러나 그는 대답을 재촉하지도, 얼굴에 의아한 빛을 떠올리지도 않았다. 그저 기다렸다.

그는 본래의 나이를 생각하면 놀라울 정도로 젊어 보이는 외모로 유명했다. 그야 그렇겠지. 이렇듯 늘 무표정으로 일관하고 있으니 주름이 생길 일도 없는 것이다.

"이야기했어요. 하지만 그는 본국으로 돌아갈 마음이 별로 없어 보이더군요."

나는 시선을 내리깔면서 말했다.

"혹시 질문의 요지가 제대로 전달되지 못했을 가능성은 없는지요."

"네. 없어요. 꽤 대놓고 말했거든요."

"곤란하군요."

나는 쓴웃음을 지었다.

"정말로 곤란한 게 맞나요?"

그 말에 길로프가 내 눈을 보았다. 질문의 의미를 묻는 듯한 눈빛이었다.

당신의 의도대로라면 위던은 겨우 둘밖에 안 되는 후보 중 하나 아닌가요? 아, 혹시 나머지 하나, 카야르 때문인가요? 그쪽 눈치를 보려면 일단은 돌려보낼 필요성이 있다는 거죠? 과연 균형 유지의 달인답네요!

그런 말들이 순식간에 목구멍까지 올라왔지만, 나는 가까스로 그것을 삼켰다. 나는 고개를 돌려 뒤를 따른 시종장 벨리엔에게 물었다.

"디네힌 경의 근신, 분명 오늘 풀리게 되어 있었죠. 그는 복귀했나요?"

벨리엔은 갑작스러운 질문에 잠시 당황한 듯했으나, 금방 고개를 조아리며 답했다.

"예, 전하."

"그래요. 그럼 30분 후 제 집무실로 들라 하세요."

"알겠습니다, 전하."

나는 다시 길로프를 돌아보았다.

"위딘 황태자에 대한 문제는 걱정하지 마세요. 제가 알아서 해결할 테니까요."

길로프는 내 말에 아무런 반응도 보이지 않았다. 여전히 무표정한 얼굴로 가만히 나를 응시하고 있을 뿐이었다.

"왜 그러세요, 길로프 공. 제가 못 미더우신가요?"

"설마요."

길로프는 말했다. 너무 빠르지도, 늦지도 않은 완벽한 간격의 대답이었다.

"여왕 전하만 믿고 있겠습니다."

길로프는 머리를 숙여 내게 인사를 하고, 함께 걷던 반대 방향으로 멀어져 갔다. 나는 그 뒷모습을 차가운 눈길로 보다가, 이윽고 돌아서 발길을 옮겼다.

"여왕 전하, 디네힌 버트로스 후작이 뵙기를 청합니다."

지금쯤 올 때가 되었다고 생각했더니 어김없었다.

"들라 하세요."

곧 집무실 문이 열리고 디네힌이 안으로 들어왔다. 그리고 그의 모습을 보는 순간, 기다렸다는 듯이 세차게 가슴이 뛰기 시작했다. 미리 마음의 준비를 했는데도 소용이 없었다.

아무리 노력해도 태연하게 그를 바라볼 수가 없었다.

어째서일까. 늘 보던 얼굴인데. 바로 일주일 전까지만 하더라도 아무렇지도 않았는데, 그때가 마치 머나먼 과거처럼 느껴질 정도였다.

불행인지 다행인지 디네힌 역시 나를 똑바로 쳐다보려고 하지 않았다. 그는 눈을 내리깐 채 내가 앉아 있는 책상 앞으로 다가와 한쪽 무릎을 꿇었다. 그리고 고개를 숙이자 반짝이는 그의 은발이 어깨 아래로 쏟아졌다.

"부르셨다고 들었습니다."

"디네힌 경."

나는 입을 열었다. 떨리는 목소리를 내지 않기 위해 있는 힘껏 노력해야만 했다.

"오랜만이네요. 그간 무탈하셨나요."

"예, 염려해 주신 덕분에. 그동안 여왕 전하의 곁을 비움으로써 제 소임을 다하지 못한 것을 용서해 주십시오."

"용서라뇨. 디네힌 경의 본의도 아니었는걸요. 오히려 경을 지켜 주지 못한 내가 사과하고 싶네요. 당신에게는 아무런 잘못도 없는 것을."

"당치 않습니다. 말씀을 거둬 주십시오."

디네힌은 그렇게 말하며 고개를 더 깊이 숙였다. 나는 조용히 물었다.

"디네힌 경은 이번 근신 처분이 타당하다고 생각했나요?"

내 말에 그는 잠시 침묵했다가, '······그것은 제가 판단할 수 있는 사안이 아니라고 생각합니다.' 하고 말했다.

"타당하지 않다는 뜻이로군요."

"그렇지 않습니다. 그날 밤 외출은 충분한 준비와 호위 병력이 없는 채로 이루어졌습니다. 여왕 전하의 안위를 지키는 것이 제 역할인 만큼, 그 책임도 당연히 저에게—"

"그 말이 아니에요. 제 말은, 경은 정말로 그날 밤의 외출이 이번 근신의 이유라고 생각하느냐는 겁니다."

디네힌은 입을 벌린 채로 말을 멈췄다.

"메르토니아의 위딘 황태자가 그러더군요. 디네힌 경이 나의 배우자 후보가 아닌 것이 이상하다고요."

"······."

"그뿐만이 아니었어요. 이번 탄신제에 초대된 구혼자들 중에서 에오니르 출신 남성이 단 한 명도 없었다는 지적도 하더군요. 앞선 이야기는 디네힌 경이 그저 그럴 마음이 없다는 것으로 설명이 가능하겠지만, 후자는 확실히 이상하죠. 전 대륙이 경쟁에 뛰어들 정도로 매력적인 혼담에 정작 우리나라 남성들이 끼지 않는다는 것이 말예요."

나는 잠시 침묵했다가 다시 입을 떼었다.

"이런 말도 했어요. 구혼자들 중에서도 자신과 카야르 황제에게만 대우가 다르다고요. 마치 에오니르 왕가에서 그 두 사람만 배우자 후보로 정해 놓기라도 한 것처럼 말이죠."

나는 천천히, 한마디 할 때마다 디네힌의 반응을 확인하면서 말했다. 하지만 그는 입을 굳게 다문 채로 아무 말이 없었다.

"다시 묻죠. 디네힌 경은 길로프 공이 당신에게 근신을 명한 이유가 정말로 그날 밤의 외출 때문이라고 생각하나요?"

디네힌은 대답하지 않았다.

그는 한쪽 무릎을 꿇고 고개를 숙인 자세 그대로 굳어 있었다. 마치 참회하는 기사의 석상처럼.

"디네힌 경. 대답하세요."

"……여왕 전하."

"거짓을 고한다면 용서치 않겠습니다. 솔직하게 대답하세요."

"여왕 전하. 저는……."

"그대가 섬기는 자가 누구죠? 여왕인 나인가요, 그대의 아버지인가요?"

침묵이 흘렀다.

이윽고 디네힌이 낮게 깔린 목소리로 입을 열었다.

"제가 섬기는 분은, 오직 여왕 전하 단 한 분뿐입니다."

그렇게 말하면서도 그는 고개를 들지 않았다. 집무실에 처음 들어왔던 순간부터 지금까지 줄곧, 그는 날 보려 하지 않았던 것이다.

나는 마른 입술을 침으로 축였다.

"디네힌 경."

"예, 전하."

"고개를 드세요."

천천히, 디네힌은 고개를 들었다. 그러나 그의 시선은 여전히 내 눈이 아닌, 그보다 낮은 곳에 머물고 있었다.

"디네힌 경."

나는 입술이 희미하게 떨리는 것을 느끼며 재차 명했다.

"제 눈을 보세요."

디네힌은 자신의 무릎께에 시선을 고정한 채로 굳어 있었다. 나는 너무도 그에게 집중한 탓에 그 공백이 짧았는지 길었는지조차 가늠할 수가 없었다.

마침내 디네힌이 나를 올려다보았다. 그 즉시 나는 숨을 멈췄다. 내가 잘 알고 있다고 생각했던 그의 남색 눈동자가 지금까지 본 적 없던 낯설고 강렬한 빛을 내뿜고 있었다.

그것은 어린 시절 한없이 다정하던 오빠의 눈과도, 나와의 사이에 선을 긋던 차가운 기사의 눈과도, 가면무도회가 열린 밤 나를 보던 애틋한 눈과도 전혀 달랐다. 그것은 내 시선을 꽉 붙잡고 빨아들여, 결코 자신에게서 벗어나는 것을 허용치 않으려는 것처럼 보였다.

그 눈을 본 순간 모든 것이 달라졌다. 나는 이제 결코 예전의 우리로 돌아갈 수 없음을 알았다.

"……디네힌 경."

겨우 벌린 입술 사이로 숨 가쁜 목소리가 새어 나왔다.

"오빠."

그 말에 그의 눈동자가 흔들렸다.

"말해 봐. 왜 내가 카야르와 결혼하는 게 싫은 거야?"

그는 무릎 위에 얹고 있던 손을 꽉 움켜쥐었다.

"말해 봐. 왜 그런 거야? 왜 가면을 쓰고 나한테 댄스를 청한 거야? 그래 놓고 왜 아닌 척했어? 그러면 내가 모를 거라고 생각했어?"

그의 입이 벌어졌다. 하지만 아무 말도 나오지 않았다.

"왜 그런 말을 한 거야. 뭘 추억으로 간직하겠다는 거야. 왜 그런 거냐고."

그는 이를 악물었다.

"……오빠."

"전하를 사랑하기 때문입니다!"

마침내 디네힌이 토해 내듯이 외쳤다. 순간 숨이 멎는 것 같았다. 눈앞이 하얗게 변하고, 온몸에 찌르르 전기가 올랐다.

"지금 뭐라고……."

"전하를 사모하고 있습니다."

디네힌이 이번엔 조용히, 속삭이는 듯한 목소리로 말했다. 그의 얼굴엔 체념한 듯한 미소가 떠올라 있었다.

"그 오래전, 이미 기억하지도 못하는 아득한 옛날부터 줄곧, 전하를 사모하고 있었기 때문입니다."

"그게…… 정말인가요?"

나는 떨리는 목소리로 물었다.

"그렇습니다."

디네힌은 말했다.

사실 물어보지 않아도 알 수 있었다. 이미 그의 표정이 모든 것을 말하고 있었다. 10년의 세월이 지나 딴판으로 변했음에도 불구하고 어렸을 적 내가 알던 오빠의 얼굴이 순간 겹쳐 보였을 정도로, 그것은 다정하고 또 애틋했다.

그럼에도 불구하고 묻지 않을 수 없었다.

"왜 여태껏 이야기하지 않았던 거예요?"

디네힌은 대답 대신 고요한 눈빛으로 나를 바라보았다. 마치 가면무도회 날 밤에 그랬던 것처럼.

돌이켜 보면 그전에도 이따금씩 디네힌이 이렇게 말없이 나를 쳐다볼 때가 있었다.

사실은 이미 그때부터 그랬던 걸까. 입 밖으로 낼 수 없는 마음을 어찌할 도리도 없이, 오로지 내가 알아채 주기만을 바라면서 이렇게 나를 바라보았던 걸까. 몇 번씩이고.

목 안으로 울음이 차올라, 나는 그것을 힘겹게 되삼켰다.

"제가 어찌 감히 그럴 수 있겠습니까."

디네힌은 나지막이 말했다.

"여왕 전하께서는 돌아가신 선왕 전하의 단 하나뿐인 따님이며 이 나라에서 가장 고귀한 분이십니다. 그리고 이제는 전 대륙의 이름 있는 모든 왕가가 다투어 전하와의 혼약을 원하고 있지요. 그런데 감히 저 같은 사람이 어떻게……."

"그런 게 무슨 상관이에요!"

나는 자신도 모르게 목소리를 높였다.

"게다가 디네힌 경이 어디가 어때서요. 능력으로나 신분으로나 이 에오니르에 당신만 한 사람은 없어요. 내 배필감으로는 충분하고도 남는다고요."

"아뇨, 부족합니다."

"무슨 기준으로 부족하다는 거죠? 그걸 대체 누가 판단하는데요. 당신 아버지인가요?"

디네힌은 대답하지 않았다. 나는 입술을 깨물었다.

"그럼 누구라면 부족하지 않죠? 어느 정도가 되어야 충분한가요. 카야르 황제인가요? 위딘 황태자인가요?"

디네힌의 표정이 굳어졌다.

"그 누구도 여왕 전하께는 부족합니다. 결코 충분한 이 따위는 없습니다."

그는 정색하고 단언해 나는 순간 할 말을 잃고 그를 바라보았다.

"여왕 전하께서는 너무 어렸기에 아마 기억하지 못하시겠지요. 저는 전하를 처음 뵙던 순간을 아직도 선명하게 기억하고 있습니다."

이윽고 그가 조용히 입을 열었다.

"응접실 창 전체로 들어오던, 그날따라 유달리 환했던 햇살과, 그 빛을 받아 눈부시게 빛나던 전하의 황금색 머리칼과 티 없는 미소를 기억합니다. 전하께서 네 살, 제가 열한 살이었지요. 알 만한 나이였음에도 불구하고, 부끄럽게도 저는 전하께서 천사가 아닐까 생각했습니다."

디네힌은 잠시 말을 멈추고 미소를 지었다. 보는 사람의 마음마저 따뜻하게 만드는 온기 어린 미소였다.

"그런 전하를 보며 멍하니 넋을 놓고 있다가, 옆에 있던 아버지가 주의를 주고 나서야 허둥지둥 무릎을 꿇으며 인사를 드렸죠. 기억하십니까? 여왕 전하께서는 그전까지 선왕 전하의 품에 안겨 어리광을 부리고 계셨는데, 저를 보는 순간 곧바로 바닥으로 내려오셨습니다. 그리고 옷매무새를 다듬고는 제게 손을 내밀며, 아직 혀가 짧아 어눌한 발음으로 '반가워요, 소공작. 제가 1왕녀 리유나입니다.'라고 말씀하셨죠."

내 기억에는 전혀 남아 있지 않은 일이었다. 정작 당사자는 민망함에 뺨이 달아오르는데, 디네힌은 진지하다 못해 엄숙하기까지 한 표정을 짓고 있었다.

"여왕 전하께서는 그런 분이십니다. 이 세상 그 누구보다도 아름답고, 고귀하고, 그러면서도 다정하고 상냥한 마음을 지니신 분입니다."

그는 선언하듯이 말하곤 이윽고 조용히 중얼거렸다.

"그 누구도 전하에게는 부족합니다. 그 누구도……."

가슴속이 뜨거워졌다.

아니에요, 오빠. 적어도 한 명, 부족하지 않은 사람이 있어. 이미 돌아가신 아바마마와 어마마마, 그리고 다난 오라버니를 대신해 진짜 가족처럼, 이 세상 어떤 남자도 나한테는 부족하다 말해 주는 사람. 나를 소중하게 아껴 주는 사람. 내가 예언의 아이를 낳을 운명이든 아니든 전혀 신경 쓰지 않는 사람.

"……오빠."

나는 작은 목소리로 그를 불렀다.

"아까 했던 말, 한 번만 더 해 줘. 아까…… 뭐라고 그랬어? 나를 계속…… 어떻게 생각했다고 했어?"

디네힌은 말없이 나를 바라보다가, 잠시 시선을 떨어트렸다. 이윽고 다시 그의 눈동자가 나를 향했을 때, 그 안에는 오롯이 빛나는 의지가 있었다.

"사랑합니다."

"……다시 말해 봐요."

"사랑합니다.

"한 번 더."

"전하를 사랑합니다."

디네힌은 나를 똑바로 바라보며 분명하게 말했다.

"몇 번이고 말씀드릴 수 있습니다. 제 평생 단 한 분, 오직 여왕 전하만을 사랑했고, 앞으로도 그럴 것입니다."

나는 곧장 책상에서 일어나 디네힌에게 달려갔다. 그리고 놀라서 몸을 일으키는 그를 힘껏 껴안았다.

"……전하."

나는 디네힌의 가슴에 얼굴을 묻은 채로 힘껏 도리질을 쳤다. 아무 말도 하지 마. 지금만은, 아무 말도.

소리 없는 외침이 전해졌는지 그는 더 이상 말이 없었다. 보기에 조금 말랐다 싶었던 그의 몸은 막상 껴안아 보니 마치 거목처럼 두텁고 단단했다. 얇지 않은 재질의 기사단 제복 너머로 그의 가슴과 등을 덮고 있는 근육의 형태가 고스란히 느껴져, 공연히 얼굴이 더 달아올랐다.

나는 디네힌의 왼쪽 가슴에 귀를 바싹 붙이고 심장 소리를 들었다. 내 맥박을 삼키며 고동치는 그 강한 울림이 너무나도 든든하고 사랑스럽게 느껴졌다.

이 사람이구나, 생각했다. 그동안 했던 숱한 고민들이 무색해지도록, 나는 그 한순간에 이유도 없이 그저 알았다. 이 사람이라고. 예언도, 탄신제도, 그 모든 것이 이 사실을 깨닫기 위한 과정이었던 거라고.

아바마마, 고마워요. 난 이 사람을 선택하겠어요.

"전하."

디네힌이 속삭여 나는 고개를 들었다.

"전하, 떨어져 주십시오. 곤란합니다."

"조금만, 조금만 더."

"전하."

"……안 돼?"

내가 치뜬 눈으로 디네힌을 올려다보며 묻자, 그는 입을 다물고 빳빳하게 굳었다. 그의 얼굴은 실로 복잡하고도 심각해서 내가 알 수 없는 숱한 감정들이 격전을 벌이고 있는 것처럼 보였다.

이윽고 그는 심상치 않은 목소리로 말했다.

"……정말로 곤란합니다."

결국 한숨을 쉬고, 하는 수 없이 디네힌에게서 떨어지자 그는 안심한 듯, 아쉬운 듯 알 수 없는 표정을 지었다.

나는 입을 삐죽이며 물었다.

"디네힌 경은 제가 싫으세요?"

"예?"

내 말에 그는 의아한 듯 미간에 주름을 새겼다.

"아까 디네힌 경 말대로라면 나는 평생 독신으로 살아야 되겠지만, 그럴 수 없다는 건 경도 잘 알고 있겠죠. 적어도 다음 해 생일까지는 누구 하나를 골라서 결혼해야만 해요. 디네힌 경은 그 누군가가 되고 싶지 않으세요?"

"전하."

"나와 결혼하고 싶지 않아요?"

"전하. 제가 어찌 감히……."

"결혼하고 싶은지 아닌지, 그것만 이야기하세요."

짧은 침묵 후에, 디네힌은 쓸쓸한 미소를 지었다.

"그런 꿈을 꾼 적이 없다고 한다면 전하께 거짓을 고하는 것이 되겠죠."

그는 고해하듯 나지막이 말했다.

"그렇지만 그것은 과욕이라고 생각했습니다. 이렇게 여왕 전하의 가장 가까운 곳에 있으면서 전하를 지켜 드릴 수 있는 것만으로도 분에 넘치는 행복이라고 여겼죠. 탄신제 전까지는요. 그때만큼은 제가 서 있는 이 위치가 원망스럽더군요. 왜 나는 다른 구혼자들 사이에 섞여 있을 수 없는 건지. 왜 나는 뒤에서 그들이 전하께 청혼하는 것을 보고만 있어야 하는 건지."

"그래서 가면무도회 때 다른 사람인 척 제게 댄스를 청한 건가요?"

"……예."

"제가 그때 얼마나 화가 났는지 아세요?"

"죄송합니다."

"누구 맘대로 혼자 포기하고 혼자 추억으로 간직하겠다는 거예요? 그런 건 절대로 용납할 수 없습니다."

디네힌은 내리깔았던 시선을 다시 위로 올려 나를 보았다. 나는 그의 눈을 마주 보며 선언했다.

"디네힌 경. 그대의 주군으로서 명령하겠습니다. 제게 청혼하세요."

그는 한참 동안 말이 없었다. 그러다 겨우 꺼낸 말은 '……전하.' 한 마디였다.

"경은 저를 사랑한다고 했습니다. 저와의 결혼을 꿈꿨다고도 했고, 구혼자들 사이에 같은 자격으로 서고 싶었다는 말도 했습니다. 아니면 혹시 이 중에 거짓이 있나요?"

디네힌이 대답하지 않아 나는 재차 물었다.

"대답하세요. 거짓이었나요?"

"맹세코 제가 올린 말 중에 거짓은 없습니다. 그렇지만……."

"저도 같은 마음입니다."

내가 그렇게 말한 순간 디네힌의 눈이 번뜩이는 빛을 뿜었다. 그 빛은 잿더미 속에서 남은 장작을 찾는 불꽃처럼 순식간에 사그라들었다가 다시 솟구침을 반복했다. 지금 그의 안에서 희망과 자기부정이 치열한 싸움을 벌이고 있는 것이리라. 알 수 있었다. 나도 바로 방금 전에 같은 기분을 느꼈었으니까.

"지금…… 뭐라고 하셨습니까."

그는 목멘 소리로 물었다. 그 목소리를 듣자 나 역시 목이 메는 것 같아 서둘러 말했다.

"저도 같은 마음이라고요. 디네힌 경과 결혼하고 싶습니다."

"정말이십니까?"

"그럼. 당연하지."

나를 보며 묻는 디네힌의 눈동자가 너무도 절절하고 애처로 웠기에, 나는 결국 울컥해서 울음 섞인 목소리로 말했다.

"난 항상 오빠밖에 없었어, 이 바보야. 내가 사랑하는 사람은 오빠뿐이야. 오빠 말고 다른 사람은 싫……."

나는 말을 끝마치지 못했다. 디네힌이 나를 붙잡고 잡아당겨 입을 맞췄기 때문이다.

순간 머릿속이 새하얘졌다. 아까 내가 먼저 껴안았을 때는 내 몸에 손을 댈 생각도 못 하고 부동자세로 서 있던 디네힌이, 지금은 허리가 반대로 꺾일 기세로 나를 끌어당겨 안고 있었다.

나는 전신의 체중을 디네힌에게 실은 채 그의 목에 팔을 감고 힘껏 매달릴 수밖에 없었다. 그리고 뭐가 뭔지 모르는 사이에도 필사적으로 그의 키스에 응했다.

아무 생각도 할 수가 없었다. 디네힌의 입술이 내 입술을 막고, 머금고, 문지르는 동안 그저 허덕허덕 숨을 쉴 틈을 찾는 것이 고작이었다. 그가 토해 내는 뜨거운 숨결과 부드러운 입술의 감촉, 빈틈없이 맞닿은 가슴의 압박감으로 정신이 날아가 버릴 것만 같았다.

"⋯⋯용서해 주십시오, 전하."

디네힌이 드문드문 끊어지는 목소리로 속삭였다.

"하지만, 사랑합니다. 줄곧 사모하고 있었습니다. 단 하루도 이 순간을 꿈꾸지 않은 날이⋯⋯ 없습니다."

몽롱한 상태로 겨우 눈을 뜨고 올려다본 디네힌의 얼굴은, 마치 물에 비춰 본 것처럼 이지러져 있었다.

디네힌이 내 눈가와 뺨에 입을 맞췄다. 이윽고 촉촉하게 젖어들어 가는 그의 입술의 감촉을 통해, 나는 그제야 내가 눈물을 흘리고 있었다는 것을 알았다.

"언제까지 그러고 있을 건가요?"

나는 책상에 턱을 괴고 앉은 채로 심드렁하게 물었다.

디네힌은 처음 집무실에 들어와서 앉았던 자리보다 훨씬 더 멀리 떨어진 자리에서 한쪽 무릎을 꿇은 채 고개를 숙이고 있었다.

"죄송합니다."

"왜 사과하는 거예요? 디네힌 경이 사과할 만한 일은 아무것도 안 했다고 몇 번이나 말했잖아요."

디네힌은 대답하지 않았다. 오로지 고개를 푹 숙인 채 세상 끝난 듯 침통한 오라를 내뿜을 뿐이었다. 나는 한숨을 쉬었다.

내가 눈물을 흘린 것이 원인이었다. 디네힌은 그 즉시 나를 바닥에 내려놓고는 죽을죄를 졌다며 머리를 조아리다가, 그 이후 쭉 저렇게 벌을 서고 있었다. 내가 아무리 부정적인 의미로 운 게 아니라고 설명해도 소용없었다.

그렇게 열정적으로 키스해 놓고 이제 와서 뭐람. 그럴 거면 하질 말든가. 정말 이래서야 앞길이 험난했다.

"난 좋았는데……."

내가 짐짓 들으라는 듯 중얼거리자, 디네힌의 어깨가 눈에 띄게 흠칫했다.

"용서해 주십시오, 전하. 제가 감히 감정을 주체하지 못하고, 신하로서 저질러서는 안 되는 짓을……."

"아, 그만 좀 해. 오빠는 이제 신하이기 이전에 내 약혼자잖아. 약혼녀한테 키스 좀 한 게 그렇게 잘못이야?"

내 핀잔에 디네힌은 고개를 들었다. 그는 커다랗게 눈을 뜨고 있었다.

"약혼……이라고 하셨습니까."

"그럼요. 디네힌 경은 나와 결혼하고 싶다고 그랬고, 나도 경과 결혼하고 싶다고 했으니 상호 합의하에 약혼한 거 아닌가요? 맞죠? 약혼의 의미가 그거잖아요."

"하오나 전하."

"아, 그렇지. 그러고 보니 디네힌 경은 아직 저한테 청혼을 하지 않았네요."

나는 문득 생각났다는 듯이 말했다.

"그 경우라면 조금 문제가 될 수도 있겠군요. 청혼할 생각도 없이 처녀, 그것도 여왕의 입술을, 그것도 첫 키스를 빼앗았으니 정말 그렇다면 디네힌 경의 말대로 죽을죄라고 해도 과언이 아니겠네요. 설마 진짜로 그런가요?"

"전하!"

디네힌이 경악한 듯 목소리를 올렸다.

"부디 말씀을 거두어 주십시오. 불경을 저지른 건 사실이나 여왕 전하를 향한 제 마음에는 한 치의 거짓도 없었습니다."

"그러면 지금 하세요."

"예?"

"청혼요. 지금 하시라고요. 자."

나는 그렇게 말하고 책상에서 일어나 디네힌에게 가까이 걸어갔다. 그리고 그에게 손등을 내밀었다.

"전하."

그는 입가를 일그러뜨린 채로 나를 올려다보았다.

"왜요? 싫어요? 아니면, 여전히 각오가 서지 않은 건가요? 아직도 망설이는 건가요?"

나는 태연한 척 물었다. 하지만 속으로는 긴장해서 가슴이 울렁거리고 있었다.

어제와 오늘 있었던 일로 이미 상황은 명백했다. 디네힌이 오랜 세월 나를 향한 마음을 품고 있었음에도 불구하고 왜 고백하지 못했는가. 어째서 그는 당당히 내 배우자 후보에 이름을 올리지 못했는가.

그 이유는 필시 그의 아버지, 길로프의 존재 때문이었을 것이다. 그의 판단에 의하면, 예언의 운명을 지고 있는 나의 배우자로 디네힌은 부적합했던 것이다.

그 이유는 간단했다. 티아마칸과 메르토니아 사이에서 줄다리기를 하고 있는 에오니르의 정치적 상황, 그리고 티아마칸의 패도적인 성향을 고려해 보았을 때 그 둘 외의 상대와 혼약을 맺는 일은 위험하다는 것.

물론 그 판단이 일리가 없는 것은 아니었다. 불확실한 요소는 모두 배제하고 최악의 경우까지 고려한, 지극히 길로프다운 생각이었다. 디네힌도 그것을 수긍했기에 아버지의 명령을 따른 것이리라. 그는 단순히 아버지가 시켰다는 이유로 납득할 수 없는 일을 할 만한 인물이 아니니까.

그렇기에 그에게 물었다. 아직 각오가 서지 않은 거냐고. 디네힌을 껴안고 그 가슴의 고동을 들은 순간, 나는 이미 각오를 했으니까.

예언은 나에게 있어 여전히 큰 의미를 갖지 않았다. 나는 그 예언자의 말을 믿는 것이 아니었다. 아바마마의 말씀을 믿는 것이었다.

−다른 것은 생각할 필요 없다. 이 나라나, 백성들이나, 또는 나를 위한다고 마음에 없는 선택을 하지는 말거라. 예언이 사실이라면 네가 어떤 선택을 하든 옳은 길이 될 것이다. 그러니 네가 마음에 드는 남자를 고르거라.

네, 아바마마. 리유나는 자신의 마음을 따르겠습니다. 그리고 모든 것을 지켜 내겠어요. 제가 선택한 남자도, 제 행복도, 아바마마께서 물려주신 이 나라도, 전부.

나는 그러한 마음을 담아 절실한 눈동자로 디네힌을 바라보았다. 이 각오는 나 혼자만으로는 의미가 없었다. 그가 없으면, 함께가 아니면 걸을 수 없는 길이었다. 나는 여전히 그에게 손을 내민 채 속으로 주문을 외우듯 필사적으로 중얼거렸다.

제발 잡아 줘. 잡아 줘. 잡아 줘.

그러나 디네힌은 끝끝내 나의 손을 잡지 않았다. 그 대신 그는 조용히 몸을 일으켰다. 나는 온몸이 텅 비는 기분을 느끼며 그를 올려다보았다.

디네힌은 굳은 표정을 짓고 있었다. 그러나 그 속에 있는 감정은 더 이상 고뇌가 아니었다. 결의였다.

"각오는 되었습니다."

디네힌은 말했다.

"저는 여왕 전하를 지키기 위해 태어난 몸입니다. 전하의 기사로서 곁에 있으면서, 지금까지는 그럴 수 있는 것만으로도 충분하다고 생각했습니다. 제 이룰 수 없는 바람은 혼자만의 마음으로 간직하면 된다고 생각했습니다. 그러나 여왕 전하께서는 황공하게도 그 바람을 받아 주셨습니다. 같은 마음이라고 말씀해 주셨습니다."

그는 따스한 미소를 지었다. 너무 따뜻해서, 이렇게 보는 것만으로도 다시 눈물이 쏟아질 것 같은 미소였다.

"그런데 제가 어찌 더 망설일 수 있겠습니까."

"그러면 어째서……."

"일생에 단 한 번뿐인 프러포즈입니다. 저에게도, 여왕 전하께도."

그는 더없이 진지한 눈빛으로 말했다.

"그것을 어찌 이렇듯 즉흥적으로, 준비도 없이 가볍게 할 수 있겠습니까."

손끝이 파르르 떨리면서, 마음도 함께 떨렸다.

바보 같기는. 그냥 결혼해 달라고 한마디만 하면 되는데. 다른 건 아무것도 필요 없는데.

진심이었다. 방금 그 말만으로도 나는 충분히 감동했던 것이다. 그러나 그의 진심 역시 지켜 주고 싶었기에, 나는 눈물을 참으려 얼굴을 찡그리며 일부러 장난스럽게 말했다.

"그렇게 호언장담했으니 시원찮게 했다간 평생 용서치 않을 거예요."

"예. 명심하겠습니다, 여왕 전하."

디네힌은 그렇게 말하고, 다시 한 번 따뜻하게 미소 지었다.

우리는 그렇게 길고 긴 복귀 신고를 마치고 헤어졌다.

나는 디네힌이 물러가기 전, 마지막으로 그에게 아직 길로프에게는 아무 말도 하지 말라고 일러두었다. 그는 처음엔 의아해했으나 여왕의 명령이라는 말에 알겠다고 수긍했다.

이유는 두 가지였다. 그중 하나는 그의 속내를 직접 알아보고 싶었던 것이었다. 정황상 한없이 확신에 가까운 상태라고는 해도, 길로프의 입으로 듣지 못한 이상 아직까지는 모든 게 추측에 불과했다.

아바마마의 말씀대로 길로프는 에오니르에 있어 필요 불가결한 존재였다. 앞으로 내가 넘어야 할 진짜 산을 생각하면, 그는 내가 싸워야 할 적이 아니었다. 반드시 우리 편으로 만들어야만 하는 사람이었다.

나머지 한 가지 이유는 간단했다. 길로프가 디네힌의 아버지였기 때문이다. 그들의 관계가 나 때문에 망가지는 것은 원치 않았다. 결과적으로 어쩔 수 없이 그렇게 된다고 해도, 가능하면 그 진흙은 내가 뒤집어쓰고 싶었다. 디네힌이 내가 없는 곳에서 직접 아버지에게 맞서도록 하고 싶지 않았다.

내일이다. 내일 어전 회의 때, 그때 얘기하자.

얼마 후, 공무를 마치고 내실로 돌아오자 시종장 벨리엔이 말을 전했다.

"여왕 전하, 위딘 황태자가 전하와 만찬을 함께하기를 원한다 하옵니다. 어찌하시겠사옵니까."

어제 좀 거북하게 헤어졌으니 며칠 정도는 눈치를 살필까도 싶었는데, 정말 한결같은 남자였다.

나는 이마를 찌푸리고 거절의 말을 하려다가, 잠시 망설였다. 그러고 보니 길로프에게도 위딘에 대한 일은 내가 알아서 처리하겠다고 했지. 내일 혹시라도 이야기가 나올 수도 있다.

그렇다면 차라리 이번 기회에 확실하게 해 두는 게 나을지도 모른다. 게다가 이제는 위딘에게 분명하게 말할 수 있다. 나는 확실하게 마음을 정했으니까.

나는 왼쪽 가슴에 손을 얹고 디네힌을 떠올렸다. 기분 탓일까, 마치 그에 감응하듯 손끝에서 희미한 온기가 느껴져 저절로 미소가 떠올랐다.

나는 벨리엔을 보며 말했다.

"응하겠다 말씀드리세요. 단, 장소는 제 내실로."

"알겠사옵니다, 전하."

벨리엔은 그렇게 말하며 허리를 굽힌 뒤, 내 곁을 떠났다.

위딘은 정시에 맞춰 찾아왔다.

그는 내게 고개를 숙여 예를 표했고, 나는 그에게 자리에 앉기를 권했다. 우리는 내실 응접실의 긴 테이블을 두고 마주 앉았다.

"지난번에는 본의 아니게 결례를 저질렀습니다. 부디 넓은 아량으로 용서해 주시기 바랍니다."

위딘이 말했다.

"아뇨, 그때는 저도 조금 과했다고 생각하고 있습니다. 황태자 전하께서도 없던 일로 생각해 주신다면 제 마음이 편할 것 같네요."

"그렇게 말씀해 주시니 참으로 다행입니다."

위딘은 환하게 미소 지었다.

"솔직히 어젯밤은 내내 걱정으로 잠을 이루지 못했습니다. 여왕 전하께서 저 때문에 마음을 다치셨으면 어떻게 하나, 앞으로 다시는 저를 보시지 않겠다 하시면 어떻게 하나. 사죄하고 여왕 전하의 마음을 되돌릴 방법을 백방으로 궁리했지요."

"별것도 아닌 일로 엄살이 과하시네요. 그래서 내리신 결론이 꽃인가요?"

나는 쓴웃음을 지으며 물었다. 아까부터 어린 시종 하나가 위딘의 뒤편에서 자신의 품에 가득 차는 커다란 꽃다발을 들고 서 있었던 것이다.

그 대부분은 한창 개화하는 시기의 제철 꽃들이었지만, 한가운데 메인을 이루고 있는 꽃만은 달랐다. 연한 푸른색과 노란색이 섞인 빛깔에 꽃잎이 넓게 벌어진, 오랫동안 직접 화원을 가꿔 온 나조차 처음 보는 꽃이었다.

"낯선 꽃이 있군요. 에오니르에는 없는 종 같은데."

"루프리아를 말씀하시는 거군요. 예, 맞습니다. 히비라 일대에서만 자라는 꽃이지요."

나는 눈을 가늘게 뜨고 위딘을 보았다.

"히비라라면 여기서 한참 떨어진 메르토니아 북부의 산간 지방 아닙니까. 지금 거기서만 자라는 꽃을 구해 오셨다고요?"

"예, 전하."

위딘은 태연하게 긍정했다. 내가 의심스럽게 쳐다보자 그는 미소를 지었다.

"수배한 지는 좀 되었습니다. 때마침 오늘 오전에 도착했을 뿐이지요. 어제 그런 일이 없었더라도 꼭 여왕 전하께 바치고 싶었던 꽃입니다. 제게는 특별한 의미가 있는 꽃이거든요."

"특별한 의미요?"

"예. 돌아가신 황후 마마께서 말씀하셨었습니다. 나중에 좋아하는 여자가 생기면 꼭 이 꽃을 주면서 프러포즈하라고요. 높은 산의 만년설 속에서만 자라기에 그 꽃말은 이렇습니다. 영원히 변치 않는 마음."

위딘이 나지막이 속삭이듯 말했다.

그 말에 나도 모르게 미간에 주름을 모았다. 스스로도 놀랄 정도로 마음이 불편했다. 이제 와서 위딘의 구애가 새삼스러울 것은 없었다. 그가 자신의 어머니에 대한 이야기를 입에 올리는 것도 처음이 아니었고, 저 거창한 사랑의 맹세도 이제는 익숙한 터였다. 그런데도 평소처럼 핀잔을 주거나 생긋 웃으면서 넘길 수가 없었다.

이유는 알고 있었다. 그래, 바로 그 이유 때문에 나는 지금 위딘과 대면하고 있는 것이다.

"죄송하지만 황태자 전하. 저는 그 꽃을 받을 수가 없습니다."

내 말에 그는 말없이 그 의미를 묻는 듯한 눈길을 보냈다. 나는 마음을 다잡고 똑바로 그와 눈을 마주했다.

"생각할 시간을 달라고 말씀드렸죠. 지금 그 대답을 드리겠습니다. 저는 황태자 전하의 청혼을 받아들일 수 없습니다."

위딘은 아무 말도 하지 않았다. 정확히는 아무 반응도 보이지 않았다. 그저 가만히 입을 다문 채 맑은 눈동자로 나인지, 혹은 내 뒤의 어딘지 모를 곳을 바라볼 뿐이었다.

나는 어느새 시녀들이 옆에서 전채 요리가 담긴 접시를 든 채로 눈치를 보고 있다는 것을 문득 깨달았다. 내가 고개를 끄덕이자 그녀들은 테이블 위에 요리를 올려놓고 바삐 사라졌다.

"왜 갑자기 그런 말씀을 하시는지 모르겠군요."

마침내 위딘이 입을 열어 말했다. 입가에는 미소가 떠올라 있었지만, 그 눈빛만큼은 무거웠다.

"아직 혼약 발표까지는 1년 가까운 시간이 남은 것으로 알고 있습니다만. 그러니 그렇게 서둘러 대답을 주실 필요는 없지 않을까요."

"아뇨."

나는 작게 고개를 저으며 말했다.

"저는 이미 마음의 결정을 내렸습니다. 그리고 그것은 시간이 흘러도 결코 변하지 않을 것입니다. 그러므로 하루라도 빨리 그 뜻을 전하는 것이 황태자 전하를 위해서도—"

"저를 위해서, 라고요."

위딘은 내 말을 반복했다. 나는 입을 다물었다.

"하지만 저의 마음도 이미 오래전에 정해졌습니다. 그리고 시간이 흘러도 변하지 않을 것은 마찬가지지요. 그러므로 여왕 전하의 마음은 감사하지만, 그 배려가 의미 있는 것이라 보기는 어렵지 않을까요."

"황태자 전하."

"그러니 부디 시간을 두고 생각해 주십시오. 굳이 내년까지가 아니라도 괜찮습니다. 저는 얼마든지 기다릴 수 있으니까요. 5년이고, 10년이고, 여왕 전하께서 준비가 되실 때까지 언제까지라도."

위딘은 싱긋 웃으며 그렇게 말한 뒤 포크를 집어 들었다.

"드시지요. 음식이 식겠습니다."

"황태자 전하. 말씀은 감사하지만 기다려 주실 필요는 없습니다."

나는 다급하게 말했다.

"아니, 기다리지 마세요. 말씀드리지 않았습니까. 제 결정이 변하는 일은 없을 거라고요."

"버트로스 후작입니까?"

위딘은 시선을 접시에서 떼지 않은 채로 그렇게 물었다. 순간 말문이 막혔다. 그는 포크로 샐러드를 찍어 그것을 입으로 가져가 몇 번 씹어 삼킨 후, 말을 이었다.

"여왕 전하께서도 그와 맺어지는 것이 현실적으로 힘들다는 것을 알고 계실 텐데요. 애초에 그는 정식 구혼자 자격도 얻지 못하지 않았습니까."

나는 입술을 깨물고 위딘을 바라보았다.

"그를 선택한다는 것이 얼마나 많은 적을 만드는 결과를 불러올지 여왕 전하께서 모르실 리 없다고 생각합니다. 그리고 그에게는 그 적들을 감당할 힘도, 그들로부터 전하를 지켜 낼 힘도 없지요. 그래도 정말 괜찮습니까?"

"황태자 전하께서는 착각을 하고 계신 것 같군요. 설사 적을 만든다 하더라도 그것을 감당하는 것도, 자신의 몸을 지키는 것도 제가 할 일입니다. 그리고 무엇보다도, 그것은 황태자 전하께서 염려하실 부분이 아닙니다."

내 말에 위딘의 손이 멎었다. 그는 포크를 내려놓고, 냅킨으로 입을 닦았다.

"정말인가 보군요."

위딘이 조용히 중얼거렸다. 접시 양쪽에 놓인 그의 손끝이 희미하게 떨리고 있었다.

가늠할 수 없는 시간의 침묵이 흐른 후, 위딘이 갑자기 자리에서 일어나 내 쪽으로 걸어왔다. 나는 그의 돌발 행동에 놀라 마찬가지로 몸을 일으켰다. 이윽고 내 앞에 다다른 그는 바닥에 한쪽 무릎을 꿇고 앉았다.

"황태자 전하, 이게 무슨……."

"여왕 전하."

그는 나를 올려다보며 말했다. 그의 얼굴에는 이제껏 본 적 없는 절박한 표정이 떠올라 있었다.

"저를 택해 주십시오."

"네?"

반문하지 않을 수 없었다.

"저를 택해 주십시오, 여왕 전하."

"갑자기 무슨……."

나는 당황해서 반사적으로 주위를 돌아보았다. 티티와 오트, 또 그가 데려온 시종들까지 하나같이 놀란 얼굴로 어쩔 줄 몰라 하고 있었다.

"황태자 전하, 곤란합니다. 일어나십시오."

"싫습니다."

위딘의 단호한 말에 나는 놀라지 않을 수 없었다. 지금까지 그의 이런 모습은 한 번도 본 적이 없었던 것이다. 그는 손을 뻗어 내 손을 붙잡았다. 나는 또 한 번 놀랐다. 그의 손이 믿을 수 없을 정도로 차가웠기 때문이다.

"그는 안 됩니다. 그에게는 여왕 전하를 지킬 힘도, 티아마칸을 견제할 힘도 없습니다. 티아마칸의 황제도 마찬가지입니다. 그는 여왕 전하를 얻는 순간, 바로 이 에오니르를 자신의 속국으로 만들어 버릴 테니까요."

나는 몸을 딱딱하게 굳힌 채 위딘을 내려다보았다.

"오직 저만이 여왕 전하와 에오니르를 지켜 드릴 수 있습니다. 맹세해도 좋습니다. 티아마칸으로부터도, 메르토니아로부터도, 또 다른 어떤 위협으로부터도. 그뿐만이 아닙니다. 저와 함께라면 여왕 전하는 무엇 하나 포기하지 않으셔도 됩니다. 왕위도, 백성들도, 이 나라의 미래도."

"황태자 전하, 저는—"

위딘은 세차게 고개를 흔들어 내 말을 가로막았다.

"들어 주십시오, 여왕 전하. 저는 지금까지 메르토니아의 황자로, 황위 계승자로 태어난 일을 단 한 번도 기껍게 생각한 적이 없습니다. 그래서 좋았던 일이 하나도 없었기 때문이지요. 황후 마마가 그렇게 돌아가시고 난 뒤 몇 번이고 생각했습니다. 차라리 내가 태어나지 않았다면 좋았을 거라고. 그렇다면 어머니가 저 대신 죽는 일도 없었을 거라고."

그 말을 듣는 순간 온몸이 차가워졌다. 마치 위딘의 손의 냉기가 전염된 것 같았다.

위딘의 눈동자는 다시 그 깊고 고요한 우물 같은 눈빛을 띠고 있었다. 그의 이런 눈빛을 보는 것은 이번으로 세 번째였다. 일전에 이 눈빛을 보았을 때 그가 했던 말이 불현듯 머릿속에 떠올랐다.

─전하도 아시지 않습니까, 저희 어머님께 무슨 일이 일어났는지를. 그리고 황제 폐하가 그 뒤에 어떻게 하셨는지를.

그는 분명히 원망하고 있었다. 정적을 제거하는 명분으로 어머니의 죽음을 이용한 아버지를.

"어머니가 숨을 거두시기 전에 하신 말씀이 있습니다. 동생들을 잘 부탁한다고. 메르토니아의 제 1황자로서 부끄럽지 않은 남자로 자라 달라고. 그래서 저는 노력했습니다. 황가의 맏이로서 그 누가 봐도 완벽한 인물이 되기 위해서, 할 수 있는 만큼은 다 했습니다. 단 한 번도 제가 원하는 것을 주장하지 않았습니다. 오로지 주위가 기대하는 일만을 해 왔습니다."

그는 두 손으로 내 손을 붙잡았다. 어찌나 세게 붙잡았는지

통증이 느껴질 정도였다. 마치 내 손이 자신의 생명 줄이라도 되는 것처럼. 놓치면 죽기라도 할 것처럼.

"하지만 제게도 단 한 가지 양보할 수 없는 것이 있습니다. 지금까지 오로지 그것만을 기대하며, 기다리며 살아왔습니다."

위딘은 신음을 토하듯 말했다.

"여왕 전하, 저를 택해 주십시오. 저는 여왕 전하가 아니면 안 됩니다."

나는 위딘에게 압도되어 제자리에 굳어 버렸다. 그의 눈빛, 표정, 그리고 붙잡힌 손의 차가움과 땀까지, 모든 것들이 생생하게 지금 그가 얼마나 절박한지를 알려 주고 있었다.

줄곧 그가 진심인지를 의심해 왔지만 이번만큼은 도무지 그럴 수가 없었다.

하지만 대체 왜? 그가 어째서 이렇게까지 내게 집착하는 건지, 그 이유를 알 수가 없었다.

"황태자 전하, 일단 진정하세요. 식은땀을 많이 흘리시는군요. 안정을 취하셔야 합니다."

나는 그렇게 말하고 주위 시녀들을 부르려 했다. 그러나 위딘은 내가 그로부터 시선을 떼는 것을 용납하지 않으려는 듯, 서둘러 내 손을 잡아당겼다.

"아닙니다. 저는 괜찮습니다. 그보다 제 말을 들어 주십시오."

위딘은 말했다.

"제가 여왕 전하께 전했던 마음은 거짓이 아닙니다. 어머니께서 돌아가신 후, 저는 오로지 여왕 전하만을 생각해 왔습니다. 맹세코 다른 여성에게는 눈길도 준 적이 없습니다."

"어째서죠?"

그 이유를 묻지 않을 수가 없었다.

"열흘 전까지 우리는 서로 만난 적도 없습니다. 10년도 넘는 세월 동안 대체 무슨 이유로 그렇게 확신하고 계셨다는 거죠?"

위딘은 잠시 고개를 숙인 채로 말이 없었다.

"말씀드리지 않았습니까."

이윽고 그가 나지막이 말했다.

"저는 제가 사랑하는 여인을 황후로 만들고 싶지 않습니다."

"네?"

'그게 무슨……' 하고 중얼거리다, 나는 뒤늦게 그가 했던 말을 기억해 냈다.

─황제 자리에 미련은 없습니다. 그러면 여왕 전하가 황후가 되어야 하겠지요. 저는 그것이 싫습니다.

"제 아내가 될 사람에게는 결코 돌아가신 황후 마마, 제 어머니와 같은 길을 걷게 하고 싶지 않습니다. 절대로, 그것만은 절대로 싫습니다."

이를 악물고 그렇게 말하는 위딘에게서 비장함을 넘어 처절함마저 느껴졌다.

"그러니 제게는 여왕 전하밖에 없습니다."

그 말을 듣는 순간, 나는 무의식적으로 숨을 삼켰다. 겨우 깨달았다. 어째서 내가 아니면 안 된다고 그가 생각한 것인지, 그 이유를.

"황위를 포기하겠다고 하신 말씀은."

나는 갈라진 목소리로 입을 열었다. 어느새 입안이 바싹 말라 있었다.

"제가 부탁드렸기 때문이 아니군요. 황태자 전하는 처음부터 그럴 생각으로 제게 청혼하신 거예요. 그렇죠?"

"예."

위딘은 조용히 인정했다.

"그렇습니다."

위딘에게 황위를 내려놓는 것은 어쩔 수 없는 선택이 아니었다. 그는 애초부터 황제가 되고 싶지 않았던 것이다.

어릴 적 어머니의 비극적인 죽음이 모든 것의 원인이었으리라. 그는 황후인 어머니를 지켜 내지 못한 것으로 모자라 그녀의 죽음을 정치적으로 이용하기까지 한 아버지를 혐오했다. 그 혐오가 곧 황제라는 자리 그 자체에 대한 염증으로 이어졌으리란 것은 상상하기 어렵지 않았다.

그럼에도 불구하고 그는 자신에게 씌워진 황위 계승자라는 굴레를 외면할 수 없었다. 아이러니하게도, 바로 그 어머니의 유언 때문에. 메르토니아의 제 1황자로서 부끄럽지 않은 남자가 되어야 한다는 그 주박呪縛 때문에.

나는 위딘의 마음을 이해할 수 있었다. 같은 장남과 장녀였기에. 일찍 여읜 부모의 유언이 가지는 무게도, 그 기대에 부응

마음이 이끄는 곳 287

해야만 한다는 강박도 알고 있었던 것이다.

그가 내가 아니면 안 된다고 말한 것은 바로 그런 이유였다. 내가 예언의 주인공이자 에오니르의 여왕이었기 때문에. 나와 결혼해 에오니르 왕가의 데릴사위가 된다면, 전 세계의 왕이 될 아이의 아비가 되는 영광과 함께 떳떳하게 황위를 내려놓을 수 있으니까.

……바보같이.

나는 입술을 깨물었다. 가슴으로는 이해할 수 있어도, 너무도 터무니없는 생각이었다. 대체 그 생각이 위딘의 머릿속에 처음 자리 잡은 것이 대체 언제였을까. 13년 전? 10년 전? 모르긴 몰라도 그것이 이미 논리를 초월해 굳건한 믿음으로 뿌리 내리기에 충분한 시간이었을 것이다.

그리고 오로지 그 비뚤어진 믿음에 매달려, 한 번도 만나 본 적 없는 나만을 생각하며 기다려 온 것이다. 그것만이 자신이 구원받을 길이라고 믿으면서.

나를 올려다보던 위딘의 눈이 애틋하게 일그러졌다.

"여왕 전하께서는 알아주시리라 생각했습니다."

그의 말을 듣고 나서야 나는 눈가에 눈물이 맺힌 것을 알았다. 나는 고개를 숙이고 그것을 닦아 냈다.

"저 역시 알 수 있습니다, 전하의 마음을. 원치 않은 운명을 짊어지신 그 고통을. 어제 제가 말씀드렸지요. 왕이라는 것이 그렇게 신나기만 하는 자리가 아니라고. 그렇게 말씀드린 것은 바로 그런 뜻이었습니다. 결코 여왕 전하를 모욕하려는 뜻이 아니었습니다."

위딘은 말했다.

"그러나 그것이 현실입니다. 여왕 전하도 알고 계시겠지요. 에오니르의 국제적 입지는 애매합니다. 예언을 100퍼센트 믿을 수 있다는 보증이 없는 만큼, 그것은 양날의 검이 될 수 있습니다. 그러니 저를 택하십시오, 여왕 전하."

위딘은 앞서 몇 번이고 했던 그 말을 다시 한 번 반복했다.

"말씀드렸지요. 다른 사람은 안 됩니다. 오직 저만이 여왕 전하를 행복하게 만들어 드릴 수 있습니다. 그리고 저 역시 여왕 전하가 아니면 행복해질 수 없습니다."

"위딘."

"여왕 전하. 저를 택해 주십시오. 그러겠다고 약속해 주세요. 그리해 주신다면 저는 어떤 일이라도 하겠습니다. 언제까지라도 기다리겠습니다. 단 한마디 말씀이면 됩니다. 좋다고, 알겠다고."

"위딘……."

"부디 저와 결혼해 주십시오, 여왕 전하……."

위딘은 그렇게 말하고 내 손등에 키스하려 했다. 하지만 그 전에 손을 빼내자 그는 멍하니 나를 올려다보았다. 마치 엄마에게 거부당한 아이 같은 표정으로. 가슴이 욱신거려 나도 모르게 입술을 깨물었다.

"죄송합니다, 위딘. 황태자 전하. 저는 전하의 구혼을 받아들일 수가 없습니다."

나는 말을 뱉은 후 입안으로 피 맛을 느끼며 위딘의 표정이 실시간으로 무너져 가는 것을 지켜보았다. 외면하고 싶었지만 그럴 수 없었다. 그것이, 최소한의 예의였다.

"어째서입니까."

위딘은 물었다.

"버트로스 후작 때문입니까? 제가 말씀드리지 않았습니까. 그는 안 됩니다. 그는 절대로 여왕 전하를 행복하게 만들어 드릴 수 없습니다."

우린 서로를 바라보며 침묵했다. 한참 후 나는 입을 열었다.

"네, 저는 마음속으로 정한 분이 있습니다. 그러나……."

그러나. 그다음 말이 내 입속에서 쉽게 나오지 못하고 맴돌았다. 하지만, 그래도 말해야만 했다.

"설사 그렇지 않았다 하더라도, 황태자 전하의 구혼은 승낙할 수 없었을 것입니다."

내 말에 위딘은 표정을 굳혔다. 그는 천천히 몸을 일으켜 자리에서 일어났다. 크고 높은 그의 그림자가 나를 덮었다.

"어째서지요."

위딘은 가라앉은 목소리로 물었다.

"혹시 아직도 여왕 전하에 대한 저의 마음을 의심하시는 거라면……."

나는 고개를 저었다.

분명히 처음에는 그랬다. 믿을 수 없는 바람둥이라고 생각했다. 그러나 이제는 아니었다. 그 어느 때보다도 그의 마음을 잘 이해할 수 있었다.

오히려 그 때문이었다, 그를 받아들일 수 없는 이유는.

"황태자 전하께서는 잘못 생각하고 계십니다."

나는 말했다.

"제가 아니라도, 그 누구와 함께라도 황태자 전하는 얼마든지 행복해지실 수 있습니다."

"여왕 전하. 제 말을 제대로 들으신 겁니까? 저는 오직 여왕 전하만을, 전하가 아니면—"

"그것은 진실이 아닙니다. 황태자 전하께서 그렇게 믿고 계실 뿐입니다."

위딘은 빛 한 점 없는 눈동자로 나를 바라보았다. 나는 차분하게 생각을 정리하면서 말을 골랐다. 그리고 입을 열었다.

"돌아가신 저의 어머님, 대비 전하께서는 선천적으로 몸이 약하셨습니다. 그 이유로 왕비 책봉 때부터 반대의 목소리가 있었다고 합니다. 그 뒤로도 줄곧 그랬습니다. 오랫동안 후사가 없었을 때도, 어렵게 얻은 제 오라버니, 다난 왕자가 겨우 여섯 살의 나이로 세상을 떠났을 때도 신하들은 번번이 대비 전하께 책임을 물으려 했습니다. 공공연히 폐위를 논하기도 했지요."

위딘의 눈동자가 희미하게 흔들렸다.

지금 그 안에 비치고 있는 것은 과거일까, 미래일까.

"그러나 선왕 전하께서 그 모든 불만들을 일축해 버리셨습니다. 그 어떤 상황에서도 굳건히 대비 전하의 편을 들며 그분을 지켜 주셨습니다. 그뿐만이 아닙니다. 후사 문제로 끝없이 신하들과 다툼을 벌이면서도 단 한 명의 측실도 들이지 않고 평생 대비 전하만을 사랑하셨습니다. 결국 대비 전하께서는 병으로 일찍 돌아가셨고, 선왕 전하께서도 얼마 지나지 않아 그 뒤를 따르셨지만, 저는 믿고 있습니다. 두 분은 행복하셨을 거라고. 한 번도 당신들의 선택을 후회하시지 않았을 거라고."

"무슨 말씀을 하고 싶으신 겁니까."

위딘이 물었다.

"저는 위딘 황태자 전하께서도 충분히 그런 삶을 사실 수 있을 거라고 생각합니다."

"……."

"확실히 황제 폐하께선 황후 마마를 지켜 주시지 못했을지도 모릅니다. 그러나 그렇다고 해서 황태자 전하께서 황위에 오르셨을 때도 같은 일이 반복되리라는 법은 없습니다. 황후를 맞으시더라도 전하께서 지켜 주시면 됩니다. 투기妬忌로 빚어질 문제가 걱정되신다면 첩실을 들이지 않으면 되지요."

"그렇게 말처럼 간단하게……."

"가능합니다. 사랑과— 그것을 관철할 의지만 있다면요."

나는 위딘을 똑바로 바라보며 말했다.

그것은 곧 나 자신의 각오를 뜻하는 말이기도 했다. 분명 내가 택한 길은 가시밭길일지도 모른다. 하지만 이겨 낼 것이다. 아바마마와 어마마마께서 그러셨던 것처럼. 내 존재는 그분들 삶의 증거 그 자체니까.

"정말로 그렇게 믿으십니까? 사랑만 있으면 된다고?"

위딘은 공허한 표정으로 물었다.

"네, 그럼요."

나는 일부러 생긋 미소 지어 보였다.

"반대로 사랑이 없다면 그 인생에 무슨 행복이 있겠어요?"

내 말에 위딘은 눈을 가늘게 떴다가, 이내 쓴웃음을 지었다.

"그렇다면 앞으로 남은 제 인생에 행복은 없겠군요."

"아뇨, 그럴 리 없습니다. 결코."

나는 딱 잘라 말했다.

"내기해도 좋아요. 위딘 황태자 전하는 저보다 훨씬 아름답고 현명한 여성을 만나서 평생 행복하게 사실 겁니다."

위딘은 말없이 나를 바라보았다. 마치 눈부신 무언가라도 보는 것처럼 눈을 가늘게 뜬 채로, 한참 동안을.

이윽고 위딘은 조용히 말했다.

"불가능합니다."

그리고 그는 빙그레 미소 지었다. 평소의 그처럼 부드러운, 그러나 쓸쓸한 미소였다.

"그런 여성이 여왕 전하 외에 달리 있을 리 없으니까요."

"……위딘."

"꽃은 두고 가겠습니다. 받을 수 없다고 하더라도 부디 기억에는 남겨 주십시오. 그 속에 담긴 마음을."

그는 그렇게 말하고, 내게 인사를 올린 뒤 떠나갔다. 나는 그 뒷모습을 망연히 보고 있을 수밖에 없었다.

위딘이 떠난 뒤, 나는 테이블에 홀로 앉아 저녁 식사를 들었다. 사실 식욕은 전혀 없었지만 내일 어전 회의에서 치를 전투를 생각하면 먹어 둬야 할 필요성이 있었다.

기분이 착잡했다. 실은 위딘을 그런 식으로 내치고 싶지 않았다. 할 수만 있다면 그의 마음을 구해 주고 싶었다. 다른 말은 없었을까, 조금 더 나은 방법은 없었을까. 그런 생각이 계속 머릿속을 떠나지 않았다.

물론 알고 있었다. 위딘을 선택하지 않는 이상 어떻게 해도 내가 그를 구할 수 있는 방법은 없다는 것을. 그것은 내 역할이 아니라는 것을. 내가 할 수 있는 일은 오직 그의 행복을 기원하는 것뿐이었다.

무엇을 먹어도 입맛이 썼다. 그것은 마지막 디저트로 나온 셔벗을 먹어도 가시지 않았다.

배후의 적 혹은 아군

"여왕 전하 드십니다."

회의실에 중신들이 일제히 기립한 채로 나를 맞았다. 원탁을 돌아 자리로 향하는 길, 나는 그 면면에 차례로 눈길을 주었다.

어제저녁부터 밤새 고민했던 화두였다. 과연 누가 내 편을 들어 줄 것인가.

일단 나이 든 원로들은 안 된다. 내무 대신, 듀플랑 공작을 필두로 하나같이 친티아마칸의 화신 같은 인물들이니까. 국방 대신, 노벤드 공작도 마찬가지다.

그나마 가능성이 있다면 비교적 나이가 젊고 평소 내게 호의적이었던 법무 대신, 파미스 후작이나 재정 대신, 무르코니 후작 정도였다. 하지만 그쪽은 또 친메르토니아 파라서 낙관할 수 없다.

중립파라고 해 봐야 길로프를 제외하면 외교 대신, 히셸 후작뿐인데 그는 늘 눈치만 보며 결코 누구의 편도 들지 않는 스타일이었다. 물론 그것이 히셸 후작이 외교 대신으로 임명된 가장 큰 이유이긴 했지만, 동시에 그 때문에 그가 내 편을 들어 줄 것 같지 않았다.

결국 몇 번이고 다시 생각해 봐도 마찬가지였다. 그동안 내게 있어 길로프가 얼마나 고마운 존재였는지를 새삼 깨달을 수 있을 뿐이었다. 그가 국정을 꽉 휘어잡고 내 앞에서 든든한 버팀목이자 연결 고리 역할을 해 주었기에 나는 여왕다운 여왕으로 자리 잡을 수 있었다.

혹 길로프가 다른 야심을 품었다면 나는 지금까지도 아무것도 모르는, 그저 꼭두각시 여왕이 되었을 것이다. 그런 내가 그를 적으로 만든다는 것이 과연 가능한 일일까.

가슴이 답답해졌다. 나는 내 오른편에 앉아 있는 길로프를 곁눈질로 보았다. 그는 평소처럼 무표정한 얼굴로 서류를 내려다보고 있었다.

나는 마른 입술을 축이고 입을 열었다.

"길로프 공. 그리고 대신 여러분."

길로프를 비롯한 주위의 눈들이 일제히 내게로 모였다.

"회의를 시작하기에 앞서 발표할 일이 있습니다. 제 배우자가 될 사람을 정했습니다."

순식간에 회의실이 웅성거림으로 가득 찼다. 길로프가 한 손을 들어 주위를 진정시켰다.

"그게 누군지 여쭤어도 되겠습니까."

길로프가 물었다.

"디네힌 버트로스 후작입니다."

나의 말에 방금 전과는 비교도 되지 않는 일대 소란이 일었다. 이번에는 길로프도 그것을 수습하려고 하지 않았다.

"방금 뭐라고 하셨습니까, 전하."

내무 대신, 올트 듀플랑 공작이 허옇게 센 눈썹을 치켜세우며 물었다. 에오니르 3대 공작 가문 중 하나의 수장인 그는 이미 칠십에 가까운 나이로, 이곳의 최연장자였다.

"신이 연로한 탓에 가는귀가 먹은 모양입니다. 다시 한 번 말씀해 주실 수 있겠습니까."

"디네힌 버트로스 후작을 제 배우자로 맞이하겠다 했습니다."

"여왕 전하!"

"있을 수 없는 일입니다! 애초에 그는 정식 후보조차 아니지 않습니까!"

"안 될 말입니다. 말씀을 거둬 주십시오, 전하!"

여기저기서 성토의 외침이 튀어나왔다. 누군가는 벌떡 자리에서 일어나기까지 했다. 예상했던 것보다 더 격한 반응이었다.

나는 다문 입술 안으로 지그시 이를 악물었다.

"저는 공들의 의견을 물어본 것이 아닙니다. 때문에 앞서 '발표'라고 말씀드렸지요. 저는 이미 결정을 내렸습니다."

"결정이라고요?"

듀플랑 공작이 혀를 찼다.

"어디 여염집 규수의 혼사가 아닙니다. 바야흐로 전 대륙이 주목하고 있으며, 이 에오니르의 운명이 달려 있다고 해도 과언이 아닌 중대사란 말입니다. 그것을 중신들과의 상의도 없이 어찌 혼자 결정하신단 말씀입니까?"

"배우자를 고르는 일은 처음부터 제 몫으로 정해져 있었을 텐데요, 올트 공. 선왕 전하께서 남기신 말씀을 잊으신 겁니까?"

"예, 잊었나 봅니다. 신은 도통 모르겠군요. 다시 한 번 알려 주시겠습니까?"

듀플랑 공작이 눈을 커다랗게 뜨고 물어 난 입술을 깨물었다.

"선왕 전하께선 말씀하셨습니다. 예언자의 말대로 이미 운명이 정해져 있는 거라면, 제가 어떤 선택을 하더라도 옳은 길이 될 것이니 제 마음에 드는 사람을 고르라고요."

내 말에 듀플랑 공작은 보란 듯이 탄식했다.

"믿을 수가 없군요. 선왕 전하께서 정말로 그런 말씀을 하셨단 말입니까? 대 에오니르 여왕의 배우자이자 전 세계의 왕의 부친이 될 사람을, 겨우 그런 일시적인 감정으로 택하라 하셨다고요?"

그의 눈동자가 비아냥을 담아 가늘어졌다.

"아, 하긴. 선왕 전하의 족적을 떠올리면 그리 놀라운 일도 아닐지 모르겠군요."

순간 머리에 확 열이 올랐다. 듀플랑 공작은 아바마마께서 생전에 줄곧 어마마마를 옹호하며 신하들과 갈등을 빚었던 일을 들어, 대놓고 그분을 비꼬고 있었다.

"올트 듀플랑 공작. 지금 감히 선왕 전하를 모독하는 겁니까?"

나는 이를 갈며 듀플랑 공작을 노려보았다. 그는 여유롭게 턱 앞에 깍지를 끼었다.

"설마 그럴 리가요, 전하. 오해십니다."

그때, 여태껏 침묵을 지키고 있던 길로프가 입을 열었다.

"공께서 그런 의도가 없으셨다고 하더라도 충분히 오해의 소지가 있었던 것은 사실입니다. 여왕 전하의 앞이니 좀 더 신중하게 말씀하시는 것이 어떨까요."

듀플랑 공작은 눈을 가늘게 뜨고 길로프를 바라보았다.

"재상께서 그렇게 말씀하실 정도면 이 늙은이도 반성하지 않을 수 없겠군요. 한데, 하실 말씀이 그것뿐이십니까? 여왕 전하께서 그 어느 때보다 절실히 공의 조언을 필요로 하고 계신 시점이 아닌가 싶습니다만."

이번에는 내가 지금까지 거의 대부분 길로프에게 의지해서 국정을 운영해 왔던 것을 비꼬고 있었다. 듀플랑 공작의 별명이 괜히 '늙은 뱀'인 게 아니었다.

그도 젊은 시절에는 비범한 인재였다고 들었으나, 이제는 오로지 독 바른 혀를 놀리며 기득권을 지키는 데만 급급한 인물이 되어 있었다. 그가 쌓아 온 경력과 다른 대신들 사이에서의 입지가 워낙 굳건했기에 아바마마도, 길로프도 함부로 손을 대지 못했을 뿐이었다.

듀플랑 공작의 말을 듣고도 길로프는 대답이 없었다.

"이상하군요. 설마 여왕 전하의 결정을 지지하시는 겁니까?

명재상으로 널리 이름난 공이 이런 명명백백한 일에 판단력을 흐릴 리가 없을 텐데요. 아니면 혹, 여왕 전하께서 고른 배우자가 공의 장남인 것과 관계가 있는 겁니까?"

듀플랑은 말했다. 그때 옆에서 대놓고 코웃음 소리를 내는 자가 있었다. 국방 대신인 가리우스 노벤드 공작이었다.

"거 당연한 얘기를 어렵게도 하시는군. 그런 거야 애초에 그 디네힌이란 놈을 선왕 전하께서 승하하시자마자 티아마칸에서 불러들여 여왕 전하의 교사로 앉힌 시점에서부터 뻔한 거 아니오. 안 그렇소? 길로프 재상."

그는 팔짱을 낀 채로 길로프를 쳐다보며 말했다. 사고방식이 단순하고 거침없는 전형적인 무관 타입으로, 오로지 전장에서의 공적만으로 지금의 자리까지 올라온 인물이었다. 성향상 길로프와는 극과 극일 수밖에 없었고, 그 때문인지 지금껏 기회만 있으면 그에게 반발하는 모습을 보였다.

듀플랑은 딱 봐도 부러 놀란 표정을 지으며 길로프를 돌아보았다.

"가리우스 공의 말이 사실입니까? 도무지 믿기 힘들군요. 저 공명정대하신 재상께서 의도적으로 그런 일을 벌이실 리가 없지 않습니까."

"물론입니다. 알아주시니 감사하군요."

길로프는 지극히 평온한 어조로 말했다. 이에 듀플랑의 눈썹이 희미하게 꿈틀거렸다.

"디네힌 경을 여왕 전하의 교사로 임명한 것은 단순히 그가 후보들 가운데 최고의 역량을 갖추고 있었기 때문입니다. 그 외에 다른 의도가 있었을 리 없지요."

길로프의 말에 노벤드는 또 한 번 들으라는 듯 코웃음을 쳤지만, 길로프는 눈 한 번 깜빡이지 않았다.

"그리고 여왕 전하께서 하신 말씀대로이지 않습니까. 실제로 선왕 전하께서는 생전에 수차례 말씀하신 바 있습니다. 여왕 전하의 배우자 선택은 여왕 전하 손에 맡기도록 하라고요. 여기 모이신 중신분들이라면 모두 기억하고 계시리라고 생각합니다만."

그 말에 다시 웅성거림이 일었다.

"저희인들 왜 그것을 존중하고 싶지 않겠습니까. 그러나 그때와 지금은 다릅니다. 이미 세상을 떠나신 선왕 전하의 뜻과 현재 에오니르의 상황, 어느 쪽을 더 우선시해야 하는지는 명백하지 않습니까?"

"그렇겠지요. 동의합니다."

그가 담담하게 수긍하자 듀플랑의 눈이 다시 가늘어졌다.

"설마 전자라고 하고 싶으신 겁니까?"

"아뇨. 물론 후자입니다."

"그렇다면 왜 선왕 전하의 뜻을 논하신 겁니까. 말씀대로라면 어차피 의미가 없지 않습니까."

"글쎄요. 제 생각에는 그 두 가지가 서로 상충된다고 여겨지지 않는데요."

"예?"

"선왕 전하의 뜻을 따라 여왕 전하의 의향을 존중한다고 하더라도, 딱히 지금 에오니르의 상황에 크게 해가 될 결과가 있을 거라고 생각지 않는다는 말입니다."

나는 깜짝 놀라 길로프를 돌아보았다. 길로프가 여전히 태연한 기색인 것에 반해 듀플랑의 얼굴은 점점 굳어져 갔다.

"재상. 진심으로 하는 말씀입니까."

"예. 물론입니다."

그렇게 말하고 길로프는 나를 보았다.

"여왕 전하께서도 아마 저와 같은 의견이실 거라고 생각합니다만, 아닌지요."

"네?"

나는 반사적으로 되물었다. 그러나 길로프는 부연 설명 없이 그저 조용히 나를 보고 있었다. 디네힌과 같은 빛을 띤 그 남색 눈동자를 마주 보고 있는 동안, 가슴속이 조금씩 따뜻해지는 게 느껴졌다.

적이 아니었던 거구나. 아바마마의 말씀은 역시 옳았다. 예나 지금이나 길로프는 내 아군이었던 것이다.

"네, 맞아요. 길로프 공의 말씀대로입니다."

나는 말했다. 고개를 돌려 듀플랑을, 그리고 찬찬히 그 주위의 대신들을 돌아보았다.

"공들이 생각하고 있는 바는 잘 압니다. 왜 디네힌 경과의 결혼을 반대하는 건지, 왜 애초에 에오니르 출신의 배우자 후보가 아무도 없었던 건지도 알고 있습니다. 에오니르의 미래를 위해서라면 내가 티아마칸의 카야르 황제와 결혼해야 한다고 여기는 거겠죠."

좌중은 조용했다. 대놓고 수긍하는 사람은 없었으나, 부정하는 사람 역시 아무도 없었다.

"하지만 그것이 정말로 옳은 선택일까요? 내가 카야르 황제와 결혼해서 티아마칸의 황후가 된다고 생각해 보십시오. 지금만 하더라도 주위 소국들을 집어삼키지 못해 안달하는 티아마칸에 있어 그것이 얼마나 더할 나위 없는 구실이겠습니까. 십중팔구 에오니르의 영토는 티아마칸에게 흡수될 것입니다. 공들 중에서는 오히려 그러한 미래를 반길 이들도 있을지 모르겠습니다만."

내 말에 시선을 피하는 이가 있는가 하면, '당치도 않습니다, 전하!'라고 외치며 과민한 반응을 보이는 이도 있었다. 나는 조용히 쓴웃음을 머금었다.

"내 처신에 따라 국가의 형태는 유지할 수 있을지도 모르겠습니다. 그러나 내가 지금처럼 에오니르에 머물며 통치할 수 있을 거라는 보장도 없는 상황에서 그것이 무슨 의미가 있겠습니까. 내가 후사를 본다고 하더라도 그 아이는 에오니르 왕가의 아이가 아닙니다. 티아마칸 황실의 아이죠. 결국 멀든 이르든 에오니르가 맞을 미래는 하나입니다."

"그렇다면 여왕 전하께서 발표하신 것처럼 버트로스 후작과 결혼하신다면 그와 다른, 빛나는 미래라도 있을 거라는 말씀이십니까?"

듀플랑의 물음에 나는 미소 지었다.

"그것은 예언이 실현되느냐 아니냐에 따라 다르겠지요. 실현된다면야 굳이 자세하게 말할 필요도 없고요. 온전히 에오니르 왕가의 혈통에서 태어난 아이가 세계의 왕이 되는 것입니다."

작은 술렁임이 일었다.

"실현되지 않는다면요?"

듀플랑이 싸늘한 목소리로 물었다.

"글쎄요. 지금과 크게 달라지는 것은 없지 않을까요. 여태껏 그랬던 것처럼 티아마칸과 메르토니아 사이에서 외교적 균형을 유지하며 입지를 다져 가겠지요."

"그것은 지나치게 과도한 낙관이 아닐까요? 에오니르에서 전 세계의 왕이 태어나는 것을 과연 주변국에서 보고만 있겠습니까?"

누군가가 손을 들고 물었다. 외교 대신, 히셀 후작이었다.

"반대로 제가 묻고 싶군요. 보고만 있지 않으면요?"

나는 그를 보며 물었다.

"에오니르로 군사를 이끌고 쳐들어올까요? 아니면 암살자를 보내 저나 제 아이의 목숨을 노릴까요?"

그는 어깨를 움츠렸다.

"가능성이 없는 이야기는 아니지 않습니까."

"네, 그렇겠죠. 하지만 그럴 가능성은 매우 희박하다고 전 생각합니다. 제가 지금과 크게 달라지는 것이 없을 거라고 말씀드린 것은 바로 그 때문입니다. 첨예하게 대립하고 있는 티아마칸과 메르토니아, 그 사이에 우리 에오니르가 위치하고 있기 때문이지요. 현 상황이 유지되는 한두 나라 중 어느 쪽도 먼저 움직이지는 못할 것입니다. 명분도 없지요. 예언자가 대륙에 미치고 있는 영향력은 엄청납니다. 예언이 거짓이라 하더라도 그것이 만천하에 드러나기 전까지는 모두 그의 말을 믿을 것입니다. 그런 상황에서는 티아마칸이 되었건 메르토니아가 되었건 먼저 움직이는 쪽이 악이 되고, 오히려 나머지 한쪽이 명분을 얻게 되지요. 결국 그 어느 쪽도 여간해서는 우리에게 위협을 가하지 못할 것입니다."

"일리가 있다는 것은 인정하지요. 그러나 여전히 낙관론이라는 것에는 변함이 없습니다. 여왕 전하께서는 그런 불확실한 전망에 에오니르의 운명을 맡기실 생각이신 겁니까?"

듀플랑이 굳은 얼굴로 물었다.

"아뇨, 설마요. 저는 공들을 믿는 겁니다."

나는 생긋 웃으며 말했다.

"그런 최악의 미래를 방지하기 위해 공들이 나라의 녹을 먹고 있는 것이 아닌가요?"

듀플랑은 허를 찔린 얼굴로 입을 벌렸다. 다른 대신들도 마찬가지였다.

그때 풋, 하는 작은 웃음소리가 들렸다. 길로프로부터였다. 나를 비롯한 모두가 어안이 벙벙해져 그를 쳐다보았다. 하지만 그는 어느새 아무 일도 없었다는 듯이 무표정한 얼굴로 돌아가 있었다.

"더 할 말 있으신 분 계십니까."

길로프가 말했다. 듀플랑은 멍하니 그를 쳐다보고 있다가, 몇 번 고개를 흔들더니 헛기침을 했다.

"여왕 전하의 말씀은 잘 들었습니다. 하나 아무리 그렇다고 는 해도, 이제까지 후보에도 없던 자를 갑자기 배우자로 책봉 한다는 것은 어불성설입니다. 선왕 전하께서 약조하신 사항에 도 있지 않았습니까, 혼약자의 결정과 발표는 여왕 전하께서 20세 탄신을 맞으시는 날 이루어진다고."

"맞는 말씀입니다."

내가 뭐라고 하기 전에 길로프가 선수를 쳤다.

"그러니 저는 여왕 전하께 제안드리고 싶군요. 일단 디네힌 버트로스 후작을 정식 배우자 후보로 올리고, 결정은 그때까지 미루시는 것으로 하면 어떻습니까. 아직 1년 가까이 시간이 남 아 있습니다. 그동안 여왕 전하의 마음이 달라질 수도 있으니 까요."

나는 길로프의 말에 속으로 감탄하지 않을 수 없었다. 너무 도 절묘한 수였던 것이다. 듀플랑의 주장을 수용하는 척하면서 은근슬쩍 디네힌을 정식 배우자로 만들어 놓은 것이 첫 번째. 그리고 그 주장이라는 게 원래 아바마마의 약속을 지적한 것뿐 이니 실상 이쪽에서는 손해 보는 게 없다는 것이 두 번째.

그러면서 아직 1년 가까운 시간이 남아 있으니 마음이 달라 질 수도 있다는 말로 여지를 만들어 더더욱 듀플랑이 재차 반 대할 수 없는 포석을 만든 것이 세 번째. 나에게 제안한다는 형태를 취해 아예 듀플랑이 좋다, 싫다를 말할 수도 없는 입장으로 만든 것이 마지막 네 번째.

상대를 꽁꽁 옭아매면서 손해 없는 이득을 취하는, 길로프의 전매특허 화술이었다. 평소에는 좀 더 은근히 상대가 눈치채기 힘들게 하는데, 아무래도 이번에는 일부러 더욱 노골적으로 외통수를 날린 것 같았다. 듀플랑이 대놓고 벌레 씹은 표정을 짓고 있건만 굳이 '듀플랑 공도 괜찮으시겠지요.' 하고 묻는 걸로 봐서 분명했다.

"또 발언하실 분 없으시면 원래 안건으로 넘어가겠습니다."

그렇게 말해 놓곤 정작 1초도 기다리지 않고 안건을 입에 올리는 점도 그렇고. 이 인물이 앞으로 시아버지가 된다고 생각하니 새삼 목덜미가 서늘해졌다.

결국 디네힌에 대한 이야기는 재차 언급되는 일 없이, 그대로 1시간쯤 후 회의는 마무리되었다. 언제나와 같이 가장 먼저 회의실을 빠져나온 뒤 길로프를 집무실로 불렀다.

"부르셨습니까."

집무실 안으로 들어와 고개를 숙이는 길로프에게 나는 선뜻 '아깐 고마웠어요, 길로프 공.' 하고 말했다.

"무엇이 말씀이십니까."

"날 도와줬잖아요. 편들어 주고. 고마워요. 덕분에 살았어요."

"여왕 전하께 감사를 들을 만한 일은 하지 않았습니다."

길로프는 무표정으로 일관하며 말했다.

"또, 또 그런다."

나는 쓴웃음을 지으며 말했다.

"그러니까 길로프 공이 늘 오해를 사는 거예요. 난 완전히 공을 내 적이라고 생각하고 있었잖아요."

"어째서 그렇게 생각하신 겁니까."

"그야, 디네힌 경이 지금까지 나와 거리를 둔 게 다 길로프 공의 명령 때문이라고 생각하고 있었으니까요. 내 배우자 후보에서 배제한 것도, 카야르와 위딘으로 공공연히 후보를 압축한 배후도 다 공이라고만……."

"맞습니다."

"그러니까 앞으로는 그런 일이 없도록 공도 좀 더 속내를 드러…… 뭐라고요?"

"오해가 아닙니다."

길로프는 태연하게 말했다.

"전부 제 명령으로 이루어진 일들입니다."

나는 말을 잃고 멍하니 길로프를 쳐다보았다.

"저는 전하께서 한순간이라도 왜 그것을 오해라고 생각하셨는지가 궁금하군요. 그럴 근거가 전혀 없지 않습니까."

"아니, 그렇지만 공이 분명 아까 내 편을……. 에오니르의 상황에 대해서도 나와 같은 의견이라고 그랬잖아요!"

"같은 의견이라고 하지는 않았습니다. 그럴 거라고 생각한다 했지요."

그는 뻔뻔한 얼굴로 말했다.

"그런데 막상 들어 보니 아니더군요. 오히려 저는 다른 대신들의 의견이 더 일리 있다고 생각했습니다. 여왕 전하는 확실히 상황을 낙관적으로 보고 계십니다."

어처구니가 없어서 말이 나오지 않았다. 나는 겨우 입을 끔뻑여 물었다.

"공은 대체 누구 편이죠?"

"저는 언제 어느 때라도 에오니르를 위한 길만을 생각할 뿐입니다."

"말장난하지 마요. 지금 이 자리에서 확실하게 밝히세요. 공의 목적은 뭐죠? 왜 디네힌 경에게 그런 명령을 내렸고, 그런 주제에 왜 이제 와서 그를 공식 배우자 후보에 올리자는 말을 한 거죠?"

"말장난이 아닙니다."

길로프는 말했다.

"말씀드린 대로 제 목적은 에오니르의 번영과 안녕뿐입니다. 그 목적을 통해 보면 나머지 질문에 대한 대답도 자명해지죠. 영민하신 여왕 전하라면 금세 알 수 있으실 텐데요."

"길로프. 나 진짜 화낼 거예요."

"그럼 예를 들어 보죠. 어딘가로 여행을 간다고 가정해 보겠습니다. 편하고 안전한 길과 힘들고 위험한 길이 있습니다. 전하라면 어떤 길을 택하시겠습니까?"

나는 길로프를 노려보았다. 그러나 그는 아랑곳지 않고 말을 이었다.

"백이면 백, 사람들은 전자를 택할 겁니다. 저 역시 예외가 아니지요. 새로운 가정을 더해 보겠습니다. 만약 목적지에 따라서 길이 갈린다면? 바다로 간다면 편하고 안전한 길로 갈 수 있으나, 산으로 간다면 무조건 힘들고 위험한 길로 가야 한다면? 그리고 어디로 갈지를 정하는 것이 자신이 아니라면?"

그렇게 말한 그는 잠시 틈을 두었다. 마치 내게 생각할 시간을 주려는 듯이.

"대부분의 사람들은 이렇게 하겠지요. 먼저 선택권자에게 바다로 가자고 설득한다. 그래서 실패한다면, 최대한 덜 힘들고 덜 위험하게 갈 수 있는 방법을 찾는다."

길로프는 조용히 말했다.

"저도 그렇게 했을 뿐입니다."

나는 여전히 빈틈이라고는 없이 완벽한 그의 가면을 보며, 속으로 쓴웃음을 지었다.

"말을 참 쓸데없이 돌려서 하시네요. 굳이 안 그러셔도 될 것 같은데."

요는 결국 내 편이라는 거잖아요. 애초에 그 선택권을 빼앗아 온다는 가정은 왜 고려도 않는 거죠? 당신한테는 얼마든지 그럴 수 있는 힘이 있는데.

많은 의미를 담은 내 눈빛을 마주하고도, 그는 그저 '죄송합니다. 버릇이라서요.' 하고 간단하게 대답했다.

잠시 침묵을 지킨 후 길로프는 나를 바라보며 입을 열었다.

"결정을 내리는 것은 왕의 역할입니다. 전하께서 결정하신다면 저는 따르고 보좌할 것입니다. 하나 그전에, 전하께서 그 선택의 무게를 알아주셨으면 했습니다."

'그러니 여쭙고 싶군요.' 하고 그는 말했다. 나를 보는 그의 눈동자에 흔치 않은 진중한 빛이 깃든 것을 읽고, 나는 자신도 모르게 앉은 자세를 바로 했다.

"전하께서는 힘들고 위험한 길을 감수하면서도 산으로 가고 싶다고 확신하십니까?"

길로프는 물었다.

"네, 확신해요."

나는 망설이지 않았다. 적어도, 망설이지 않는 모습을 보여 줄 필요가 있었다.

"알겠습니다."

길로프는 무표정하게 말했다. 그리고 내게 고개를 숙여 인사하고, 돌아서서 집무실 문으로 향했다.

"참. 어제 말씀드린 건은 약속대로 잘 처리해 주신 모양이더군요."

나가기 전에 길로프가 뒤돌아보며 말했다.

"메르토니아 방문단이 마침내 귀국 준비를 시작했다는 이야기를 들었습니다."

허를 찔린 기분이었다. 나는 눈을 아래로 내리깔면서 작게 '……그런가요.' 하고 말했다. 길로프는 그런 나를 잠시 가만히 보고 있다가 말했다.

"바다로 가기에도 아직 늦지는 않았습니다."

그 말에 나는 쓴웃음을 지었다.

"농이 과하시군요, 길로프 공."

"실례했습니다."

"여러 가지로 오늘 참 공답지 않은 모습을 많이 보는군요. 올트 공 말마따나 자기 아들 일이라서 그런 건가요?"

내 비아냥에 길로프는 잠시 뜸을 들이다가 말했다.

"그럴지도 모르겠군요."

"……네?"

내 어처구니없는 눈길에도 길로프는 아무렇지도 않게 '그러니 부디 잘 부탁드립니다, 여왕 전하.' 하고 덧붙인 후 집무실에서 나갔다.

머지않아 위딘에게서 메르토니아로 돌아간다는 기별이 왔다. 나는 다른 모든 구혼자들과도 그랬던 것처럼 수행원들을 대동한 채 그와 정식으로 작별 인사를 나누었다.

"그동안의 환대 감사했습니다, 여왕 전하. 덕분에 참으로 즐겁고 귀한 시간을 보냈습니다."

위딘은 왼쪽 가슴에 한 손을 얹고 허리를 가볍게 굽힌 채로 말했다.

"저야말로 즐거웠습니다, 황태자 전하. 전하께는 정말 귀한 선물을 많이 받았습니다. 라피도, 북쪽의 꽃도, 그리고…… 무엇보다도 소중한 마음을요."

"그리 말씀해 주시니 기쁘군요."

"진심이에요."

나는 힘주어 말했다.

　"전하께 받은 것을 잊지 못할 겁니다. 앞으로도 계속."

　위딘은 눈을 가늘게 뜨고 나를 바라보았다. 마치 멀리 있어 잘 보이지 않는 것을 보는 것처럼.

　"감사합니다, 전하."

　"자요, 이리 오셔서 라피에게도 인사해 주세요."

　나는 티티에게서 라피를 받아 위딘에게 내밀었다. 그는 잠시 망설이다가 내게로 다가와, 두 손으로 라피를 받아 들어 자신의 품에 안았다.

　위딘은 따뜻한 눈길로 라피를 바라보며 목 뒤를 머리로 쓸어 주었다. 그러곤 라피의 쫑긋 선 두 귀에 몇 마디 말을 속삭이는 듯했으나, 내게는 너무 작아 들리지 않았다.

　"라피를 귀여워해 주십시오. 혼자라도 쓸쓸하지 않게요."

　"네, 알겠습니다. 약속할게요."

　위딘은 내 옆의 티티에게 다시 라피를 건넸다. 그리고 한 걸음 다가와 내 손을 잡고 키스했다.

　그는 내 손등에 입술을 댄 채로 한참을 그대로 있었다. 이윽고 내 주위의 기사들과 그의 수행원들이 난감한 눈빛으로 서로를 돌아볼 때까지.

　"부디 만수무강하시길 바랍니다, 여왕 전하."

　마침내 내 손을 놓고 물러난 위딘이 꽉 막힌 듯한 목소리로 말했다. 그 목소리를 듣자 눈시울이 뜨거워지는 것 같았다. 나는 이를 악물어 그것을 견뎌 냈다.

"당신이야말로 늘 몸 건강히 지내세요, 위딘."

내 말에 그는 고개를 들었다. 그 얼굴엔 방금 전 말에 깃들어 있던 것 같은 비애는 없었다. 위딘은 미소를 지었다. 내 앞에서 늘 짓던, 부드럽고 아름다운 미소였다.

"그럼, 안녕히."

♔

위딘과 메르토니아 방문단이 떠난 후, 왕궁은 마침내 탄신제 이전의 원래 일상을 되찾았다.

현실적으로 메르토니의 황태자쯤 되면 타나수르 왕궁이 맞을 수 있는 최고 등급의 손님이라고 봐도 과언이 아니었기 때문에 탄신제 시작과 함께 궁이 돌입했던 1급 긴장 태세가 그때까지 유지되고 있었던 것이다.

위딘이 떠나자마자 너도나도 기다렸다는 듯이 휴가를 낸 탓에 탄신제 직후만큼이나 궁이 한산하게 여겨졌다.

"나도 휴가 받고 싶다—"

나는 책상에 길게 엎드린 채로 푸념했다.

"왜 여왕은 휴가가 없는 거죠? 시녀들조차 고향 집에 가서 며칠씩 쉬고 그러는데, 왜 나만 늘 짬짬이 시간 쪼개서 쉴 수밖에 없는 거예요? 나도 어디 좋은 데 여행 가거나, 하루 종일 침실에서 뒹굴거리기도 해 보고 싶은데."

"똑바로 앉아 주십시오, 여왕 전하. 수업 시간입니다."

맞은편에 앉은 디네힌으로부터 곧바로 훈계가 날아왔다. 나는 입술을 뾰족하게 내밀었다.

"맨날 그놈의 수업, 수업. 지겹지도 않아요? 마지막 날까지 꼭 그래야만 되겠어요?"

"마지막이니까 더더욱 그런 겁니다. 제게는 맡은 바 책임이 있고, 끝까지 그것을 완수하고 싶습니다. 그러니 여왕 전하께서도 협조해 주십시오."

그랬다. 디네힌과의 수업은 오늘이 마지막이었다. 정말 오랜만에 재개된 수업에 한껏 가슴이 들떠 있었건만 정작 그는 내 서재를 찾자마자 대뜸 자신이 나의 개인 교사직에서 해임되었음을 알렸다. 이제 디네힌이 정식으로 내 배우자 후보가 된 이상 이렇게 단둘이서 시간을 보내는 것은 문제가 될 수 있다는 것이 그 이유였다.

"애초에 나는 뭐가 문제라는 건지 도통 모르겠네요. 연인끼리 같이 있지 말라는 게 더 이상한 거 아니에요?"

"단둘이라는 점이 문제인 겁니다, 전하. 구혼자는 저뿐만이 아니니까요. 좋지 않은 추문이나 뒷말이 나올 수도 있습니다. 그런 일은 여왕 전하께서도 원치 않으실 것 아닙니까."

아무튼 디네힌은 요지부동이었다. 나는 불만스러운 얼굴로 중얼거렸다.

"애초에 뭐 추문 나올 만한 일을 하기나 했으면……."

디네힌은 입을 다물고 교재로 시선을 돌렸다.

"이상하네. 남자들은 좋아하는 여자랑 같이 있으면 24시간 그런 생각밖에 안 한다고 들었는데. 그치? 라피야."

나는 건너편 책장 위에서 몸을 핥고 있던 라피에게 말을 걸었다. 라피는 나를 보고 눈을 몇 번 깜빡거리더니 '야오옹―' 하고 울었다.

"봐요. 라피도 그렇다잖아요."

내가 그렇게 말해도 디네힌은 못 들은 척할 뿐이었다. 그래서 더욱 큰 소리로 말했다.

"뭐야. 말만 그랬지, 사실은 별로 날 진심으로 좋아하는 것도 아닌 거 아니야? 그치, 라피 너도 의심스럽지?"

"야옹―"

"제 진심은 그때 집무실에서 분명하게 보여 드렸다고 생각합니다만. 말 이외의 방식으로도 확실히."

마침내 디네힌이 책에서 눈을 떼고 나를 보았다. 표정을 보아하니 자기 딴에는 제법 억울한 모양이었다.

"확실히 뭐요. 아, 그거? 그게 뭐 대단하다고. 라피랑도 맨날 하는 건데."

나는 다시 라피를 보며 '그치―' 하고 말했다. 그러나 라피는 이제 지겨운 듯 고개를 돌리고 딴짓을 하고 있었다.

디네힌은 어처구니없다는 듯한 표정으로 나를 쳐다보았다.

"어떻게 그게 고양이와 하는 것과 같습니까."

"같죠, 뭐가 달라요. 오트가 그랬어요. 그건 키스가 아니라고."

디네힌은 입을 다물었다. 그리고 잠시 뒤 무거운 목소리로 물었다.

"누굽니까, 그게."

"제 직속 시녀예요. 아시잖아요, 갈색 단발머리의."

"……시녀한테 그 이야기를 하신 겁니까?"

"왜요, 안 돼요? 여자들은 원래 그런 얘기 다 해요. 그랬더니 오트가 그러더라고요. 디네힌 경 그렇게 안 봤는데 실망이라고."

"어째서입니까."

이번엔 내가 입을 다물 차례였다. 아무리 그래도 어떻게 대놓고 '혀를 안 넣어서' 같은 소리를 할 수 있단 말인가. 나는 얼굴에 열이 오르는 것을 느끼며 디네힌을 외면했다.

"아, 아무튼 그런 건 키스가 아니래요!"

어색한 침묵이 둘 사이에 가로놓였다. 디네힌이 한참 말이 없기에 나는 곁눈질로 그의 눈치를 보았다. 그는 안경을 벗더니 입을 열었다.

"저라고 왜 그러고 싶지 않겠습니까."

"네?"

"줄곧 참아 왔습니다. 하고 싶은 말이 있는데도 하지 못하고, 전하고 싶은 마음이 있는데도 전하지 못하고, 손을 뻗으면 바로 닿을 거리에 있어도 결코 그것을 허락받을 수 없는 나날들이었습니다. 전하께서는 상상도 못 하실 겁니다. 3년 동안 매번 이렇게 전하와 단둘이 마주 앉아 수업을 하면서, 사실은 제가 무슨 생각을 하고 있었는지."

나는 숨을 삼켰다. 디네힌의 목소리는 조용했으나, 그 속에서 채 누르지 못한 감정들이 당장이라도 튀어나올 듯 일렁이고 있는 것이 느껴졌다.

"그런데 그런 저에게 기적이 일어났습니다. 감히 꿈에서조차 허락받을 수 없었던 일이 현실이 된 것입니다. 겨우 전하와 제가 같은 마음이라는 것을 알았는데, 그리고 그 이후 처음으로 이렇게 전하와 단둘이 되었는데 전하께서는 정녕 모르시겠습니까? 바로 지금도 제가 얼마나 필사적으로 자신을 누르고 있는지를?"

그렇게 말하면서 나를 보는 디네힌의 눈빛에 마치 몸이 꿰뚫리는 것 같았다. 귓가에 심장이 요동치며 쿵쾅거리는 소리가 들렸다.

"누르지 않으면 되잖아요?"

나는 가쁜 목소리로 말했다. 그러자 디네힌의 눈동자가 희미하게 흔들렸다.

"이제 참지 않아도 되잖아요. 디네힌 경 말대로 같은 마음이란 걸 확인했잖아요. 신하들에게도 공표했고, 길로프 공의 지지도 얻었고, 이제 당당한 연인 사이인데 참을 필요가 어디에 있다는 거예요?"

디네힌은 여전히 보는 것만으로도 숨이 막히는 눈빛으로 나를 바라보고 있었다. 그는 신음하듯 말했다.

"저는 스스로를 억제할 자신이 없습니다."

"그러니까 그럴 필요가 없다니까요!"

"있습니다. 적어도 결혼 전까지는. 그렇지 않으면 선왕 전하께 면목이 없으니까요."

"네? 아니, 그게 무슨 말……."

나는 멍하니 되물었다가, 뒤늦게야 디네힌의 말의 의미를 깨달았다. 그러자 순식간에 얼굴이 확 달아올랐다. 거울을 보지 않아도 알 수 있었다. 아마 귀까지 완전히 새빨개졌으리라.

디네힌은 그런 나를 보고 착잡한 표정을 지었다.

"역시 곤란하지 않습니까."

"아니, 그게 그런 의미였어요? 아무리 그래도 그런 건……."

"죄송합니다. 그래도 이제 증명이 되었을까요, 여왕 전하에 대한 제 진심이."

나는 아무 말도 못 하고 입을 다물었다. 디네힌은 쓴웃음을 짓고는 다시 안경을 썼다.

"그러니 이제 수업에 집중하도록 하죠. 제 후임은 소논 백작 부인이라고 들었습니다. 그녀에게 책잡히고 싶지는 않군요."

"조금은 괜찮은데……."

내가 모기만 한 소리로 그렇게 말하자 디네힌이 '예?' 하고 물으며 고개를 들었다. 나는 말없이 치뜬 눈으로 그를 올려다보았다.

디네힌은 살짝 입을 벌린 채로 '그게 무슨…….' 하고 중얼거렸다가, 멍하니 나를 보다가, 다시 '조금이라는 게 얼마…….' 하고 중얼거렸다가, 이내 퍼뜩 정신이 든 얼굴로 고개를 좌우로 흔들었다.

"……수업, 하지요."

그렇게 말하는 디네힌의 표정은 엄숙하게 굳어 있었다. 나는 말없이 고개를 끄덕였다. 그리고 수업이 끝날 때까지 디네힌은 그 표정을 풀지 않았다.

그날 수업은 평소보다 오래 진행되었다. 애초에 갑작스럽게 그만두게 된 거니 만족스럽게 마무리할 수 있을 리 없건만, 디네힌은 결국 내게 시험까지 치르게 하고 그 체크가 끝나고 나서야 펜을 내려놓았다.

"이 정도면 되겠군요. 수고하셨습니다."

디네힌의 말에 나는 뻣뻣이 굳은 목을 풀고 한숨을 내쉬었다.

"그러니까 말했잖아요. 내 티아마칸어 실력은 완벽하다고요. 이번 탄신제 때 카야르랑 얘기하는 거 봤으니 알잖아요."

카야르의 이름이 나오자 디네힌의 눈썹이 살며시 꿈틀거렸다. 그는 벗은 안경을 품속에 갈무리하며 말했다.

"확실히 회화는 그럴지도 모르지요. 하지만 아직 문법에는 미흡한 부분이 있습니다."

"오늘 시험 내용만 하더라도 어디 논문에서나 나올 수준의 고급 문법이었잖아요. 그쪽 국민들조차 평생 쓸 일이 없을 것 같은 내용까지 다 알아야 될 필요성이 있는 건가요?"

"쓸모가 있고 없고는 상관없습니다. 쓸모없는 내용까지도 알고 있다는 사실이 중요한 겁니다."

그 말에 내가 미간을 찌푸리자 디네힌은 '……길로프 재상이 한 말입니다.' 하고 덧붙였다.

"여왕 전하께서는 내내월 카마레트노스에 방문하실 예정이라고 들었습니다. 그때를 위해서라도 여왕 전하의 티아마칸어는 완벽해야만 한다는 것이 재상의 주장이었습니다."

그랬다. 탄신제 마지막 날 카야르와 했던 약속이었다. 11월 12일, 황도 카마레트노스에서 있을 그의 탄신제에 참석하는 것. 그리고 그때 그의 청혼에 대한 대답을 들려주는 것.

"그때 재상에게도 한 말이지만 새삼 다시 말씀드리겠습니다, 여왕 전하. 저는 직접 티아마칸으로 가시는 것은 반대입니다."

디네힌은 나를 쳐다보면서 말했다.

"어째서죠?"

"어째서라니요. 위험하기 때문입니다. 여왕 전하께서는 전 대륙의 이목이 쏠려 있는 몸이 아니십니까. 왕도를 떠나시는 것만 해도 위험한데 티아마칸이라니요. 게다가 그 목적이 청혼을 거절하기 위해서라니, 황제가 그 성정에 무슨 흉행을 저지를지 어떻게 알 수 있단 말입니까."

나는 일부러 눈을 동그랗게 떴다.

"어머, 무슨 말이죠? 전 아직 그의 청혼을 거절하겠다는 말은 안 했는데요."

디네힌이 표정을 굳혔다.

"여왕 전하."

"미안해요. 농담이에요."

나는 웃으면서 말했다.

"걱정 마요, 별일 없을 테니까. 디네힌 경 말마따나 저는 전 대륙이 주목하고 있는 몸이라고요. 어떻게 제게 함부로 손을 댈 수 있겠어요."

"그건 모르는 일입니다. 다른 이도 아닌 '그' 황제가 아닙니까."

"음…… . 정말 그럴까요? 제 생각에는 아무리 그래도 카야르가 저한테 험한 일을 할 것 같지는 않은데요."

"황제를 꽤나 믿고 계시는군요."

디네힌은 입가를 희미하게 일그러뜨리며 말했다. 그는 온몸으로 못마땅한 기색을 표출하고 있었다. 이 반응은 전에도 본적이 있었다. 가면무도회가 끝나고 카야르와 둘이서만 보기로 약속했을 때였다. 그때는 디네힌이 왜 이렇게까지 싫어하나 의아해만 했는데, 설마.

"혹시 디네힌 경, 질투하는 거예요?"

내 물음에 디네힌의 눈동자가 흔들리더니 시선을 피했다.

"당치도 않습니다."

"에이, 그런 것 같은데요?"

나는 피식피식 새어 나오려는 웃음을 꾹 참아 누르며 말했다.

"아닙니다. 전 여왕 전하의 안위를 걱정하는 것뿐입니다."

디네힌은 정색하고 말했다.

"근위 기사단을 이끌고 있는 몸으로서, 조금이라도 전하께 위협이 될 수 있는 상황은 처음부터 피하려 하는 건 지극히 당연한—"

"그럼 약혼자로서는요?"

내 말에 디네힌은 입을 다물었다.

"말해 보세요. 내 약혼자로서는 어떻게 생각하는데요."

"싫습니다."

"왜요. 진짜로 내가 카야르의 청혼을 승낙하기라도 할까 봐서요? 그럴 리가 없잖아요. 그때도 말했잖아요. 나에겐 디네힌 경뿐이라고."

"그런 게 아닙니다."

디네힌은 말했다.

"그냥, 여왕 전하께서 그와 만난다는 것 자체가 싫은 겁니다."

그의 표정은 부루퉁하니 말마따나 싫은 티가 여지없이 드러나 있었다. 늘 무표정하던 길로프 주니어가 그런 표정을 짓고 있는 것이 그렇게 귀여울 수가 없었다.

그를 선망하는 수많은 여자들에게도 보여 주고 자랑하고 싶은 마음 반, 혼자만 알고 싶은 마음 반이었다.

"왜요? 왜 싫은데요?"

나는 디네힌을 골려 주고 싶은 마음에 생글생글 웃으면서 말했다. 그는 나를 쳐다보았다.

"그걸 정말 몰라서 물으시는 겁니까?"

"네. 저는 잘 모르겠어요. 왜 그런 건데요?"

순간 그의 눈동자 속에서 작은 불꽃이 번쩍였다.

"좋습니다. 그럼 알려 드리죠."

디네힌은 갑자기 벌떡 일어나더니 이쪽으로 다가와 다짜고짜 내 손을 잡아 일으켰다. 그리고 깜짝 놀라 올려다보는 나를 자신의 품으로 당겼다.

"디네힌 경? 왜 갑자기……!"

"모르시겠다면서요. 알게 해 드리려는 겁니다."

그는 싸늘하리만큼 낮은 목소리로 그렇게 속삭인 뒤, 자신의 입으로 내 입을 막았다. 그의 입술의 감촉을 느끼기도 전에 뜨거운 숨결이 내 입안으로 들어오고, 이어서 미끈덩하고 물컹한 무언가가 속으로 파고들었다.

나는 자신도 모르게 숨을 흡 하고 들이켜면서 본능적으로 몸을 뒤로 빼려고 했다. 하지만 디네힌의 손이 내 뒷목을 붙잡더니 더욱더 자기 쪽으로 끌어당겼다.

"으응......!"

나도 모르게 야릇한 신음이 흘러나왔다. 그의 혀는 내 것을 감싸고 비비다 그 주위를 깊게 휘저으며 얽어 들어왔다.

가슴이 미친 듯이 뛰었다. 아무것도 생각할 수가 없었다. 마치 그에 의해 내 몸이 깊은 곳에서부터 하나하나 강제로 열려가는 것만 같았다. 그의 집요한 키스로부터 도망칠 곳도 찾지 못한 채, 그 품 안에서 나는 그저 끝없이 녹아내리고 있었다.

그가 불현듯 내게서 입술을 뗐다.

"아...... 하악......!"

나는 턱밑까지 차 있던 숨을 가쁘게 내뱉었다. 그의 커다란 손이 내 뺨을 감쌌다.

"이제 아시겠습니까, 전하."

디네힌은 나와 이마를 맞대고, 바로 눈앞에서 내 눈동자를 들여다보며 말했다.

"이것이 제 마음입니다. 사실은 여왕 전하를 어디에도 보내고 싶지 않습니다. 그 어떤 남자와도 만나게 하고 싶지 않습니다. 줄곧, 줄곧 그랬습니다. 그저 참고 있었을 뿐입니다. 그야말로 온 힘을 다해서."

몽롱한 눈으로 그를 바라보자 그의 눈꼬리가 휘어졌다.

"그러니 너무 저를 시험하지 말아 주십시오."

디네힌은 그렇게 말한 뒤 내게서 떨어졌다. 나는 그대로 풀썩 다시 의자에 주저앉았다. 온몸에 힘이 하나도 없었다.

"디네힌 경."

나는 그의 이름을 불렀다. 돌아서 있는 그의 어깨가, 거칠어진 호흡으로 희미하게 오르락내리락하고 있는 것이 보였다.

"……오빠."

마침내 그가 날 돌아보았다.

"미안해. 절대 시험하려고 한 건 아니었어. 난 그냥……."

그의 눈을 보자 왜인지 말문이 막혔다. 나는 디네힌에게 다가가 그의 팔을 껴안았다. 굵고 탄탄한 그 팔이 어렴풋이 떨리는 것이 느껴졌다.

"말했잖아. 나한테는 오빠뿐이야. 예전에도 지금도, 그리고 앞으로도."

나는 디네힌의 어깨에 이마를 부비며 말했다.

"오빠가 나한테 무슨 일이 있을까 걱정하는 마음도 이해해. 하지만 가야 해. 그러기로 약속했고, 또 가지 않더라도 어차피 전해야만 하는 일이니까."

"전하."

"그리고 내가 어딜 가든 오빠가 같이 있을 거잖아. 무슨 일이 있어도 안전하게 지켜 줄 거잖아. 그치?"

그는 잠시 눈을 감았다가 뜨며 '물론입니다.' 하고 말했다.

"꼭 지켜 드리겠습니다. 제 목숨과 바꿔서라도."

"그건 안 돼. 부부는 일심동체라는 말 몰라? 오빠의 목숨은 곧 내 목숨이야. 그걸 희생해서야 말이 안 되잖아."

내 말에 디네힌은 눈썹을 찌푸리며 미소 지었다.

"확실히 그렇군요. 명심하겠습니다."

"응. 꼭."

우리는 서로를 바라보다 실없이 마주 웃었다. 그리고 다시 입을 맞췄다. 이번에는 누가 먼저랄 것도 없이.

디네힌이 내 교사를 그만둔 이후 새삼스럽게 깨달은 것은, 늘 곁에 있다고 생각했던 그와의 접점이 의외로 얼마 되지 않는다는 사실이었다.

아무래도 근위 기사 단장이라는 직책이 기사단 전체를 통제하고 관리하는 위치다 보니, 막상 여왕과는 직접 얽힐 일이 드물었다. 탄신제 때는 그야말로 그 정도 되는 대대적인 행사였기에 그가 직접 나를 수행했던 것이다.

평상시에는 각자 바쁘다 보니 하루 종일 얼굴 한번 못 보는 날도 있었다. 그럴 때는 정말 없는 구실이라도 만들어 집무실로 부르는 수밖에 없었는데, 그럴 때마다 디네힌은 '이러시면 곤란합니다, 여왕 전하.'라면서 정색을 했다.

그나마 그와 당당하게 어울릴 수 있는 가장 흔한 기회가 연회였다. 예전에는 연회가 열리더라도 기사로서 경비에만 집중했지만, 정식으로 내 구혼자 자격을 얻은 뒤로 그는 에스코트 역으로 연회에 참가하는 일이 많아졌다.

덕분에 디네힌이 예복을 입은 모습을 보며 눈 호강을 하는 것은 물론, 댄스 파트너로서 수도 없이 함께 춤을 추곤 했다. 탄신제 가면무도회 때 겪어 봐서 알고는 있었지만 언제 봐도 놀라운 춤 솜씨였다.

내가 '티아마칸에 가 있는 동안 그쪽 아가씨들과 맨날 춤만 춘 거 아니에요?' 하고 핀잔을 주면, 디네힌은 '혹시라도 이런 날이 왔을 때 여왕 전하께 누를 끼쳐 드려서는 안 된다고 생각했을 뿐입니다.'라면서 시치미를 뗐다. 즐거웠다. 진심으로 연회가 즐겁다고 느껴 본 것이 대체 얼마 만일까. 여왕으로 즉위한 이후로 내게 연회란 그저 공무의 일환일 뿐이었다.

나는 평소 의식적으로 사교계 인사 중 특정한 누군가와 가깝게 지내지 않으려 했다. 혹시라도 정치적인 문제의 씨앗이 될 수 있기 때문이었다. 그렇기에 연회는 물론이거니와 티타임 때도 필요 이상 오래 앉아 있지 않는 것이 습관이었다.

그러나 디네힌과 연인이 된 이후론 달라졌다. 연회만의 들뜨고 신나는 기분도, 사랑하는 이와 차를 마시며 나누는 여유로운 시간의 의미도 되찾을 수 있었다. 아바마마와 어마마마께서 돌아가시고 홀로 된 이후 줄곧 잊고 있었던 따뜻함을, 그를 통해 겨우.

조금 더 같이 있고 싶지만 그럴 수 없는 안타까움도, 직접 닿고 그 체온을 느끼고 싶지만 참아야만 하는 애틋함도 결코 무의미하지 않았다. 그런 감정들이 오히려 일상에 색채를 더해 주고 풍성하게 만들어 준다는 것을 배웠다.

만나기로 약속한 날이면 하루 종일 가슴이 떨렸다. 만나고 나면 그야말로 시간을 잊었고, 밤에는 침대 안에서 그 기억을 되새기며 행복하게 잠들 수 있었다.

오로지 사랑하는 사람이 생겼을 뿐인데 모든 것이 달라졌다. 나는 과거의 그 어느 때보다도 충실하고 생생한 삶을 살고 있었다. 전부 디네힌 덕분이었다.

그러는 사이 시간은 쏜살같이 흘렀다. 이제 여름이 끝나나 싶었던 게 엊그제 같은데, 정신 차려 보니 벌써 나뭇잎들이 떨어지고 있었다. 마치 열아홉 살의 가을을 통째로 누군가에게 도둑맞은 것만 같았다.

그렇게 11월이 되었다. 카야르와 약속한 날이 눈앞이었다.

티아마칸에서

    탄신제 전까지 왕궁 바깥으로조차 나가 본 적이 없었던 나에게 있어, 마차로도 꼬박 사흘은 걸리는 티아마칸 행은 그 자체로 도전이었다. 그것은 탄신제 이상의 중대사로 간주되어 꼬박 두 달 내내 준비가 진행되었다.

    방문단 구성부터 시작해 황도까지의 코스 결정, 방문 일정 수립, 그 외 자잘한 것들과 무엇보다도 그 모든 사항을 티아마칸과 조율하는 일로 준비는 결코 간단하지 않았다. 나 역시 마지막 2주간은 잘 시간도 모자랄 정도로 정신없이 바빴다.

    물론 신하들이 이번 일로 좀 과하게 호들갑을 떤다는 느낌은 있었다. 외교 대신, 히셀 후작을 중심으로 듀플랑 공작을 비롯한 원로들까지 가세해서 열을 올리는 게 완전히 날 그쪽에 시집보내는 기세였다.

내 드레스와 장신구에 어마어마한 액수를 할당한 예산안을 제출하지 않나, 잠이 부족하면 피부가 나빠진다면서 출발 전 일주일 동안은 정해진 수면 시간을 준수하자는 소리를 회의 때 안건이랍시고 내놓질 않나. 나이 먹을 만큼 먹은 영감들이 부끄럽지도 않나 싶을 정도였다.

그러니 디네힌의 기분이 좋을 리 없었다. 그는 방문 계획 자체를 재검토할 것을 여러 번 건의했지만 번번이 기각되었다. 내가 직접 티아마칸으로 가는 것은 위험하다고 지속적으로 주장하는 자신의 아들과는 달리, 길로프는 내가 처음 티아마칸 행을 알린 이후로 단 한 번도 그것을 반대하지 않았다.

정확히는 찬성을 포함하여 어느 쪽의 의견도 내놓지 않았다. 공은 어떻게 생각하느냐고 내가 묻자 '약속이라고 하시지 않았습니까. 여왕 전하께서 지켜야 한다고 생각하신다면 그것이 맞겠지요.'라고 답한 것이 전부였다.

그랬던 길로프의 속내를 알 기회가 그야말로 막바지에 찾아왔다. 그가 출발 전날 저녁, 내게 알현을 청한 것이다.

"이런 시간에 어쩐 일이신가요, 길로프 공?"

나는 놀라움 반, 의아함 반으로 물었다.

"피부 관리를 위해 앞으로 1시간 내로 잠자리에 들어야 하는데요. 공도 아시다시피 회의 때 결정된 사안이거든요."

"실례했습니다. 그렇다면 최대한 빨리 끝내도록 하지요."

나의 농담에도 길로프는 평소와 같이 미소 하나 떠올리지 않았다.

"부디 옥체 무탈하게 다녀오시라는 말씀을 드리고 싶었습니다. 내일은 그럴 짬이 없을 것 같아서요."

"말씀 고마워요. 그렇지만 별일 있겠어요?"

"모르는 일이지요. 미래는 누구도 예측할 수 없으니까요."

길로프가 그렇게 말하는 순간 필연적으로 어떤 인물이 머릿속에 떠올랐다. '……한 명을 제외하고는요.'라고 덧붙인 걸로 보아, 길로프도 같은 생각을 한 것이 분명했다. 나는 쓴웃음을 지었다.

"그러고 보니 길로프 공은 예언을 믿지 않았죠?"

"믿지 않는 것도, 믿는 것도 아닙니다. 그저 하나의 현상으로 파악하려 하고 있을 뿐이지요."

그게 바로 안 믿는 거라고요. 나는 속으로 생각했다.

"그럼 공은 정말은 어떻게 생각하세요? 디네힌 경의 생각처럼, 정말로 티아마칸 쪽에서 내 신변에 위협을 가할 수도 있다고 보시나요?"

"가능성이 전혀 없지는 않겠지만, 그래도 현실적으로 그럴 확률은 낮겠지요."

"그렇죠?"

"예. 다만……."

길로프는 눈을 가늘게 좁혔다.

"오히려 저는 황제보다는 황태후 쪽이 신경 쓰이는군요."

"황태후……요?"

"예. 현 황제의 친모인 치체리나 황태후 말입니다."

치체리나 황태후. 길로프의 말대로 카야르의 친모인 그녀는 전대 황제의 정실이기도 했다.

전대 황제 케르간 2세는 익히 알려진 것처럼 여자 버릇이 나빴다. 수십 명의 첩실을 들인 것으로도 모자라 자기 눈에 차는 여자가 있으면 그것이 시녀건 평민이건 남의 여자건 상관하지 않았다.

그렇게 그의 씨를 받고 태어난 아이가 알려진 것만 두 자릿수였고, 이는 카야르 스스로 밝혔듯 황위 계승시 몰아쳤던 피바람의 가장 근본적인 원인이기도 했다.

아무튼 케르간 2세는 재위 기간 내내 국정에는 관심 없이 오로지 계집질에 열을 올렸고, 그동안 제국의 실권은 당시 황후였던 치체리나에게 넘어갔다. 그것은 그가 귀찮음에 유기한 것이자 계집질에 대한 담보로 양도한 것이기도 했다.

티아마칸 내 전통 있는 세력 가문의 영애였던 치체리나는 차근차근히 자신의 친인척으로 주위를 채워 나갔다. 그렇게 만들어진 단단한 외척 세력은 카야르가 황위를 이어받은 지금까지도 건재했다. 카야르가 황제가 된 지 이제 겨우 1년 남짓. 실세는 여전히 치체리나 황태후였다.

"티아마칸 내 황태후의 위세는 하늘을 찌릅니다. 아마 그 아들보다 더하면 더했지, 못하지 않은 안하무인이겠지요. 그런 그녀가 예언의 주인공인 여왕 전하께 고운 시선을 보낼 리 만무합니다. 지난 여왕 전하의 탄신제 때 황제가 직접 이곳까지 왔던 것도 황태후에게 있어서는 자존심을 건드릴 만한 일이었을 테고요."

　나는 선대 황제 케르간 2세가 나를 첩실로 맞겠다는 내용의 친서를 보내왔던 일을 떠올리고 이마에 주름을 그었다.

　"골치 아프네요. 디네힌 경 말대로 안 가는 게 나았을까요?"

　"그랬다면 또 그것을 구실로 문제 삼았을 수도 있지요. 아마 결과적으로는 마찬가지일 겁니다."

　그렇게 말한 길로프는 조용한 눈길로 나를 바라보았다.

　"어차피 넘어야 할 산이라는 건가요?"

　"예, 아마도."

　"어쩐지 일부러 그쪽으로 떠미시는 것 같은 기분도 드는데요. 제 착각일까요?"

　"글쎄요. 말씀하신 대로 넘어야 할 산이라면, 그렇겠지요."

　길로프는 태연한 표정을 지은 채로 말했다.

　"그래서 미리 말씀드리지 않았습니까. 힘들고 위험한 길이 될 거라고 말입니다."

　나는 또 쓴웃음을 지을 수밖에 없었다. 굳건한 지지를 보내는 것과는 또 별개로, 그럴 필요성이 있다면 얼마든지 벼랑으로 내몬다는 걸까.

　이것이 길로프의 시험이라면 나는 에오니르의 여왕으로서 그것을 문제없이 통과해 내야만 했다. 그에게 인정받는 것은 곧 아바마마께 인정받는 것과 마찬가지니까.

　"염려 고마워요. 잘 갔다 올게요. 내가 없는 동안 에오니르를 잘 부탁드려요."

"알겠습니다, 여왕 전하."

그렇게 우리는 헤어졌다.

다음 날 오전, 나는 드디어 티아마칸으로 향하는 마차에 몸을 실었다. 외교 대신 및 외무 보좌관을 위시한 동행 관료들, 디네힌이 이끄는 근위 기사단 병력, 그 외 시녀와 시종들을 포함하여 총 오십 명이 넘는 인원에 마차 열두 개, 말 사십여 필이 동원된 대규모 행렬이었다.

긴장되고 불안한 마음은 마차 창문으로 시시각각 변해 가는 풍경을 보고 있는 사이 설렘으로 바뀌었다.

결코 기꺼운 동기는 아니라 해도 태어나 처음으로 떠나는 여행길이었다. 더구나 사랑하는 사람과 함께 아닌가. 즐겁지 않을 이유가 없으리라. 나는 창문 밖으로, 마차 옆에서 말을 타고 있는 디네힌을 보았다. 절로 미소가 떠올랐다.

어떤 산이 기다리고 있더라도 상관없었다. 함께 넘을 사람이 있으니까.

⋯⋯라고 생각했는데, 빨리도 고비가 왔다. 바로 멀미였다.

사흘에 걸친 행군은 탄신제 날 밤 잠시 외출했던 것과는 차원이 달랐다. 수도 안에서처럼 잘 닦인 길만 있는 게 아닌 것이 결정적이었다. 머리가 어지럽고 속이 미식거리는 게 태어나서 처음 느껴 보는 감각이었다.

나 때문에 행렬이 더뎌지는 것을 원치 않았기에 최대한 참아 보려고 했지만, 역시 한계가 있었다. 그래도 승마는 좀 경험이 있으니 차라리 승마복으로 갈아입고 말을 타면 낫지 않겠느냐고 해 봤지만 당연하다는 듯이 기각당했다.

결국 최대한 휴식을 취하며 천천히 이동하는 수밖에 없었다.

"괜찮으십니까, 전하."

손수건을 입에 댄 채로 앉아서 쉬고 있는 나에게, 디네힌이 다가와서 물었다.

"네, 괜찮아요. 다들 미안해요. 나 때문에 지체돼서."

내 말에 그의 낯빛이 흐려졌다.

"당치도 않습니다. 그런 말씀 마십시오. 누구 하나 할 것 없이 전하를 편히 모시지 못해 죄송스러운 마음뿐입니다."

바로 그래서 미안한 거예요.

나는 새삼 고개를 들고 주위를 둘러보았다. 추수가 끝나 황량해진 벌판이 끝없이 펼쳐진 가운데, 저 멀리 강이 보였다.

"여기가 어디쯤이죠?"

"남부 소르토입니다. 티아마칸의 대표적인 곡창지대이자 에오니르와 국경을 맞대고 있는 지방이지요."

"그렇군요. 신기해요. 이렇게 아무것도 없는 넓은 평지를 보는 건 처음이거든요."

나는 그렇게 말했다가 이내 멋쩍게 웃었다.

"물론 왕궁에서 보이는 풍경 외에는 다 모르지만요. 디네힌 경은 알아요? 에오니르에도 이런 곳이 있나요?"

"예, 전하. 농지의 전경은 어디나 크게 다르지 않으니까요."

"확실히 이상하죠, 여왕이 자기가 다스리는 나라가 어떻게 생겼는지도 모른다는 건."

"아닙니다, 전하. 전하의 자의가 아니었지 않습니까. 게다가 그 어떤 왕이라고 하더라도 자기 나라를 속속들이 알지는 못할 겁니다. 왕이란 바쁘고, 또 자유롭지 못한 몸이니까요."

디네힌은 정색하고 말했다. 그 뜬금없는 열의에 나는 속으로 웃음을 삼켰다. 그는 항상 이렇다. 아무리 사소한 일이더라도 늘 필사적으로 내 편을 들어 주고 옹호해 준다.

나는 가만히 그의 손을 잡았다. 그 마음만큼이나 따뜻한 체온이 느껴졌다.

"이번 여정이 끝나면 다음에는 꼭 에오니르를 돌아보고 싶네요. 그때도 함께해 줄 거죠?"

내 질문에 디네힌은 씁쓸하게 웃었다.

"전하의 멀미가 나아진다면 말이지요."

"금방 익숙해질 거예요. 난 원래 적응이 빠르거든요."

솔직히 그때는 센 척하려고 한 말이었지만, 결과적으로 아주 공갈도 아니었다. 첫째 날은 좀 고생했지만 그 뒤로는 좀 익숙해졌는지 버틸 만했던 것이다.

중간에 두 번, 각각 다른 소도시의 여관에서 밤을 보내고 강을 따라 티아마칸의 넓은 남부를 가로질렀다. 그리고 에오니르를 떠난 지 사흘째, 마침내 목적지에 도착했다. 티아마칸의 수도이자 중부 대륙 최대의 도시, 황도 카마레트노스였다.

멀리서 드러난 그 모습은 그 자체로 요새라고 해도 과언이 아니었다. 타나수르의 족히 몇 배는 되어 보이는 그 커다란 도시 전체가 높고 뾰족뾰족한 회색 성벽으로 둘러싸여 있었다.

역시나 군사 대국의 수도답다고 해야 할까. 외부 군세가 쳐들어오더라도 보는 것만으로 포기하고 돌아갈 듯한 장엄한 풍경이었다.

내성 역시 타나수르 이상으로 번화하고 도시화되어 있었다. 다만 살풍경했다. 모든 건물들은 성벽과 마찬가지로 짙은 회색빛으로 획일화되어 있었으며 높이와 모양, 심지어 배치마저도 균일했다.

"디네힌 경도 이 안에서 유학 시절을 보냈던 거죠?"

"예, 전하."

디네힌은 눈을 희미하게 찡그리며 미소 지었다.

"그러니 제가 얼마나 향수병에 시달렸을지 아시겠지요."

성문을 지나고 나서도 몇 시간을 더 달려 황성에 도착했다. 2차 성벽에 둘러싸인 그것은 마치 황도를 그대로 축소시켜 놓은 것 같았다.

나는 디네힌의 손을 잡고 마차에서 내렸다. 황궁 정문을 중심으로 제복을 입은 근위병들이 좌우로 갈라져 늘어선 가운데, 기다리고 있던 세 사람이 이쪽으로 다가왔다. 남자 둘에 여자 하나였다.

남자들 중 하나는 나의 탄신제 때도 보았던 인물이었다. 회색빛 머리에 안경을 쓴 장신의 남자. 줄곧 카야르의 곁을 지키고 있던 자난 공작이었다. 다른 한쪽은 그보다 훨씬 나이가 많은, 넉넉한 풍채의 초로의 신사였다.

그는 가장 앞서서 내게 고개를 숙였다.

"오시기만을 기다리고 있었습니다, 여왕 전하. 에오니르부터 먼 길 오시느라 참으로 고생이 많으셨습니다. 저는 주 티아마칸 에오니르 대사인……."

"젤러스 달튼 백작이시지요. 기억하고 있습니다. 제 즉위식 때 뵈었지요."

그렇게 말하며 나는 그에게 손을 내밀었다. 내 손등에 키스하는 그의 얼굴에 놀라움이 떠올랐다.

"황공하옵니다. 그때 딱 한 번 인사드렸을 뿐인데 저 같은 자를 기억해 주시다니……."

"당연한 일입니다. 늘 이렇듯 먼 타향에서 두 나라의 관계를 위하여 힘써 주시는 고마운 분 아닙니까. 늘 감사한 마음을 품고 있습니다, 대사."

달튼 백작은 '전하. 참으로 황공하옵니다, 전하.'라며 연거푸 머리를 조아렸다. 나는 기품 있게 미소 지었다.

물론 그를 기억하는 가장 큰 이유는 지금도 훤히 드러나 있는 그의 헐벗은 정수리 때문이었지만, 당연히 그런 말은 꺼낼 리가 없었다. 그때보다 더 머리숱이 적어진 게 가슴이 아팠다.

달튼 백작은 자기 뒤의 남녀를 돌아보았다.

"소개드리지요. 티아마칸의 제 4황녀 이스파 에갈로츠 백작 부인, 그리고 황제 폐하의 전략 보좌관인 에아메스 자난 공작입니다."

"황도에 오신 것을 환영합니다, 에오니르 여왕 전하."

이스파가 생글생글 웃으며 말했다. 카야르의 핏줄이라 그런 지 여자임에도 키가 크고, 대단한 글래머였다. 생김새 역시 육 감적이고 정열적인 인상의 미녀였다.

"환대 감사합니다, 황녀 마마."

"그냥 이스파라고 불러 주세요. 이제 곧 남이 아니게 될 텐데 요, 뭘."

그녀는 한쪽 눈을 찡긋하며 말했다. 나는 '아니, 그건…….' 하고 어색하게 웃었다. 그러나 그녀의 시선은 내게 오래 머무 르지 않았다. 이스파는 내 옆에 있는 디네힌을 돌아보며 '여기 계신 근사한 신사분은 누구신가요?' 하고 물었다.

어지간히 마이 페이스인 황녀였다. 나는 순간 당황했지만 애 써 그런 기색을 누르며 '……디네힌 버트로스 후작입니다. 에 오니르 왕실 근위 기사단의 단장을 맡고 있지요.' 하고 그를 소 개했다.

"만나 뵙게 되어 영광입니다, 황녀 마마."

디네힌이 인사를 올리자 이스파는 기다렸다는 듯이 냉큼 그 에게 손을 내밀었다. 디네힌은 잠시 망설이다가 그 손등에 입 을 맞췄다. 그때 그를 내려다보는 이스파의 눈동자에 반짝이는 이채가 서렸다. 그것을 본 순간 가슴 안쪽에서 알 수 없는 불편 함이 일었다. 마치 신경에 가느다란 가시라도 박아 놓은 듯 거 슬리는 느낌이었다.

내가 그 감정의 정체를 깨닫기도 전에, 그때까지 뒤에서 침 묵을 지키고 있던 자난 공작이 입을 열어 말했다.

"날이 춥습니다. 여왕 전하를 안으로 모시도록 하죠."

"아참, 내 정신 좀 봐. 그래야겠네요. 여왕 전하? 안으로 드시죠. 버트로스 후작도요. 자, 어서."

이스파는 그렇게 말하며 디네힌의 손을 붙잡아 끌었다. 순간 그 자리에 있던 모든 사람들의 얼굴에 뜨악한 빛이 떠올랐다.

"황녀 마마."

"왜요? 얼른 가요."

디네힌이 곤란한 기색을 내비쳐도 이스파는 아랑곳하지 않았다. 그쯤 되니 진지하게 속이 부글거리기 시작했다. 어떻게 해야 되나 생각하는데, 옆에서 자난 공작이 손을 내밀며 내게 말을 걸었다.

"가시지요, 여왕 전하. 제가 에스코트하겠습니다."

그의 태연한 얼굴을 보는 순간 불현듯 알 수 없는 위화감이 들었다. 그리고 그것은 곧 등줄기가 서늘해지는 깨달음으로 이어졌다.

"전하? 어디 불편한 곳이라도 있으십니까."

"아뇨."

나는 미소를 지으며 그의 손을 잡았다. 그리고 입을 굳게 다문 채로 그를 따라 황성의 높고 긴 계단을 올랐다.

그 뒤 우리는 별궁의 귀빈실로 안내받았다. 황궁에서 대기시킨 시녀들이 있었기에 내 목욕과 몸단장 수발은 그녀들에게 맡기고, 에오니르부터 함께 온 시녀들에게는 쉬고 있을 것을 명했다. 다른 이들에게도 마찬가지였다.

"모든 공식 일정은 내일부터이니 오늘 남은 시간은 모두 충분히 쉬면서 여독을 풀도록 전하세요."

나는 비서관, 노먼에게 말했다.

"비서관도 굳이 대기하지 않아도 됩니다. 필요하면 시녀를 시켜 부를 테니 물러가 있으세요."

"말씀은 감사하오나 전하……."

"괜찮아요. 가서 쉬세요. 아, 그 대신 한 가지만 더 부탁할게요. 달튼 대사에게 내가 보자고 한다고 전하세요. 시간은 2시간쯤 후가 좋겠군요."

노먼은 조금 머뭇거렸지만, 곧 '알겠습니다, 전하.' 하고 고개를 숙인 뒤 물러났다.

먼저 요기를 하고, 목욕을 하고 옷을 갈아입은 뒤 쉬고 있으려니 곧 달튼 백작이 찾아왔다. 나는 그에게 앉을 것을 권하고, 함께 차를 들었다.

"대사도 아시겠지만, 저는 이제 막 티아마칸에 도착하여 이곳의 사정을 잘 모릅니다. 그러니 이를 잘 알고 있는 그대에게 좀 묻고 싶군요. 괜찮을까요."

"여부가 있겠습니까, 전하. 말씀만 하십시오."

"이스파 황녀에 대해 알려 주세요."

순간 달튼의 눈의 초점이 흔들렸다. 나는 그에게 미소를 지어 보였다.

"다른 뜻은 없습니다. 다만 이곳 티아마칸의 문화가 에오니르와는 사뭇 다른 듯하여, 결례를 저지르지 않으려면 황녀가 어떤 분인지 알아 둘 필요성이 있을 것 같아서요. 그러니 아는 대로 기탄없이 말씀해 주세요."

"……예, 알겠습니다, 전하."

달튼은 조심스럽게 이야기를 시작했다. 그의 말에 따르면 이스파는 카야르의 여섯 누이 중 네 번째로, 선대 황제와 치체리나 황태후의 사이에서 나온 마지막 자식이었다.

그것만으로도 이미 설명을 다 들은 기분이었다. 그 위세 높은 황태후의 친딸이자 현 황제와는 친남매 사이니 대체 뭐가 두렵겠는가.

그녀는 3년 전에 지금의 나와 같은 열아홉의 나이로 티아마칸에서는 유력한 무가武家인 에갈로츠 공작가의 차남과 결혼했고, 그 사이에서 아들과 딸을 하나씩 낳았다. 에갈로츠 백작은 지금은 멀리 메르토니아와의 국경 지대에 파견되어, 그곳 주둔 부대의 사령관직을 맡고 있다는 이야기였다.

"묘한 일이군요. 그런데 이스파 황녀는 남편을 따라가지 않고 황도에 남은 건가요?"

"그렇습니다, 전하."

달튼은 여전히 머뭇거리며, 옆에 대기하고 있는 황궁 시녀들에게 흘끗흘끗 시선을 주었다. 듣는 귀를 신경 쓴다는 것은 말하기 힘든 이야기가 있다는 뜻이고, 그것은 곧 이스파 황녀에게 추문이 있다는 사실을 암시했다. 그리고 모든 정황을 따져 봤을 때 그 내용은 짐작하기 어렵지 않았다.

"알겠어요, 대사. 감사합니다. 남은 이야기는 다음에 천천히 듣기로 하죠. 곧 황제 폐하를 뵈어야 해서요."

내가 그렇게 말하고 자리에서 일어나자 달튼은 안도한 기색으로 '아, 그렇군요. 알겠습니다, 전하.'라고 말하며 따라 몸을 일으켰다.

그가 나간 뒤, 나는 시녀들에게 물러갈 것을 명하고 응접실에 홀로 남아 생각에 잠겼다.

이스파 황녀에겐 분명히 남자 문제가 있을 것이다. 아까 그녀가 디네힌을 보는 눈길에는 노골적인 욕망이 깃들어 있었다. 에오니르의 여왕인 내 앞에서 나의 수행 기사를 상대로 그것을 숨기려는 생각조차도 없었던 것은 물론, 유부녀임에도 불구하고 일말의 죄의식이나 주저함조차 없었다.

그것은 그녀가 평생 그렇게 살아왔으며, 지금까지 그 누구도 그것을 말리지 않았다는 것을 의미했다.

그리고 그렇게 대단한 배경을 가진 이스파가, 아무리 명문가라고는 해도 겨우 백작 작위밖에 갖지 못한 공작가의 차남과 결혼했을 만한 이유는 단 두 가지였다. 정말로 사랑했거나, 아니면 그것을 감수할 만한 허물이 본인에게 있었거나. 디네힌에게 보인 행태나, 변방으로 파견된 남편을 따라가지 않은 걸로 이미 전자는 가능성이 없었다.

그렇다면 남은 건 후자뿐이다. 그녀의 남성 편력은 처녀 시절부터 유명했을 것이고, 그것을 억제하려는 의도로 황태후가 일찌감치 그녀를 결혼시켰을 확률이 높았다. 물론 그 외에도 결혼을 서둘러야만 했을 이유는 또 있었다. 추잡해서 떠올리기 싫었을 뿐이다.

확실한 것은 좀 더 알아봐야 하겠지만, 나는 내 추측과 사실이 그리 다르지 않을 거라고 믿었다. 그리고 그렇다는 가정하에 정작 중요한 문제는 따로 있었다.

아무리 티아마칸이라고 해도 기본적인 윤리와 법도에 대한 의식은 에오니르와 그리 다르지 않을 것이다. 이스파가 아까 디네힌의 손을 붙잡아 당긴 그 행위는 누가 봐도 뜨악할 만한 것이었다. 그리고 그 자리에서 그녀를 말릴 수 있는 입장은 오직 자난 공작뿐이었는데, 그는 그렇게 하지 않았다.

달튼 백작처럼 이스파 황녀의 눈치를 보느라 그랬을 거라고는 생각할 수 없었다. 그는 황제인 카야르에게 서슴없이 자신의 의견을 피력할 수 있는 위치의 인물이었으니까.

백번 양보해서 정말로 이스파의 심기를 거스르는 것이 두려웠다고 하더라도, 그러지 않는 방식으로 수습할 방법은 얼마든지 있었을 것이다. 하지만 자난은 그러는 대신 나를 에스코트하겠다며 손을 내밀었다. 그때 나는 그의 눈을 보고 깨달았다. 이자는 일부러 상황을 방조하고 있다는 것을.

그는 명백히 나를 관찰하는 눈으로 바라보고 있었다. 마치 내가 어떻게 반응하는지, 어떻게 대처하는지를 지켜볼 심산인 것처럼.

대체 왜? 그 이유만은 아직 알 수가 없었다. 판단하기엔 재료가 부족했다. 애초에 왜 그런 추문의 소유자를 굳이 나를 맞이하는 자리에 내보낸 것일까. 그것을 결정한 사람은 누구일까.

그 답에 따라 많은 것이 달라질 수 있었다. 그것을 알아보기 위해서라도 일단은 카야르를 만나야 했다.

곧 그가 보낸 이가 나를 마중 나왔다. 나는 티티와 오트, 디네힌을 대동한 채 카야르가 기다리고 있는 곳으로 갔다.

안내받은 곳은 카야르의 내실이었다. 카펫 대신 짐승의 모피가 깔려 있고, 갑옷과 무기 따위가 장식되어 있는 것이 매우 그다운 느낌이었다.

카야르는 소파에 앉아 있다가 나를 보고 몸을 일으켰다. 그는 위아래 모두 검은색인, 심플한 디자인의 실내복을 입고 있었다. 편한 복장조차 새까만 색이라니, 정말 취향이 분명한 남자라는 생각이 순간 머릿속을 스치고 지나갔다.

"드디어 만나는군, 리유나 여왕."

그는 금안을 빛내며 말했다.

"그동안 옥체 만강하셨습니까, 황제 폐하."

나는 치맛자락을 들고 인사했다. 그는 피식 웃었다.

"지루하기 짝이 없는 나날들이었지. 앉으시오."

나는 시키는 대로 했다.

"여기로 부른 것이 그대의 심기를 불편하게 하지 않았으면 좋겠군. 격식 같은 건 집어치우고 편안한 시간을 가지고 싶었거든."

"저는 괜찮습니다. 염려치 마십시오."

"그렇다니 다행이로군."

카야르는 그렇게 말하고 이를 드러내며 만족스럽게 웃었다. 내가 보기에도 그는 상당히 기분이 좋아 보였다.

"일단 아랫것들은 물리지. 그대와 둘이서 느긋하게 회포를 풀고 싶으니까 말이야."

그 말에 내 뒤에 기립하고 있던 디네힌의 표정이 딱딱하게 굳었다. 나는 안색을 바꾸고 말했다.

"폐하, 말씀이 과하십니다. 디네힌 경은 그런 대우를 받을 만한 지위도, 입장도 아닙니다. 말씀을 거둬 주십시오."

"그가 그대의 아랫사람이 아니란 말인가? 영문을 모르겠군."

카야르는 눈살을 찌푸리며 말했다.

"네, 아닙니다. 그는 이제 정식으로 제 구혼자 자격을 얻었으니까요."

내 말에 카야르의 눈초리가 날카로워졌다.

"구혼자라고?"

"그렇습니다."

나는 힘주어 말했다. 카야르는 위압적인 안광을 뿜으며 나와 디네힌을 번갈아 보았다. 이윽고 그는 칫, 하고 혀를 차고는 소파 등받이에 몸을 깊숙이 묻었다.

"아무튼 짐은 나가 있으라고 말했네. 그에 불복하겠다는 건가? 버트로스 후작."

나는 디네힌을 돌아보고 '미안해요. 잠시만 나가 있어 줘요.' 하고 속삭였다.

"정말 괜찮으시겠습니까, 여왕 전하."

"네. 괜찮아요. 걱정 마세요."

디네힌은 잠시 침묵했다가, 곧 고개를 숙여 보이고 밖으로 나갔다. 티티와 오트, 그리고 카야르의 다른 경호원과 시종들도 그 뒤를 따랐다.

응접실 안에 카야르와 나만이 남았다. 그는 한동안 못마땅한 기색으로 말이 없었다. 타닥타닥, 벽난로 안에서 장작이 타는 소리만이 들려왔다.

카야르는 소파 앞 테이블에 있던 술병으로 손을 뻗어 그 마개를 열고 안에 든 것을 잔에 따랐다. 주위로 독한 향이 퍼졌다. 내 기억에도 있는 냄새였다. 그가 그토록 좋아하는 로물로라는 술이었다.

나는 그가 그것을 한 번에 들이켜는 것을 보며 '……환대에 감사드립니다, 황제 폐하. 숙소도 음식도 더할 나위 없더군요.' 하고 말했다.

그는 입가를 비틀며 웃었다.

"당연한 일에 인사치레를 하는 건 그만두지. 그래서 충분히 쉬었소?"

"예, 염려해 주신 덕분에."

"염려는 짐이 한 게 아니오. 나야 그대가 도착하자마자 부르고 싶었지. 그러나 자난이 만류하더군. 그것은 여성에게 실례라고. 최소한의 여독을 풀고 몸단장을 새로 할 시간을 주어야 한다고 말이지."

자난의 이름을 듣자 마주 포개고 있던 손에 나도 모르게 힘이 들어가는 것이 느껴졌다.

"그건 확실히 고마운 일이로군요."

"다행이군. 그게 아니었으면 그대를 맞이하러 그놈을 보낼 게 아니라 내가 직접 나갔을 것이오."

카야르는 잔을 다시 채웠다. 나는 잠시 입을 다물고 있다가 말을 이었다.

"지난 공작 말고도 귀한 분이 또 한 분 와 주셨더군요."

"아, 그래. 이스파 말이군."

카야르는 그렇게 말하며 한쪽 눈을 찡그렸다.

"그것이 결례를 저지르지 않았는지 모르겠군. 내 손으로도 어쩔 수가 없는 녀석이라서 말이오."

"황제 폐하께서 보내신 것이 아니었는지요."

"짐이? 그럴 리 없지. 태후께서 명한 일이었소. 나이도 비슷하니 말이 잘 통할 거라면서 말이지. 짐은 회의스러웠지만."

역시 황태후인가. 머릿속에서 그때까지 생각했던 몇 가지 가능성이 사라지고, 또 새로운 것이 추가되었다.

카야르는 디네힌이 정식 구혼자가 된 사실도 모르고 있는 눈치였다. 카야르가 이 일에 무관하다면, 황태후가 비밀리에 직접 자난에게 하명한 것이라도 있는 걸까.

"왜 그러시오. 진짜로 이스파가 그대에게 실례되는 말이라도 했소?"

"아뇨, 전혀요. 친절하시더군요."

내가 생긋 웃으면서 말하자 그는 안심한 듯 표정을 풀었다.

어느
여왕 전하의 우울

"나쁜 아이는 아니라오. 오냐오냐 자란 탓에 철이 없을 뿐이지. 나이는 그대보다 많아도 아직 어린애라고 보면 될 거요. 그러니 혹 안 좋은 말을 듣더라도 그 애 앞에서는 티를 내지 말아주었으면 고맙겠소."

"안 좋은 말이라 하시면……?"

내가 그렇게 묻자 그는 다시 얼굴을 찡그렸다.

"평소 행실이 그다지 바르다고는 할 수 없어서 말이오. 아무튼 신경 쓰지 마시오."

나는 애매한 미소를 짓는 것으로 대답을 대신했다. 어느 정도 예상은 했지만 이렇게까지 감싸고 돌 줄은 몰랐다. 천하의 카야르라도 동복同腹 여동생은 각별하다는 걸까. 하긴 그랬기에 그녀가 이 지경까지 온 것이겠지. 아무튼 카야르의 말로, 내 마음속 이스파에 대한 추측에 확신이 더해졌다.

카야르는 한동안 말없이 잔을 기울였다. 나는 나대로 혼자 생각을 정리하고 있었다. 그러던 중 그가 불쑥 입을 열었다.

"그래서, 대답은 나왔소?"

"네?"

"짐에게 들려주기로 한 대답 말이오. 그대의 마음이 결정됐느냐를 묻는 거요."

카야르는 진득한 눈빛으로 나를 바라보며 물었다. 나는 태연함을 잃지 않으려 노력하며 그에게 미소를 지어 보였다.

"너무 서두르시는군요. 약속드린 기일까지는 아직 이틀이 남았지 않습니까."

청혼에 대한 답을 들려주기로 했던 것은 11월 12일, 카야르의 생일이었다. 카야르는 못마땅한 듯 신음을 흘렸다.

"이해할 수가 없군. 하루 이틀 지난다고 대답이 달라질 일이 있소?"

"그럴 수도 있지요."

나는 조용히 말했다. 물론 그 말은 사실이 아니었다. 내 마음은 이미 오래전부터 정해져 있었으니까.

다만 지금 바로 카야르에게 거절의 말을 하는 것이 옳은 선택이라는 확신이 들지 않았다.

아직 황태후는 만나지도 못했건만 벌써부터 좋지 않은 조짐이 보였다. 만약 내가 파악하지 못한 함정이 도사리고 있는 것이라면 신중하게 행동할 필요성이 있었다.

"좋소. 세 달을 기다렸는데 이틀을 더 못 기다리겠소."

카야르는 그렇게 말하고 다시 잔을 입으로 가져갔다.

그 이후로 우리는 1시간 정도 그동안의 근황이나 탄신제 일정에 대한 이야기를 주고받다가 헤어졌다. '아직 피곤할 테지. 오늘은 일찍 쉬도록 하시오.'라며 카야르치고는 제법 배려 있는 처사를 했다.

밖으로 나오자 디네힌이 기다리고 있었다.

"별일 없으셨습니까, 전하."

"네, 그럼요."

나는 눈썹 사이에 주름을 모았다.

"디네힌 경은요? 설마 계속 여기 서 있었던 건가요?"

"예. 무슨 일이 일어나면 즉시 여왕 전하를 구해야 하니까요."

"그럴 리 없잖아요. 내가 분명히 괜찮다고 그랬는데……."

"황제는 여왕 전하 앞에서 칼을 휘두른 전적이 있습니다."

디네힌은 싸늘한 목소리로 말했다.

"전하께서 뭐라고 말씀하셔도 마찬가지입니다. 저는 앞으로
도 결코 그에게 경계를 푸는 일은 없을 겁니다."

첫 만남 때의 일이다. 그리고 보면 디네힌은 그 이후로 줄곧
철저하게 카야르를 견제했다. 어쩌면 그 당시 내 곁에 없었던
탓에 한발 늦었던 것을 아직도 후회하고 있는 걸까.

나는 갑자기 애틋한 마음이 들어 그의 팔을 쓸어내렸다.

"알겠어요. 그러면 계속 옆에서 지켜 주세요."

"그러지 말라고 하셔도 그럴 겁니다."

어쩐지 평소보다 그의 태도가 퉁명스러운 느낌이 들어, 나는
'……설마 또 질투하고 있는 거예요?' 하고 물었다.

"그에 대한 대답은 전에 이미 드렸을 텐데요. 아니면 다시 한
번 알려 드려야 하겠습니까?"

디네힌의 말에 한 박자 늦게 얼굴이 달아올랐다.

"농담이죠?"

"저는 진지합니다. 진짜로 그럴 필요성을 느낀다면 굳이 여
왕 전하의 명을 기다리지도 않을 거고요."

가슴이 뛰었다. 나는 쓴웃음을 지으며 물었다.

"놀랍네요. 언제부터 그렇게 단호해진 거예요?"

"안 됩니까?"

그는 무뚝뚝한 표정으로 손을 내밀었다.

아뇨, 아주 바람직해요.

나는 속으로만 그렇게 생각하며 그의 손을 잡았다. 그리고 함께 숙소로 돌아갔다.

♔

여독이라는 것이 있기는 있는 모양이었다. 다음 날 아침, 눈을 떴지만 침대에서 일어나기가 여간 힘든 것이 아니었다. 첫 일정인 오찬까지는 시간적으로 여유가 있었으나 늦잠 자는 모습을 보이고 싶진 않아 억지로 몸을 일으켰다.

리엔의 손을 빌어 몸단장을 하고 아침 식사를 들고 있는데, 예정도 없이 불쑥 찾아온 손님이 있었다. 바로 이스파였다.

오전인데도 그녀는 야회복 풍의 화려한 드레스를 입고 있었다. 부담스러울 정도로 풍만한 가슴이 그대로 드러나 있었다.

"어머, 벌써 먹고 있었네요? 같이 식사할 수 있을까 해서 왔는데."

그녀는 당돌한 눈동자를 깜빡이며 말했다. 외양이면 외양, 언행이면 언행, 그야말로 폭풍 같은 존재감이 아닐 수 없었다. 옆에서 티티와 오트조차 어안이 벙벙한 표정을 감추지 못하고 있었다.

"이렇게 오실 줄 미처 몰랐네요. 죄송해요, 미리 말씀해 주셨으면 기다렸을 것을."

나는 애써 미소를 지으며 말했다. 그녀는 '괜찮아요. 지금이라도 같이 먹죠, 뭐.' 라면서 냉큼 옆자리에 앉았다. 그리고 알아서 황궁 시녀들을 불러 추가로 음식을 내오게 했다.

"그래서 어제저녁 오라버니는 뵈었나요?"

"네, 황녀 마마."

"그냥 이스파라고 부르라니까요. 그럼 나도 올케라고 부를 텐데."

"오해가 있으신 것 같네요. 저와 황제 폐하는 그런 사이가—"

"아, 맞아요. 들었어요. 아직 애태우는 중이랬죠."

이스파는 바쁘게 나이프와 포크를 놀리며 말했다.

"근데 그거 잘하는 거예요. 남자는 애가 타면 탈수록 달아오르는 법이거든요. 대답은 미룰 수 있을 만큼 미루세요. 더 안달 나게요."

'내가 이런 소리 했다는 말은 오라버니한테 하지 말고요.'라고 덧붙인 뒤, 그녀는 까르르 웃었다.

"오라버니가 여왕 전하한테 얼마나 푹 빠져 있는지 몰라요. 볼 때마다 여왕 전하 얘기밖에 안 했다니까요. 근데 실제로 보니 정말 미인이시네요. 얼굴도 하얗고, 부러워요. 난 이제 나이 들었다고 벌써 피부가 예전 같지가 않아요."

"과분한 칭찬이시네요. 이스파 황녀 마마야말로 절색이신걸요. 저야말로 부럽습니다."

"에이, 아니에요. 남자들은 사실은 여왕 전하 같은 여자를 좋아해요. 가녀리고, 꽃같이 사랑스러운 여자요. 오라버니만 봐도 알잖아요. 그전까진 몸매 좋고 육감적인 여자들만 줄기차게 만나면서도 결혼의 결 자도 꺼낸 적이 없었는데, 지금 하는 거 보세요."

뭐라 할 말이 없었기 때문에 나는 그저 생긋 웃기만 했다. 겉으로는 환영하는 척 듣기 좋은 말을 하면서 은근슬쩍 본심을 드러내는—과거 여자들의 이야기를 흘린다든가— 화법은 사교계에서는 흔하디흔하게 쓰이는 것이었지만, 이스파의 경우 그런 의도로 꺼낸 말 같지는 않았다. 단순히 생각이 없었다.

나쁜 아이는 아닌데 철이 없을 뿐이라는 카야르의 말이 비로소 이해가 갔다. 물론 동의하는 것은 아니었다. 철이 없다는 게 변명이 될 수 있는 나이는 이미 한참 전에 지나 있었으니까.

"아무튼 이렇게 만나게 돼서 정말 기뻐요. 우리 앞으로 친하게 지내요. 진짜 언니 동생처럼."

이스파는 생글거리며 말했다.

"참, 여왕 전하는 자매가 있나요?"

"아뇨, 저 혼자뿐입니다."

"잘됐네요. 전 저 말고도 다섯이나 있는데, 다 배다른 자매라서 그런지 영 쌀쌀맞아요. 여동생 둘은 항상 의례적이고, 언니들은 나랑 상종도 안 하려 그래요. 우린 그러지 마요. 알겠죠?"

나는 순간 어떻게 대답하면 좋을지 고민했다. 그러나 다행인지 불행인지 이스파는 금세 다른 곳으로 주의를 돌렸다.

"그러고 보니 그분은 안 계시네요."

"어느 분 말인가요?"

그녀가 누굴 말하는 건지는 곧바로 알았지만, 나는 모른 척 물었다.

"어제 본 기사분요. 버트로스 후작이었나요?"

"아아, 네. 지금은 아마 부하 기사들과 있을 거예요."

"그렇구나. 아쉬워요. 저 완전히 첫눈에 반했거든요. 그렇게 예쁜 은발은 처음 봤어요. 얼굴을 또 좀 잘생겼는지. 어유, 그런 기사를 옆에 두고 계시다니 여왕 전하가 부러워서 죽는 줄 알았답니다."

역시나 이번만은 아무렇지도 않게 웃을 수가 없었다. 나는 조용히 말했다.

"칭찬해 주셔서 감사합니다. 아마 그도 기뻐할 거예요. 그러나 결혼하신 분이 말씀하시기엔 조금 과한 농담이 아닐는지요."

"네? 아— 뭐, 그렇게 생각하실 수도 있겠네요."

그렇게 생각할 수도 있다고?

나는 속으로 쓴웃음을 지었다. 어처구니없다 못해 감탄스러울 정도였다.

"근데 농담 아니에요. 사실 결혼이라고는 해도 형식적인 거거든요. 어마마마 명령으로 하는 수 없이 한 거예요."

"아무리 그렇다고는 해도 자제분들도 있다고 들었습니다만."

"음, 뭐, 그렇긴 하죠. 그렇지만 엄마가 불행하면 자식들 역시 행복할 리 없잖아요. 전 그렇게 생각해요. 그리고 전 사랑 없으면 못 살거든요."

말을 끝낸 이스파는 비밀스러운 미소를 지으며 속삭였다.

"그러니까 여왕 전하께서 다리 좀 놔 주세요. 알겠죠?"

"죄송하지만, 황녀 마마."

나는 차가운 목소리로 말했다.

"그 부탁은 들어 드리기 어려울 것 같습니다. 디네힌 경은 제 정식 구혼자 중 한 사람이니까요."

이스파는 멍하니 눈을 깜빡였다.

"구혼자……라뇨? 여왕 전하는 오라버니랑 결혼하는 거 아니었나요?"

"황제 폐하께 청혼을 받은 것은 사실이지만, 아직 수락하지는 않았습니다. 그래서 제가 계속 말씀드렸죠. 오해가 있으신 것 같다고요."

내 말에 그녀는 이맛살을 찌푸렸다.

"무슨 말씀이신지 모르겠네요. 그래도 결과적으로 결혼은 오라버니랑 할 거잖아요? 그럼 마찬가지 아닌가요?"

"죄송하지만 그에 대한 대답은 지금 이 자리에서 황녀 마마께 들려 드릴 수 있는 것이 아닌 듯하군요."

이스파는 내 말에 대해 잠시 생각해 보는 것 같더니 곧 입을 삐쭉였다.

"뭐, 알겠어요. 괜찮아요. 여왕 전하가 안 도와준다고 방법이 없는 건 아니니까."

순간 목덜미에 소름이 돋는 것 같았다.

"지금 제가 드린 말씀을 못 들으신 건가요?"

"네네, 들었어요. 여왕 전하께서는 그 미남 기사님이 아까워

어느
여왕 전하의 우울

서 저한테는 소개시켜 줄 수 없다 이거잖아요."

바로 눈앞에 앉아 있건만, 나는 그녀와의 사이에서 도저히 넘을 수 없는 거대한 벽을 느꼈다.

"황녀 마마."

"네?"

"다시 한 번 말씀드리죠. 디네힌 경은 제 구혼자입니다. 혹시라도 황녀 마마께서 그에게 부적절한 행동을 취하시는 일이 있다면, 저는 결코 그것을 좌시하지 않을 것입니다."

나는 한마디 한마디를 힘주어 말했다. 그러자 이스파는 순간 어안이 벙벙한 표정을 지었으나, 곧 그것은 적나라한 불쾌함으로 바뀌었다.

이스파는 냅킨으로 자신의 입가를 닦은 뒤, 벌떡 자리에서 일어났다.

"입맛만 잡쳤네요. 이만 가 보겠어요."

그녀는 그렇게 말하고 입구 쪽으로 걸어가다가, 따라 나오던 나를 홱 하고 다시 돌아보았다.

"저는 우리가 좋은 친구가 될 수 있을 줄 알았어요. 정말 실망스럽기 그지없네요."

"저도 그렇습니다, 황녀 마마."

나는 조용히 말했다.

이스파는 입술을 깨물고는 신경질적인 걸음으로 나갔다. 그녀 덕분에, 일어난 지 얼마 되지도 않았는데 급격하게 피로감이 느껴졌다.

"세상에, 어떻게 저런 사람이 다 있죠? 도저히 믿을 수가 없네요."

오트가 완전히 질린 기색으로 말했다. 티티가 걱정스러운 얼굴로 '여왕님, 괜찮으세요?' 하고 물어 나는 고개를 끄덕였다.

"남은 음식은 치워 줘. 좀 쉬어야겠어."

"네, 알겠습니다."

나는 두 시녀를 두고 다시 침실로 들어갔다.

눈을 감고 소파에 기대앉아 쉬면서, 방금 전의 행동을 되짚어 보았다. 좀 더 유연하게 받아넘기는 편이 나았을까 싶은 생각도 잠깐 들었지만, 역시나 확실히 못 박아 두기를 잘했다 싶었다. 이스파에게 그것이 통했을 거라 믿었기 때문이 아니었다. 오히려 믿지 않았기 때문에 더더욱, 못을 박아 두었다는 사실이 중요했던 것이다.

그로부터 몇 시간 뒤, 나는 예정대로 오찬에 참석했다. 에오니르 대표로 나 외에 디네힌, 외교 대신 히셀 후작, 그리고 달튼 대사만이 자리를 받았다.

홀에는 카야르를 중심으로 거진 육칠십 명은 되는 사람들이 둘러앉아 있었으나, 생각보다 외국 인사들은 많지 않아 보였다. 거의가 티아마칸의 황족들이거나 고관들이었다.

그 정도 인원이 모였음에도 불구하고 식사는 상당히 조용한 가운데 진행되었다. 주최자인 카야르가 과하다 싶을 정도로 말이 없었기 때문이다. 물론 그의 성격을 감안하면 놀라운 일도 아니었고, 또 주위 사람들도 그에 익숙했는지 분위기 자체는 자연스러웠다. 오찬으로서의 의미가 있는지만이 의심스러울 뿐이었다. 황태후가 있다면 달랐을까. 사실 이번엔 그녀를 보게 되지 않을까 막연히 생각했다. 다음 기회는 역시 저녁때의 연회가 되려나.

나는 귀빈실로 돌아가 일찌감치 연회를 대비해 몸치장을 시작했다. 리엔이 어제부터 단단히 벼르고 있었던 것이다.

"치어슨 백작 부인으로부터 특명을 받았습니다. 여왕 전하께서는 티아마칸의 그 어떤 영애보다도 아름다워야 한다고. 황제 폐하는 물론, 그 누구도 눈을 뗄 수 없는 단 한 송이의 꽃으로 만들어 드리라고 말이지요."

리엔의 말을 듣자 머릿속에서 치어슨 백작 부인의 목소리가 그대로 들려오는 것만 같았다. 나는 화장대 앞에 앉은 채로 쓴웃음을 지었다.

"그게 가능할까?"

"물론이옵니다. 여왕 전하보다 아름다운 여성은 이 세상에 존재하지 않으니까요."

그렇게 말하는 리엔은 평소 그녀답지 않게 확신으로 가득 찬 얼굴이었다.

"맞아요. 다 혼이 나가게 만들어 주자고요. 아까 그 황당한 여자도 포함해서요."

오트의 말에 옆에 있던 티티가 기겁하며 팔꿈치로 그녀의 허리를 찔렀다.

"오트, 말 조심해. 티아마칸의 황녀 마마시라고."

"누가 듣는 것도 아닌데 무슨 상관이야. 여왕님도 솔직히 그렇게 생각하시잖아요. 그죠?"

"내 생각이 어떤가는 둘째 치고, 확실히 말은 조심할 필요가 있다고 본다. 내 시녀의 목이 날아가는 건 보고 싶지 않거든."

내 말에 오트는 찔끔한 표정을 지었다. 거울 속의 내가 눈썹을 찌푸리며 웃었다.

"아무튼 이러니저러니 해 봐야 결국은 전부 리엔의 솜씨에 달린 문제니까. 잘 부탁할게, 리엔."

"맡겨 주십시오, 여왕 전하. 제 모든 것을 걸고 최선을 다하겠습니다."

리엔은 결의에 찬 목소리로 말했다. 티티와 오트도 두 손을 불끈 쥐며 응원을 보냈다.

그렇게 리엔이 나를 변신시키는 데 꼬박 3시간이 걸렸다. 탄신제 때의 2시간을 갱신한 신기록이었다. 얼굴에 바탕으로 엷게 분을 바르고, 그 위에 일곱 가지나 되는 종류의 연지를 바꾸고 또 섞어 가며 부위별로 칠했다.

가장 놀라운 것은 그럼에도 불구하고 보기에 과한 느낌이 전혀 없었다는 점이었다. 오히려 들인 시간을 생각하면 '어라? 이게 다야?' 싶을 만큼, 그 정도로 자연스러웠다.

"여왕 전하께는 타고나신 미모가 있기 때문에 이렇게 본래 얼굴을 돋보이게 할 수 있는 화장법이 최선입니다. 절 믿어 주십시오. 일단 여왕 전하를 보고 나면, 다른 여성들의 얼굴은 죄다 과하게 꾸민 것으로밖에 보이지 않을 테니까요."

—라는 것이 리엔의 설명이었다.

"머리나 드레스도 마찬가지입니다. 목이 부러질 듯한 가발과, 보석이나 장식이 주렁주렁 달려 무겁기만 한 드레스는 필요 없습니다. 화려함은 값싼 것입니다. 여성의 진정한 아름다움은 고고하고 청초한 기품에서 나오는 법입니다. 오늘 티아마칸의 모든 이가 여왕 전하를 통해 그 사실을 알게 되겠지요."

오늘의 리엔은 전에 없이 달변이었다. 마치 치어슨 백작 부인이 그녀로 변장하고 대신 온 게 아닐까 싶을 정도로.

그러한 신념하에 리엔은 가발 없이 느슨하게 내 머리를 올려 중간쯤에서 고정시키고, 남은 머리카락이 자연스럽게 흘러내리게 했다. 드레스도 아주 연한 난초색의 심플한 것을 골랐다. 어깨를 한쪽만 드러내고, 허리는 코르셋 없이 보석 장식이 들어간 얇은 끈만으로 졸라맨, 발끝까지 자연스럽게 흘러 떨어지는 우아한 드레스였다.

모든 치장이 끝나고 나자, 뒤에서 보고 있던 티티와 오트가 탄성을 올렸다.

"여왕님, 너무 아름다우세요!"

리엔 역시 자신의 작품에 만족스러운 표정이었다. 내가 보기에도 거울 속으로 보이는 내 모습이 나쁘지 않았다.

지금까지는 공식 행사에 나갈 때 어린 나이를 감추고 여왕으로서의 위엄을 강조할 수 있도록, 주로 화려하고 성숙해 보이는 차림만을 해 왔던 것이다.

그러나 지금 나는 자연스럽게 본래의 모습을 드러내면서도 여왕답지 않거나 얕잡아 보일 것 같은 느낌이 전혀 없었다. 말이 쉽지, 그게 얼마나 어려운 일인지는 나 자신이 가장 잘 알고 있었기에 새삼 리엔의 실력에 감탄하지 않을 수 없었다. 얼마나 치열한 고민의 시간이 있었을까.

"고마워, 리엔. 치어슨 백작 부인도 전혀 토를 못 달 것 같네."

짧은 한마디였지만 치어슨 백작 부인을 아는 사람이라면 그것이 얼마나 대단한 찬사인지 알 수 있을 터였다. 리엔과 나는 거울을 통해 마주 보며 소리 죽여 웃었다.

단장을 마치고 밖으로 나오자 디네힌이 기다리고 있었다.

왜일까, 이미 그와 함께 참가한 연회만도 수십 번이 넘고, 또 그보다 훨씬 많은 수의 드레스를 입어 왔는데도 새삼스럽게 그의 앞에 내 모습을 보이는 것이 수줍게 느껴졌다.

나는 괜히 그와 시선을 마주칠 수가 없었다. 디네힌은 그런 나를 한참 동안 말없이 바라보았다.

"이 모습을 황제한테 보여야 한다 생각하니 우울해지는군요."

그의 목소리에서 진심이 느껴졌기에, 나는 풋 웃음을 터트리고 말았다.

"그럼 연회에 가지 말고 우리 둘이 딴 데로 샐까요? 어릴 때 그랬던 것처럼요."

"현실적으로 불가능한 말씀은 하지 마십시오. 더 우울해질 뿐이니까요."

디네힌은 한숨을 쉬었다.

"가시지요."

연회장은 번쩍번쩍 화려한 조명으로 밝혀져 있어 궁 밖 먼 곳에서도 그 위치를 알아볼 수 있을 것만 같았다. 그곳은 에오니르 왕궁의 그랜드 홀보다도 넓었고, 이미 도착한 하객들로 반 이상 메워져 있었다.

나는 디네힌에게 얼굴을 가까이 대고 속삭였다.

"늘 듣던 '여왕 전하 드십니다!'라는 말이 없으니까 신선하네요. 봐요. 들어왔는데도 아무도 날 신경 쓰지 않아요."

"시간문제입니다. 잘 보십시오."

디네힌은 날 이끌고 천천히 연회장 가운데로 걸어갔다. 그러자 그의 말대로 곧 주위 사람들의 시선이 이쪽으로 모이기 시작했다.

"보셨지요, 전하."

디네힌이 속삭였다.

"이곳에 있는 모든 이가 여왕 전하로부터 눈을 떼지 못하고 있습니다. 그만큼이나 오늘 전하는 아름다우십니다. 개인적으로는 기분이 복잡하군요."

평소답지 않은 그의 솔직한 찬사에 속절없이 가슴이 두근거렸다. 나는 붉어진 얼굴을 들키지 않으려 고개를 살짝 숙였다.

"아니에요. 잘 보세요. 여자들의 시선은 모두 제가 아닌 디네힌 경을 향하고 있다고요."

내 말에 디네힌은 미간에 희미하게 주름을 새겼다.

"아닙니다. 전하의 착각이시겠죠."

"맞다니까요."

나는 한숨을 쉬었다.

"디네힌 경은 자신이 이성의 눈에 어떻게 비치는지를 좀 자각할 필요성이 있어요. 너무 무방비하다고요. 내가 그것 때문에 평소에 얼마나 가슴을 졸이는 줄 알아요?"

그는 눈을 가늘게 떴다.

"제가 드리고 싶은 말씀을 전하께서 하시니 어찌할 바를 모르겠군요. 전 세계 수십 명도 넘는 구혼자들에게 구애를 받고 있는 건 제가 아닙니다만."

"그게 무슨 상관이에요. 어차피 내 마음은 디네힌 경 한 사람에게 다 줬는데."

"이하동문입니다."

"그건 알지만 그래도 디네힌 경이 다른 여자들이랑 얽히는 건 싫단 말이에요."

"그것도 이하동문입니다."

나는 입을 다물었다.

우리는 그대로 서로를 째려보다가, 누가 먼저랄 것도 없이 피식 웃고 말았다.

그때였다.

"여왕 전하."

어느새 곁으로 다가와 말을 거는 사람이 있었다. 카야르의 보좌관인 자난이었다. 그도 오늘은 말쑥한 차림으로, 옆에 여성까지 대동하고 있었다.

"안녕하세요, 자난 공작. 훌륭한 연회네요."

"다 여왕 전하께서 이 자리를 빛내 주신 덕택이지요. 오늘도 매우 아름다우십니다."

"고마워요. 함께 계신 분은?"

"제 아내 리실라입니다. 인사드리지. 이쪽은 에오니르의 리유네이시아 여왕 전하."

"만나 뵙게 되어서 영광이옵니다, 여왕 전하. 리실라라고 합니다."

리실라는 내게 정중하게 인사했다. 고혹적인 미인이었다. 풍성한 속눈썹 아래로 까만 눈동자가 마치 별을 품은 듯 반짝이고 있었다.

"저야말로 반가워요, 공작 부인. 자난 공작께서 이렇게 대단한 미인을 부인으로 두고 계신 줄은 미처 몰랐네요."

"과찬이십니다, 여왕 전하. 전하께서야말로 여자인 저조차 넋을 잃을 정도로 아름다우십니다."

"두 미인이 함께 서 계신 것을 보니 눈이 호강하는 기분이군요. 그렇지 않습니까, 버트로스 후작."

자난이 디네힌을 보며 말했다.

"말씀하신 대로입니다, 공작."

"아내에게 듣기로는 두 분이 면식이 있다고 들었습니다만."

디네힌은 리실라를 보았다.

"그렇습니까?"

"아니에요, 여보. 후작님은 절 모르실 거예요."

리실리가 서둘러 말했다.

"저도 후작님이 황도에 계시던 시절 사교계 소문으로 이름을 전해 들었을 뿐이에요. 여성들 사이에서 꽤 유명하셨거든요."

"그것은…… 영광이로군요."

디네힌이 살짝 난감해하는 기색으로 말했다. 나는 '거봐요, 내가 뭐랬어요?'라는 뜻을 담아 그를 흘겨보았다. 그가 곧바로 억울한 눈빛을 보이는 것이 재미있었다.

"여왕 전하. 실례가 되지 않는다면 슬슬 황제 폐하가 계신 곳으로 모셔도 괜찮을까요? 실은 아까부터 여왕 전하를 애타게 기다리고 계셔서 말입니다."

자난이 말했다.

"아, 네. 부디."

나는 그가 내미는 손을 잡았다. 디네힌은 곧바로 나를 따라 나서려고 했지만, 자난이 그것을 가로막듯이 '버트로스 후작께는 잠시 제 아내의 상대를 부탁드려도 괜찮을까요? 여왕 전하의 에스코트는 제가 이어받을 테니 말입니다.' 하고 말했다.

"죄송한 말씀이지만 공작, 그 부탁은 들어 드리기 힘들겠군요. 저는 한시라도 여왕 전하의 곁을 비우고 싶지 않습니다. 이해해 주시겠지요."

"예, 물론 저도 후작의 입장은 알고 있습니다. 그러나 모두가 즐기는 자리가 아닙니까. 잠시만이라면 의무와 책임에서 해방되는 것도 괜찮지 않을까요?"

"아니요, 모르시는 것 같군요."

디네힌은 조용히 말했다.

"저는 지금 의무나 책임으로 여왕 전하의 곁에 있는 것이 아닙니다."

자난의 눈이 가늘어졌다.

'……과연.' 하고, 그는 미묘한 미소를 지으며 말했다.

"확실히 그렇게 말씀하시리라고는 생각을 못 했습니다. 하나 곤란하군요. 저도 황제 폐하께 명을 받고 있는 입장이어서요."

그리고 그는 나를 돌아보며 '어떻게 하면 좋겠습니까, 여왕 전하.' 하고 물었다.

"괜찮아요, 디네힌 경. 자난 공작의 말대로 하세요."

나는 말했다.

"전하."

"알아요. 하지만 잠시만이니까요. 걱정 말고 기다리고 있으세요."

디네힌은 잠시 침묵했다가 '명령이시라면, 알겠습니다.' 하고 말했다.

"그럼 가지요, 자난 공작. 안내해 주세요."

"예. 이쪽입니다."

나는 자난을 따라 연회장을 가로질렀다.

카야르는 군인 장교들로 보이는 제복 차림의 남자들 사이에 섞여 있었다. 여전히 몰라보기 힘든 거구였다. 그는 티아마칸 황실의 색깔인 붉은색과 검은색이 혼합된 예복을 입고, 그 위에 털로 된 망토를 두르고 있었다.

"황제 폐하."

나는 가슴에 손을 얹고 그에게 허리를 굽혀 보였다. 그리고 다시 고개를 들고 나니, 카야르를 포함해 주위 장교들이 하나같이 빤히 나를 쳐다보고 있었다.

"왜 그러시죠?"

나는 혹시라도 얼굴에 뭐가 묻었나 싶어 옆에 있는 자난을 돌아보았다. 자난은 헛기침을 하더니 '폐하.' 하고 카야르를 불렀다. 그제야 카야르는 퍼뜩 정신을 차린 듯했다. 장교들도 마찬가지였다. 그중 한 명이 뒤늦게 탄성을 올렸다.

"이거 놀랐습니다. 이 아름다운 숙녀분은 누구시죠?"

"말을 조심하도록. 에오니르의 리유나 여왕이다."

카야르가 으르렁거리는 듯한 낮은 목소리로 말했다. 그 장교는 '시, 실례했습니다.' 하고 허둥지둥 고개를 주억거렸다.

"아아, 이분이 바로 그……."

"만나 뵙게 되어 영광입니다. 저는 황제 폐하를 모시는……."

다른 장교들이 그렇게 말하며 내 근처로 다가오려 했지만, 카야르가 대뜸 그 앞을 막아섰다.

"네놈들의 자기소개 같은 건 필요 없다. 이만 해산해라."

"예?"

"못 들었나? 해산하라고."

장교들은 어안이 벙벙한 채로 눈을 깜빡이다가, 카야르가 재차 눈을 부라리자 서둘러 사방으로 흩어졌다. 영문을 알 수 없는 건 나도 마찬가지였다. 자난 공작만 옆에서 쓴웃음을 짓고 있었다.

"이제야 나타나셨군. 왜 늦는가 했더니⋯⋯."

그렇게 운을 떼 놓고 카야르는 불편한 듯 나를 흘끔거렸다. 내가 또다시 물음표를 띄우자 자난이 옆에서 '여왕 전하께서 너무 아름다우셔서 당황하신 겁니다.' 하고 말했다.

"에아메스."

"예, 폐하."

"네놈은 왜 아직 남아 있는 거지? 짐이 분명히 해산이라고 했을 텐데."

자난은 또 한 번 쓴웃음을 짓더니 '분부대로 하겠습니다.' 하고 물러났다. 결국 카야르와 나만 남았다. 그는 한참을 아무 말 없이 나를 보고 있다가 불쑥 '⋯⋯전에 했던 말은 취소해야겠군.' 하고 말했다.

"네?"

"티아마칸에 그대 정도 되는 미인은 얼마든지 있다고 했던 것 말이오. 실언이었소."

"감사합니다. 과분한 칭찬이세요."

"짐은 과분한 칭찬 같은 건 하지 않소. 짐이 그렇다면 그런 거요."

카야르는 묘하게 툴툴대는 말투로 말했다.

"가지. 만날 사람이 있소."

그것이 누구라는 말은 없었지만, 나는 드디어 올 것이 왔구나 하고 속으로 생각했다. 성큼성큼 걸어가는 카야르의 뒤를 바쁘게 따랐다. 황제와 함께 있다는 이유 때문인지 그전보다 훨씬 더 많은 사람들의 시선이 쏟아졌지만, 카야르는 그중 누구에게도 나를 소개시켜 줄 마음이 없어 보였다.

이윽고 도착한 곳은 연회장 한쪽에 마련된 귀빈석풍의 자리였다. 한 무리의 사람들이 앉아서 식사를 하고 있었는데, 그중에는 이스파도 있었다. 하지만 그녀의 존재에 불편함을 느낄 새도 없이, 내 시선은 그녀의 바로 옆에 앉아 있는 인물에게로 못 박혔다. 나는 한눈에 그 사람이 누구인지를 알았다.

치체리나 황태후였다. 마치 카야르와 이스파를 합쳐 놓은 듯한 외모였다. 떡 벌어진 어깨, 이스파보다도 큰 키, 분명히 미인이지만 미남이라고 부르는 것이 더 어울릴 것 같은 각진 얼굴. 거대한 가슴을 제외하고 그녀에게선 여성성을 느낄 수 있는 부분이 존재하지 않았다. 이는 황후라기보다는 흡사 황제의 풍모였다.

"어머니."

카야르가 그녀를 부르자, 황태후의 눈이 그를 거쳐 나를 향했다.

"소개하죠. 에오니르의 리유나 여왕입니다. 리유나 여왕, 이쪽은 태후 되시는 치체리나 마마요."

"인사 올리겠습니다, 황태후 마마."

나는 양쪽 드레스 자락을 붙잡고 에오니르의 정식 예법에 따라 그녀에게 예를 표했다. 그녀는 앉은 그대로 느릿하게 눈을 깜빡인 뒤 입을 열었다.

"리유나 여왕."

그 목소리 역시 허스키했다.

"전 대륙에 자자한 소문의 주인공을 이렇게 만나는군요. 영광이라 하지 않을 수 없겠는데요."

어조는 평탄했으나 그 말에는 의심할 여지 없는 비아냥이 깃들어 있었다. 나는 고개를 숙이며 '……아닙니다, 마마. 제가 영광이지요.' 하고 말했다.

"일단 앉죠. 식사 아직이죠?"

"네, 마마."

시종이 의자를 빼 주었다. 내가 자리에 앉는데, 아까부터 노골적으로 싫은 기색을 드러내고 있던 이스파가 '난 다 먹었으니 일어날게요.'라며 몸을 일으켰다.

"이스파. 앉아 있어라."

카야르의 말에도 이스파는 아랑곳하지 않았다. 카야르가 재차 '이스파!' 하고 소리쳤지만, 그녀는 한 번 돌아보지도 않고 쌩하니 사라졌다.

"딸아이의 무례를 용서하시길, 퀸 에오니르."

황태후가 비스듬히 머리를 괸 채로 말했다.

"평소에는 저러지 않는데 무슨 이유인지 모르겠군요. 혹시 짐작 가는 곳이라도 있나요?"

"아뇨, 마마. 그렇지만 모르는 사이에 황녀 마마의 기분을 상하게 한 거라면 그 책임은 제게 있겠지요. 나중에라도 따로 이야기를 나누어 풀도록 하겠습니다."

"그리 말씀해 주시니 고맙군요. 둘이 비슷한 나이라 잘 지냈으면 했거든요. 가족끼리는 무엇보다 화목이 중요하니까요."

치체리나는 말했다.

"여왕께서도 그리 생각하시죠?"

"예, 물론이지요. 가족끼리는요."

나는 뒷부분에 힘을 주어 말한 뒤 생긋 웃어 보였다. 황태후는 가만히 나를 바라보다가, 마주 입가에 미소를 걸었다. 그러나 그 외의 부위에는 전혀 웃음기가 없었다.

곧 나와 카야르 앞으로 요리가 마련되었다. 황태후는 짧게 '드시죠.'라고 말했다.

"황제 폐하도 봄이면 즉위하신 지 2주년이 됩니다. 슬슬 비를 맞아들여 기반을 공고히 할 때죠. 여왕께서도 아시리라 생각하지만 티아마칸의 황후라는 것이 결코 만만한 자리가 아닙니다. 이 정도 규모의 국가는 그것을 유지하는 데만 하더라도 상상할 수 없는 크기의 노력이 필요하거든요. 그리고 그 무게중심은 당연히 황실에 있습니다. 대를 이어 갈 소중한 후사를 낳고 기르는 것은 물론이거니와, 그 안살림을 도맡아 보면서 황제 폐하의 등을 든든하게 지지해 주어야만 하는 겁니다."

듣고 있는 것만으로 체할 것 같았다. 나는 애써 미소를 지으며 황태후의 말에 경청하는 척했다. 그로 인해 몸 안에서 막대한 에너지가 소모되는 것이 느껴졌다.

"그러니만큼 그 후보로 숱한 영애가 물망에 올랐습니다. 이 티아마칸에서는 집안으로나, 미모로나, 현명함으로나 어디 하나 손색이 없는 처자들뿐이지요. 원래는 그중 하나를 선택하고 싶었습니다만⋯⋯."

치체리나는 잠시 말을 끊고 의미심장한 틈을 두었다. 그러더니 씨익 웃었다.

"그러나 어쩌겠습니까. 황제 폐하의 마음이 이미 여왕께 기울어 있는 것을. 자식 이기는 어미 없다는 말을 이 나이에 실감하게 될 줄은 몰랐군요."

나는 자꾸만 피식피식 새어 나오려는 실소를 있는 힘껏 억눌렀다. 정말 노력은 하고 있었지만 표정 관리가 제대로 되고 있다는 자신이 없었기에, 나는 일부러 고개를 숙여야만 했다.

역시나 소문대로라고 해야 할까. 그야말로 명불허전의 티아마칸에, 명불허전의 황태후였다. 그녀가 예언과 나를 둘러싼 전 세계의 구혼 경쟁에 대해 모를 리 없건만, 그에 대해서는 한 마디의 언급도 없이 구도를 반전시켜 버렸다.

나를 카야르의 숱한 비 후보 중 하나로 격하시킨 것으로도 모자라, 심지어는 '다른 티아마칸 태생 영애들에 비해 모자라고 마음에 차지 않지만 아들이 좋다니까 어쩔 수 없이 허락해 주겠다'는 태세를 취하고 있는 것이다.

게다가 뭐? 황실의 안살림을 도맡아 보고 황제를 지지해 줘? 꽤나 대단한 감투라도 되는 것처럼 말씀하시지만 결국 대놓고 종살이를 시키시겠다, 이거 아냐. 에오니르의 여왕인 나에게.

너무나도 어처구니가 없었기에 분노보다도 황당함이 더 컸다. 다행이 아닐 수 없었다. 덕분에 그나마 이성을 유지할 수 있었으니까.

"황태후 마마."

나는 떨리는 목소리로 입을 열었다. 떨리지 않게 하고 싶었지만 도저히 무리였다.

"조금 오해가 있으신 것 같습니다만, 저는 황제 폐하의 비 후보로 지금 이 자리에 있는 것이 아닙니다."

"어머, 그래요."

치체리나는 무덤덤한 탄성을 냈다.

"그럼 뭐죠? 황제 폐하."

불현듯 화살이 카야르에게 향했다. 어느새 그도 벌레 씹은 표정이 되어 있었다. 그는 포크와 나이프에는 손도 대지 않은 채 술잔만을 기울이고 있었다.

"제가 리유나 여왕에게 구혼하는 입장이지요. 어머니께서도 아시지 않습니까."

"그게 뭐가 다르다는 거죠? 결과적으로는 똑같잖아요."

황태후는 정말로 의아하다는 듯한 얼굴이었다.

"아뇨, 황태후 마마. 다릅니다. 모든 점에서요."

나는 단어 하나하나를 분명하게 발음하며 말했다.

"그렇습니까?"

"네. 제가 황제 폐하의 청혼을 받아들이지 않는다면 물론이거니와, 설사 받아들인다 하더라도 마찬가지입니다. 제가 티아마칸의 황후가 되는 일은 없을 겁니다."

주위 분위기가 스산해졌다. 표정에는 얼핏 큰 변화가 없어 보였지만, 황태후에게서는 소름이 끼칠 정도로 위압적인 기운이 흘러나오고 있었다. 역시나 카야르의 모친이자 티아마칸의 실세라고 할 만했다.

"잘 이해가 안 가는군요. 그게 무슨 뜻이죠?"

치체리나는 나지막한 목소리로 물었다.

"말씀드린 그대로입니다. 저는 티아마칸의 황후가 될 수 없습니다. 에오니르의 여왕이니까요."

나는 황태후를 똑바로 바라보며 말했다.

"황제 폐하와 결혼한다고 하더라도 저는 여왕 자리를 포기할 생각이 없습니다. 아이가 태어나도 에오니르 왕가의 후사로서 기를 겁니다. 티아마칸 황실의 후계는, 글쎄요. 측실을 들이겠다고 하시면 제가 그것을 막을 권리는 없겠지요. 그것이 티아마칸의 전통이기도 하고요."

황태후의 표정이 마침내 일그러졌다. 그녀는 천천히 카야르를 돌아보았다. 순간 그 목에서 끼기긱 하는 소리가 들리는 듯한 착각이 들었다.

"폐하께서는 이 사실을 알고 계셨습니까."

카야르는 대답하지 않았다. 그는 자신의 눈높이에 술잔을 치켜든 채로 그것을 쳐다보고 있었다.

"폐하. 제가 묻고 있지 않습니까."

그녀가 분노 서린 목소리로 재차 말하자 카야르는 잇새로 쯧, 하는 소리를 냈다.

"아뇨, 몰랐습니다. 하지만 별로 놀랍지는 않군요."

"뭐라고요?"

황태후의 눈이 경악한 듯이 커졌다.

"그럼 폐하께서는 지금 저런 망발을 허하시겠다, 그 말씀이십니까?"

"글쎄요. 그것은 리유나 여왕이 제 청혼을 받아 준 다음에 생각할 문제겠지요."

"황제 폐하!"

황태후가 큰소리를 냈다. 그 서슬에 시녀 하나가 컵을 떨어트려 박살이 나는 소리가 울렸다. 시녀는 안색이 파랗게 질린 채로, 깨진 컵을 수습하려는 생각조차 못 하는 듯 제자리에 그대로 굳어 있었다. 주위 다른 사람들도 마찬가지였다.

치체리나 황태후는 그 거구를 희미하게 떨며 카야르를 노려보고 있었다.

"……아무래도 저와 폐하 단둘이서 대화를 가질 필요가 있겠군요."

그녀는 자리에서 벌떡 일어났다.

"제 내실에서 뵙지요. 지금 당장."

선고라도 내리는 기세로 그렇게 말한 뒤, 그녀는 나이가 무색한 정력적인 걸음걸이로 순식간에 자리를 빠져나갔다. 시종장으로 보이는 남자와 시녀들이 우르르 그 뒤를 따랐다.

컵을 깨트린 시녀가 급기야 바닥에 쓰러졌다. 정신을 잃은 것 같았다. 남은 시녀들이 그녀 주위로 모여들었다. 카야르는 앉은 자세 그대로 손에 쥔 술잔을 노려보고 있다가, 그것을 쿵

소리가 나게 테이블 위에 내려놓았다.

"황제 폐하."

"짐이 돌아올 때까지 기다리시오."

그는 그렇게 말하고 몸을 일으켰다. 그리고 망토를 휘감은 채 황태후가 간 방향으로 사라졌다. 나는 멍하니 앉아 앞으로 어떻게 해야 할지를 생각했다. 그래서 일단 먼저 떠오르는 것부터 실천하기로 했다.

"다음 요리 가져다줄래요?"

나는 근처에 있는 시종을 불러다 말했다. 그는 순간 어처구니가 없다는 기색을 숨기지 못했지만, 곧 고개를 숙이곤 알겠다고 했다.

곧 기름이 뚝뚝 흐르는 스테이크가 앞에 놓였다. 그것을 지금부터 위에 집어넣겠다고 생각하니 그것만으로도 속이 안 좋았다. 하지만 먹을 필요가 있었다. 뻔뻔하고 대범하게 보일 필요성이 있었다. 주위에 확실히 알려야만 했다. 내가 생긴 것과는 다르다는 것을.

나는 아직도 떨리는 손으로 포크와 나이프를 쥐었다. 그 뒤 시간을 들여 천천히, 혼자만의 만찬을 즐겼다. 반주도 곁들이고, 한 접시 한 접시를 남기지 않고 꼼꼼하게 다 먹었다.

두 번째 디저트를 반쯤 비웠을 즈음 카야르가 돌아왔다. 예상했던 것보다 조금 이른 타이밍이었다.

"오셨군요. 먼저 먹고 있었답니다."

나는 일부러 아무 일도 없었던 것처럼 태연하게 말했다. 카야르는 나를 물끄러미 보다가, 픽 웃어 버렸다. 카야르는 지치고 피로해 보였다. 그는 자리에 다시 앉는 대신 '다 들었으면 일어나지.' 하고 말했다.

"폐하는 식사 안 하시나요?"

"생각 없소."

나는 카야르가 내미는 손을 잡고 일어났다. 그는 곧 나를 데리고 연회장을 빠져나갔다. 어두운 복도를 걷는 도중 불현듯 불안해졌다.

"어디로 가는 거죠?"

"아무에게도 방해받지 않을 곳으로 가는 거요."

순간 디네힌이 떠올랐다.

기다리고 있을 텐데. 그는 지금 내가 어디로 향하는지도 모르고 있을 것이다.

결국 나는 제자리에 멈춰 섰다. 그러자 카야르가 뒤를 돌아보았다.

"무슨 일이오."

내가 머뭇거리자 그는 눈살을 찌푸렸다.

"혹시라도 엄한 오해를 하는 거라면 그런 걱정 말라고 하고 싶군. 내게 그럴 의도가 있었다면 벌써 얼마든지 그렇게 했을 거요."

"아니, 그것이 아닙니다. 저는……."

복도는 어둡고 고요했다. 저 멀리 거리를 두고 따라오고 있는 시종들을 제외하면 카야르와 나 이외에 아무도 없었다.

"황제 폐하."

"말하시오."

"폐하의 청혼에 대한 답을, 지금 들려 드려도 괜찮을까요."

카야르는 대답하지 않았다. 그저 조용히 나를 보고 있었다.

"죄송합니다. 저는…… 황제 폐하와 결혼할 수 없습니다."

그는 나를 향해 돌아선 자세 그대로 움직이지 않았다. 차가운 겨울의 달빛을 받아, 그는 마치 거대하고 외로운 석상처럼 보였다.

"어머니 때문이오?"

한참 후에야 그가 물었다.

그렇다고 말하는 것은 쉬웠다. 물론 그것이 거짓도 아니리라. 하지만 나는 고개를 저었다.

"아닙니다."

"왕위를 포기할 수 없기 때문이오?"

"그것도 아닙니다. 아까 황태후 마마 앞에서도 말씀드렸지요. 티아마칸의 황후가 되는 것과 제가 폐하를 선택하는 것은 완전히 별개의 문제입니다."

"그럼?"

"돌아가신 선왕 전하께서 남기신 말씀이 있습니다. 그분은 저에게 제가 사랑하는 남자를 고르라고 하셨습니다. 다른 어떤 이유도 아닌, 오직 사랑만으로. 그분이 평생 그렇게 사셨듯 저도 똑같은 삶을 살라고 하신 겁니다."

"사랑."

카야르가 중얼거렸다.

"사랑이란 말이지."

그의 말은 어두운 복도 속에서 너무도 공허하게 울렸다.

"그런데 그대는 나를 사랑하지 않는다. 그 말이로군?"

나는 침을 꿀꺽 삼켰다.

"그것이 대답의 전부인가?"

"……네, 그렇습니다."

그는 비스듬히 고개를 돌려 창밖을 바라보았다. 마치 얼어붙은 듯한 시간이 지났다.

"그래서, 그대가 사랑하는 남자는 누구요?"

불현듯 카야르가 물었다.

"네?"

"짐에게 그런 말을 한다는 것은 다른 누군가가 있다는 뜻이겠지. 아니라고 할 생각은 마시오. 누구요? 메르토니아의 그 애송이요?"

그의 눈동자가 어둠 속에서 번쩍였다.

"폐하."

"그런지 아닌지만 대답하시오. 그놈이 맞소?"

"……아닙니다."

"그렇다면 그대의 기사겠군."

나는 대답할 말을 찾지 못하고 카야르를 망연히 바라보았다. 달이 숨어서 복도에도 짙은 어둠이 깔렸다. 때문에 나는 그가 어떤 표정을 짓고 있는지 알 수가 없었다.

"잊지 못할 생일이 될 것 같군."

이윽고 카야르가 중얼거렸다. 그는 망토를 떨치고 돌아섰다.

"여왕이 돌아가시도록 모셔라."

"예, 폐하."

그 말에 멀찍이 떨어져 있던 시종들이 뛰어왔다. 나는 내 옆에서 고개를 조아리고 선 그들을 방치한 채, 보이지 않는 카야르의 뒷모습을 한참 동안 바라보고 있었다. 나는 온 길을 되걸어 연회장으로 간 뒤 시종들을 물렸다.

기분이 이상했다. 카야르를 거절했기 때문일까, 그가 각오했던 것 이상으로 깨끗하게 물러났기 때문일까. 아니면 디네힌에 대한 맘을 들켰기 때문일까.

알 수 없었다. 확실한 것은 어서 디네힌을 보고 싶다는 마음뿐이었다. 그의 손을 잡고, 그 체온을 느끼고 싶었다. 아무 말이라도 괜찮았다. 그의 목소리가 듣고 싶었다.

연회장에는 아직도 많은 사람들이 남아 있었다. 내가 그 안으로 들어서자마자 약속한 듯 주위의 시선이 이쪽으로 쏠렸다. 에스코트도, 시녀도 대동하지 않은 지금 나의 상황이 얼마나 이상하게 보일 수 있는지가 뒤늦게 생각에 닿았다.

그때 나를 부르는 목소리가 있었다.

"여왕 전하."

자난 공작이었다. 그는 의아한 얼굴로 물었다.

"어쩐 일이십니까. 황제 폐하와 함께 계신 줄 알았는데요."

"마침 잘 만났군요, 자난 공작. 디네힌 경이 어디 있는지 아시나요? 아까 분명 리실라 공작 부인과 함께 있었던 걸로 기억하는데요."

"후작과는 아까 제가 아내와 합류한 뒤 바로 헤어졌습니다. 여왕 전하를 찾아가려는 눈치더군요. 그 이후로는 보지 못했습니다. 다만……."

그렇게 말하고 자난은 잠시 뜸을 들였다. 그는 아닌 척 흘끗 나를 보았다. 기억에 있는 눈빛이었다. 마치 나를 관찰하고 재는 듯한. 나는 그 순간, 상황이 심상치 않게 돌아가고 있다는 것을 직감했다.

"왜요, 무슨 일이라도 있나요?"

나는 태연하게 미소 지으며 물었다.

"아까 얼핏 듣기로는 이스파 황녀와 함께 있는 모습을 누가 보았다는 것 같더군요. 회장 동쪽의 휴게실 근처라고 들었습니다만."

미리 각오를 했는데도 그 말을 듣는 순간 가슴이 서늘해졌다. 나는 입술이 파르르 떨리는 것을 들키지 않기 위해 한동안 입을 꽉 다물고, 웃는 얼굴을 유지한 채로 자난을 바라보았다.

"그렇군요. 알겠습니다. 고마워요."

나는 조용히 말했다.

"가 보시려는 거라면 제가 안내하겠습니다."

"아뇨, 그러실 필요 없어요."

"아닙니다. 여왕 전하를 소홀히 대접했다가는 제가 황제 폐하께 경을 치릅니다. 자, 가시지요."

자난 공작은 그렇게 말하고 손을 내밀었다. 나는 그 손을 잠시 바라보고 있다가 입을 열었다.

"자난 공작."

"예, 전하."

"솔직히 말씀드려서 이곳 티아마칸에 오기 전까지는 공작을 꽤 높이 사고 있었답니다. 에오니르로서도 탐나는 유능한 인재라고요. 그런데 이제 보니 그 평가를 물리고 싶군요."

자난은 안경 너머로 눈살을 좁혔다.

"그런 말을 흘리면 제가 동요할 줄 알았나요? 제가 디네힌 경을 의심하기라도 할 줄 알았나요? 아뇨. 그는 절대로 절 배신할 사람이 아닙니다. 뻔히 보이는 함정에 넘어가 위험에 처할 만큼 멍청하지도 않지요. 휴게실이라고요? 천박하기 그지없군요. 무슨 공작을 해 뒀는지는 몰라도 제가 씩씩대며 그곳으로 뛰어갈 거라고 생각했다면 정말 터무니없는 착각이라고 말씀드리고 싶습니다. 도대체 얼마나 저를 우습게 봤으면 그런 얕은 꾀를 쓸 수 있는 거죠? 아니면 그냥 당신이 처음부터 그것밖에 안 됐던 건가요?"

자난은 굳은 얼굴로 나를 쳐다보았다. 나는 차갑게 미소 지었다.

"이거 하나만은 꼭 알아 두세요. 천박한 지성은 어린아이의 잔머리만도 못하답니다. 그렇지 않으면 소위 전략 보좌관이라는 당신을 신뢰하고 있는 황제 폐하가 가엾으니까."

그렇게 말한 뒤, 나는 그에게서 휙 돌아섰다.

화가 났다. 그 대상은 자난이 아니었다. 그런 빌미를 제공한 자신이었다.

왜 그때 디네힌이 따라오겠다고 하는 것을 말렸을까. 왜 내 곁을 결코 비우지 않겠다던 그의 서약을 꺾은 걸까. 그러지 않았다면 이런 더러운 꾀에 우리를, 그의 이름을 한순간이라도 욕보이게 만드는 일이 없었을 텐데.

디네힌이 있을 곳은 뻔했다. 처음부터 알고 있었다. 내가 명했으니까. 금방 돌아오겠다고, 기다리고 있으라고.

나는 드레스 자락을 붙잡고, 거의 뛰듯이 걸어 우리가 헤어졌던 장소로 향했다. 디네힌은 그곳에서 어김없이 나를 기다리고 있었다. 마지막으로 돌아본 그 자리, 그 모습 그대로.

그의 눈이 나를 발견했다. 그 순간 그의 얼굴에 초조하던 빛이 사라지고, 안도의 미소가 떠올랐다. 나는 입술을 깨물었다. 한달음에 그의 품에 안기고 싶은 것을 필사적으로, 그야말로 필사적으로 참았다. 그것은 오늘 하루 경험한 충동 중에서 가장 견디기 힘든 것이었다.

"무슨 일이라도 있으셨습니까, 전하."

디네힌이 내 상태가 이상한 것을 눈치채고 걱정스럽게 물었다. 나는 고개를 흔들었다.

"가요, 디네힌 경."

나는 목멘 소리로 말했다.

"방으로 데려다주세요."

그와 함께 숙소로 돌아온 뒤, 나는 차근차근히 그동안 있었던 일을 설명했다. 그때까지 말하지 않고 있었던 이스파에 대한 의혹부터 시작해 황태후와 있었던 일, 카야르의 청혼에 대해 답을 준 일, 마지막으로 자난과 있었던 일까지.

디네힌은 입을 다문 채로 묵묵히 내 말을 들었다. 표정은 줄곧 그대로였지만, 눈빛의 변화를 통해 그의 감정을 느낄 수 있었다.

내 이야기가 다 끝나고 난 뒤 그는 이렇게 말했다.

"여왕 전하의 판단은 옳았던 것 같군요. 제가 옆에 있었다면 무슨 일을 저질렀을지 몰랐을 테니까요."

나는 미소를 지었다. 그것이 디네힌의 진심이 아닌 것을 알았기 때문이다. 그는 그저 내 마음의 짐을 덜어 주기 위해 그렇게 말한 것이다. 자기는 자책하고 후회할 거면서.

나는 가만히 그의 손을 잡았다.

"약속해요. 이젠 절대로 디네힌 경의 곁을 떠나지 않을게요. 언제 어느 때라도."

그는 말없이 내 손을 마주 쥐는 것으로 대답을 대신했다. 그리고 내가 자리를 비웠을 때 있었던 일에 대해서 이야기하기 시작했다.

자난 공작 부처와 헤어진 뒤 그가 이스파를 만난 것은 사실이었다. 그녀는 처음에 내가 있는 곳으로 안내해 주겠다고 말했다고 한다.

그러나 그녀가 이끄는 방향이 도무지 엉뚱해서 정말로 그곳에 계신 것이 맞느냐고 물었더니 말을 돌리며 횡설수설하기 시작했고, 급기야는 노골적으로 유혹하기에 이르렀다. 처음에는 에둘러 거절하려 했지만 도무지 말이 통하지 않았다.

그래서 하는 수 없이 딱 잘라 거절했더니, 이스파는 몸을 부들부들 떨더니 차마 입에 담지 못할 말을 퍼붓고는 가 버렸다. 그것이 디네힌의 설명이었다.

"그러나 그 방향이 동쪽 휴게실은 아니었습니다. 어찌하여 자난 공작이 그곳을 지목했는지 모르겠군요."

"대충 짐작은 가요. 이스파 황녀는 아마 디네힌 경에게 거절당해서 화가 난 나머지 아무하고나 일을 치르려고 한 거예요. 그게 그곳이었고, 아마 경비병을 세워 놓든지 해서 다른 사람들이 못 들어오게 했겠죠. 내가 그걸 보고 당신을 의심하기를 기대한 거예요, 그 작자는."

그러자 디네힌은 뒤통수라도 한 대 맞은 듯한 표정으로 나를 쳐다보았다.

"왜요?"

"대체 전하께서 어떻게 그런……. 그걸 어떻게 짐작하시는 겁니까?"

"그야 에오니르에 있을 때도 여러 번 얘기를 들었는걸요. 때와 장소에 따라 연회장의 휴게실은 공공연히 그런 용도로 사용되는 경우가 있다고요."

"누구한테 말입니까?"

"본인의 명예를 위해 그건 함구하는 걸로 할게요. 전에도 말했잖아요? 여자들은 서로 뭐든 다 얘기한다고요."

디네힌은 심각한 얼굴로 입을 다물었다. 나는 키득거리며 그의 팔을 껴안았다.

"그러니까 행여나 날 배신할 생각일랑 하질 마세요. 사교계 여기저기에 내 눈과 귀가 심어져 있으니까요."

"농담이라도 그런 말씀은 마십시오. 제가 여왕 전하를 배신할 리가 없지 않습니까. 전하도 그걸 알고 계신다면서요."

"네, 맞아요. 그렇지만……."

나는 그렇게 웅얼거리다가, 고개를 획 들어 디네힌을 째려보았다.

"이스파 황녀가 어떻게 유혹하던가요?"

디네힌의 표정이 굳었다. 그는 그 상태 그대로 날 바라보고 있다가, 한참 후에야 '……예?' 하고 되물었다. 덕분에 바로 촉이 섰다.

이거 뭐가 있긴 있었구먼.

"손을 잡던가요? 목을 껴안던가요? 팔에 가슴을 밀어붙이던가요?"

"여왕 전하, 결단코 그런 일은……."

디네힌의 눈동자가 불안하게 흔들렸다.

"말해 보세요. 좋던가요? 남자들은 전부 큰 가슴을 좋아한다던데 디네힌 경도 그런 거예요?"

"여왕 전하!"

디네힌이 정색을 했다.

"그만하십시오. 제게는 전하뿐인 걸 아시지 않습니까."

"그럼, 앞으로 다른 여자 손등에 키스하지 마세요."

"예?"

"손도 잡지 마세요. 춤도 추지 마세요. 전부 나랑만 해요. 나 말고는 아무도 만지지 마세요."

나는 눈썹을 세우고 디네힌을 쳐다보며 말했다. 이윽고 그는 쓴웃음을 지었다.

"어머님의 손도 잡으면 안 됩니까?"

"……좋아요, 친인척 제외."

"어린아이는요?"

"그럼 10세 이상 60세 미만 금지. 나머지는 허용하죠."

"그렇게 연령대가 넓을 필요가 있습니까? 대체 절 뭘로 보시는 겁니까?"

"아까도 말했잖아요. 디네힌 경이 문제가 아니에요. 다른 여자들이 문제죠."

"좋습니다. 그럼 여왕 전하께서도 똑같이 지켜 주실 겁니까?"

"네?"

"10세 이상 60세 미만의 다른 남자에게 손등을 허하지 않고, 손을 잡지도 않고, 춤도 추지 않으실 거냐는 겁니다."

"무슨 그런……. 내 직책상 그게 불가능하다는 건 디네힌 경도 잘 알잖아요."

"그런 게 어디 있습니까? 불공평하지 않습니까."

"원래 세상은 불공평한 거예요. 나는 여왕이고 당신은 신하인 걸 잊었어요?"

우리는 서로를 노려보았다. 이 다툼 같지도 않은 다툼이 어떻게 끝날지, 우리 둘 다 아주 잘 알고 있었다. 결국 마주 보며 웃어 버릴 것이다. 늘 그랬듯이.

결국 누가 먼저 웃느냐가 문제였는데, 그런 쪽에서 나는 항상 디네힌을 이길 수가 없었다. 만인이 알다시피 버트로스 가문의 남자들은 안면 근육 제어가 칼 같기로 유명했던 것이다.

결국 이번에도 어김없이 나의 패배였다.

다음 날이 되었다. 오늘의 첫 일정 역시 어제와 같이 오찬회 참석이었다.

원래 계획은 카야르가 그랬던 것처럼 사흘 밤을 티아마칸에서 보낸 뒤 내일 오후 에오니르로 출발할 예정이었다. 그러나 이미 황태후와 한차례 주고받은 데다, 공식적으로 카야르의 청혼도 거절했다. 나는 일정이 당겨질 수 있음을 염두에 두라고 비서관에게 미리 일렀다.

그리고 근위 기사 편에 유라이하를 카야르에게 돌려주도록 했다. 그가 티아마칸으로 돌아가기 전 내게 맡긴 보검이었다. 명을 받은 기사가 검과 함께 떠나고 나니 마음 한구석이 휑했다. 에오니르를 떠나기 전 유라이하를 건네면서 카야르가 했던 말과, 어젯밤 그가 보인 표정들이 머릿속을 맴돌았다.

위던 때도 그랬지만 새삼스럽게 와 닿았다. 한 사람의 마음을 거절하는 것이 이렇게도 힘든 일이라는 것을.

검은 카야르에게 돌아간다 하더라도, 그 속에 담겨 있던 마음은 어디로 가는 걸까.

귀빈실 창문 밖의 황량한 풍경을 내려다보며, 나는 오래도록 그에 대해 생각했다.

정해진 시간이 되어, 나는 디네힌의 에스코트를 받으며 오찬회 장소로 들어섰다. 그런데 분위기가 심상치 않았다.

그 순간 그 자리에 앉아 있는 모든 이들의 시선이 일제히 내 쪽으로 모였던 것이다. 어제 연회 때도 많은 주목을 받기는 했지만 이처럼 약속한 것 같은 타이밍은 아니었다.

그리고 결정적으로 시선의 성질이 달랐다. 싸늘했다. 마치 죄인을 보는 것처럼. 나는 영문을 알 수 없었지만 최대한 아무렇지도 않은 태도로 자리에 가서 앉으려고 했다.

그때였다.

"리유나 여왕."

허스키하다 못해 굵직한 목소리가 울렸다. 어제 오찬회에는 모습을 드러내지 않았던 치체리나 황태후였다.

그녀는 최상석에 자리 잡고 있었다. 그 자리의 원래 주인인 카야르의 모습은 보이지 않았다. 대신 옆에 이스파가 앉아 있는 것이 보였다.

"잘도 뻔뻔스럽게 이 자리에 나타났군요. 그것도 공범을 동반해서."

디네힌이 한 발 앞으로 나서려 했지만, 나는 팔을 들어 그것을 막았다.

"황태후 마마."

나는 목소리를 돋우어 말했다.

"하루 첫 인사치고는 조금 난해하군요. 제가 모르는 티아마칸의 관습인지요."

치체리나는 히스테릭하게 코웃음을 쳤다.

"새파랗게 어린 계집이 입만 살았구나."

디네힌의 손이 허리에 차고 있는 검집을 움켜쥐었다. 나는 여전히 그를 가리듯 선 채로 말을 이었다.

"제가 에오니르의 수장인 것을 알고 계시면서도 그런 폭언을 하시는 겁니까?"

"에오니르? 그게 대체 어디에 붙어 있는 나라더냐?"

회장에 짧은 웃음소리가 흘렀다. 나는 차갑게 미소 지었다.

"황태후 마마께서 그것을 모르실 리 없을 텐데요. 선선대 황제이신 마마의 시부께서 메르토니아와의 휴전 협정에 몸소 서명하신 곳이니까요."

좌중이 크게 술렁였다. 개중에는 자리를 박차고 일어나 분노의 목소리를 올리는 이들도 있었다. 나는 태연하게 서서 황태후를 쳐다보았다. 오로지 히셀 후작과 달튼 대사만이 영문도 모른 채 하얗게 질려 있었다.

"네년이 정녕 죽고 싶은 게로구나."

치체리나가 살기 어린 목소리로 말했다. 결국 디네힌이 나를 가로막고 앞으로 나섰다.

"디네힌 경, 괜찮아요. 기다리세요."

나는 그의 귓가에 속삭였다. 그러나 그는 꿈쩍도 하지 않았다. 태산처럼 두 발을 디디고 서서 당장이라도 발검할 자세를 취한 채로, 황태후와 동등한 정도의 살기를 뿜어내고 있었다.

"죽을 때 죽더라도 그 이유라도 알고 싶군요. 대체 무슨 이유로 제가 이런 매도를 받아야 한단 말입니까. 그리고 공범이라니요? 그게 대체 무슨 뜻이죠?"

나는 디네힌의 옆으로 비껴 서서 물었다.

"끝까지 시치미를 뗄 생각인가 보구나. 좋다. 얼마든지 알려주마."

치체리나 황태후는 싸늘하게 미소 지으며 말했다.

"나는 알고 있다. 소위 처녀왕이라는 네년이, 황제 폐하의 구혼을 받고 있는 몸으로 이곳 티아마칸까지 와서 얼마나 추잡한 작태를 벌였는지를 말이다. 지금 네 옆에 서 있는 그 기사라는 놈과 말이지."

순간 전신이 차갑게 얼어붙는 것 같았다. 태어나서 평생 처음 받아 보는 저열한 모욕에, 마치 몸 여기저기가 날카로운 것으로 난도질당하는 것 같은 느낌이 들었다. 내가 격분하지 않았던 것은 온전히 디네힌 덕분이었다.

스릉.

예리한 소리와 함께 디네힌이 찰나의 주저도 없이 검을 빼들었다. 그 즉시 오찬회장 안은 아수라장이 되었다. 비명 소리가 오르고, 테이블이 엎어지고, 황태후 근처에 기립하고 있던 경비병들이 일제히 창과 검을 빼 들고 우리를 둘러쌌다.

그 와중에 내가 놀랐던 것은, 히셀 후작과 달튼 대사가 도망가지 않았다는 사실이었다. 그 둘은 완전히 혼이 나간 얼굴이면서도 디네힌과 어깨를 맞대고 나를 둘러싸 보호하고 있었다.

"취소해 주십시오, 황태후 마마."

디네힌이 멀리 치체리나를 향해 검은 겨눈 채로 말했다. 그 목소리에는 소름 끼칠 정도의 냉기가 서려 있었다. 그가 얼음이라면, 반대로 치체리나는 불이었다.

그녀는 이글거리는 눈으로 디네힌을 노려보았다.

"네놈이 뭔데 감히 내게 명령하는 것이냐!"

"취소해 주십시오."

디네힌은 조용히 반복했다.

"아니면 그 목에 죄를 묻겠습니다."

"디네힌 경!"

나는 외쳤다. 그리고 디네힌을 밀치고 앞으로 나서려고 했다. 하지만 그는 요지부동이었다. 하는 수 없이 나는 몸을 웅크려 히셀 후작과 달튼 대사 사이의 공간으로 빠져나왔다.

"여왕 전하!"

"움직이지 마세요!"

나는 팔을 들고 다시 외쳤다.

"황태후 마마. 어디서 무슨 말을 들으셨는지 몰라도 그것은 말도 안 되는 중상입니다."

"어처구니가 없구나. 어디서 나를 능멸하려 드는 것이냐."

치체리나는 눈을 희번덕거리며 말했다.

"네년이 그놈을 정식 구혼자로 삼고, 이미 네년의 나라에 있을 때부터 내연의 관계를 맺어 왔다는 것을 모를 줄 알았더냐."

나는 입술을 깨물었다.

"예, 디네힌 경이 제 정식 구혼자가 된 것은 사실입니다. 그것은 황제 폐하께 제 입으로도 밝힌 사실이지요. 하지만 돌아가신 선왕 전하의 이름에 걸고 맹세컨대 그와는 결코 하늘에 부끄러운 짓을 한 적이 없습니다. 에오니르에서도 그랬을진대, 하물며 티아마칸에 와서라니요. 대체 누가 그런 말을 했습니까? 증거는 있답니까?"

"목격자가 있는데 아직도 발뺌하려는 것이냐. 더구나 제 아비의 이름까지 들먹이면서, 정말 염치를 모르는 년이로구나."

"목격자라고요? 그게 누구죠?"

치체리나는 대답하지 않았다. 나는 목소리를 높였다.

"왜 말씀을 못 하시는 겁니까? 설마 이만큼이나 많은 사람들 앞에서 차마 제 입으로도 반복할 수 없을 만한 매도를 해 놓고, 이제 와서 꿀 먹은 벙어리가 되시려는 겁니까?"

"네년이……."

황태후가 이를 갈았다.

"말씀하기 힘드시다면 제가 도와 드리죠. 그 터무니없는 중상모략의 출처는 바로 지금 마마의 곁에 앉아 있는 이스파 황녀가 아닙니까?"

홀 안이 삽시간에 고요해졌다. 이스파는 자신이 지목받자 얼굴을 빨갛게 붉혔다.

"말씀해 보십시오, 황녀 마마. 정확히 언제 어디서 제가 디네힌 경과 그런 짓을 벌였다는 겁니까?"

"그, 그때…… 내가 찾아갔을 때……."

"어제 오전, 황녀 마마께서 귀빈실을 방문하셨을 때 말입니까? 그때 저는 홀로 아침 식사를 들고 있었습니다만. 그것은 저와 제 시녀들, 그리고 황궁에서 보내 주신 시녀들도 알고 있는 사실이지요. 무엇보다 황녀 마마 자신이 가장 잘 알고 계실 텐데요. 잊으셨습니까? 저는 그때 우리가 나눈 대화 하나하나까지 다 기억하고 있는데요."

"아니, 그때가 아니라 다른……. 그러니까, 밤에!"

"밤 언제요? 그런 시각에 마마께서 대체 무슨 일로 별궁까지 오신단 말씀입니까? 설사 오셨다 하더라도 결코 혼자는 아니셨겠지요. 언제, 누구와 함께 오셨습니까? 마마께서 내실을 비우셨다면 그 사실은 마마를 시중드는 자들은 전부 알고 있겠지요. 말씀해 보시겠습니까? 지금 여기 모인 시녀들 중 하나라도 지목해 주실 수 있겠습니까?"

이스파는 대답하지 못했다. 그녀는 얼굴이 완전히 새빨개진 채로 몸을 부들부들 떨고 있었다. 황태후는 무겁게 입을 다물고 있었다. 나는 그녀를 보며 미소 지었다.

"이미 무엇이 진실인지는 명백해진 것 같군요. 하지만 황태후 마마를 위해 더 납득이 갈 만한 설명을 해 드리지요. 이스파 황녀는 저희가 도착한 첫날부터 제 구혼자이자 기사인 디네힌 경에게 노골적으로 추파를 던져 왔습니다. 심지어 어젯밤에는 그 몸을 던져 구애를 했다가 거절당했지요. 황녀는 이에 원한을 품고 이런 짓을 벌인 겁니다."

이스파의 얼굴에서 핏기가 빠져나갔다.

"사실 이스파 황녀의 됨됨이를 생각하면 놀라울 만한 일은 아니지요. 오히려 제가 놀란 부분은 따로 있습니다. 바로 조금만 생각해 보면 누구라도 엉터리라는 것을 알 수 있을 만한 황녀의 거짓말을, 다른 사람도 아닌 황태후 마마께서 곧이곧대로 믿으셨다는 사실입니다. 왜 그러신 거죠? 너무 화가 나신 나머지 그렇게 당연한 사실을 분간할 이성도 잃으신 겁니까? 마마의 말씀대로 새파랗게 어린 계집이 하는 말에 그 대단하신 자존심에 상처를 입고, 더구나 믿고 있던 아들마저 그 계집을 옹호하니 눈이 뒤집히시던가요? 그래서 그 계집을 규탄할 수 있는 구실을 이스파 황녀가 가져다주자, 의심도 없이 그것을 받아들이신 건가요? 그렇다면 저는 실망했다는 말씀밖에 드릴 수가 없군요. 대 티아마칸의 황태후 마마께 말이지요."

황태후는 굳은 눈동자로 나를 바라보았다. 그 얼굴에서 급격한 피로감이 느껴졌다. 그녀는 천천히 자리에 다시 앉더니 이마에 손을 올렸다.

한참 후, 그녀는 그 자세 그대로 조용히 말했다.

"붙잡아라."

우리를 둘러싸고 있던 경비병들이 순식간에 그 포위망을 좁혀 왔다. 디네힌이 재빠르게 내 앞을 다시 막아섰다.

"황태후 마마!"

"저항하면 여왕 외엔 죽여도 좋다."

치체리나는 재차 말했다. 나는 입술을 깨물었다.

"정말로 마마께 실망을 금할 수가 없군요. 겨우 이것밖에 안 되시는 겁니까?"

"실망?"

황태후는 피식 웃었다.

"무슨 말인지 모르겠구나. 누가 누구에게 실망한다는 것이냐?"

그녀는 그늘진 눈으로 나를 보며 말했다.

"중상모략이라고? 그럴 수도 있겠지. 하지만 네 말대로 증거는 없다. 그게 사실이라는 증거도, 거짓말이라는 증거도 말이지. 지금 이 상황에서 분명한 건 단 하나뿐이다. 바로 네 목숨이 나에게 달려 있다는 것이지. 진실이란 그런 것이다. 앞으로는 혀를 함부로 놀리기 전에 그것을 잘 기억해 두는 것이 좋을 것이다. 물론 그럴 기회가 다시 있다면 말이지만."

황태후는 말을 마치고 손을 들었다. 그 순간 나를 지키고 선 디네힌의 등이 긴장으로 단단하게 굳었다. 하지만 그녀의 손이 아래로 떨어지기 전에, 무거운 목소리가 홀 안에 울려 퍼졌다.

"이제 그만하시지요."

카야르였다.

그는 어느새 내 뒤쪽 홀 입구에 서 있었다. 치체리나는 눈을 크게 뜨고 그를 쳐다보았다.

그는 천천히 안으로 걸어 들어오며 말했다.

"경비병, 칼을 치워라."

"황제 폐하!"

황태후가 다시 자리에서 몸을 일으키며 외쳤다. 그녀는 경비병들을 돌아보고 악을 썼다.

"뭐 하고 있느냐! 그 년놈들을 당장 붙잡아라! 내 명령이 들리지 않느냐! 어서!"

경비병들은 패닉에 빠져서 허둥거렸다. 그들은 앞으로 다가오지도, 물러나지도 못하고 있었다.

그때 쾅, 하는 굉음이 울렸다. 그 주위에 있던 모두가 소스라치게 놀랐다. 카야르가 손에 들고 있던 검을 검집채로 바닥에 내리꽂은 소리였다. 그것은 대리석을 깨부수고 그 안에 깊이 박혀 들어가 있었다.

"너희 모두가 알고 있을 것이다. 나는 두 번 말하는 것을 싫어한다."

그 즉시 경비병들이 일제히 검과 창을 거두며 물러났다. 순식간에 주위 공간이 휑해졌다. 홀 가운데에는 카야르와 나를 비롯한 에오니르 대표 세 명만이 남아 있었다.

황태후는 넋 나간 표정으로 카야르를 노려보고 있었다.

"폐하가…… 폐하가 어찌 저한테 이럴 수 있단 말입니까. 폐하가……!"

그녀는 토해 내듯 말했다. 카야르는 말없이 그녀를 보았다. 그의 얼굴엔 아까 전 자신의 모친의 것과 매우 닮은 피로감이 떠올라 있었다.

"어머니."

그는 탁해진 목소리로 말했다.

"엎지른 물은 결코 주워 담을 수 없습니다. 오히려 그러려고 하면 할수록 손과 무릎만 진흙으로 더러워질 뿐입니다. 왜 그것을 모르십니까."

그는 치체리나가 있는 자리로 걸어가며 말을 이었다.

"어머니의 수치는 곧 제 수치이자, 이 티아마칸의 수치이기도 합니다. 저는 어머니의 무릎이 더러워진 모습은 보고 싶지 않습니다. 이스파도 마찬가지입니다. 누가 그릇을 엎었는지는 상관없습니다. 제가 그것을 닦을 테니까요."

카야르는 곧 치체리나가 있는 자리에 도착하여 눈앞의 그녀를 바라보았다. 옆에 앉아 있던 이스파가 홀린 듯이 일어나 제어머니를 뒤에서 껴안고 잡아당겼다.

이윽고 황좌가 비자 카야르는 그 자리에 앉았다.

"오늘 이 자리에서 있었던 일은 모두 잊도록 하시오."

그가 나지막이 말했다.

"혹시라도 이날 이후로 오늘 일에 대한 이야기가 내 귀에 들려온다면 짐은 그 입을 놀린 자는 물론이요, 지금 이 자리에 있는 모든 이들의 목을 취할 것이오. 의심은 갖지 마시오. 짐은 반드시 약속을 지키는 사람이니까."

"하실 말씀은 그게 답니까?"

쥐 죽은 듯 조용하던 좌중의 시선이 순식간에 카야르에서 디네힌으로 옮겨 갔다.

"디네힌 경……!"

나는 그의 팔을 붙잡아 잡아당겼다. 하지만 그는 아랑곳하지 않았다.

"리유나 여왕 전하는 입에 차마 담을 수도 없는 수모와 모욕을 당하셨습니다. 황제 폐하께서 가장 먼저 하셨어야 하는 말씀은 그에 대한 사과 아닙니까? 그저 피붙이의 허물을 덮을 생각밖에는 없으신 겁니까?"

"짐에게 사과하라고?"

카야르는 되물었다.

"지금 그렇게 말한 건가, 후작?"

"물을 닦겠다고 하지 않으셨습니까. 그렇다면 책임을 지셔야지요."

"네놈과 여왕의 목숨을 살려 주지 않았느냐. 그것은 책임을 진 것이 아니라는 건가?"

카야르는 말했다. 그의 금안이 예리하게 번뜩였다.

"네놈들이 내 어머니에게 안긴 수모와 모욕의 죗값을 묻지 않겠다는 거다. 그것으로 부족하다는 것이냐? 그렇게 사과를 원한다면 해 주마. 그리고 그 대가로 네놈의 목숨을 받아 가겠다면 만족하겠느냐? 목에 칼이 들어온 상태에서도 책임 타령을 할 수 있겠느냐?"

카야르의 눈동자는 활활 타오르고 있었다. 디네힌은 이를 악문 채로 그것을 마주 보았다. 나는 그의 팔을 잡은 손에 힘을 주었다. 이윽고, 잔뜩 경직되어 있던 그 팔이 천천히 이완되어 가는 것이 느껴졌다.

"책임이니 사과니…… 사랑이니, 참으로 우스울 뿐이로구나."

카야르는 조용히 중얼거렸다.

"너희들이 우습도다. 그런 것은 아무런 의미가 없는 것이다. 아무런 의미도……."

그의 눈 속에서 방금 전까지 타오르던 불꽃은 어느새 온데간데없이 사라져 있었다.

다음 날 아침 일찍, 우리는 티아마칸을 나서게 되었다. 기존 일정보다 반나절 빠른 출발이었다. 비서관에게 미리 일러둔 대로 된 것이다.

나는 마차에 막 올라타려다 말고 멈춰 섰다. 황궁 입구로부터 카야르가 걸어 내려오는 것이 보였기 때문이다.

"황제 폐하."

나는 이윽고 내 앞에 선 카야르에게 예를 표했다. 그는 말없이 손에 쥐고 있던 검을 내밀었다. 유라이하였다.

"폐하, 이 검은……."

"받으시오. 내가 한 번 그대에게 주었으니 이미 이 검은 그대 것이오."

나는 곤란한 기색으로 카야르를 보았으나 그는 검을 내민 자세 그대로 꿈쩍도 하지 않았다.

나는 하는 수 없이 그것을 받았다.

"짐이 처음 유라이하를 그대에게 줬을 때 했던 말을 기억하고 있겠지."

—말은 힘이 없소. 기억은 금세 잊히지. 그러니 그것을 간직하고, 볼 때마다 떠올려 주기를 바라오. 짐을. 짐이 한 말을.

그저 검을 품에 안고 그를 바라보는 것 외에, 나는 아무 말도 할 수가 없었다.

"짐의 친위대에게, 에오니르까지 행렬을 호위하라는 명령을 내려 두었소."

이윽고 카야르가 다시 입을 열었다.

"오직 짐의 명령밖에 듣지 않는 직속 병사들이오. 만에 하나라도 있을지 모르는 위협으로부터 그대들을 지켜 줄 것이오."

"황제 폐하, 괜찮습니다. 그렇게까지 저희를 염려해 주시지 않아도……."

"여전히 뭘 모르는군. 짐이 염려하는 것은 그대들이 아니오. 어제 말한 것을 잊었소? 짐은 그저 어머니의 무릎과 손이 더러워지는 것을 보고 싶지 않을 뿐이오."

그 말에 담긴 속뜻에 싸하게 소름이 돋았다. 카야르는 쓸쓸하게 웃었다.

"정말로, 잊지 못할 생일이 되겠군."

그가 어제 마지막으로 중얼거렸던 말이 떠올랐다. 책임이니 사과니, 사랑이니. 그런 것은 목숨 앞에서 아무런 의미가 없는 것이라고.

카야르에게 있어서는 확실히 그럴지도 모른다. 평생을 전장에서 살았으니까. 제 손으로 피붙이를 몇이나 죽이고 피로 젖은 황좌에 올랐으니까.

그러니 에오니르의 여왕으로서 내가 중시하는 명분과 가치는 그의 앞에선 의미가 없을 수도 있다.

오직 죽느냐 죽이느냐, 살아남은 쪽이냐 아니냐만이 중요한 세계에서 살아온 그에게 있어, 나와 디네힌의 말은 그저 잠꼬대로만 들릴 수도 있다.

이해는 할 수 있었다. 그러나 나는 그 순간에 카야르가 아무 맥락 없이 사랑이라는 말을 끼워 넣었다는 사실이 너무나 가슴 아팠다. 그 전날 밤, 내가 그를 거절했을 때 '사랑이란 말이지.' 하고 중얼거리던 그의 모습이 겹쳐 보였던 것이다.

아니, 의미 없지 않습니다. 폐하께서 황태후 마마를 감싸신 마음도, 사고뭉치 여동생을 보호하는 마음도, 그리고 저에게 품으셨던 마음도 틀림없이 사랑입니다.

그리고 그것은 우리의 근간을 이루고, 살게 하는 힘입니다. 폐하께서도 언젠가 꼭 만나실 겁니다. 그리고 알게 되실 것입니다. 진정한 사랑을.

하지만 그런 생각은 입안에서 맴돌 뿐 말이 되어 나오지 못했다. 위던 때와 마찬가지였다. 내가 말해 봐야 의미가 없다는 것을, 그저 공허하고 무의미한 말로 흩어져 버리고 말 것이라는 것을 알고 있었기 때문이다.

그래서 있는 힘껏 빌었다. 그가 행복해지기를.

카야르는 나를 바라보고 있다가, 눈썹을 찌푸리며 웃었다.

"짐과 헤어지는 것이 그렇게 아쉽소?"

그 말을 듣고 나서야 깨달았다. 어느새 눈에 눈물이 맺혀 있었던 것이다. 나는 한 손을 들어 눈물을 훔치고 밝게 웃었다.

"그럴지도 모르지요."

"도통 알 수 없는 여자로군."

카야르는 조용히 말했다.

그것이 우리가 나눈 마지막 대화였다.

프러포즈

카야르와의 약속대로 셋째 날 오찬회에서 있었던 일은 관계자 모두가 불문에 부쳤다. 길로프에게조차 말하지 않았다. 그저 카야르와의 결혼을 정식으로 거절했다는 이야기만 했을 뿐이었다. 당연히 신하들은 난리가 났고, 벌써부터 에오니르의 앞날을 걱정하는 목소리가 빗발쳤다.

하지만 그것은 시간문제였다. 가장 독보적인 두 후보였던 카야르와 위딘을 일찌감치 퇴짜 놓았기에 울며 겨자 먹기 식으로, 그리고 길로프의 암약을 바탕으로 여론은 점점 디네힌을 밀어주는 방향으로 움직였다.

이윽고 그의 영향력은 근위 기사 단장의 영역을 벗어나 국정에도 참여하는 선으로 확대되었고, 공식 행사에도 종종 얼굴을 내비치게 되었다.

그렇게 해가 바뀌고 다시 날씨가 따뜻해질 때쯤, 디네힌은 이미 국내외 공인의 내 약혼자로 대우받고 있었다. 항상 나의 뒤였던 그의 자리가 어느새 나의 옆으로 바뀌었던 것이다.

여름이 되고, 약속의 날이 가까워지면서 나는 또다시 눈코 뜰 새 없이 바빠졌다. 이번에는 탄신제와 약혼식 준비를 동시에 진행해야 했기에 작년보다 배로 바빴다.

그것은 물론 배우자인 디네힌에게도 똑같이 적용되었고, 둘이 오붓한 시간을 갖기는커녕 마주 보고 대화조차 나눌 짬이 없는 날들이 몇 주나 이어졌다.

그렇게 욕구불만이 쌓여만 가던 와중, 탄신제를 겨우 며칠 앞둔 어느 날 오후였다. 원래 예정되어 있던 일정이 모종의 이유로 취소되어 갑작스레 2시간 정도가 붕 뜨게 되었다. 말이 2시간이지, 그때에 있어서는 천금과도 같은 휴식이었다.

나는 잽싸게 디네힌을 호출했다. 처음에는 항상 그러던 것처럼 집무실로 부르려고 했으나, 그 순간 번개같이 떠오른 생각이 있었다. 나는 시종장에게 디네힌보고 나의 개인 화원으로 오라는 메시지를 전할 것을 명했다.

이윽고 나타난 디네힌은 말을 잃은 표정으로 나를 물끄러미 쳐다보았다.

"아, 디네힌 경. 왔어요?"

"······여왕 전하, 뭘 하고 계신 겁니까?"

"벌레 잡고 있잖아요. 보면 몰라요?"

나는 막 잡은 벌레를 포대에 던져 넣으며 생긋 웃었다. 디네힌은 입을 굳게 다문 채 내게로 가까이 걸어왔다.

"화원으로 오라고 하셔서 저는 차라도 마시자고 하시는 줄 알았습니다만."

"차요? 마셔야죠. 일단 일하고 난 뒤에. 그러니까 얼른 디네힌 경도 도와요. 자, 여기 앞치마."

나는 그렇게 말하고 옆에 두었던 연녹색 앞치마를 디네힌에게 내밀었다. 그러면서 봤더니 그의 복장이 심상치 않았다. 예복에, 망토에, 반짝이는 구두까지 위아래로 쫙 빼입은 차림이었던 것이다.

그에 비해 나는, 개인 화원에 올 때 늘 그랬듯 완벽한 정원사 모드였다. 땋은 머리에 밀짚모자, 면 원피스에 분홍색 앞치마, 그리고 투박한 작업용 장갑과 장화.

우리는 어색하게 마주 서서 서로를 바라보았다.

"왜 이렇게 힘 줬어요? 어디 축제라도 가요?"

"여왕 전하야말로, 전에 없이 아주 사랑스러운 차림을 하고 계시는군요."

"뭐예요, 내 작업복에 불만이라도 있어요? 있어도 어쩔 수 없어요. 앞으로는 무조건 익숙해져야 할 테니까. 정원 일 하는 데 드레스 같은 걸 입고 왔다가는 대참사라고요."

나는 그렇게 말하곤 들고 있던 앞치마를 휙 던졌다. 디네힌은 엉거주춤하게 그것을 받아 들었다.

"여긴 나의 개인 화원이에요. 하나부터 열까지 다 내 손으로 가꾸고 있답니다. 이전에는 어마마마의 화원이었고, 내가 태어나고 난 뒤엔 가족 화원이었죠."

나는 물뿌리개를 집어 들고 디네힌에게 건넸다. 디네힌은 그것도 받아 들었다.

"지금까지 이 안에 들어온 사람들은 정말 몇 안 돼요. 아바마마와 어마마마, 그리고 나를 제외하면 시녀들 몇 명뿐이죠. 나머지 사람들은 이런 곳이 있는 줄도 몰라요. 그러니까 디네힌 경도 영광인 줄 아세요."

"……예, 안 그래도 감격 중입니다."

디네힌은 손에 든 앞치마와 물뿌리개를 내려다보며 말했다.

"이제부터는 나와 디네힌 경이 함께 여기를 가꾸는 거예요. 우리는 곧 가족이 될 거니까요."

가족이라는 말에, 그는 눈을 살짝 크게 떴다.

"아기가 태어나면 그 아이의 이름을 딴 나무도 심고, 그 아이가 자라면 함께 와서 물을 주고, 동생들이 태어나면 또 새로운 나무를 심고. 그렇게 온 가족이 함께 가꾸는 거예요. 세월이 흐르면 우리의 아이들도 결혼을 하고 아기를 낳겠죠. 그때가 되면 물려줄 거예요. 그 아이들의 아이들이 아기를 낳으면 또 개네들한테 물려주라고 하고요. 그렇게 에오니르 왕실의 계보를 따라 계속 대물림해 가는 거예요. 아이들이 앞으로 무슨 일을 겪고 어떻게 자라나더라도 마음 한편에는 항상 가족들과의 추억을 품고 있을 수 있도록. 여기만 오면 그 추억을 떠올리고 행복해질 수 있도록. 내가 그랬던 것처럼요."

나는 팔을 벌리고 연설하듯 말한 뒤 디네힌을 보고 활짝 웃었다.

"어때요, 괜찮은 계획이죠?"

그는 나를 보며 미소 짓고 있었다.

"예. 그렇군요."

"오늘은 그 계획의 기념할 만한 첫날이에요. 그러니까 디네힌 경도 얼른 그 앞치마 입고 와서 돕도록 하세요. 정원 일은 시간과의 싸움이라고요. 차 마실 생각이 있으면 더더욱요. 자, 빨리요."

"예, 전하. 하지만 그전에 잠시만 시간을 내주시겠습니까."

"네? 무슨 시간요?"

나는 어리둥절해 디네힌을 쳐다보았다. 그는 손에 들고 있던 앞치마와 물뿌리개를 옆에 내려놓고, 내 앞으로 걸어왔다. 그리고 한쪽 무릎을 꿇고 앉았다.

"손을 주시겠습니까."

나는 장갑을 벗고 그에게 오른손을 내밀었다. 그러나 그는 그 손을 잡지 않았다. 대신 손을 뻗어 나의 왼손을 붙잡고, 남은 장갑을 벗겼다.

순간 호흡이 가빠 오기 시작했다.

"어? 잠깐만요. 지금 설마……."

"예. 맞습니다."

"아, 안 돼요. 지금 이런 꼴인데, 안 돼요. 취소! 기다려요. 최소한 옷이라도 갈아입고 오게—"

"아닙니다, 전하. 아까도 말씀드렸지요. 지금 전하는 이전 그 어느 때보다도 사랑스러우십니다."

디네힌은 나를 올려다보며 부드럽게 말했다. 그 눈길에는 한 없는 애정이 배어 있었다.

"그리고 오히려 지금이기에 의미가 있는 겁니다. 저는 정말로 감격했습니다. 가족이 되자고 말씀해 주셔서. 전하께서 그리시는 따뜻한 미래 속에 제가 있을 곳을 만들어 주셔서."

"바보 같은 소리 마요. 당연한 거잖아요."

"아니요, 당연하지 않습니다."

디네힌은 조용히 말했다.

"당연하지 않았습니다, 저에게는."

"……디네힌 경."

"여왕 전하께서 제 마음을 받아 주신 것만으로 저는 기적이 일어났다고 생각했습니다. 오랜 세월 그저 바라보기만 했던 분과, 제 손에는 절대 닿을 수 없는 높은 곳에 계시던 분과 같은 마음이라는 것을 확인했으니까요. 그 이상은 더 바랄 수도 없고, 바라서도 안 된다고 생각했습니다. 난 이제 됐다고, 이제 죽어도 여한이 없다고. 진심으로 그렇게 생각했습니다."

나는 눈썹을 찌푸렸다.

"무슨 그런 말을……."

디네힌은 미소를 지었다.

"예, 맞습니다. 전하는 그때도, 그리고 지금도 제가 거기서 만족하는 것을 허락지 않으셨지요. 전하는 제게 손을 내밀어 주셨습니다. 그리고 명하셨지요. 여왕 전하께 청혼하라고. 전하와 함께 걸어 나갈 각오를 다지라고."

처음으로 서로의 마음을 확인하고 키스를 나눈 날의 일이었다. 그는 애틋하게 빛나는 눈동자로 나를 바라보며 말했다.

"솔직히 이룰 수 없는 미래라고 생각했습니다. 주위 모든 사람들이 안 된다고 했으니까요. 그런데 전하께서 그것을 현실로 만들어 주셨습니다. 바로 1년 전만 하더라도 저로선 꿈꿀 수조차 없던 일이 이제 곧 실현되려 하고 있는 겁니다."

내 손을 잡고 있는 그의 손이 희미하게 떨리고 있었다. 나는 그것을 꽉 쥐었다.

"이 모든 것이 전하 덕분입니다. 전하셨기에 가능했던 일이었습니다. 제가 섬기는 단 한 분, 저를 이끌어 주시는 유일한 빛, 저의 생명이신 여왕 전하. 전하께서 명하셨기에, 제가 감히 청하옵니다."

디네힌은 품속에서 작은 상자를 꺼내 열었다. 그 안에서 보석이 박힌 반지가 하얗게 빛나고 있었다.

"저와 결혼해 주시겠습니까? 저의 여왕 전하."

나는 이를 꽉 물었다. 간절하게 나를 올려다보는 그의 눈을 더 이상 바라보고 있을 수가 없었다. 나는 고개를 끄덕였다. 두 번, 세 번, 네 번, 그저 계속해서 끄덕였다.

"수락하신 겁니까?"

내가 계속 고개를 끄덕이고 있는데도 디네힌은 재차 물었다.

"허락해 주신 거지요?"

나는 흡, 하고 숨을 삼켰다. 눈물이 왈칵 쏟아졌다.

"그래, 이 바보야!"

반지가 담긴 상자가 바닥으로 굴러떨어졌다. 디네힌은 나를 껴안고 번쩍 위로 들어 올렸다.

"……사랑합니다, 전하. 사랑합니다. 평생…… 떠나지 않을 겁니다. 놓아 드리지 않을 겁니다, 절대로…….."

숨이 막혀 아무 말도 할 수가 없었다. 나는 공중에 들린 채로 그저 온 힘을 다해 디네힌을 마주 껴안았다. 내 마음이 그에게 전해지기를 바라면서.

우리는 키스했다. 꽃과 풀 향기 속에서 영원히 떨어지지 않으려는 듯 그렇게 끝없이, 끝없이 키스를 나누었다.

종장

그리하여 독자 여러분, 나는 그와 결혼했다.

이루어질 일은 어떻게든 이루어진다는 말이 있다. 바야흐로 이 자서전의 대단원을 마무리 짓는 지금 시점에 와서 돌이켜 보니, 내 인생이 딱 그랬다는 생각이 든다. 크고 작은 굴곡은 언제나 있었지만, 결과적으로는 모든 일이 물 흐르듯 매끄럽게 이루어진 것이다.

기구한 운명이니 어쩌니 했던 것은 그야말로 젊은 날의 소치 였다. 다시는 돌아오지 않을 그 꽃 같았던 나날을 추억하는 의 미로, 그 부분은 굳이 수정하지 않고 놔두겠다. 부디 독자 여러 분들이 귀엽게 여겨 주시기만을 바랄 뿐이다.

뒷이야기를 궁금해하실 분들이 많을 것 같아 몇 자 더 적어 보겠다.

디네힌과의 약혼 발표 이후로 전 세계에서 날아오던 공물은 당연히도 뚝 끊겼고, 외교적 입지도 그전으로 돌아갔다.

그럼에도 불구하고 에오니르는 그 후 몇십 년간, 전에 없던 태평성대를 누렸다. 재위 기간 동안 내가 이룬 그 수많은 업적에 대해서는 굳이 이 자리에서 구구절절 늘어놓지는 않도록 하겠다.

그저 능숙하게 내·외조를 해 준 대공과 유능한 재상에게 공을 돌리는 바다. 이렇게만 이야기해도 알 만한 분들은 다 아실 거라 믿는다.

티아마칸 및 메르토니아와는 그 이전의 눈치 외교에서 벗어나 에오니르 역사상 처음으로 당당히 국가 대 국가로서 돈독한 관계를 유지했다.

두 나라의 황제 모두 내게 마음을 빼앗겼던 남자들이니 당연하다면 당연한 일이라 할 수 있겠다. 이 사실을 손주들이 영 안 믿어서 곤란하긴 하지만.

내가 디네힌과 결혼한 다다음 해, 티아마칸의 치체리나 황태후가 세상을 떠났다. 완전한 황권을 손에 넣은 카야르는 모두의 예상과는 다르게 그때까지의 영토 확장 정책을 접고, 제국의 내실을 다지는 방향으로 국정을 선회시켰다.

그의 치세 동안 티아마칸은 단 한 번의 전쟁도 치르지 않았고, 그것은 메르토니아와도 마찬가지였다. 그의 이름은 성군으로서 역사에 길이 남게 되었다.

젊은 날의 그를 아는 사람이라면 누구든 놀라 입을 딱 벌리지 않을 수 없는 일이었다. 오직 나를 제외하고는.

카야르가 내게 주었던 보검, 유라이하는 에오니르와 티아마칸의 영원한 친교를 약속하는 상징이 되어 에오니르 왕가에 대대로 전해지게 되었다.

나 아니면 평생 혼자 살 것이고 황제도 되기 싫다던 위딘은 웬걸, 멀쩡하게 황위도 잘 물려받고 예쁜 황후 얻어서 자식도 많이 낳으면서 평생 잘 먹고 잘 살았다.

카야르 또한 마찬가지였다. 약간 늦게 들인 황후와 얼마나 금실이 좋았는지 자기 아버지와는 달리 측실 한 명 들이지 않았다.

두 사람 모두 나 없으면 죽고 못 살 것처럼 굴었을 땐 언제고. 아무튼 이래서 남자란 족속은 믿을 게 못 된다.

추가로, 독자분들이 가장 알고 싶어 하실 이야기를 해 보겠다. 그래서 예언은 이루어졌는가?

결론부터 말하자면, 답은 예스였다.

나는 디네힌과의 사이에서 아들 셋과 딸 하나를 보았다. 차례대로 다난, 리브, 카엘, 그리고 피나였다.

내가 첫 아이를 낳을 때까지만 하더라도 예언의 실현 유무는 전 대륙 초유의 관심사였다. 하지만 10년이 지나고 20년이 지나도 에오니르가 세계 통일 같은 거창한 과업을 달성할 조짐은 도무지 보이지 않았고, 언제 터질지 모르는 폭탄처럼 생각되던 티아마칸–메르토니아–에오니르 삼국의 관계도 한없이 평화롭기만 했다.

그렇게 예언은 사람들의 머릿속에서 잊히는 듯했다.

그런데 막내 딸내미가 일을 냈다. 열일곱 살이 된 해, 어느 날 갑자기 하늘로부터 계시를 받았다며 공주의 신분을 버리고 가출해 버린 것이다. 물론 그 당시 난리가 났다. 디네힌은 걱정으로 시름시름 앓았고, 피나의 행방을 찾느라 기사들이 숱하게 전국을 헤맸다.

그런데 어느 순간부터 대륙에 이상한 소문이 돌기 시작했다. 바로 은발 머리의 성녀가 나타났다는 소문이었다. 그녀는 전 대륙을 방랑하며 수도 없는 업적을 남겼다.

그 성녀가 바로 피나였다. 지금에 이르러서는 전 세계에 그녀를 따르는 신도가 수백만 명도 넘는다고 한다. 그리고 어찌 된 영문인지, 신도들이 마음대로 에오니르를 성지 취급하면서 하루가 멀다 하고 사람들이 모여들고 있는 실정이다.

피나는 결혼도 하지 않은 채 아직도 세계를 떠돌고 있다. 고통받고 있는 사람을 하나라도 더 구하는 것이 자신의 사명이라나, 뭐라나. 내 배 속에서 나왔지만 스케일이 다른 딸내미다.

마지막으로 다시 내 이야기로 돌아와 보겠다. 이제 진짜로 마무리다.

이미 몇 년 전, 맏이에게 왕위를 물려주고 자유의 몸이 된 나는 디네힌과 단둘이서 평생의 꿈이었던 세계 여행을 시작했다.

사실은 지금 이 글도 여행지에서 쓰고 있다. 디네힌은 벌써부터 꾸벅꾸벅 졸고 있다. 나이가 드니 초저녁잠이 많아져서 큰일이다.

모처럼 여행을 떠나온 김에 겸사겸사 10년에 한 번 얼굴 비칠까 말까 하는 이 불효녀를 추적해 볼 생각이다. 늙은 부모가 손잡고 눈앞에 나타나면 그 애가 어떤 표정을 할지 심히 기대가 된다.

이 자서전이 독자분들의 손에 들어갈 때쯤엔 그 궁금증이 풀렸기를 기대해 보면서 이만 펜을 놓겠다.

우리 영감은 내가 안 안아 주면 잠도 못 자거든.

외전. 첫날밤

　약속의 날, 정식으로 디네힌과의 약혼을 발표한 후 가을이 가기 전에 우리는 결혼식을 올렸다.

　앞으로의 미래가 불투명한 만큼 나라 살림 절약을 위해서라도 식은 검소하게 치르자고 했던 내 주장은, 버트로스 부자에 의해 가볍게 논파당했다.

　아버지 왈 '전 대륙이 주목하고 있는 결혼식입니다. 국격을 생각해서라도 그럴 수는 없지요.', 아들 왈 '여왕 전하는 무조건 최고여야 합니다.'가 그 이유였다.

　식은 왕궁 정원에서 거행되었다. 백성들도 볼 수 있게 하자는 것이 그 취지였다. 성벽을 따라 둥그렇게 모여든 인파로 그 주위는 발 디딜 틈조차 없었다. 함성이 얼마나 컸으면 성혼문을 읽는 길로프의 목소리가 거의 들리지도 않을 정도였다.

그래도 괜찮았다. 사실 말은 필요가 없었다. 보는 것만으로도 질릴 틈이 없었으니까. 그가 눈을 깜빡이고, 미소 짓고, 다른 곳으로 고개를 돌렸다가 다시 나를 보는 그 단조로운 영상의 매 순간마다 나는 새삼스럽게 사랑에 빠졌다. 낙차 없는, 완전한 행복의 연속이었다. 천국이 있다면 이런 느낌이겠구나, 생각했다.

마침내 그가 내 손가락에 반지를 끼워 주고, 우리는 입을 맞췄다. 고작 두 사람이 받기에는 너무나도 많은 축복 속에 우리는 맺어졌다. 마침내.

그리고 첫날밤을 맞이했다.

나는 얇은 네글리제(얇은 천으로 원피스처럼 만든 여성용 잠옷) 하나만 달랑 입은 채로 침대에 앉아 디네힌을 기다리고 있었다. 어찌나 긴장했는지 쿵쿵거리는 내 심장 소리가 귓가에 다 들릴 지경이었다. 아무리 진정하려 해도 소용이 없었다.

그리고 마침내 디네힌이 들어왔다. 그가 침대로 걸어와 이윽고 내 옆에 앉는 순간까지, 나는 온몸을 빳빳하게 굳힌 채로 정면만 쳐다보고 있었다.

"전하."

그의 낮은 목소리에 새삼 심장이 요동쳤다.

"전하?"

내가 대답 없이 가만히 있자, 디네힌은 물끄러미 나를 보고 있다가 갑자기 내 어깨를 붙잡고 침대로 쓰러트렸다.

나는 너무 놀란 나머지 소리도 못 내고 눈만 동그랗게 뜬 채로 디네힌을 올려다보았다. 커튼 사이로 스며든 달빛을 받아 어슴푸레 그의 얼굴이 보였다. 그는 미소 짓고 있었다.

"앉은 채로 잠드셨나 생각했습니다."

"……그럴 리가 없잖아요."

나는 가슴 위에 두 손을 모은 채로 말했다.

왜일까, 그가 가만히 그윽하게 나를 내려다보는 눈길이 새삼 그렇게 부끄러울 수가 없었다. 안 그래도 가슴이 뛰어 죽겠는데 얼굴은 뜨겁고. 도대체 어떻게 해야, 어떻게 해야…….

디네힌은 미간에 희미하게 주름을 모았다.

"전하. 혹시 싫으신 거라면……."

"아니에요."

"그게 아니라도 아직 준비가 안 되셨다든가……."

"아니에요."

"전……."

"아니라니까요!"

디네힌은 멍하니 나를 보다가, 풋 하고 웃음을 터트렸다.

"아직 말도 안 꺼냈습니다."

쿡쿡거리며 웃는 그가 그렇게 얄미울 수가 없었다. 그 웃음 소리에 또 가슴이 두근거려서 더더욱 그랬다.

이윽고 디네힌이 부드럽게 미소 지었다.

"저는 기다릴 수 있습니다. 전하께서 준비되실 때까지, 언제 까지라도."

"……정말요?"

"물론입니다. 자랑은 아니지만 참고 기다리는 데에는 일가견이 있습니다."

"내가 한 10년 기다리라고 하면 어쩌려고요?"

디네힌은 잠시 침묵했다.

"설마 그러시겠습니까."

"왜요, 진짜로 그럴 수도 있죠. 말해 봐요. 그러면 어떡할 거예요?"

디네힌은 고민했다. 그리고 정말로 오랜 고민 끝에, 그는 신음하는 듯한 목소리로 '……기다려야지요.' 하고 말했다.

"진짜로요?"

"예. 여왕 전하의 명이시라면."

"뭐예요. 그럼 별로 그렇게 원하는 것도 아닌가 보네요."

내 말에 디네힌은 비 오는 날 밖에 내쳐진 아이 같은 표정을 지었다.

"그렇잖아요? 아니면 어떻게 10년을 기다려요. 말이 안 되지."

"여왕 전하. 또 저를 도발하시는 겁니까?"

"어머, 왜 그렇게 생각해요?"

"그야 매번 방식이 똑같으시지 않습니까. 저도 매번 당하다 보니 이제 좀 알 것 같습니다. 여왕 전하는 먼저 키스해 줬으면 하실 때는 늘 이런 식으로 나오셨지요. 왜 그냥 저를 원한다고 솔직하게 말씀하시지 못하는 겁니까?"

디네힌의 말에 나는 입을 딱 벌렸다. 그리고 한 박자 늦게 얼굴이 확 달아올랐다.

"무, 무슨 그런 말도 안 되는……!"

"아닙니까?"

"다, 다, 당연히 아니죠! 어쩜, 여왕 모독이에요!"

"확인해 볼까요?"

"네? 뭘, 읍……!"

그는 말이 채 끝나기도 전에 내 입을 막았다. 다짜고짜 들어온 혀가 입안을 사정없이 유린했다. 숨이 막혀 나도 모르게 그의 가슴을 밀어내려 하자, 도리어 그에게 손목을 붙잡혔다.

오늘 그의 키스는 특히나 더 집요했다. 몇 번이고 항복 신호를 보냈으나 소용없었다. 결국 온몸의 힘이 다 빠져나갈 때까지 그는 나를 놔주지 않았다.

나는 침대에 파묻힌 채로 가슴을 들썩였다. 눈앞이 가물가물했다. 이지러진 디네힌의 실루엣이, 셔츠를 벗는 모습이 보였다.

"……전언을 철회해야겠습니다."

그는 거친 숨이 섞인 목소리로 말했다.

"역시, 더는 못 기다리겠습니다."

곧 그의 입술이 내 목을 덮쳐눌렀다. 얇은 피부를 통해 전해지는 낯설고도 짜릿한 감각에 나는 신음 소리를 올렸다. 그의 입술과 혀가 목덜미를, 어깨를, 그리고 쇄골을 차례차례 훑으며 내려왔다.

그러면서 그는 손으로 나의 네글리제 자락을 붙잡고 천천히 위로 끌어 올렸다. 얇은 옷자락이 피부를 스치는 느낌이 종아리, 무릎, 그리고 허벅지를 지나 배 위까지 올라갔다.

"안……."

돼요, 라는 말을 필사적으로 입술을 깨물며 참았다. 부끄러워서 죽어 버릴 것만 같았다.

디네힌은 결국 네글리제를 끝까지 끌어 올려 내 머리와 팔을 통과시킨 후, 완전히 벗겨 냈다. 나는 양팔로 가슴을 가리고, 고개를 돌린 채 본능적인 부끄러움과 싸우고 있었다. 디네힌은 숨을 죽인 채 그런 나를 내려다보고 있었다.

"전하."

그는 떨리는 목소리로 말했다.

"아름답습니다. 정말로…… 너무나 아름답습니다. 마치 이 세상의 것이 아닌 것 같습니다. 저는……."

그는 내게 몸을 기울여 입을 맞췄다. 입술에, 이마에, 그리고 코에, 마치 기도하듯이 경건한 자세로.

"저는 이제 정말로, 죽어도 좋습니다."

참회하는 성자처럼, 그는 나지막이 중얼거렸다. 눈물이 솟아올랐다. 나는 그렁그렁하게 눈물을 매단 채로 '……절대 안 돼요, 죽으면.' 하고 말했다.

디네힌은 미소를 지었다. 점차 그의 얼굴이 아래로 내려갔다. 나는 눈을 질끈 감았다. 도저히 눈으로 보면서 부끄러움을 견딜 자신이 없었다. 그런데 오히려 역효과였다. 내 몸 어디에 무엇이 닿는지, 무슨 일이 일어나고 있는지가 감각을 통해 더더욱 생생하게 느껴진 것이다.

"하악……!"

내 몸의 표면을 떠돌던 그의 입술이 마침내 내 젖가슴 가운데의 첨단에 닿는 순간, 나도 모르게 신음 소리가 터져 나왔다. 그 작은 부분을 살짝 핥았을 뿐인데, 몸 전체에 전류라도 흐르는 것처럼 짜릿짜릿했다.

이윽고 그가 그것을 입술로 물고, 빨아들여 삼키고 혀를 굴리는 동안 나는 몸을 뒤틀며 비명 같은 신음을 끝없이 흘렸다. 태어나 처음 맛보는 그 감각은, 저항한다고 저항할 수 있는 것이 아니었다. 자신에게서 이렇게 음란한 목소리가 나올 수 있다는 것 또한 처음 알았다.

"그만…… 그만……!"

나는 알 수 없는 두려움에 고개를 흔들며 디네힌에게 애원했다. 그러자 그가 다시 고개를 들었다. 그의 눈동자는 뜨거운 열기로 들떠 있었다.

이윽고 그의 손이 내 허벅지 사이에 닿았다. 나는 온몸을 긴장시켰다. 그 손가락이 아무도 닿은 적 없는, 아무에게도 허락한 적 없는 은밀한 곳으로 천천히 파고들어 왔다.

"디네힌 경……!"

그는 내 뺨에 키스하곤 귓가에 '젖어 있습니다, 전하.' 하고 속삭였다.

"싫어요, 그런 말. 응……!"

디네힌의 손가락이 나의 비부를 지그시 누르며 어루만졌다. 그가 만지는 곳에서 한 번도 느껴 본 적 없는 기이한 욱신거림이 느껴졌다. 그의 손가락이 입구에만 머물러 있었음에도 불구하고, 그보다 더 안쪽 깊숙한 곳에서 알 수 없는 애타는 감각이 느껴졌다.

"전하."

디네힌이 애틋한 눈길로 나를 바라보았다.

"더는 참을 수 없을 것 같습니다. 부디……."

나는 고개를 끄덕이고 그의 목을 껴안았다. 이윽고 디네힌이 내 위로 올라와 두 다리를 잡아 벌렸다. 부끄러움을 느낄 새도 없이, 그 중심에 두텁고 단단한 무언가가 닿는 것이 느껴졌다.

"디네힌 경."

나는 떨리는 목소리로 그의 이름을 불렀다.

"사랑합니다."

디네힌은 조용히 속삭였다. 그리고 그다음 순간, 그가 내 안으로 들어왔다. 그의 분신은 둔탁한 압박감과 함께 서서히 내 몸을 열어젖혔다. 굵고 커다란 것이 좁은 내벽을 억지로 벌리며 침입하는 그 느낌이, 잔인하게도 너무나 생생하게 느껴졌다. 극심한 통증과 함께.

"윽……. 힘을 빼 주십시오……!"

이를 악물고 통증에 저항하는 와중에도 그 말에 어이가 없었다. 이렇게나 아픈데 힘을 빼라는 게 말이 되나.

결국 나는 그의 어깨를 힘껏 두드렸다.

"전하."

그러자 디네힌이 고개를 들었다.

"많이 아프십니까?"

걱정하는 그의 얼굴을 보니 또 솔직하게 그렇다고 말할 수가 없었다. 나는 눈가에 눈물이 맺힌 채로 그를 올려다보다가, 그를 다시 잡아당겨 껴안았다.

디네힌은 한참 동안 그대로 가만히 있었다. 내 머리를 쓰다듬고, 뺨에 입을 맞추며 내 거칠어진 호흡이 이윽고 잦아들 때까지 기다렸다.

그와 함께 둔탁하게 욱신거리던 하복부의 통증도 조금씩 희미해져 갔다. 아픔이 걷히자 자신을 채우고 있는 이물감이 새삼 느껴졌다. 그것은 너무나도 이상한 감각이었다.

"전하, 입 맞춰 주십시오."

디네힌이 속삭였다. 나는 의아해하면서도 얼굴을 들어 그가 시킨 대로 했다. 그의 입술을 맛보고, 혀를 얽고 빨아 당기는 일에 집중했다. 그러다 어느 순간 디네힌이 내 한쪽 다리를 들더니, 쑥 하고 끝까지 들어왔다.

온몸이 서늘해지는 것 같았다. 몸속 깊숙한 곳까지 그가 들어와 있는 걸 알 수 있었다. 숨을 쉴 수가 없었다. 하복부 전체에 저릿저릿한 압박감이 느껴졌다.

"전하."

디네힌이 환희에 찬 목소리로 중얼거렸다.

"사랑합니다, 전하. 사랑합니다……."

그의 목소리가 내 귓가에 울릴 때마다 오싹오싹한 느낌이 전신으로 퍼졌다.

"리유나라고……."

나는 헐떡였다. 헐떡이면서 그에게 애원했다.

"이름을 불러 줘요, 리유나라고."

"리유나⋯⋯."

그가 움직이기 시작했다. 나는 나도 모르게 깊게 숨을 들이마셨다. 여전히 고통은 느껴졌지만, 그게 전부는 아니었다. 그의 것이 들어왔다 나갔다 할 때마다 그를 중심으로 알 수 없는 열기가 퍼져 나갔다. 갈수록 안쪽의 마찰이 덜해지고, 습기를 더해 갔다.

디네힌의 움직임은 점점 박차를 더해 가, 이윽고 격렬하게 나를 밀어붙였다. 나는 그의 허리에 다리를 휘감고 그에게 매달렸다.

"아, 하윽, 응⋯⋯. 오빠, 오빠⋯⋯!"

그가 가장 깊숙한 곳까지 들어오면 나도 모르게 숨을 삼키고, 다시 빠져나가면 애절한 감각에 신음이 흘렀다.

이것이 쾌감이라는 것일까. 이것이 오직 연인들만이 공유한다는 사랑의 기쁨일까.

"리유나, 난 이제⋯⋯!"

디네힌이 신음 소리를 토해 냈다. 나는 그것이 무엇의 신호인지도 모르고 고개를 힘껏 끄덕이며 있는 힘껏 그를 껴안았다.

순간 몸속에서 그의 것이 팽창하는 게 느껴졌다. 그와 동시에 머릿속이 새하얘졌다. 등줄기에 닿친 짜릿한 전율이 전신으로 퍼져 나갔다.

그리고 나는 아득한 곳으로 떨어졌다. 우리는 그 후로도 그대로 한참을 껴안고 있었다.

얼마 후 디네힌이 고개를 들고 나를 보았다. 그는 땀으로 이마에 달라붙은 내 머리카락을 한데 모아 쓸어내렸다. 그 다정한 손길에 마음속 깊은 곳으로부터 찌르르 하는 행복감이 차올랐다.

"사랑해요."

나는 속삭였다.

"이 세상 그 누구보다도 가장 많이, 당신을 사랑해요."

그는 조용히 미소 지었다.

"아니요, 제가 더 많이 사랑합니다."

"아니에요. 내가 더 사랑해요."

"아닙니다. 이것만큼은 양보해 드릴 수 없습니다. 제가 훨씬 더 많이 사랑합니다. 여왕 전하께서는 상상도 못 하실 만큼."

"그래 봤자 10년 기다릴 정도는 아니었잖아요."

디네힌의 표정이 굳었다. 나는 씨익 미소 지었다.

"진짜로 사랑한다면 10년 정도는 기다려 줄 수 있는 거 아니었어요? 디네힌 경도 처음에 그렇게 말했잖아요."

"뭘 모르시는군요, 전하."

디네힌은 헛기침을 하고 말했다.

"반대입니다. 너무나도 전하를 사랑했기에 참을 수 없었던 겁니다."

나는 피식 웃음을 터트리곤 그의 목을 껴안았다.

"좋아요, 그런 걸로 해 주죠. 그래도 더 이상은 참을 필요 없어요. 디네힌 경 말마따나 평생을 참았잖아요. 이젠 그러지 않아도 돼요."

　내 말에 디네힌은 왠지 모르게 뜸을 들였다.

　"……정말입니까?"

　"그럼요."

　"후회하지 않으시겠습니까."

　"후회? 왜 후회를 해요?"

　나는 어리둥절해서 물었다. 그는 다시 한 번 헛기침을 하더니 나지막이 말했다.

　"곧 알게 되실 겁니다."

　그의 말은 사실이었다. 그날 밤 동안 나는 스스로 했던 말을 내내 후회하게 되었다.

작가 후기

안녕하세요, 반갑습니다. 《어느 여왕 전하의 우울》을 통해 처음으로 여러분께 인사를 드리게 되네요. 나율입니다.

이제 막 본편을 다 읽으시고, 이 후기 페이지에 도달하셨을 여러분의 감상이 무엇보다도 궁금하네요. 제일 먼저 후기부터 읽으시는 분도 있겠지요. 그런 분들을 위해 스포일러는 자제하도록 하겠습니다!

엔딩은 마음에 드셨을까, 지지하던 신랑감 후보와 잘되지 않아서 혹 시무룩해 계시지는 않을까, 최악의 경우 '이런 소설에 들인 내 돈과 시간이 아까워!' ……라고 생각하고 계시지는 않을까, 소심한 저는 벌써부터 노심초사 중이랍니다.

《어느 여왕 전하의 우울》은 무엇보다도 유쾌하고 발랄한 이야기로 쓰고자 노력했습니다. 약간의 우여곡절은 있어도 결국 모두가 행복해지는, 그리고 읽으시는 분들도 그 기운을 받아 조금이라도 마음속이 따뜻해질 수 있는 그런 소설로요.

저는 성공했을까요? 지금 여러분의 입가에 작은 미소라도 떠올라 있을까요? 그렇다면 저는 그것만으로도 정말 행복할 것 같습니다.

부족한 작품이 이렇게 책이 되어 나올 수 있도록 좋은 기회를 만들어 주신 담당자 주수지 님과 편집부 일동 여러분, 소설을 쓰는 동안 다양한 방식으로 많은 도움을 주신 주변분들, 그리고 인터넷에 연재하던 때부터 쭉 함께해 주신 독자님들께 정말 감사하다는 말씀을 드립니다.

마지막으로 연재시에도 후기를 길게 쓸 때면 항상 적었던 문구로 인사를 드리고 싶네요.

사랑합니다!